新潮文庫

新源氏物語

下巻

田辺聖子著

新潮社版

3193

目次

解説　石田百合子

新源氏物語

下巻

装幀・挿画　岡田嘉夫
扉題字　田辺春芳

花散りし梅が枝《え》に残る匂いの巻

源氏は明石《あかし》の姫君の裳着《もぎ》の準備に没頭していた。

東宮《とうぐう》も同じ二月に御元服《ごげんぶく》される。ひきつづいて姫君の入内《じゅだい》があるはずだった。

正月の末で、公私ともにひまな時だったから、源氏は薫物《たきもの》を調合していた。太宰《だざい》の大弐《だいに》などが舶来の香《こう》などを献上しているが、しかし古くからのものがやはりすばらしいようである。新しいものと古いものをとりそろえ、

「二種ずつ、調合して下さい」

と源氏は六條院の夫人たちにいった。

六條院はこのところ賑《にぎ》わっている。裳着の式にそなえて、人々への贈り物、引出物など用意するだけでも大さわぎなのに、香をそれぞれ調じようというので、ここでもかしこでも、香をくだく鉄臼《かなうす》の音がやかましいほどである。

源氏は寝殿で一人、仁明帝《にんみょう》ご秘伝の香を調合している。

紫の上は東の対《たい》の放出《はなちで》にこもり、八條の式部卿《しきぶきょう》の宮の秘法により調合していた。どっちもひたかくしにしている。

「匂《にお》いの深い浅いについても勝負すべきだ」

と源氏はいい、二人で競い合っているさまは、まるで青年のようである。

香の調度類も善美をつくし、すぐれた香を取りそろえ、源氏は姫君のために万全の用意をしようと思っている。


二月の十日、雨がすこし降って、庭の紅梅は色も匂いもさかりである。そこへ兵部卿《ひょうぶきょう》の宮が、

「御裳着の式も近くなりましたね。何かとお忙しいでしょう」

と見舞いに来られた。

昔からむつまじい仲なので、源氏は喜んで迎え、隔てなくあれこれ話して、花を賞《め》でていると、そこへ、「前斎院《さきのさいいん》から」と散ってしまった梅の枝に、手紙をつけたのが届けられた。

宮はかねて、源氏と、前斎院・朝顔の宮との恋愛事件を耳にしていられるので、

「ほほう。あちらからわざわざどんなおたよりが」

とご覧になりたそうである。源氏は微笑して、

「いやなに。こちらからあつかましくお願いしたのを、宮は真正直に、すぐして下さったのですよ。薫物をお願いしましてね」

といって、手紙はひき隠した。

朝顔の前斎院がもたらされた香は、優美だった。

沈《じん》の箱に、瑠璃《るり》の香壺《こうご》を二つ据《す》え、その中に大きく丸めた香が入れてある。贈り物につける飾りは、紺瑠璃のには五葉《ごよう》の枝、白瑠璃には梅を添え、むすんだ糸もあでやかだった。

「ははあ。何とも優婉《ゆうえん》な」

と兵部卿の宮は感心していられる。歌がつけてあった。

〈花の香は散りにし枝にとまらねど　移らん袖に　あさく染《し》まめや〉

この香の薫《くゆ》りは、花の散った枝のような私には染みませんが、美しく若き姫君には、ふかく沁《し》みわたることでございましょう、というような意味でもあろうか。

兵部卿の宮は、墨色も仄《ほの》かなその歌を、興に入ってことごとしく、詠《よ》みあげられる。

夕霧は、お使いの者をとどめ、酒をふるまってもてなし、紅梅襲《こうばいがさね》の女の装束《しょうぞく》を与えた。源氏は、返事を紅梅色の紙に書き、庭先の梅の花を折らせてそれにむすびつけて渡した。

「どんな中身でしょう。どうもおかくしになるのがあやしい」

兵部卿の宮は、のぞきたそうにしていられる。

「なんの、変ったこともありませんよ」

と源氏は話をそらして、

「何といっても一人むすめですから、こうも大さわぎをしております。裳着の腰結《こしゆい》を、中宮にお願いすることにしました。りっぱな方なので、なみなみの儀式では失礼でもありますし、どうしても大げさになってゆきます」

「そうですね。中宮のご幸運にあやかられるためにも、結構なことですよ」

と宮は賛成なさった。

よい折なので、源氏は、女君たちに使いをやって、調合した香をとり寄せることにした。

「ひとつ審判していただけますか。あなたのほかには、これをお願いするかたは居られませんよ」

と源氏は火取香炉《ひとりこうろ》をとりよせて宮にお願いする。

「折よく、雨で夕じめりしていますから、香を聞くのにふさわしい」

「いや。私など、その任でもありませんが」

と宮は謙遜《けんそん》されたが、次々と、あちこちから香が届けられた。

六條院の空に、ゆるゆると、心にくい香がたちのぼり、人々を酔わせてゆく。

源氏の調合した香も、いまはじめて取り出された。

香というのは乾燥させてはならない。適度の湿り気を与えるため、御所ならば右近《うこん》の陣の御溝水《みかわみず》のほとりにお埋めになる。源氏もそれになずらえて、六條院の西の渡り廊下の下を流れる遣水《やりみず》の、汀《みぎわ》ちかく、香を壺《つぼ》に密封させて埋めていた。それを、惟光《これみつ》の宰相の子の兵衛《ひょうえ》の尉《じょう》が掘ってきた。この青年は、かの五節《ごせち》の舞姫に出た娘の弟である。

宰相の中将・夕霧が取りついで、源氏と兵部卿の宮の前に捧《ささ》げてくる。

香の調合は、どれもみな同じではあるが、人によって深さ浅さができるのも面白い。

なかで、斎院の調合された黒方《くろぼう》はさすがにおくゆかしく、しっとりした香である。侍従《じじゅう》、という香では、源氏の調合したのがすぐれて上品で、しかもほのぼのしている、と宮は判定された。

紫の上の調合したのは、侍従、黒方、梅花《ばいか》とある中に、梅花が現代風ではなやかで、斬新《ざんしん》な感じが添えられている、と宮はほめられた。

花散里《はなちるさと》は、れいの控えめな気質から、荷葉《かよう》を一種だけ調《ととの》えていた。これはまた、おもむきもかわり、あわれになつかしい。

明石の上はすこし変った趣向をこらしていた。同じような香ではほかの人に負けてしまうと、百歩《ひゃくぶ》の香を調えたのである。これは源公忠《みなもとのきんただ》が宇多帝の秘法を伝承して工夫した、薫《くの》衣香《えこう》であった。

なまめかしくもきよらかに、この香は、百歩の外まで匂うといわれ、その名も百歩とつけられている。

宮はこれにも讃辞《さんじ》を惜しまれなかった。

「何ですか、どちらにも花を持たせられて、それでは審判者にならないではありませんか」

と源氏は笑った。

月が出た。源氏は宮と酒を汲《く》みかわし、昔の話などする。月影はゆかしく霞《かす》み、雨の名残《など》りの風は花の香を誘うて、邸中《やしきじゅう》、梅の香りにみちている。人の心も浮きたちなまめかずにはいられない。

明日は、いよいよ、明石の姫君の裳着の式である。

六條院の蔵人所《くろうどどころ》（事務所）の方では、明日の儀式の音楽のため、楽器をそろえたり、殿上人《てんじようびと》が笛を吹いたりしている。

内大臣の息子の頭《とう》の中将、弁《べん》の少将などが挨拶《あいさつ》に来たのを源氏はとどめ、楽器をこちらに運ばせて、管絃のあそびがはじまった。

宮は琵琶《びわ》、源氏は箏《そう》の琴《こと》、頭の中将は和琴《わごん》を受けもつ。頭の中将は、父の内大臣にも劣らず、美事《みごと》にかきならす。

夕霧は横笛を吹いた。

弁の少将は拍子をとって、澄んだ美声で、催馬楽《さいばら》の「梅が枝」をうたう。早春のあけぼのの空に合奏の音はたぐいなくおもしろく、うらうらとひびきわたる。

「おお、身も魂《たま》もあこがれ出てゆくような」

「鶯《うぐいす》も共に鳴き出すかもしれませぬな」

人々は酒に酔い、楽《がく》の音《ね》に酔い、花の香に酔うて、あけがたようやく散った。

姫君の裳着は、西の対で、戌《いぬ》の刻（午後八時）にはじまった。

中宮のいられる西の対の放出《はなちで》に、儀式の設けがされてあった。御髪上《みぐしあ》げの内侍《ないし》なども、こちらへ参っていた。

紫の上も、このついでに中宮にお目にかかった。双方の女房たちの参りつどうもの、数知れずみえる。

式はとどこおりなく、子《ね》の刻（夜中の十二時）に姫君は裳をつけた。中宮が腰結《こしゅい》をされるのも、かつてないことである。大殿油《おおとなぶら》の光も仄かに、中宮は姫君をご覧になって、

（まあ、美しいかただこと）

とお思いになった。

源氏は、

「ご好意に甘えて失礼なお役目をお願いしました。のちのちの例にもならぬかと恐縮しております」

と中宮に申上げる。中宮は、

「そんな大層なこととはわたくしも思いませんでしたのに、お気を遣って頂きますと、かえって、心おかれまして……」

と軽くとりなされるごようすが、いかにもおやさしく、愛嬌《あいきょう》がある。

（いいかただなあ）

と源氏は思う。

源氏は一人娘の人生のかどでともいうべき式を無事にすませ、感慨ふかかった。実の母の明石の上が、この晴れ姿を見られないのがふびんで、源氏はよほど呼んでやろうかと思った

が、人の噂《うわさ》をおそれて、ついに呼ばなかったのであった。

東宮のご元服はその月の二十日すぎである。

東宮に姫君を入内させようと思っている人々は、源氏の出かたをまってためらっていた。

源氏は、

「たくさんの女御《にょうご》がたが少しの優劣の差を争うのが、宮仕えの面白みでもあり、本意でもある。すぐれた姫君たちが、ひきこんでしまわれたのでは、張り合いがなくてさびしい」

といったので、まず左大臣の姫君が入内された。麗景殿《れいけいでん》と申しあげることになった。

源氏は、御所における自分の宿直所《とのいどころ》であった桐壺《きりつぼ》を、姫君のために修理した。東宮も、明石の姫君をまちかねていられるようなので、入内は四月に、ときめられた。

入内の調度類は、善美をつくしてととのえられたが、なかんずく、源氏の力を入れているのは、今のところ、仮名《かな》のお手本である。

「すべて昔よりは物が劣ってゆく現代だが、仮名の字だけは、今のほうがよくなっているね」

と源氏は紫の上に話していた。

「昔は型にはまっていたが、今はのびのびした優美な仮名を書くようになった。今まで見た中で、もっともすぐれた字は、六條御息所《みやすんどころ》だった。何げなくさらりと、一行ばかり書き流された字の、魅力的だったことは忘れられない。私はあのかたの字を仮名のお手本にしたよ。

中宮のお手蹟《て》はこまやかで優美だが、母君ほどの才気はおありでない」

と源氏は少し声を低めていう、

「藤壺《ふじつぼ》の宮のそれは上品でいらしたが、すこし弱々しくて趣きに乏しかった。朧月夜《おぼろづきよ》の尚侍《ないしのかみ》は、女字の妙手として当代一だが、どうも気どりすぎた所があって癖《くせ》が多い。それでも、この方と、前斎院《さきのさいいん》と、あなたとが、仮名の三名人という所かな」

「まあ。わたくしなぞ、その中に入れて頂くなんて」

と紫の上は顔を赤らめた。

「お世辞ではないよ。女らしい字、という点ではあなたが一ばんかもしれない」

源氏は兵部卿の宮をはじめ、宰相の中将や頭の中将など若い人々にいたるまで、

「葦手書《あしでが》き（水の絵に、葦のように仮名を乱れ書きしたもの）でも歌絵でも、思い思いに描いて頂きたい」

と頼んだので人々は競って書くのであった。

花ざかりもすぎ、春もたけて、新緑が明るい空に映える初夏の午後、源氏は寝殿に人を避けて清書している。女房二、三人ばかりに墨をすらせ、源氏は古歌など思いめぐらしている。草仮名、女文字などを書くのである。

御簾《みす》をあげ、脇息《きょうそく》の上に草子《そうし》を置いて、源氏は廂《ひさし》の間《ま》にくつろいでいる。筆の尻を咥《くわ》えてあれこれ、うっとり思案している源氏の姿は、見馴《みな》れた者たちの眼にも、あざやかに美しい。唐《から》の紙に書いた草仮名。高麗《こま》の紙の、柔かなのに書かれた端正なひら仮名。わが国の紙屋《かんや》

紙《がみ》の、華やかな色合いのに書かれた乱れ書きの草仮名。

源氏の手もとに蒐《あつ》められた草子類の中で最もすばらしいものは、兵部卿の宮から贈られた宝玉の如き書である。一つは嵯峨《さが》の帝《みかど》が古万葉集《こまんようしゅう》からえらんでお書きになった四巻。一つは醍醐《だいご》帝がお書きになった古今集《こきんしゅう》。それはことに美事なもので、唐《から》の浅縹《あさはなだ》の紙を継いで書いてある。紺の唐の綺《き》の表紙。紺の玉の軸。緂《だん》の唐組《からくみ》の紐《ひも》。その優美な表装に加え、中の書は、巻ごとに書風を変えて書かれてある。

源氏は姫君に持たせる調度の中へは、最高のものしか入れない。よりぬきのものの中でも、宮の贈り物の二点は、世の人々をうらやましがらせた。

内大臣は、これらの入内準備を聞くにつけても淋しく、取りのこされたような心地を味わった。

わが家の姫君、雲井雁《くもいのかり》も、いまを盛りに美しく一点、非のうちどころのない姫君である。もし、夕霧との恋愛沙汰《ざた》がなければ、内大臣は、負けずに東宮に入内させたであろう。いまさらいってもせんないことと思いながら、さすがに内大臣は、萎《しお》れて月日を送っている姫君があわれでもある。

相手の宰相の中将・夕霧が、そ知らぬ顔でいるので、内大臣は進退に窮している。今さらこちらから折れて出るのも外聞がわるく、こんなことなら、あちらが雲井雁と結婚したがったときに許していればよかったと、気よわくもなったりするのである。

宰相の中将の方では、内大臣が、気弱になっているというのを耳にするが、何といっても、情《つれ》ない仕打ちで恋人の仲を引き裂かれた怨《うら》みを忘れることができない。六位の下っぱ役人と乳母《めのと》に侮《あなど》られた屈辱も消えず、せめて納言《なごん》になってから、姫君に求婚しようと決心していた。しかし雲井雁への思慕は、このまじめな青年の心に深く根をおろしていたので、ほかの女人に思いを分けることは、ついぞないのであった。

源氏は、いつまでも長男の身が定まらないので案じていた。

「雲井雁の姫君のことはどうしたのかね。あきらめたのなら、右大臣や中務《なかつかさ》の宮などから、縁談が来ているから考えたらよい」

と夕霧にいうのであるが、夕霧はうつむいたままで答えなかった。

「意見をするのではない」

源氏はおだやかにいった。

「私自身も、こんな問題については亡き父みかどのご教訓に従えなかったのだから、べつにお前に意見しようというのではない。しかし今になると父君のおさとしがよくわかる。いつまでも独身でいると誤解も招くし、ずるずるにつまらぬ女と一緒になったりしては外聞もわるく、志とも違うことになる。女のことで身をあやまる例は昔から多いのだ。高望みをしても、女のことは、思うようにいくものではないからね。

私は小さいときから御所で育ったので、ちょっとした咎《とが》でもあるとすぐ目立ち、窮屈だった。それで身をつつしんでいたつもりだが、好き者と非難されて自由な暮らしはできなかった。お前は身がるだと思って翅《はね》をのばしてはいけないよ。

定まる妻を持たぬ男は、とかく浮名をたてられやすく、また、道ならぬことに深くなり、相手にも浮名をたて自分も恨みを負うたりすると、終生、悔恨のたねとなる。

相思相愛の男女が結婚し、そのまま生涯、かわることなければそれが理想なのだがね……。なかなか、現実にはそれはむつかしい。

結婚して性格が合わぬのに気付き、気に入らぬときでも、やはり少しはがまんして、思い直すようにするがよい。女の親の気持も考えてやって、それに免じて、心を傷つけるようなことはするな。もしまた親がなくて暮らしに困るような女でも、その人柄にどこか一点可愛い所があればそれを取り得にして、末長く面倒を見、添いとげてやるがよい。自分のためにも人のためにも、よいようにと分別するのが、男の、女に対する思いやりというものだ」

源氏は諄々《じゅんじゅん》と説ききかせるが、夕霧の考えているのは雲井雁のことばかりだった。

宰相の中将・夕霧と、中務の宮の姫君の縁談がすすんでいるという噂《うわさ》を聞いて、内大臣は心を傷《いた》めた。

雲井雁のところへいって、

「こういう噂を聞いたがね。ほんとだとしたら夕霧もひどいね。尤《もっと》も、私が強情を張って、源氏の大臣《おとど》の口ききにも色よい返事をしなかったから、いまだに根にもっていられるのかもしれないが……。いまここで私が折れたら人聞きもみっともないし。かといって、お前もかわいそうだし」

内大臣は涙ぐんで娘をふびんがっていた。

雲井雁はしょんぼりしてうつむく。そしていつのまにか、はらりと一滴二滴、涙をこぼしているのを、自分でも恥じて、顔をそむけるのが可憐《かれん》だった。それを見る内大臣は、あわれで、ここはどうあっても、娘のために自分が折れて出なければいけないだろうか、とかぎりなく思い乱れ、ためいきついて起《た》つのだった。

雲井雁はひとりになって考えていると、いいことは考えない。

(きっと、あのかたは、中務の宮さまの姫君と結婚なさるわ……そしたらあたくしなんかのことは、すぐにお忘れになるわ)

と思うと悲しくて、涙があとからあとから出てくる。それにつけても、

(お父さまは、さっきの、あたくしの涙を何とご覧になったかしら。……やっぱり夕霧さんのことが忘れられないでいるとお思いになったかもしれない)

と考えると、恥ずかしくてたまらなかった。

夕霧を恋しく思っているくせに、それを人に知られるのを雲井雁は恥じていた。

そこへ、夕霧からの手紙が来た。この幼な馴染《なじ》みの恋人たちは、忍び忍びに、恋文だけをいつもとり交しているのだった。

「このごろどうしたの？

ちっとも手紙をくれないね。

やっぱりあなたも世間なみに、『去るもの日々に疎《うと》し』というところなのか。私のほうは、去れば去るほどあなたが恋しくなるのに。私が、変人なのかもしれないね」

あて名も署名もない、秘めやかな恋文である。だが、まぎれもなく、いつものように夕霧の手蹟《て》である。雲井雁はすぐ返事を書いた。

「あなたこそ世間なみよ。あたくしにだまって、ほかのひとと仲よくなさるなんて。みんな聞きました。あなたはそのかたと、ご幸福にお暮らしなさいませ」

青年は、その返事をうけとって、

（何の意味だ？）

と小首をかしげていた。彼は恋人をこうも拗《す》ねさせるようなことを何かしたか、と一生けんめい考えた。

藤のうら葉は色も
あせじの恋乃巻

夕霧は、中務《なかつかさ》の宮であろうが誰であろうが、どこの姫君とも結婚する意志はなかった。それどころか、六條院では姫君の入内《じゅだい》の準備で大さわぎなのに、そんな中で夕霧ひとり、ぼんやりと物思いにふけることが多い。考えるのは雲井雁のことばかりだった。

われながら何という執念ぶかさであろう。

こうも苦しい恋ならば、伯父《おじ》の内大臣もかなり気が折れたという噂《うわさ》だから、こっそりと忍んで通って既成事実を作ってしまう、という手もあるのであった。伯父も目をつぶって知らぬ顔で通してくれよう。そうしていつのまにか、夫婦としてみとめられるようになるかもしれない。

しかし夕霧は篤実な性格だから、そんなこともできない。せっかくいままで待ったのだから、やはり苦しくても伯父から正式な交渉があっての結婚の方が、お互いの名誉のためにも不体裁《ふていさい》でなくていい、などと考え、じっと辛抱しているのである。

内大臣の焦燥《しょうそう》もそれに劣らない。もし夕霧が中務の宮の婿になったとしたら、いそいで雲井雁に別の縁談をさがさねばならぬが、それには雲井雁と夕霧の恋愛沙汰は、世上に知られすぎている。

婿になる青年も、世の物笑いになるだろうし、かつこちらも外聞がわるいことだ。

どう考えても、ここは、こちらが負けて夕霧を婿に迎えるにしくはない。といって、夕霧と内大臣は、双方、ふくむ所のある仲なので、いま急にちやほやするのも、恰好《かっこう》のわるいことであった。

いい機会があればなあ……と、内大臣は考えていたが、そのうち三月二十日は、亡き大宮のご命日、一族、極楽寺におまいりすることがあって、そこで夕霧と会った。

内大臣は子息あまたひきつれて威勢もあたりを払うばかり、上達部《かんだちめ》もたくさん参り集《つど》うたが、その中でも夕霧の中将はぬきんでた風采《ふうさい》と挙措《きょそ》である。りりしくて、しかも猛《たけ》からず、おちついていて美しい貴公子だった。

夕霧は内大臣に対しては気が置けるとみえて、慇懃《いんぎん》な態度で用心している。それを、内大臣はことさら目をとどめて見ていた。

御布施など、六條院からも出された。夕霧は、やさしかった祖母宮の御供養なので、ことに心をつくしてつとめた。

夕方、みんなが帰りかけるころであった。

花は散り乱れ、夕霞《ゆうがすみ》がおぼろにたちこめる物なつかしい春の夕べ、内大臣は心そそられて思わず立ちつくしている。

夕霧も、春の夕のあわれにさそわれたか、

「雨模様だ」

と人々が言い騒いでいるのも耳に入らず、空をながめてうっとりしていた。内大臣はそれをみると、(かつてないことだが) 心うごかされ、何かしら、郷愁にも似た思いで、夕霧に対する愛情がこみあげてきた。

思えば雲井雁の事件の前は、内大臣はこの甥《おい》をよく可愛がり、甥もまた伯父になついていた。早く母を失った甥を、内大臣はふびんに思い、息子のように目をかけたものだった。

雲井雁とあやまちを起こしたからといって、甥をにくむのは、行き過ぎではなかったろうか? 亡き大宮がいわれたように、雲井雁と結婚させるとしたら、夕霧くらいよくできた婿はあるまい。自分が、雲井雁を主上か東宮に納《い》れようと思ったばかりに、ことは紛糾し、反目と誤解がいりみだれてしまったのだ……。

内大臣はおぼえず知らず、夕霧のほうへ、笑みをふくんで歩み寄っていた。

「今日はご苦労だったね、中将」

と夕霧の袖《そで》を引いて話しかけた。

「なぜそう、よそよそしくする。今日の法会《ほうえ》の縁を思うだけでも、もっとうちとけて親しくしてほしいものだ。もうおい先も長くない年寄りの私に、つれなくするとは恨めしいではないか……」

「は。いやべつに、私は」

と青年はかたくなっていた。

「亡きおばあさまも、伯父上をたよりにさせて頂くようにとご遺言《ゆいごん》がありましたが、……どうも伯父上のご機嫌《きげん》を損じた様子なので、恐縮してご遠慮申上げておりました」

折から雨風がはげしくなり、人々はいそいで散ってしまったが、夕霧は伯父の言葉をしきりに考えていた。

なぜ急に伯父は親しみをみせて、寄ってきたのか。何か、意図があるのか。

もしや雲井雁を、自分にゆるそうというのか。いや、まさかあの傲岸《ごうがん》で権高《けんだか》な伯父が。

青年はとつおいつ考えて、寝もやらずその夜は明かしてしまったのである。

内大臣はあの法会の日以来、意地も折れて、夕霧と和解する、よき折もがな、と思いつづけていた。

四月はじめであった。庭先の藤の花が面白く咲き乱れ、例年より色濃く美しいと人々は賞美して、このまま見過ごすのも残念なと、管絃の遊びを催すことになった。

内大臣のもくろみは、夕霧を招くことにあった。

雲井雁と結婚してもよい、いや、結婚して下され、と正面切って話し合うような、はしたないむきつけなことはできない。花の宴にかこつけ、何ごとも優雅に自然に、なだらかにたのしく、ことをはこばなければならぬ。

教養ある貴族のたしなみとして。

内大臣は、長男の頭《とう》の中将を使者にたてた。

「いつぞやの花かげの対面は、あわただしくて名残《など》り惜しく思われました。今日、おひまがあればお越し下さい」

という口上に添えて手紙がある。

〈わが宿の藤のいろ濃きたそがれに　尋ねやは来《こ》ぬ　春の名残りを〉

歌の通りに美事な色の藤の花房の一枝に、文《ふみ》はつけてあった。

夕霧は胸がとどろいた。この歌は、

(大君来ませ、婿にせん)

という意味ではないか。

(ゆるす。雲井雁をゆるす。そなたは今夜からわが家の婿君。美々しくみやびやかに、威を張って来られよ)

という意味ではないか。

夕霧はどきどきしながら、とりあえず礼をいって歌を返した。

〈なかなかに　折りや惑《まど》はん藤の花　たそがれ時のたどたどしくは〉

(伯父上のお考えを、それと推量してもよいのでしょうか？　迷っています。ほんとにおゆるし頂けるのか、そうでないのか、途方にくれます)

という意味がこめられてある。

「珍しいご招待だから上《あが》ってしまった。君、この歌がおかしいようだったら、直してくれないか」

と夕霧は、頭の中将にいった。

「とんでもない、痛み入るよ。……お供をさせて頂こう、このますぐ」

頭の中将はうながしたが、

「いや、気の張る随身《ずいじん》はおことわりだよ」

といって夕霧は頭の中将を帰した。


夕霧は父の前に、内大臣の手紙を持っていって、話した。

「どう思われます？」

「うむ。何か考えていられるのだろうな。先方から折れて出られたとなれば、これでまあ、亡き大宮への不孝の罪も消えようというものだ。大宮が仲介の労をとられようとしたのに、先方は一向、おきき入れなかったのだからな」

源氏も、こと内大臣に対しては、傲岸な態度を崩さない。

「そうではないでしょう。案外、下ごころもなく、藤の花を賞《め》でる宴会かもしれません」

夕霧はわざとそう言ったが、胸がとどろいている証拠に、頰《ほお》を赤く染めていた。

「何にせよ、わざわざの使者だ、早く出かけた方がよい」

源氏はそういったが、息子の衣裳《いしょう》に目をとめて、

「その直衣《のうし》は色が濃すぎて安っぽくみえる。非参議や役のない若者には二藍《ふたあい》もよいものだが、そなたは参議で中将なのだから、今日はことに身づくろいして、も少しよいものを着てゆくがよい」

源氏は自身の衣裳の中から、ことに立派な直衣に、下襲《したがさね》の美々しいのをとりそろえ、夕霧の供の者に持たせた。

青年は自分の部屋で念入りに身づくろいした。果して、今夜の宴で首尾よくいって、恋人に再会できるかどうか——青年の手は緊張と期待で震えている。

夕霧の中将は入念に身づくろいしてたそがれもすぎたころ、先方が待ちかねている中を、内大臣邸に着いた。

主《あるじ》がわの公達《きんだち》、頭の中将をはじめ七、八人がうちつれて出迎える。みな美しい貴公子たちだが、夕霧はきわだってすぐれた風采にみえた。

内大臣は、鄭重《ていちょう》に夕霧をもてなすよう、指図していた。冠をつけて座に出ようとして、北の方や、若い女房たちにいった。

「のぞいてごらん。じつにいい青年だ。年がいくにつれ立派になってゆく人だ。態度がおちついて重厚なところは、父君の源氏の大臣《おとど》よりすぐれているかもしれんな。父君の方は愛嬌《あいきょう》があって皆に好かれたが、少し軟派で、実務の面ではやや放縦に流れた。しかしこの人は真《ま》面目《じめ》で学才もあり、気立ても男らしい。世間の評判もいいよ」

内大臣は、身なりをととのえ、礼をつくして夕霧と会った。

かたい挨拶《あいさつ》はかたちばかりにして、すぐ、くだけた会話になった。

「春の花は美しいが、みな、すぐ散ってしまうのが惜しいね。そこへ来ると藤は、ややおくれて咲くのがゆかしくていいものだ」

と内大臣は藤にみとれながらいう。

月は昇ったが、おぼろにあたりは霞んでいる。盃《さかずき》がめぐり、管絃のあそびがはじまった。

内大臣は空酔《そらよ》いして、しきりに夕霧に盃を強《し》いた。

「いえ、私はもう……」

青年は困って辞退していた。

「そういわずに。あなたは天下の秀才だから、長老を大切にすることも心得ていられよう。いつまでも昔のことにこだわらずに、ひとつ、私の年齢《とし》に免じて許してほしいものだ」

内大臣は酔いにかこつけて、長年のしこりを吐き出してしまいたいようであった。

「許すとはとんでもない。私は、亡き母上や祖母上の代りと思って、伯父上にお仕えしておりますものを。ゆきちがいがあったとすれば、私の至らぬためです」

と青年は心から伯父に詫《わ》びた。彼はいまは伯父の好意を信じてもいい気になっていた。

内大臣も、快さそうであった。

〈春日さす藤のうら葉の　うらとけて　君し思はばわれも頼まん〉

と古い歌をゆるゆると朗誦《ろうしょう》する。たがいに心とけたこの場にふさわしい、いい歌である。

その歌のこころに添うごとく、頭の中将が紫の色濃い藤の花房を折って、客の盃に添えた。

夕霧は酒をつがれて、困っている。

内大臣は、

〈紫にかごとはかけん藤の花　まつより過ぎてうれたけれども〉

と歌を口ずさんだ。

内大臣の心は、これではっきり、夕霧にもわかった。

慶《よ》きことが、のびのびになりましたなあ、待ちましたぞ、今日の喜びの日を。しかし結婚が延びたのも、もとはといえば、こちらのせい、怨《うら》みますまい、あなたを。

そういう意味の歌だからである。

夕霧は盃を持ち、形ばかり拝舞《はいぶ》した。そのさまは好もしいものだった。

この盃は、花嫁の父から婿への盃である。

夕霧も歌で返す。

〈いくかへり露けき春をすぐしきて　花のひもとく折にあふらん〉

やっとお許しがでましたか。この喜びにあうまで、幾春、辛《つら》い思いを過ごしたことやら。

夕霧は、頭の中将に盃をまわした。頭の中将も、親友と妹の結婚が、嬉しからぬはずはなかった。

〈たをやめの袖にまがへる藤の花　見る人からや色もまさらん〉

あなたという好配偶を得て、妹も、女の人生の花を咲かせることでしょう。

頭の中将も、歌で祝福した。

七日の夕月は影も仄《ほの》かに、池の面《おも》は澄んでいた。梢《こずえ》の若葉は萌《も》え出ていないが、松が風情《ふぜい》あるさまで横たわり、それに姿よく藤の花がしだれているのも面白い。

頭の中将の弟、弁《べん》の少将は歌のうまい青年で、催馬楽《さいばら》の「葦垣《あしがき》」など歌う。

「葦垣真垣《まがき》かきわけて」という歌は、男が女を盗み出した、という歌だった。

「めでたい日に、何という歌を歌うのだ」

と内大臣は笑って、歌詞の中の、「女がいなくなって家中大さわぎ」というところを、「婿がきて家中大よろこび」と変えて歌うのだった。皆はそれにいっそうくつろいで、どっと笑い、いまは全く、夕霧と内大臣の長年の感情のもつれも解けたようだった。

「すこし御酒を頂戴しすぎました。これでは家まで帰れません。泊めて頂けますまいか」

夕霧は、頭の中将にさりげなく、いう。

「柏木《かしわぎ》よ、お世話をしてさしあげよ。年寄りはもう酔ってしまったから、退《さが》らせて頂くことにしよう」

内大臣は言い捨てて部屋へはいってしまった。頭の中将は揶揄《やゆ》する。

「花のかげの旅寝かい？　旅人に一夜の宿を、さあお貸ししたものかどうか」

「一夜の宿とはまた、縁起《えんぎ》でもない。長い旅を重ねて、ここまで来たんだよ。君も知っているはずじゃないか。旅人はくたびれ果てて、はやくやすみたいんだよ」

頭の中将はやりこめられて、返事もできない。とうとう、父が折れて出たことは、ちょっぴり残念だったけれど、何といっても夕霧のように好もしい青年が妹婿になってくれることは嬉しかったから、快く、夕霧を雲井雁の初床《にいどこ》へみちびいたのであった。


夕霧は夢のような気がする。

(よくもいままで堪えて待ちつづけたことだ)

とわれながら、自分の忍耐心や、辛抱強さを思った。

目の前にみる雲井雁は、夕霧がこうもあろうかと思っていた以上に、美しく匂やかな乙女になっていた。別れたときの、童女のおもかげを残しながら、さすがに、さかりの春の悩ましい美しさに熟《う》れきっているのだった。

「やっと会えたね」

夕霧が、雲井雁の手を取ると、彼女は顔をそむけて、几帳《きちょう》のうちへ退《すさ》ろうとする。

今夜は、あらかじめ夕霧が来ることを知らされて、女房たちも、その用意をぬかりなく、鄭重にととのえてあった。だから、不意うちの出現ではないのだが、雲井雁はまだ心の用意が出来ていなかった。あまりに大きな嬉しさのため、雲井雁のういういしい心はまだ羞恥《しゅうち》に閉ざされていた。

「どうしてそんなに冷たいの?」

夕霧は、膝《ひざ》で進んで、雲井雁を逃がすまいと捉《とら》える。

「何年待っただろう……世間の人が面白がって私たちのことを噂にするくらい、風変りな恋だった。私が、どんなに苦しかったか、わかりますか？　それがおわかりなら、そんな薄情なことはできないはずだよ」

と恨みごとをいいながら、雲井雁を抱きしめた。

「ああ、こうしていると、何年か前、むりやりに引き離されたときのことを思い出す……別れてもぼくのことを忘れないね、と。恋しく思ってくれるかい、と聞いたら、あなたは、こっくり、したっけ。おぼえている？」

夕霧がいうと、雲井雁も、夢みるように長い睫毛《まつげ》をあげて、夕霧をみた。

「ええ……」

と仄かに答えて、

「乳母《めのと》にみつけられたわね、あのとき」

「そうだ。そしてあてつけて乳母が聞こえよがしにいったっけ。花婿が六位の下っぱ役人とは人聞きもわるい、と……」

「でも、わたくしはそのとき、あなたに誓ってよ。あなたは、わたくしにとっては、大臣や大将より、すてきな人だって」

二人で話しているうちに、昔の強い思慕が、しだいに現実の、いまの時点に重なり合い、二人は、にっこりと微笑《ほほえ》み合うのであった。

「……夢みたい。……」

雲井雁はうっとりつぶやく。

夕霧は、いまは、いとしくてたまらないように雲井雁の黒髪に接吻《くちづけ》していた。

「あれから、あなたを忘れようとしてけんめいに学問に励んだりしていたけど、だめだった。一ときも忘れられなかった。——どうしてこんなに執念ぶかい恋をするのだろうと、自分で自分がいやになるくらい、苦しかったよ。それも昨日までのことだ。今夜からは、晴れて、あなたと暮らせるのだ。待った甲斐《かい》があった。伯父上にもみんなにも祝福されて結婚できたのだもの」

夕霧は、雲井雁に、いたずらっぽく笑って、

「さっきの、弁の少将の歌った『葦垣』を聞いたかい？」

「ええ、聞こえたわ」

「ひどい奴《やつ》だね、盗んでいったなんてあてこすって。盗んで出なくても、すでにもう何年も前からの仲じゃないか、みんなの目を掠《かす》めて……ね？」

それはもう、二人だけの世界、共犯者のみだらにも美しい秘めごとの世界の話であった。

ささやきも、妖《あや》しく低く甘くなった。

「いやなかた。浮名が立ったのは、あなたのせいなのに」

と拗《す》ねる雲井雁のようすは無邪気でかわいい。

「私のせいばかりにするの？」

夕霧は堪えられずに、雲井雁の黒髪を手に捲《ま》きつけ、やわらかく横たえて、

「待ったよ。このときを。ずいぶん長かったよ……」


夜があけた。

花嫁の初床《にいどこ》は重く暗く帳《とばり》をたれこめて、ひそとの音もしない。

女房たちは、起こすこともできず、困っていた。

内大臣はそうと聞いて、

「したり顔に朝寝しているな」

とちょっと厭味《いやみ》をいった。内大臣はこんな事態になってもなお、自分の方が折れたということで、一抹《いちまつ》の屈辱感を拭《ぬぐ》い去ることができないのである。

しかし、夕霧はすっかり明けきらぬうちに起きて帰った。鬢《びん》がほつれた青年の寝乱れ顔は、なまめかしくも美しかった。

後朝《きぬぎぬ》の文《ふみ》は、以前と同じく人目を忍ぶかたちで来たが、晴れて夫婦となった今は、却《かえ》って雲井雁は恥ずかしくて返事できない。

女房たちは微笑を交しあっていた。

そこへ内大臣が来て、婿の手紙を見た。

「つれないひとへ。

ゆうべはちっともうちとけてくれなかったね。私も、自分のことばかり考えて、あなたを

いたわる余裕もなかったかもしれない。

許して下さい」

馴々《なれなれ》しい書きぶりである。内大臣は満足げに、

「お筆蹟《て》が上達されたようだな。笑われぬようなお返事を書きなさいよ」

と雲井雁にいった。

いままで人目を忍んで来ていた使者は、今日は晴れて祝儀を頂き、兄の頭の中将が心こめてもてなしたので、使者はやっと、人なみな心地がした。

源氏は、夕霧の首尾が上々だったことを、人々から聞いて、

「おお、それはめでたかった」

と、親心に、嬉しい思いをしている。

そこへ夕霧がきた。ふだんよりも輝かしい顔をしているのを見て源氏も上機嫌に、

「今朝はどうだった。もう、あちらへ文は遣《や》ったか」

「は」

夕霧は、美しく顔を染めていた。

「よかったね。長い間の苦労が報われたというものだ。よくやった。なかなかできないことだといってもよい」

源氏は息子をほめてやった。

「聡明な男でも、恋愛問題ではつまずく者が多いが、見苦しく未練をみせたり焦《あせ》ったりせず、おちついて待ったのは、なみの人間にはできない。その点はみとめるよ」

源氏はやさしくいって、ふと微笑をふくみ、

「内大臣があんなに強硬になっていたのに、自分から折れたことは、世間の噂になるだろうな。かといってお前が得意顔になってはいけない。まして、いい気になって浮気心などおこしてはならないよ。あの内大臣は寛大なようにみえるが、本当は男らしくないところがあって、つきあいにくい方なのだ。気をつけなさい」

などといつものようにいって聞かせている。

源氏は、似合いの夫婦だと夕霧のことを思った。

二人揃《そろ》っていると、親子というよりも、源氏が若々しいので兄弟のようだった。

源氏は薄縹《うすはなだ》の直衣《のうし》に、白い唐織《からおり》めいた衣、模様がつややかに透《す》いているのを着て、品よくあでやかなすがた。宰相の中将は、源氏よりすこし濃い色の直衣に、丁字染《ちょうじぞ》めの焦《こ》げるほども色濃く染めたのと、白い綾《あや》のなよやかになったのを下に着ている。その姿も、ひとしおなまめかしい美青年だった。

今日は四月八日の灌仏会《かんぶつえ》であった。

六條院も御所と同じような作法があって、たくさんの公達《きんだち》が参集している。しかし、一人、夕霧はそわそわしておちつかない。身だしなみをととのえ、新妻のもとへいそいそと出かけ

るのである。

女房たちの中には、ふかい仲ではないが、夕霧に心を寄せている者もあり、それらは夕霧の結婚を恨めしく思っているらしかった。

しかし夕霧は、長年の恋がみのったので、新妻の雲井雁との仲は、水も洩《も》らさぬむつまじさである。

内大臣は、親しくなればなるほど夕霧のりっぱさがわかって、婿がかわいくなり、鄭重にかしずき、もてなすのであった。自分から折れたというのは今でもくやしいが、夕霧が長の年月、ほかの女性に目もくれず、雲井雁を思いつづけてくれた誠実さには、文句のつけようがなかった。内大臣はその点で、夕霧に一歩も二歩もゆずって感謝せずにいられなかった。

雲井雁の幸福は、いうまでもない。

むしろ、女御《にようご》のおん有様よりも花やかに楽しげな新婚生活なので、継母《ままはは》の北の方や女房たちは、嫉妬《しつと》するくらいだった。だが、夕霧というたのもしい夫を得た雲井雁に、いまはなんのひけめも物思いもあるはずはなかった。

雲井雁の実母は、今は按察使《あぜち》の北の方になっているが、その母君も、別れた夫の家においてきた娘が、幸福な結婚をしたことをたいそう喜んでいた。

いろいろな事件があったが、六條院の姫君の入内《じゆだい》は四月二十日過ぎとなった。

賀茂祭《かもまつり》の日、紫の上は朝早く詣《まい》り、帰りに行列を見るため桟敷《さじき》についた。六條院の女君たちの、女房がそれぞれ車をつらね、桟敷の前を占めた様子は壮観だった。

「あれこそ、源氏の大臣《おとど》の北の方よ」

と遠くからでもわかる、派手やかな威勢である。

賀茂祭をみると、源氏は遠い昔、葵《あおい》の上《うえ》と六條御息所《みやすんどころ》が争った事件を思い出す。その話を紫の上にもせずにいられない。

「時の勢いを笠《かさ》に着て驕慢《きようまん》な振舞いをするのは心ないやりかただ。葵の上は、あのときの恨みを負うて死んでしまった。思えばふしぎなものだね。あのとき驕《おご》った女人《ひと》の子供は、臣下で少しずつ出世してゆくだけだが、苛《いじ》められたほうの女人《ひと》のおんむすめは、いまは中宮という尊いみ位にのぼり、万人に仰がれていらっしゃる……」

「ほんとうに、わからないものですこと」

「人間の将来というのはどんなことになるかわからない。だから生きている間だけでも思うままの暮らしをしたいものだが、もし私がなくなったら、あなたがどうなるだろうかと思ってね。あまりに驕った生きざまをすると、私の亡《な》いあとあなたがひどく零落したりしはしまいかと、恐れたりもするのだよ」

源氏にとってやはり一番の心がかりは、最愛の紫の上のことである。

近衛府《このえふ》から出る賀茂祭の勅使は、頭の中将であった。上達部《かんだちめ》たちは内大臣邸の、勅使が出発するところへ集まり、それから、源氏の桟敷へ来た。

藤典侍《とうないしのすけ》も勅使であった。

読者は、この藤典侍をご記憶であろうか？

惟光《これみつ》の娘で、かの、五節《ごせち》の君になった美少女である。

夕霧が雲井雁との恋を堰《せ》かれ、悶々《もんもん》としていたときに、ふとかいまみて、心乱した娘であった。夕霧はまじめな性格だけに、いったん見染めた彼女を、いまも忘れていず、ほのかに想いをかけている。

夕霧は典侍《ないしのすけ》の出立《しゅったつ》する所へ使いをやった。

二人の仲は、少年少女のころから進展してはいなかった。それだけに、清らかな秘めた恋は手垢《てあか》に汚されず、いまもあざやかだった。

典侍は、夕霧が、このほど相思相愛の、やんごとない姫君とめでたく結婚して、身が定まったことを聞いて、辛く思っている。夕霧への思慕を、人知れず胸にはぐくんできた彼女は、恋人の結婚に平静でいられなかった。

といって、どうしようもないことだった。

典侍が正式に夕霧の夫人になるには、身分がちがうのだし……。

それゆえ、夕霧の手紙は、なつかしくも、憎かった。

「賀茂祭に、頭にかざす草は何といったっけ……。いつかは、と切《せつ》なくて」

とある。

祭の日の挿頭《かざし》は葵《あおい》である。夕霧は「逢う日」にかけているのだった。

さすがに典侍は嬉しくて、車に乗る間際《まぎわ》で気がせかれたが、返事をことづける。

「挿頭をお忘れになるなんて、あなたのような物知りの方が……信じられませんわ。挿頭の草より、もっと美しい花をお身近く、見なれていらっしゃるのですもの、無理もありませんけれど」

夕霧は、その手紙を見て、恋心をかきたてられた。

雲井雁と結婚するまでは、ふしぎや、典侍との仲に深入りする気になれなかったのに、結婚してみると、さらにまた、典侍をも得たいという情熱が、実直男《まめびと》、夕霧の心を熱っぽく捉えた。

いよいよ、入内の日は近づいた。

入内には母君が付添っていなければいけないが、紫の上は始終、付添っていることはできない。源氏はこの際、実母の明石《あかし》の上を後見役にすればよいのだが、と考えていた。

仲のよい夫と妻は、おのずと考えることも似通《にかよ》うていくのか、紫の上が源氏にいったのも、まさしくそのことであった。

「ちょうどいい折ですわ。あちらの実《じつ》のお母さまに姫君のお世話をお願いしたらどうでしょう。離れ離れになって辛がっていらっしゃるにちがいないし、姫君も、だんだん、ほんとうのお母さままでないといえないことが出てくる頃だと思いますのよ」

自分の存在が、明石の上母子《おやこ》にとって重く感じられるのも辛いし、ということは、さかしい紫の上は源氏にいわない。

「姫君はまだ子供っぽくていらして心配ですし、おそばの女房も若くて気がつきませんわ。乳母《めのと》といっても、心づかいは限りがありますし、やはり実のお母さまのご後見なら、私のいないときも安心して、お任せしておけますもの」

「よく心づいて、言ってくれた。実は私もそう思っていたのだよ」

源氏は喜んで、明石の上に早速話した。

明石の上は、平生の願いがかなったように喜んだが、祖母の尼君は、

「入内なされたら、もう姫君にお目にかかる折もあるまいねえ」

と悲しんでいた。

入内の夜は紫の上がつき添っていった。紫の上は、姫君が可愛くてならなかった。明石の上に托《たく》するよりも、本当は自分がいつまでも世話をし、付添っていてやりたかった。実の娘であったら――と思わずにいられない。

源氏も夕霧もそのことだけを残念に思う。

入内の儀式は質素に、と源氏は念じていたが、それでもおのずと美々《びび》しきものになってゆくのはしかたなかった。

三日たって紫の上は内裏《うち》から退出した。入れかわりに明石の上が参内《さんだい》した。そのとき、二人ははじめて対面したのである。

「こんなに姫君がご成人なさいましたのにつけても、長い年月が思われます。あなたとわたくしも長いおつきあい、ということでございますわ。いまさら、他人行儀なことは止《よ》しましょうね」

と紫の上はなつかしそうにいって、何かと話をするのであった。

明石の上は、物の言いぶりもおくゆかしく、なるほどこれでは、殿がお愛しになるはずだわ、と紫の上は感心せずにいられなかった。

明石の上はまた、紫の上の、上品であでやかな盛りの色香《いろか》に目を奪われる心地がして、飽かず感嘆した。

(こんな方だから、殿も、最愛の女《ひと》として大事にしていられ、ならびなきご威勢の北の方として定まっていられるのだわ)

そう思った。しかし、その紫の上さえ持たぬ子供を、明石の上が持ったということは、やはりなみなみならぬ運の強さではないかとも、明石の上は思う。

姫君はまことに美しく、雛《ひな》人形のようでいられた。

東宮に御入内されたからには、もうわが子であってわが子ではない。尊いご身分になられたのだ。明石の上は嬉しくて涙がとどまらなかった。

紫の上は姫君を一点、非のうち所なくお育てしていた。もともと怜悧《れいり》なおうまれつきでいられる上に、誰からも愛される円満なご性格のようであった。それに父君ゆずりの美貌《びぼう》に恵まれていられるので、東宮のお若いお心にも、かくべつに思われるようであった。明石の上も心こめて後見したので、この、新・女御の御殿は花やかにときめいてゆく。

源氏は来春には四十歳になる。

四十の賀の祝いを、朝廷はじめ世をあげて準備していた。

秋には源氏は、準太上《だじょう》天皇の御位《みくらい》をたまわった。太上天皇とは、天子の御位を下りられた方への尊称である。源氏は、それになずらえる位となったのであった。封戸《ふご》が加わり、年官年爵も添えられた。年収・所得がさらに増したことである。

今までにも何の不足もなかったのであるが、更に格式があがったので院司《いんじ》も任命され、重い身分になった。気軽に参内もできなくなるだろう、と源氏はそのことを残念に思う。

しかし帝《みかど》は、源氏をこんなに待遇なさっても、まだ足らず思《おぼ》し召された。

本来ならば実の父君であるのに、皇位をゆずれないことをひそかに悩んでいられる。

源氏は、まさに、位、人臣をきわめたといってもよい。

何不足ない身分になってこのごろ源氏は、人にもいわずわが心のうちで、出家《しゅつけ》のことを考えている。望んだものはみな手に入れ、きわめるべきものは、きわめつくした。源氏は最後のしめくくりを、わが手で閉じたくなっている。

気にかかっていた夕霧も結婚して身を固め、姫君も入内させた。紫の上に、子供のないのが不安であるが、しかし中宮が母代りとおぼしめしていて下さるから、心配もあるまい。それに、入内した姫君も、長年養育した紫の上をおろそかにはお思いになるまい。

花散里《はなちるさと》が、これも一人で淋しくなるであろうが、この人は夕霧の義母として源氏がとりはからっておいたので、やさしい夕霧のことだから大切に面倒をみてくれるであろう。

源氏は心にかかる人々の行末《ゆくすえ》を、それぞれ頼もしい若人に托し、自分は身軽になって、愛欲煩悩《ぼんのう》から遠くはなれた清らかな彼岸《ひがん》へ、飛翔《ひしょう》し去る日のことを夢みている。

それは、わが生涯が充《み》たされきったと信じている人の、さらに新たなる希求に賭《か》ける幸福である。

源氏が「院」とよばれ、太政大臣《だじょうだいじん》を辞したのにかわって、内大臣が太政大臣となった。宰相の中将・夕霧は、中納言に昇進した。

昇進のお礼に参内する中納言・夕霧は、風采《ふうさい》といい、挙措といい、おちついた人柄、ゆたかな学殖といい、何の不足もない。舅《しゅうと》の大臣は、いまは、心から、雲井雁の結婚を喜んでいた。後宮《こうきゅう》での心労多い競争よりは、この得がたい青年を婿にして、相愛の結婚生活をおくる方が、どれほど女として幸福か、しれない。大臣は娘のためにもうれしく、また、いよいよ夕霧が好もしくなっていた。

中納言になってからはいままでの部屋住みでは手ぜまとなり、三條殿に移ることになった。ここは亡きおばあちゃま、大宮のお住まいになっていた、二人には思い出の邸《やしき》である。

夕霧もいよいよ、一戸を構えて独立する年代になったのであった。

荒れていたのを修理し、大宮のお住まいだった部屋に手を入れ、調度も新しくして住むことにした。

なつかしい思いで、わかい夫と妻はこの邸に移ったのである。

あのころは庭の木々も小さかったが、今は大きく繁って、蔭をつくっていた。ひとむらすすきも乱れているのを手入れさせたりして、いい眺めの庭になった。

秋の夕べのひととき、庭をながめている夕霧と雲井雁には、はてしなく幼いころの記憶がよみがえってくる。——雲井雁が、連れ去られるという夕、少年が忍んで泣いた部屋の柱。

(ここをあけて)

とささやいた少年に、つめたく閉ざされていた妻戸のかけがね。

「こんなこともあった、ほら……」

「ええ、あんなことも……」

と二人の思い出話は尽きない。

「おぼえてるかい?」

と夕霧が、わか妻の耳にささやく、ひそやかな話に、

「……まあ」

と雲井雁は耳まで赤くなって、女房たちの見る目もほほえましい、むつまじい二人だった。

「そういえば」

と夕霧は、雲井雁の乳母《めのと》、大輔《たゆう》の君に笑う。

「六位の下っぱ役人が花婿では、といやみをいわれたっけ……」

夕霧は、美しく咲いた菊を乳母に手渡した。

〈あさみどり若葉の菊を露にても　濃き紫の色とかけきや〉

と、歌を口ずさんだ。あの頃は六位の浅緑の袍《ほう》を着ていたがね、今は三位《さんみ》の濃紫《こむらさき》の袍だよ。こんなになるとは、思いがけなかったろうね。

「あのとき言われたひとことは、今も忘れられないよ」

夕霧が笑いながらいうと、乳母はきまりわるく恥ずかしくもあり、また夕霧がかわいくもあるのだった。

〈二葉より名だたる園《その》の菊なれば　浅き色わく露もなかりき〉

と乳母は返す。――名門の若君でいらっしゃいますもの、低い位とばかにするなんてことはございませんけれど……。

「まあ、どんなにかあのときは、ご不快に思《おぼ》し召されたでございましょうねえ。おゆるし下さいまし」

乳母の当惑顔が、また興をさそって、この邸には、わかわかしい笑い声が、絶えることなく、わきあがるのだった。

ちょうどその折、父太政大臣が、御所から退出の道すがら、この邸の紅葉《もみじ》の美しさにひかれて立ち寄った。

大宮がご在世のころに変らず、邸を美事に手入れして、わかい夫と妻が楽しげに住んでいるのを、大臣は感無量で、うれしく見た。

「おばあちゃまが生きていらしたら、どんなにお喜びだったろうねえ。どちらも可愛がっていらした孫同士が、こんなに幸福な結婚をしたのをごらんになったら」

と大臣は涙ぐみ、

「新婚家庭に、老人の涙は縁起でもないね」

と、同年輩の老《おい》女房をかえりみて、微笑する。

「いいえ、ほんとうに、私どももつい、昔話など申しあげては、お若いお二人に笑われております」

と、昔を知る老女房たちは、いう。

「年寄りはこまるのですよ」

と夕霧は笑うのだった。

「昔話といっても、おばあちゃまの思い出やらそのほかの世間話ならいいのですが、どうしても、私たち二人のことになってしまって。——何しろ、どっちの小さい頃からのことも、よく知られているので、年寄りにはかてません」

「それはもう」

と、夕霧の乳母が、しゃしゃり出た。この乳母は、昔、大臣が夕霧につらくあたったのを忘れないでいる。

「お二方の昔からの仲よしこよしを、一ばん存じあげているのは、私どもでございますから。

はい、親御さまもご存じない、仲のよい幼な馴染《なじ》みでいらっしゃいますもの、いまこうして晴れてお二方お揃《そろ》いのところを拝見しますと、もう嬉しくて嬉しくて、つい、申上げずともよい昔話に、ふけってしまうのでございますよ、どれだけ若君がご苦労を――」

「わかった、わかった、そなたにはかなわぬ」

大臣の言葉に、一座はまたどっと笑い、雲井雁はあかくなってうつむくのも、ういういしかった。

十月の二十日すぎ、六條院に行幸《ぎようこう》があった。

紅葉《もみじ》の盛りでございますゆえ、と申しあげたので、主上は朱雀院《すざくいん》をもお誘いになり、お揃いで行幸になる。

めったにない光栄で、世間はめざましく思っている。主人側の源氏は、趣向を凝《こ》らしてご接待申上げる。

巳《み》の刻（午前十時ごろ）に行幸がある。

馬場殿にまずおいでになる。左右の馬寮《めりよう》の馬を引き並べ、左右の近衛《このえ》武官が馬に添って並んでいるさまは、そのまま、五月五日の競馬《くらべうま》の作法のようである。

馬術の見物のあと、午後二時すぎ、南の寝殿に移られる。

お通り道の反橋《そりはし》・渡殿《わたどの》には錦《にしき》が敷かれる。

外からまる見えの所は、軟障《ぜじよう》（幔幕《まんまく》）が張られ、いかめしい。

東の池では、お道筋の座興に、鵜船《うぶね》を浮べて、鵜飼をお見せする。築山《つきやま》の紅葉がよくお目にかけられるように、廊の壁をこわし、中門《ちゅうもん》を開け放って、目ざわりのものを取り払ってある。

主上と朱雀院の二つのおん座より一段下って、源氏の座はしつらえられてあったが、それを勅命で、同列に直された。

池の魚を左の少将が、北野の鳥を右の少将が捧《ささ》げ、寝殿の東から御前にすすみ、正面階段の左右にひざまずいて捧げる。

それを調理してまいらせるのである。

親王がた、上達部《かんだちめ》などのご馳走《ちそう》も、源氏はつねにない目新しい趣向でさしあげた。

みなみな、快く酔った。

日ぐれがた、源氏は御所の楽人《がくにん》を呼んでいたので、優雅に楽の音《ね》をひびかせ、殿上童《てんじょうわらわ》が舞をごらんに供する。

源氏は、そのかみの紅葉の賀《が》のことを思い出していた。

菊を折って、太政大臣に、

「そういえば、あの折、青海波《せいがいは》を共に舞いましたっけなあ」

と話しかけた。

大臣は、色あざやかな菊を手渡されて、

「ほんに。……あのころも、あなたには及びもつかぬと思うていましたが、今日はひときわ、しみじみ、そう思います。

〈紫の雲にまがへる菊の花　濁りなき世の星かとぞ見る〉

この濁世《じよくせ》にあらわれた星でいらっしゃる」

風がさっと渡ると、紅葉の葉が散り、庭の苔《こけ》も、池の面も、錦を敷いたよう。

名門のかわいい公達《きんだち》が、愛らしく舞うさまは見あきない面白さである。

朱雀院も、興たけなわのころ、久しぶりに和琴《わごん》を弾かれる。院はどうお思いになって、今日の宴にのぞまれたのであろうか。

主上と源氏と、中納言はよく似通っていられる。たのしげに盃をまわされる。

ひとり朱雀院は、お淋しげに、楽の音に耳かたむけていられる。

君がため若菜《わかな》つむ恋の悲しみの巻

六條院への行幸《ぎょうこう》があってのち、朱雀院《すざくいん》は、ご病気がちで臥《ふ》していられる。

もともとご病身であられたが、こんどは心ぼそい思いをされて、

「年来、出家《しゅっけ》の本意が深かったが、母大后《おおきさき》がご存命のあいだは憚《はばか》って、ご遠慮していた。しかし、信仰への深い思いは、私を誘ってやまない。このたびは、もう先も長くないような気もされる」

と仰せられて、それとなくご出家のための準備をはじめられた。

その中にも、朱雀院にとって後髪ひかれるように心のこりなのは、最愛の内親王、女三《おんなさん》の宮のことであった。

朱雀院の御子《みこ》は、五人、おいでになる。

男御子《おとこみこ》は、いまの東宮《とうぐう》で、あと四方《よんかた》はみな、姫宮である。お母君は、それぞれ違っていられるが、その中に、かの、前《さき》の藤壺《ふじつぼ》の中宮の妹宮にあたられる方がいられた。本来なら后に立たれるところを、ご実家の勢威もなく、そのうち、朧月夜《おぼろづきよ》の尚侍《ないしのかみ》が、とくにご寵愛《ちょうあい》あつか

ったりして、いつしか影もうすくなられ、そのうち朱雀院も譲位されたので、何もかも不本意のうちに亡くなってしまわれた。

朱雀院は、その女御《にょうご》を、いとおしく、あわれにも思っていられた。

そのかたの忘れ形見《がたみ》の姫宮が、女三の宮である。十三、四ばかりになられる。

朱雀院は女三の宮がとりわけお可愛くて、大切にかしずき育てていられる。自分が世を捨ててしまったならば、母も亡く後楯《うしろだて》もない幼い姫は、どうすごしてゆくであろうかとお心にかけていられた。

ご出家後、お移りになるはずの西山の御寺《みてら》ができあがり、いよいよ、移られることとなったが、一方で、院は三の宮の御裳着《おんもぎ》の式をも準備されていた。そのための御調度品や財宝はあげて三の宮にお譲りになり、ほかの姫宮は、あまりかえりみられぬようすである。

東宮がお見舞いにこられたときも、そのお話ばかりあった。

東宮は、おん父君のご病気と、ご出家の意志を聞かれてお見舞いされたのであるが、院は、東宮に、国を治める上の心づかいなど、いろいろご教訓になった上、

「女御子《おんなみこ》がたくさんいるのが、この世に残る気がかりです。どの姫宮もあなたの姉妹、どうか気をつけて世話をしてやって下さい。女の生きざまは、人の口端《くちは》にかかりやすいのが、あわれにも悲しい。まして三の宮は頼るべき家もなく、年も幼い。この子の行末《ゆくすえ》が気にかかってならぬ。くれぐれも頼みますぞ」

と、まぶたを押えながらいわれた。

東宮は素直なかたなので、つつしんで父君の仰せを聞かれているが、しかし、妹宮の身の振りかたについて、どうというお考えもまだおありでない。

院は日夜、このことを嘆いていられる。

ご心労に加え、ご病気はいよいよ重くなってゆかれた。

もう、この頃では御簾《みす》の外へお出になることもできない。いよいよ、先も短いのではないかと、お心も弱られる。

世の人々は、朱雀院のご病気を案じていた。

御位《みくらい》こそお下《お》りになったが、おやさしいお心の院に、ご庇護《ひご》をうけた人々が多いからであった。

六條院からも、たびたびお見舞いの使者がきた。

「近々、参上いたします」

という源氏のことづては、殊に院をお喜ばせした。夕霧中納言がお見舞いにきたのを、院は御簾のうちに招かれて、

「あなたを見ると、若い日の源氏の君を見るような気がする——亡き父帝《みかど》が、ご臨終に私を呼ばれ、いまの主上と、あなたの父、源氏の君のことをくれぐれも仰せ置かれることがあった。

しかし、位に即《つ》いてからは、私も若かったため、なかなか、心では思っていてもその通り

にできぬことが多く、ゆき違いもできて、好意をもちながら結果としては、辛く当るような形になってしまったのです……しかし、六條院はそのことを、つゆ、根にもつ風情《ふぜい》はおみせにならず、やさしくして下さった。それどころか、東宮の後見も親身にして下さり、いままた、あなたの妹姫も入内《じゅだい》されて、いよいよ親しみは増し、私としては嬉しく思っています。東宮のことは、六條院やあなたに任せておいて大丈夫でしょう。父帝のご遺言《ゆいごん》により、御位をお譲りした主上も、聖明《せいめい》の天子でいられて、ゆきとどかぬ先代の私の不面目を回復して下さった。みな、それらの点では、私は満足しています。

この秋の六條院の行幸は楽しかった……。

来《こ》しかたのことがいちどきに思い出された。

もういちど、あなたの父君にお目にかかりたい。お話したいこともあるので、ぜひ、おいで下さるように、あなたからも頼んで頂けまいか」

と、朱雀院は涙ぐんで仰せられる。

お優しいかたなので、しみじみと仰せられる物語は、青年の心に同情をさそう。朱雀院が「ゆき違いもできて」と言われるのは、たぶんそのかみの須磨流謫《すまるたく》事件のことをさすのであろう。朱雀院は、そのことを何十年たっても、心の傷として、とどめていられるにちがいない。

自分の力で、源氏の流浪《るろう》をとどめてやれなかったご自責が、今もお胸を噛《か》んでいるのかもしれない。お気弱なご性質だけに、その悔恨は内攻して傷つかれたのであろう。

そう思うと、夕霧は、伯父君《おじ》の院が、いたわしくなる。

「昔のことは、私には何もわかりませんが」

と夕霧は、院をおなぐさめする。

「長じまして、朝廷《おおやけ》にたちまじるような身になりましてからは、父は、対外的にも私的にも、何くれとなく私に話しますが、昔、苦労した、などということはかつて仄《ほの》めかしたこともございません。院には、昔も今も、心からの敬愛を失ってはおりません。

父も朝廷のご後見役を辞退し、引きこもっております身、同じく政治《まつりごと》をお譲りになった院と、折々はくつろいで楽しい昔語りでもしたいと、いつも申しておりますが、何にせよ、身分が重々しくなってしまって身軽にうごけず、ついご無沙汰《ぶさた》がちになってしまうのが残念だと――父は嘆いております」

朱雀院は、やさしくいたわりの言葉をのべる、青年中納言の姿に、しばし、目をあてていられる。

すがすがしい、さわやかな美青年で、言葉も明晰《めいせき》に、何より気質《きだて》のやさしさが匂《にお》うようで好もしい。その上、品位があって堂々としている。

「中納言は、いくつになられる」

と院は唐突に問われた。

「は。二十歳《はたち》には、まだ少しばかり……」

夕霧は頰《ほお》を染めている。

「太政大臣《だじようだいじん》の姫と結婚して、身を固められたそうだね」

「はい」

「ここ何年か、その姫との縁談がこじれたというので、気の毒なと思っていたが、めでたく納まって結構であった。——これでひと安心、とはいうものの……私も姫御子《みこ》を持つ身、うらやましいような、ねたましいような思いだよ」

と院はいわれる。

（どういう意味か）

と青年は心中、いぶかしんだ。そしてふと、朱雀院が「三の宮を、どこかへ縁付けて、身の振り方をきめてから出家したい」と仰せられているということを、ある人から洩《も》れ聞いていたので、そのことか、と思い当った。

しかし返事のしようもないので、

「はかばかしくない身ですから、なかなか縁もまとまりませんで……」

とだけ、申しあげておいた。

院は、なおも、思いのふかいお目で夕霧をみつめていられる。

夕霧が退出してから、おそばの女房たちは、

「おりっぱな公達《きんだち》でいらっしゃる……」

「くらべようのない、お美事《みごと》なかた。おちついていられて、しかも傲《おご》りたかぶった所などお

ありでなくて、まじめで、お美しくて」

　と手放しの讃《ほ》めようである。中には、

「そうはいっても、あのかたのお父君、源氏の君とはくらべものになりませんよ。光る君と申上げたほど、輝いていられたのですもの」

　と、昔を知る老女房《おい》はいうのだった。

　院もお聞きになって、

「そうだな。源氏の君は魅力があった。公的な場ではきちんと重々しく仕事のできる人だったが、うちとけて冗談をいってたわむれるときは、何ともいえぬ愛嬌《あいきよう》があふれ、人なつこく、可愛気があって楽しかった。あんな男は、めったにいなかった——亡き父帝が掌中の珠《たま》のように愛されていたが、それでも二十歳《はたち》にもならず納言《なごん》に昇ったということはない。それにくらべると、夕霧の出世は早い。

　しかしこの青年は、実務の才も徳もあるから、親にも劣らぬ、国家の柱石になるだろうね」

　と、夕霧をおほめになる。

　女三の宮は、おっとりとかわいいご様子で、みんなの話を聞いていられるが、源氏も夕霧もごらんになったことがないので、関心も興味もおありでなくて、ぼんやりしていられる。

　あどけないばかりの姫宮である。

「この宮をねえ……」

と院は、いとしそうに、三の宮をごらんになった。

「あの中納言に嫁《かた》づけたらよかった……。ほんとうは、この姫をひきとって、たいせつに養育し、一人前の女に教え育ててくれる、そういう、しっかりした男が、夫になってくれれば一ばんいいのだが……。あの六條院が、式部卿《しきぶきよう》の宮の姫君、紫の上を育てて妻としたように、ね。だが、そんな人は、いまどきの男の中にはいない。あの中納言が独身のうちに仄めかしておけばよかったな……」

「まあ、それは無理と申すものでございましょう」

と姫宮の乳母《めのと》はいった。

「中納言はまじめなかたで、長いあいだ、太政大臣の姫君と別れていても心を移さなかったという、当代珍しい純情な人でございますわ。やっと恋が叶《かな》って結婚したのですもの、水も洩らさぬ仲のよい夫婦仲、と聞いております」

「中納言よりは、むしろ、お父君の源氏の君、あの六條院さまの方は、いまでもやっぱり、この道にご関心がふかくて、お心が多くて若々しくいらっしゃるとか……」

と女房の一人は笑った。

「それに、六條の院は、身分たかき、ご秘蔵の姫や、やんごとないあたりの女人に、ひとしおお心を寄せられるお癖《くせ》とか。前斎院《さきのさいいん》には、いまもお文《ふみ》を通わせられるとのことでございますわ……」

「いくつになっても、なおらぬ癖だね」

と朱雀院は仰せになったが、ふと思いつかれた。

（そうだ。このたよりない、あどけないばかりの姫を托《たく》するのに源氏よりほかの適任者があろうか。四十歳の夫ほどたのもしい夫を、どこに求めようか）


女三の宮の乳母で、重《おも》だった御後見役である人に、左中弁《さちゅうべん》なる兄がいた。

この弁は、六條院へも年来親しく出入りしており、また朱雀院にも、妹の関係で女三の宮に心を寄せてお仕えしている。

乳母はこの兄に、話のついでに姫宮のことを話した。

「院は、姫宮を六條の院へおかたづけになりたいご様子ですよ。折があれば、六條院のお耳へ、そのことをそっと入れて下さい。まあ、内親王さまは生涯、独身でいらっしゃるのが、きまりのようになってはいますが、でもやっぱり、しっかりした庇護者がいられるにこしたことはありませんもの……お独りでいられると、とかく噂《うわさ》が立ったりしてお気の毒ですわ。院がまた、とりわけてこの宮をおかわいがりになっていらっしゃるので、妬《ねた》まれるかたもおいででしょうし、むつかしいところなのですよ。院がご出家なさらぬうちに、姫宮をおかたづけになれば、私もこの先、ご奉公しやすいのですけど」

「ふーむ。三の宮を六條の院に、ねえ」

と弁は考えこんだ。

弁は、六條院の内部の人間地図に明るく、源氏の人柄もよく知っていたが、この問題には首をかしげざるを得ない。

「これこそ、むつかしいところだよ。六條の院へ姫宮がお輿入《こしい》れなさって幸福になられるかどうか——。六條の院は、ふしぎなほどお気の変らない方で、いったん愛された女性は、少々お心にかなわなくても親切に引きとって、いつまでもお世話なさる。だから、そういう方々が、お邸《やしき》にはたくさんいらっしゃる。——しかし、ほんとうに二なく愛して大切にしていられるのは、これはもう、まちがいなし、対《たい》の御方《おかた》、紫の上おひとりでね。お邸のほかの夫人がたは淋しい思いをしていられることだろう。

そこへ、姫宮が加わられるとなると、どうなるか、私にも見当はつかない。

ただ、何といっても、内親王さまのご身分がら、まさか対の上にけおされなされることはあるまいと思うけれど、さ、それもどうだか、私には断言できないね。

尤《もっと》も、折々に六條の院はこうおっしゃっている。『自分はこの世の栄華をきわめつくしたが、女のことではしばしばつまずいて、世の非難も浴びた。自分でも、結婚問題では不満に思えることがある』——と、ね。これは、愛していられる対の上のことではないかと、ひそかに思い当るのだが、あの紫の上のお人柄や愛情にご不足はないようなものの、しかし正式に結婚なさったわけではないからね」

「それはそうですよ。あのかたは、お噂によると、世間へのご披露宴《ひろうえん》もなく、いつとなし、奥さまのようになってしまわれた、というだけで、六條の院はそのかみの、亡くなられた葵《あおい》の上以来、正式な夫人はおありではないのですもの」

乳母は、勢いこんでいった。

「ま、六條の院がそう仰せられるのは、あくまで冗談めいた内々のお話なので、どこまでがご本心かわからないが……」

弁はそういいながらも、姫宮への身贔屓《みびいき》から、

「もし、こちらの宮さまが院の北の方となられたら、これはもう、ご身分がら、どんなにお似合いのご夫婦だろう」

といった。

乳母は兄の意見に力を得て、朱雀院に、ことのついでに申しあげた。

「六條の院では、きっとご承知なさるだろう、と弁は申しております。六條の院は、かねて身分貴き、正式な夫人を、とお望みになっていらしたらしゅうございます。正式のお話があれば、橋渡しをしてお伝え申上げると、弁は申しております。

六條の院には多くの女人がおいでで、そのなかで、姫宮がご苦労なさいますのもお気の毒ですが……」

「そのことだ」

と朱雀院のお迷いも深い。

「いま、三の宮には三人の男から縁談が来ている。兵部卿《ひょうぶきょう》の宮と、藤《とう》大納言と、太政大臣の長男、柏木《かしわぎ》の衛門督《えもんのかみ》だ。しかし、どれも一長一短でむつかしい。みなそれぞれに、三の宮を

大事にする、と誓ってくれてはいるのだが、あまりに宮がいたいけで、初心《うぶ》なので、妻としての心もちいが不充分ではあるまいか……その点からいうと、六條の院のように、中年の、りっぱなおとなに托したほうが、安心できる気がする」

院は、内親王が、世の常の結婚をして、人妻の暮らしに入ってゆくのをよろこばれなかった。

また、人妻につきものの、嫉妬《しっと》や気苦労を、いたいけで高貴な姫宮に強《し》いるのもお避けになりたかった。

といって独身で過ごさせるとなると、庇護者のない、たよりない姫宮は、世の荒波を防ぎかねて、どんな辱《はずか》しめや過《あやま》ちに身をさらされるかわからない。

「もう少し、せめてこの宮がもっとしっかりなさる年頃までそばにいてあげられればいいのだが――」

と朱雀院は嘆息された。

「こう病いが重くては先も短いように思われて心がせかれる。早く姫宮を結婚させて世をのがれたい。……いろんな点から考えて、やはり六條の院しか、適任者はいないように思われる。あの人なら、姫宮をかばい育てて、夫ともなり親ともなり、守ってくれるであろう」

朱雀院が、こうもお心を砕いていられることが世上に洩れ散って、女三の宮にあこがれる男たちはふえるばかりであった。

ほかの姫宮には、縁談も来ないのに、三の宮にはわれこそ、と思う男たちが、手づるを求めて熱心に求婚する。

それはまるで、あの、玉鬘《たまかずら》の姫が、男たちの恋心をそそったのに似ていたが、しかしこのたびは、朱雀院の鍾愛《しょうあい》なさる、やんごとない内親王であられ、雲の上の麗人でいられるので、男たちのあこがれの熱っぽさは、いちだんとたかまっていた。貴い血すじの姫に惹《ひ》かれる男ごころの常として、誰もかれも、見ぬ恋に心を焦《こ》がすのであった。

その中の有力な求婚者の三人は、ことにも、自分こそはと躍起になっていた。

柏木の衛門督。夕霧の友人であるこの青年は、夕霧より年上なのに、まだ独身でいる。それは、かねてより、女三の宮に思いをかけ、内親王以外の女性を妻に、とは考えてもいなかったのである。

柏木は、父の太政大臣に運動をたのむ。

大臣の北の方は、朱雀院の寵妃《ちょうひ》、朧月夜の尚侍《かん》の君の姉にあたる。尚侍の君は大臣にたのまれて、甥《おい》の柏木のために朱雀院に、三の宮の降嫁をおねがいしている。

兵部卿の宮は、玉鬘に失恋なさったあと、結婚するなら、あれ以上の女人《ひと》を、と考えていられるので、こんども熱心に求婚していられる。

藤大納言は、長年、院の別当をつとめてきた人で、ぜひ姫宮をご後見して、妻というよりも、女主人のように大切にあたまに頂いて仕えたいと申しこんでいる。

朱雀院は、その中では、一番、柏木にお心が動かれるが、三の宮の夫としてはまだ身分が低いと思われた。大納言はあまりにも凡庸なただびとであり、兵部卿の宮は、お人柄はよいが、あまりに伊達男《だておとこ》で、風流好みに過ぎ、軽々しくたよりない、と見ていられる。

朱雀院のお悩みをお聞きになって、東宮は、お父君のほんとうの意のあるところを察しられた。

「なまじい臣下におやりになるよりも、やはり、のちのちの例にもなることでありますから、人柄本位よりも身分の釣合、をお考えになったほうがよろしゅうございましょう。それには、何と申しても、六條院をおいてはほかにございますまい」

東宮のお言葉に、朱雀院のお心は、たちまち晴れた。院は、どちらかというと、優柔不断でいらっしゃるのであった。

「よくいってくれた。その通りだと思う」

朱雀院は、弁を使いとして、六條の院、源氏の意向を打診させられた。

院のさまざまなお悩みを、源氏は、疾《と》うに聞き知っていた。

それゆえ、唐突なお申し出として、おどろくことはなかったが、さすがに即答してお承《う》けできることがらではなかった。

「ご心配なさっていることはかねてより、お察ししていた。しかし、私に托されるといっても、この私も、院よりどれほど長生きできるというのか。べつに結婚などせずとも、院の御子たちであってみれば、私が知らぬ顔をするはずはない。生きている限りは、お世話するつもりでいるのだからね」

源氏は、重くるしい問題を押しつけられて、内心、困惑していた。

「それなのに、まだ若い宮と結婚、ということになると、これはどうも……。末長く添いとげられないで、かえって宮にはお気の毒なことになる。むしろ、息子の中納言のほうが、似合わしい縁組みであるかもしれないがね。まだ若くて位もこれからというところだが、実直な人柄で、朝廷の後見ともなれる実力がありそうに思うし……」

「しかし中納言さまは、何と申しましても太政大臣の姫君とご結婚なさっておん仲もむつまじいとか。そういうところへ、ご降嫁なさるのも……」

と弁はいってみた。源氏自身も、中納言が三の宮との結婚を承引《しょういん》するはずはないと知っている。知っていて、この場をつくろい、自分も逃げているのである。弁は、そのへんのところを察していた。

弁は、院が、あれこれ考えあぐねられた上、やっとたどりつかれた結論であることを、くわしく源氏に話した。朱雀院のご心労をよく知っている弁にしてみれば、はじめから取り合わない源氏の態度が、たいそう残念で、朱雀院に同情せずにはいられなかった。

源氏は、ためいきを洩らし、

「そうだろう、それは分るのだが」

とうなずいて、朱雀院の親心に共感した。

「おかわいがりになっていらした姫宮だからな。どんなにしておいてあげても、し足りないように思われるのだろうね。——それならいっそ、御所へ入内させられればどうだろう。あとから入内されたかたが、もっともご寵愛あつくなるということも、ないではない。——亡き桐壺院《きりつぼいん》のときもそうだった。あとから入られた藤壺の中宮が、いちばん時めいて愛されていられた。……おお、そういえば、女三の宮の母女御は、藤壺の宮のお妹にあたられる。このかたもお美しかったと聞くから、三の宮はどちらに似てらしても、お美しい筈《はず》……やはり、かの藤壺の中宮のおもかげを伝えていられるのだろうか」

源氏はふと、視線をさまよわせた。

女三の宮への好奇心とあこがれが、胸のうちに萌《きざ》したようであった。

その年も、何やかやのうちに暮れちかくなった。

朱雀院はご病気がはかばかしくない。お気がせかれて、女三の宮の御裳着の準備をすすめられていた。

その御用意のりっぱなことは、近来にないめざましさである。世間にも評判になるほどだった。

御殿の装飾は善美をつくしたもので、式場になる柏殿《かえどの》の西面《にしおもて》の、御帳台《みちょうだい》・御几帳《みきちょう》をはじめ、すべて舶来の、唐《から》の綾《あや》・錦《にしき》をお用いになった。唐土《もろこし》の皇后の威儀になぞらえられて、輝くばかり結構なしつらいである。

御腰結《こしゆい》の役は太政大臣をおたのみになっていた。

万事、大仰でもったいぶった人なので、そういう役目は軽々しく引き受けない上に、女三の宮とは血縁もないので腰重かったが、ほかならぬ朱雀院のおたのみなので、承って参上した。

左右大臣、ほかの上達部《かんだちめ》、親王がた、それより下の殿上人《てんじようびと》はいうまでもなく、あげてこの儀式に参りつどうた。それでいかめしくも美々しき盛儀になった。

朱雀院が仏門に入られたなら、院が主催なさる催しとしては、これが最後になるであろう、と人々は暗黙のうちに、おいたわしく思い、心を寄せ奉ったのだった。

帝や東宮からもさまざまの贈り物がある。

六條院からも贈り物はあった。正客への引出物、参会者への禄《ろく》などは、六條院からさしあげた。

中宮からは、姫宮へのご装束と櫛《くし》の筥《はこ》の贈り物がある。

その中に、昔、入内の折、朱雀院から贈られた御髪上《みぐしあ》げの調度を、ゆかしく手を加え、(といっても、もとの品の風情を失わぬようにして）奉られた。

この秋好《あきこのむ》中宮がまだ姫宮でいられたとき、朱雀院が思いをかけられたのを、冷泉《れいぜい》帝へ入内、ということになってしまって、朱雀院は恋を失われた。入内の日、院は贈り物の櫛の筥を奉られ、哀切な歌を添えられたことがあった。

それを、中宮はいま、美しく手を加えられて、姫宮の成人を祝い、贈り物にされたのである。

〈さしながら昔を今につたふれば　玉の小櫛《をぐし》ぞ神さびにける〉

というお歌を、中宮は添えられた。

そのかみ頂いた櫛を、愛用してまいりました。こんなに古びましたけれども、あの折のご好意をそのままに、私から姫宮へ、人生の首途《かどで》のはなむけに——というような意味であろうか。

朱雀院は昔を思い出されて、あわれに思われること、限りない。この中宮への失われた恋、あのこと、このこと、……朱雀院の半生は、なぜか心のこりと、秘めた失意にみちていたお気持もされる。

せめて、最愛の姫宮だけは、自分のみたされぬ人生を埋めつくしてあまりあるような、幸福な、輝かしい人生であってほしい……。

いまは、過去のわが失恋よりも、生《お》い先長い姫宮の将来に、望みをつながれる院であった。

〈さしつぎに見るものにもが万世《よろづよ》を　つげの小櫛《をぐし》も神さぶるまで〉

中宮のみ位にのぼられたあなたに、姫宮の将来も、あやかってほしいものと思います。

院はそうお答えになった。

朱雀院はご病気でお苦しいのを堪え、御裳着の式を終えられると、三日後、御剃髪《ていはつ》になった。まわりの人々の悲しみはいうまでもない。

なかでもことに、朧月夜の尚侍《ないしのかみ》の君は、院にぴったりと添うて、

「ほんとうにご出家なさるのですか、わたくしを捨てて、この世を逃れておしまいになるのでございますか」

と、すべもなく、声を限りに泣き伏してしまう。

「かねて、あれほど言いきかせてあったのに……」

と院はいろいろに、言いこしらえて慰められるのも、しみじみした悲しさである。

「子を思いきることは出来るが、こうも思い合った妻との別れは堪えがたい。男と女のふかい仲を断ち切ることは、親子のわかれより断ちがたい……」

と院はお心も乱れぬばかりであった。しかし、かねて思いきめられたことなので、病中の苦しさを押えられて、脇息《きょうそく》に寄りかかられ、出家の御儀式をすすめられる。

比叡山《ひえいさん》の座主《ざす》をはじめ、御授戒の阿闍梨《あざり》がおそばに三人いて、法服をお着せする。

この世を捨てられる儀式の、さまざまの作法は、かなしいかぎりである。もはや、生きて彼方《かなた》の岸の人になられるわけであった。

姫宮がたや、女御更衣《にょうごこうい》、この御殿に仕える人々みな、泣き悲しんだ。

院は、ご出家後はすぐさま、閑静な山にこもられるつもりであった。女人たちの泣き声をふりすてて、静寂なところで法《のり》の道にふみ入られるつもりであったが、ただただ、女三の宮のお身のふりかたがつくまでと、心ならずも、そのままに、御殿の中にいられた。

帝をはじめ、あちこちからのお見舞いは多い。

源氏も、すこし院のご気分がよいということを聞いて、早速、お見舞いに出かけた。儀式ばらずに、お目にかかることにする。院は源氏をよろこんで迎えられたが、院の変られたお姿を拝見して、源氏は涙がこぼれるのをとどめられない。

「父院におくれ奉ってから、私も世の無常を知り、いつかはと出家の志を持っておりましたが……」

と源氏はいった。

「はからずも、院のご出家姿を、さきに拝するようになりましょうとは。私など浮世のほだしが多くてなかなか、思い切りがたいものでございます」

源氏は、ありきたりの挨拶《あいさつ》もできず、また、平静でもいられなくて、言葉もとぎれがちであった。

もとより院も、お心弱くなっていられることとて、しおれたご様子にみえた。

「命も長くないようにみえたから、かねて出家の志をもっていましてね……何ごとにも決断力のない私のこと、今までのびのびになっていたが、こうやって見かけだけでもその形をとろうと思って……」

院は、例のことを、お打ちあけになりたいようで、しばらく、ためらわれた末、

「女御子《おんなみこ》を、あまたおいて出家するのが気がかりでならないのですよ。なかでも、寄るべの

ない子が、ことに気がかりで……。この子は母もいませんし、私が出家するとどうなることやらと……」

と、院のお癖から、単刀直入に、言葉に出して源氏にたのむとは仰せにならない。源氏は、その兄君の優柔もいまはお気の毒にもいたわしくも思うのである。

それとともに、女三の宮への関心がないでもない源氏としては、この際、そしらぬふうで、院のお話を逸《そ》らせることもできなかった。

なにげない会話のようにみえながら、このときのやりとりが、大きな運命の転回をまねくことになろうとは、どうして源氏が知ろう？

もし源氏に、全く、女三の宮を引きとる意志がなければ、さりげなく院のお言葉に気付かぬよう、ほかの話題にすりかえてごまかしたであろう。お気弱の院は、すぐ源氏の意のあるところを察しられて、決して、押してはお言葉を重ねられなかったであろう。

しかし源氏の気持の底にはすでに、女三の宮に対して、やみがたい好奇心の靄《もや》が揺曳《ようえい》しはじめている。それは吹き払っても吹き払っても、いつとなくただよい、まつわってくる。

「ご身分がら、内親王のような方は、ご後見役がなくてはかないますまいな。東宮がりっぱにいられて、お妹の宮たちをお世話なさいましょうから、ご心配はございますまいが、しかし、帝位にのぼられては、やはりこまかいところまではゆきとどきますまい。……何と申しても、単なるご後見役という以上に、結婚なさった夫が、お世話するというのがいちばんご安心でしょう。いまのうちに、内々、しかるべき人を選んで、おかたづけになればいかがですか」

源氏の言葉は、朱雀院の意をむかえて、さそい水になっている。

源氏は、女三の宮への関心と同じくらいの重さで、院のお心を喜ばせたい、お気持に副《そ》ってあげたい、という気になっている。いつも失意を味わってこられた院の、かならずしも順調でなかったご生涯のうちに、ひとつはご満足のゆくような、お気の晴れるようなことをしてさしあげたくなっている。

果して、院は、ほっと顔色をゆるめられた。

「そう私も思うのだが、これがなかなか、むつかしくてねえ……。内親王の結婚相手は人選がむつかしいのです。父が帝位にあって盛りのときでさえむつかしいものを、まして出家してしまった今ではねえ。まことに申しにくいことだが、あなたの手もとにひきとって頂けますまいか。ほんとうは、あなたに育てていただいて、しかるべき人にかたづけて頂きたい、と申したいところだが……。権《ごん》中納言などが、独身でいるときに、申しこむべきであった」

「中納言は、実直な者ではございますが、何ごともまだ若いのでたよりのうございます」

源氏は、夕霧を苦しめたくなかった。院の仰せとあれば、夕霧と結婚させなくてはならない。しかし、雲井雁《くもいのかり》しか眼中にないいまの夕霧は、ご降嫁を承諾できず、どんなに困惑することであろう。

源氏は、自分で自分を追いこんだ形になった。

「勿体《もったい》のうございますが、私が、心こめてお世話申上げましょう。お父君がわりともなりまして……。ただ、宮にくらべて、私の生い先短く、長くご後見できぬであろうことが、心苦しく存ぜられますが……」

「おお……。そうおっしゃって頂ければ、これにすぎるよろこびは、ありません。母を亡《うしな》い、父に捨てられた稚《おさな》いあの三の宮を、どうか、ゆくすえ長く、いたわって、お気に入るように育てあげて下さい。……いや、これで心の迷いの雲も晴れました。たのしく、修行の道にいそしみ、本意を遂げることができそうに思われます」

院は、晴れ晴れとおっしゃった。

源氏はうなずいたきり、だまっている。

とうとう、承引してしまった。

姫宮は、養女として源氏のもとにおいでになるのではない。いろいろに言葉は飾られても、ご降嫁になることにまちがいはない。

紫の上に、この事実を、どう語り聞かせたものであろう？……

源氏は思い乱れている。

紫の上に、どう語り聞かせればよいのかを。

紫の上も、かねてちらほらと、源氏と女三の宮の縁談を、耳にしないでもなかった。

（まさか実現するはずないわ……。前斎院《さきのさいいん》のときもあれほどご執心だったけれど、ご自分から断念して踏みとどまられたのだもの。こんども、まさか……）

と思って、「こんな噂がありますけれど、事実なの？」と源氏に問うこともせず、無心に過ごしていた。

源氏は、紫の上の、自分を信じきったさまに心を痛めずにはいられない。すまない気がする。

（朱雀院との約束を話したらどんなに驚き嘆くだろう……たとえ姫宮を迎えたとしても自分の、この女《ひと》に対する愛はつゆ変るはずもなく、むしろそうなれば、かえってこの女《ひと》の方をいとしく思うだろう。だが、その本心をこの女《ひと》がしっかり見定めてくれるまでは、さぞいろいろ苦しんだり、疑ったり、するだろうなあ……）

と源氏は思い迷った。

このごろの年月、もはや源氏と紫の上のあいだには、紙ほどのへだてもなく、信頼と愛でかたく結びついた仲なので、なんの隠しごともなかった。それだけに、源氏は、姫宮のことを黙っているのが心苦しく気が晴れない。

しかし、どうしても言い出せない。

ついに源氏は、その夜は、何も言わずに過ごしてしまった。

翌日は雪が降った。

ものあわれな空のありさまだった。源氏は紫の上とそれを見やりつつ、昔のこと、これからのこと、とりとめもなく語り合う。いつか、話題は、昨日の朱雀院に移っていった。

「恐れ多いことだが、院はすっかり弱ってしまわれていてね。あれこれ、ものあわれなことが多かったよ。院は女三の宮のお身の上が心がかりのご様子で、いろいろとお話があり、どうかよろしくと仰せられた。

私はご辞退できなかったよ。お気の毒で。——

このことを、さぞ世間の人はいろいろに噂《うわさ》するだろうが、私の心からではない。

自分ではこの年になって若い姫宮を迎えるということも気恥ずかしいし、心も動かないから、人づてにそのことを仄《ほの》めかされたときは、とりつくろって言いのがれてきたのです。

しかし、直接にお目にかかって、院がねんごろにお頼みになり、あれこれ、哀れぶかいお言葉を承るとすげなくお断わりできなかった。

母君を亡くされ、父君は世を棄《す》てられる、頼り所のない姫宮へのおいつくしみを察すると、むげにきっぱりと拒むことも心苦しかった。

院はやがて深い山へお籠《こも》りになろうが、そのころには姫宮をここへお迎えせねばならないだろうね。

わかってくれるね？　味気ない思いをなさるだろうけれど、私の立場を理解してほしい。姫宮がこの邸へ来られたにしても、あなたへの気持が変ることは決してない。姫宮を大事にするのは、院のお気持を尊重してのこと、あなたを疎略にするようなことは、決してないのだ。

あなたは無論、ほかの女《ひと》たちも、心を平らかにして、みな、仲よく暮らしてほしい」
聡明な紫の上ならわかってもらえるのではないかと、源氏は思いながらも、心こめて話しつづける。

紫の上はそれまで源氏の、ちょっとした軽い浮気ごころにも、面白くないような顔で拗《す》ねるところがあった。（その嫉妬ぶりも、源氏には可愛かったのであるが）

この話にはどんなに、穏やかならぬ風を見せるであろうかと、源氏は考えていたが、紫の上にはそんな反応はなく、無心のさまで、

「おいたわしい院のお頼みですのね。おことわりになれなかったあなたのお気持、ようくわかりましてよ」

とうなずくのであった。紫の上には日ごろ源氏は、あのこととこのこと、過去から未来にわたって自分の人生を語りつづけているので、源氏の人生と紫の上の人生はぴったり重ね合わせられたようになり、源氏の身のまわりの人間地図も紫の上のあたまには、はいっていた。

それゆえ、院と二人きりの雰囲気《ふんいき》、院のおことばのものあわれさも、くまなく紫の上には想像できた。

伝え手と、受け手と、どちらの資質もすぐれてさえいれば、仲のよい男と女の場合、くまなく理解し合うことは可能なのだった。

「どうして宮さまをわたくしがうとましく思いましょう。ここにこうして、わたくしが住ん

でいるのを、宮さまが目ざわりにお思いさえなければ、わたくしも気持よくここに居りますわ。仲よくおつき合いして頂ければ、どんなにいいでしょう。

わたくしも宮さまも、早くに母と死に別れた同じような身の上。よそごとに思えませんわ。――それに、宮さまの母君は、わたくしの父君のお妹でいらっしゃるのですもの。宮さまとわたくしは従姉妹《いとこ》同士というわけね。宮さまもそうお思いになってわたくしと仲よくして下されば嬉しいのですけど」

「本心かね？　それは」

と源氏は微笑《ほほえ》んだ。紫の上は拗ねて、

「いやなかた。まじめに申しあげたのに」

「いや、あんまり素直に、こちらの申出をみとめていただけると、どうなっているのかと不安になる」

「それでは、いかにも、わたくしがふだんは分らずやみたいではありませんか」

源氏は笑ったが、ふと真顔になっていった。

「ほんとうは、そんなふうにうちとけて仲よくして頂けるとどんなに嬉しいだろう。あなたに、つまらぬ中傷や陰口をいう人があるかもしれぬが、そんなことを耳に入れてはいけないよ。世間の人の口というものはまちがって伝えられやすい。夫婦の仲のことでも周囲から見ると全く違ったことをいいふらして、とり返しのつかぬように騒ぎが大きくなってしまう。

そんなことにならぬように、自分の胸一つにしずかにおさめて、じっと成行きを見て判断するんだよ。何事もないのに、早まって軽率な嫉妬をしたりして、人の物笑いにならぬようにしておくれ……わかっているだろうけど」

紫の上はうなずいた。

源氏の語っているのは真実であろう。女三の宮を迎えても、あなたへの愛は変らない、というのは。

しかしそれは「男の真実」である。「男の真実」と「女の真実」とは、すこし質が違う。けれども源氏は、紫の上なら、その違いをのり超《こ》えて、わかってくれるだろうと恃《たの》んでいるのだ。

まさしく、紫の上には、源氏の立場も、彼の愛情もよくわかる。

(そうだわ……この縁談は空から降ったようなもので、殿には逃《のが》れられぬ災難のようなものなのだわ)

紫の上には、その認識が出来る怜悧《れいり》さがあった。

(それを憎さげに怨《うら》んだりしちゃいけないんだわ……宮さまもあのかたも、双方、恋愛なさって結婚されるとでもいうなら、ともかく。——あのかたがわたくしに遠慮なさったりわたくしが諫《いさ》めたりしたって、それで取り止《や》めになるというたちのものではない。院のお考え、まわりの人の思惑、身分や世間のきまり……そんなものがいく重《え》にもかさなって、のっぴきならぬ状態になったのだもの……みっともなく嫉妬したり、恨んだり、思い悩んだりしているさまを、世間の人に洩らしたくないわ)

紫の上は、あたまではそう割り切って考えながら、情念はなお燻《くすぶ》っていて、女くさいあやしげな暗い心になってゆく。

(もし、こんどのことを、あの継母《ままはは》の君〈式部卿の宮の大北の方〉がお聞きになったら、それ見たことかとお思いになるかもしれない……あのかたは、いつもわたくしの幸運を呪《のろ》っていらして、わたくしがどうしようもない鬚黒《ひげくろ》の大将《だいしょう》の再婚さえ、わたくしのせいだと恨んでいらっしゃる。これこれと聞かれたら、呪いの効果があったと、それこそ手を拍《う》っておよろこびになるかもしれないわ)

いつもはおおらかで、やさしい性質の紫の上も、さすがにそんなことを考えたりもするのであった。

(ああ、それにしても……もうこんなになったら、あたらしい浮気も恋もなさるまい、競争者もあるまいと、わたくしはあのかたを信じきって、自分こそ唯一人の北の方と思いあがっていた……。今までは何の心配もせず、平気で暮らしていたが、これからは、人の物笑いになることもできるかもしれない。——愛と、矜持《ほこり》の重さを、くらべるときがあるようになるかもしれない……)

紫の上はそんなことを愁えながらも、表面はおだやかに、やわらかい態度で暮らしていた。

年が明けた。

朱雀院では、姫宮を六條院にお移しになる準備に明け暮れ、いそがしがっていられる。求婚していた人々は、すっかり落胆していた。帝もその思《おぼ》し召しがあったのだが、縁談がきまったことを聞かれて、おあきらめになった。

源氏は今年、四十になったので、四十の賀《が》を国あげて執り行なおうと朝廷でも考えていられたのだが、儀式ばった固くるしいことは源氏は好まないので、ご辞退したのであった。

しかし、思いがけぬ人が、祝ってくれることになった。

かの鬚黒の大将の北の方、玉鬘《たまかずら》が、養女という資格で、正月二十三日の子《ね》の日の祝いにことよせて、用意をしてくれたのであった。

かねてそうとは洩らさず、内密で準備していたので、突然のことゆえ、源氏も断わるひまがなかった。

玉鬘は、一家をあげて六條院にやって来て、祝いの宴を催した。

内輪で、という心づもりであったが、玉鬘の夫も父も、今を時めく権門であるから、自ずと派手に、賑《にぎ》やかになってゆくのは仕方がなかった。

南の御殿の放出《はなちで》に、源氏の席は設けられた。

調度や室内の飾りは、玉鬘が美しく、新調したのである。風流を解する彼女の感覚は、どんなこまかい道具にも照り映えて美事であった。彼女は心こめて養父のためにつくしたのであった。

源氏は久しぶりで、玉鬘と会った。この女《ひと》は何とまあ、――女ざかりのなまめいた、それでいて顕官の北の方らしい重々しさをそなえた貴婦人になったことであろう。見るたびに成長し、りっぱになってゆく玉鬘に、源氏は瞠目《どうもく》する。

久しぶりに玉鬘を見た源氏の心には、そのかみ、六條院に彼女がいた頃、はかない思いに心を焦《こ》がし寄り添った頃のことが――まざまざと思い出された。あれからなんとこの女《ひと》は、歳月と共に美事な変貌《へんぼう》をとげたことか。

玉鬘の方でもなつかしかった。源氏は、四十歳というのも何かの間違いではないかと思えるほど若々しく、なまめかしい。いまもなお、玉鬘にとって源氏は、父に似て父より心ときめきする、恋人に似て恋人よりなつかしい、ふしぎな慕わしさをもつ男性であった。恥ずかしげにしながら、玉鬘は、さながら、久しぶりに里帰りした娘のように、へだてなくうちとけて源氏に話すのだった。

連れて来た若君二人も、たいそうかわいらしい。三つ四つの年子《としご》の公達《きんだち》で、玉鬘のそばに、同じような振分髪《ふりわけがみ》の無邪気な直衣《のうし》姿で、ちょこんと坐っている。つぶらな瞳《ひとみ》が玉鬘に似ていて愛くるしい。

「おお、もうこんなになったのかね……」

と源氏は、幼い若者たちのあたまを撫《な》でた。玉鬘は恥ずかしそうであった。

「こんなに何人もお目にかけなくてもよいのにと思いましたが、主人が、よい折だからお連れしろと申しまして」

「いや、その方がうれしい。夕霧のところも次々に生まれているそうだが、もったいぶってまだ見せてくれない。あなたがこうやって若君を連れて来て下さったのは、まことにめでたくて楽しいのだが……それにつけてもこちらが年をとったことを思い知らされてしまってね。いつまでも若いつもりでいるのだが」

と源氏は笑った。

「いいえ。いまでもお変りなくお若くていらっしゃいますわ。私からお見上げするお父さまは、はじめて右近《うこん》に連れられてお目にかかったときと、ちっともお変りではありませんわ」

玉鬘は、紅染めた眼もとに艶《えん》な恥じらいを匂わせて、やさしくいうのだった。沈香《じんこう》の折敷《おしき》(角盆)四つに、若菜の料理を形のごとく盛って、源氏にすすめる。

〈若葉さす野べの小松をひきつれて　もとの岩根を祈る今日かな〉

と玉鬘は強いておとなびて詠《よ》んだ。源氏の前に出ると、甘えたり拗ねたり、心ときめいたりした娘の日の気分にかえりそうであるが、今日は、小さい子供を引きつれ、人の親として、養い親たる源氏に、四十の賀をのべにきたのだ。世間なみの主婦らしい心づかいもみせなければ、と、玉鬘は、きちんと儀礼にかなったよみぶりである。源氏も土器《かわらけ》を取った。

〈小松原末の齢《よはひ》にひかれてや　野べの若菜も年をつむべき〉

子供たちの末長い年にあやかって私も年を重ねることにしよう。源氏もおだやかにめでたく受ける。

いつか、上達部《かんだちめ》の人々が、たくさん南廂《みなみひさし》の座についている。宴が、これから始まるのである。

式部卿《しきぶきょう》の宮も招待されていられたが、ご出席を躊躇《ちゅうちょ》していられた。鬚黒の大将が、宮の姫君と離婚している。

いや、離婚というより、宮が腹をたてて、むりに連れかえってしまわれたのだ。そんないきさつがあるので、今日、大将が六條院の婿の資格で、得意顔に采配《さいはい》を振っている場へ出席するのはご不快であった。

しかし招待を受けていられる上に、源氏とのつづき柄からいっても出席しないのは目立つので、おそくに出かけられた。

大将の姿は不快であったが、宮にとってお孫の若君たちが、（大将の前北の方のお生みになった公達である）かいがいしく用をつとめていられた。この方々は、紫の上とも縁つづきになる若君なのだった。

籠《かご》に入れたくだもの四十、折櫃物《おりびつもの》四十、夕霧の中納言はじめ縁故の人々が捧《ささ》げて源氏の前に並ぶ。盃《さかずき》がめぐり、若菜の羹《あつもの》が出る。

朱雀院のご病気をはばかって楽人《がくにん》は召されていないが、太政大臣がかねて用意の楽器をそろえていた。

和琴《わごん》は太政大臣の秘蔵のものを、長男の衛門督《えもんのかみ》が、とくに源氏の懇望で面白く弾きこなした。即興にかき鳴らす曲の方に、あやしいまで面白い興趣が生まれ、人々をおどろかせるのである。

この一族は、楽才があって、父の大臣の和琴も、琴の緒《お》ゆるく調子をおとし、余韻ゆたかにかき鳴らして面白いが、息子の衛門督はあかるく朗々とした音色で、愛嬌《あいきょう》がある。

「柏木《かしわぎ》が、これほどの名手であったとは」

と、親王がたもおどろかれたほどである。

琴《きん》は兵部卿の宮がお弾きになる。源氏も興押えがたく、弾きならして、内々のゆかしい管絃のあそびとなった。

唱《うた》い手を御階《みはし》の下に召し、すばらしい声の限りをつくして歌う。やがて楽はしだいに、うちとけたしらべにかわり、催馬楽《さいばら》の「青柳《あおやぎ》」となった。

〈青柳を、片糸によりてや、おけや、鶯《うぐひす》の、おけや、

鶯の、縫ふといふ笠は、おけや、梅の花笠や〉

うぐいすもろともに啼《な》き出しそうな宴になった。

あけがた、玉鬘は帰った。

「ありがとう。世を捨てたように暮らしていた私に、年月の積もりを知らせていただいた。また折々には、おいで下さい。私の方は気がるに出かけられないので残念だが」

源氏は玉鬘とのあわただしい逢瀬《おうせ》が惜しまれてならなかった。玉鬘は、やはり源氏にとっ

ても特別な女人である。玉鬘も、実父の大臣は、ただ血すじの上の肉親というだけであるが、源氏は、精神的な近親者であった。源氏の、こまやかな心づかい、やさしい情愛、それらは、年を経て、人妻となり、人の母となってゆけばゆくほど、しみじみと思い知られるものであった。

「お父さまのお幸わせを祈っております。いつまでもお元気でいらして下さいまし」

玉鬘は、心から、そういった。

二月十日すぎ、いよいよ、朱雀院の女三の宮が、六条院へお輿入《こしい》れなさることになった。六条院でも、その準備はたいていではない。若菜の宴のあった西の放出《はなちで》に帳台をたて、西の一の対《たい》、二の対から渡殿《わたどの》にかけ、女房の局《つぼね》にいたるまで、入念に磨き立てられる。

結婚の作法は、御所へ入内なさるかたと同じようであった。朱雀院から調度は運び入れられ、女三の宮が移られる儀式は、いまさらいうまでもなく美々しい、盛んなものとなった。上達部があまた送って来たが、その中に、姫宮に求婚していた大納言も、気のすすまぬながらお供していた。

姫宮のお車が、邸にお着きになった。

車寄せに出て、源氏は自身、腕を伸ばして宮を抱き降ろしてさしあげる。

内親王を妻にした男は、わが邸へ迎えたとき、車から抱きおろしまいらせるのが、きまりである。

しかし源氏は、ただの臣下ではなく、準太上《だじよう》天皇という身分なのであるが、姫宮の身分の方を上にしてへりくだったのだった。それは源氏の、やさしい心づかいである。

そのことだけでも違例であるが、御所への入内でもなく、臣下への降嫁でもなく、世に類例のない、珍しい夫と妻であろう。

三日間、婚儀の宴はにぎやかに張られた。

紫の上は、それらのにぎわしさを、さすがに平静で聞きすごすことはできなかった。

しかし源氏のいうように、いままでと打ってかわった仕打ちをされようとは信じられない。

(わたくしとあのかたの仲だもの。あんなに信頼し合った仲だもの、宮さまがいらしたからといって、てのひらを返したように、わたくしを扱われることはないわ)

と信じながらも、

(でも、宮さまは、わたくしよりずっとおわかい。それに、何といっても、ご身分もたかく、ご威勢も世間の重みもちがう。どうしても宮さまの方にお心が向くかもしれない)

などと思い屈したりしていた。

けれども彼女はそれを気《け》ぶりにも出さず、お輿入れの前後は、源氏と心を合わせて準備にけんめいになり、

「その調度は、こちらのほうが……」

とか、ときには、

「それらはわたくしが見立てておきましょう」

と自身で手を下したりするのであった。

それは、源氏と、ほんとうに一つこころで生きている人のとりなしである。紫の上は、何ごともみな、源氏のためを思い、源氏の身になって考えたり、実行したりしているのであった。

源氏は、紫の上を、前にもましていとしく可愛く思わざるをえない。

それにくらべて、女三の宮には源氏はひそかに失望させられていた。

宮はただ若々しくあどけなく、子供っぽいばかりでいられた。

人に言いきかせられていらしたのか、

「こちらへ」

と源氏がいうと、

「はい」

と物おじせず、人なつこく寄られるが、言われたことへのうけ答えだけで、ご自分からなんの意思表示もなさらない。

純真で、おとなしくいられるが、張り合いもない。

源氏は、その昔、少女の紫の上を引き取ったときのこととくらべないではいられない。

あのころの紫の上は、少女ながらに個性の手ごたえがあった。打てばひびく才気《さいき》煥発《かんぱつ》の面白さがありながら、勝気ではなく、無心に愛くるしかった。

もうおとなの源氏が、細心の注意をこめて応対しなければ負けそうな、張りつめたたのしい手ごたえがあった。

しかしこの宮は、同じようなお年なのに、なんと、子供っぽいたよりなさであろう……。

こちらがだまっていると、いつまでもだまっていられる。その美しい黒いお眼は、美しいが故になおさら精神の不在を思わせて空虚である。その底には、まだなんの女の感情も、いや、人間的な自我さえも宿っていない。

恐れげもなく恥ずかしげもなく、源氏を見つめていられる。そこにあるのはただ運命に対する従順さばかりである。

（しかしまあ、……我の強い意地を張るような、憎さげな性格よりはましだろう……）

と源氏は思いつつも、このひとを教えて、好みの女に仕上げようという情熱と根気は、もはや自分にはないのを知った。

三日のあいだは、夜離《よが》れなく、源氏は宮のもとへ通う。結婚後の三日間は、どんなことがあっても男は女のもとへ通わねばならない。それがきまりである。

紫の上は、三日も源氏と離れているなどということは、もう長らくないので、さすがに萎《しお》れていた。

源氏の衣裳《いしよう》に香をたきしめながら、沈んでもの思いにふけっているさまは、愛らしくもいとおしかった。

（これだけの女人は、この世にまたといない……）

源氏はそう思わずにはいられない。

（なぜ彼女を苦しめるようなことをしてしまったのだろう。自分の弱気と、浮気ごころのせいでこんな目にあわせてしまった。若くても夕霧の場合は、院もあきらめておしまいになったのに）

と自分の優柔不断が源氏には辛くさえおもわれる。ためいきまじりに、

「今夜だけはしかたないことと、許して下さいよ。これからのちは、あなたをおろそかにするようなことは決してないから。……ただ、あちらも、あまりなおざりにすると、朱雀院がどうお思いになるかという気がねがあってね」

と、煮えきらぬ語尾になって苦しげである。

紫の上はすこし微笑んで、

「ほれ、ごらんあそばせ。ご自分のお心にもおきめになりかねていらっしゃることを、わたくしがどうして……」

源氏はその言葉が痛く、また心ひかれて、座を立つことが出来ない。物によりかかり、頰《ほお》杖《づえ》ついて、思い屈した風情である。机の上をふとみれば紫の上が書き散らした文反故《よみほご》があり、

〈目に近くうつれば変る世の中を　行く末遠く　たのみけるかな〉

とある。なるほどそうも思うであろう。

しかし、女三の宮を新たに迎えたとて、紫の上への愛は何も変質せず、減少していないのだ。いや、彼女がどんなにすばらしく、愛すべき女性であるかということが、以前に増して思い知られ、断ちがたい契りとなっている。それは命が絶えても、紫の上との契りは絶えるまいというほどの、深い想いになっている。源氏は口のうちに、つぶやく。

〈命こそ絶ゆとも絶えめ　定めなき　世の常ならぬ仲の契りを〉

紫の上は、わざと聞こえなかったふりをして、

「さあ、早くあちらへおいでなさいませ。お待ちになっていらっしゃいますわ。人もへんに思いましてよ」

やわらかく萎《な》えた衣裳にいい薫《かお》りをたきしめ、口少なに身支度して出てゆく源氏を、紫の上は不快な顔をせずに見送った。

しかし紫の上の気持は、もとよりおだやかではない。この年ごろ、大小さまざまの源氏の恋愛事件があったが、みないつとなく、事なく流れ過ぎた。いちばん心配したのは、身分たかい朝顔の前斎院との事件だったけれど、あのときは、前斎院にそのお気持がなく、それも源氏のひとり相撲《ずもう》に終ってしまった。

もう、いまとなっては、大丈夫であろうと安心していたときに、人聞きも恥ずかしいこんな目にあうなんて。

（ああ……夫婦というもの、これで安心、ということはないのだわ。一瞬一瞬でどう変るか、知れはしない。男の心って捉《つかま》えにくいものなのだわ……）

紫の上はそう思いながらも、それを口に出して大げさに嘆いたり、拗《す》ねたりできる性格ではなかった。常と変らず、平静を装っていた。

そばについている女房たちは、それぞれ、

「まあ……意外なことになったものですわね」

「殿にはたくさんの方々がいられると申しても、みな、こちらの上《うえ》のご威勢を憚《はばか》って、控えめにしてらしたから、これまで事なく済んでいたのですわ、それがどうでしょう、あの宮さまの威張ったなされかたは……」

「こちらが負けていられることはないと思いますわ」

などといい合っていた。

紫の上は、常の日課のように就寝前のひととき、女房たちとたのしくとりとめない世間ばなしをするつもりであったが、源氏のいない留守に、女ばかりでそういう陰湿なかげぐちになるのがいやであった。彼女は、悪意に堪えられない性格だった。女らしい愚痴や中傷を、まことに聞きにくく思った。

「そうじゃないわ」

紫の上は、朗らかな微笑みをうかべていた。

「殿には女君が大勢いられるといっても、現代的な花やかなかたはいらっしゃらなくて、お淋しいと思うわ。そこへお生まれもよくお若い姫宮が、正式にお輿入れなさったのは、ほんとによかったと思うの。わたくしは子供っぽいのかしら、宮さまぐらいの年頃の気持がまだ残っていて、お遊び友達に加えて頂きたい気持よ。それなのに、どうして、宮さまのことをわるくお取りするんでしょう。目下の人ならわるくいうこともできるけれど、宮さまは院のお頼みで、殿が引き取られたとうかがっています。こちらが隔て心をもったりしたらお気の毒よ。仲よくしてさしあげなければ」

中務《なかつかさ》や中将といった女房たちは、紫の上の言葉を聞いて、目くばせしつつ、

(あんまりお人がよすぎるわ)

(そうまで宮さまにお気を使われなくとも)

と言い合っていた。彼女らはもともと源氏に仕え、目をかけられていた女房たちであるが、この年頃は紫の上に仕えていて、みな、心から紫の上を慕い、紫の上の味方であった。

ほかの夫人たちからも、

「たいへんなことになりましたのね。お心の内ご同情申上げます。私どもはもう、殿にとっては数ならぬ身とあきらめていますから、かえってこんな場合、心労もなく気楽でございますが」

という見舞いの手紙が、紫の上に寄せられたりする。

それはまちがいなく同情なのか、それとも好奇心なのか、皮肉なのか、誰が知り得よう?

愛憎の渦に巻きこまれたとき、女の同情や共感は、たやすく皮肉や好奇心に裏返るのである。聡明な紫の上には、そのへんを見抜く力があった。

こちらの心理を推量したつもりの慰め顔がわずらわしい。先のことはわからぬ男と女の仲に、いちいち捉《とら》われてくよくよするのはおろかなこと、と紫の上は思い定めるのだった。あまり長く夜ふかしをしているのも、人々がいつもと違うと咎《とが》めるであろうかと、紫の上は寝所にはいった。

ここしばらく独り寝の床で、そばに源氏のいないのに、紫の上は馴《な》れることができなかった。まじまじと闇の中にめざめていて、あれこれ思いつづけると、心は波立たずにいられない。

久しぶりに、須磨《すま》に源氏がいっていた頃のことが思い出される。あのころは、生別が悲しく辛く、源氏が無事でさえいればいい、とそれのみ念じて辛い月日を送っていた。あのとき、源氏も自分も、あの悲しみに堪えきれず命を落していたなら、いまになって、こんな嘆きをすることもなくなっていたであろう。

(いいえ……でもやはり、あのとき死ななくてよかった。わたくしたちはあれからどんなに楽しい人生、生きて甲斐《かい》ある愛の生活を送ったことか。それを思えば、こんどのことの嘆き苦しみも、何でもないわ……やっぱり、生き甲斐ある生活なのよ。生きていたいわ……)

風が烈《はげ》しく渡って衿《えり》もとが寒かった。紫の上は、なかなか眠りにつかれなかったが、しかしあまりそういう様子をみせては、ちかくの女房たちが心配するであろうと、身じろぎもせずにいる。苦しい夜である。

まだ夜ぶかいというのに鶏の声が聞こえるのもものあわれで、それにしてもまあ、夜というものは、かくも長いものであったろうか？

源氏に対してわだかまりをもつというのでもないが、寝《い》ねがてにする紫の上の心乱れが、源氏に感応したのか、源氏はないことに、紫の上の夢をみた。

胸さわぎがしているうちに、鶏の声が聞こえた。暁には間があるが、いそいで女三の宮の部屋を出た。

子供っぽい女三の宮は、ぐっすり眠りこんでいる。乳母《めのと》たちが近くに控えていて、妻戸を押しあけて源氏を見送った。まだ暗い空に、わずかに雪明りで姿をそれと知られるほどの頃である。源氏は、薫《た》きしめた衣の残り香《か》だけをただよわせて、大いそぎで去った。

雪は庭の面《おも》に、ところどころ消え残っていて、白砂と見きわめつかない。

源氏は紫の上の、東の対の格子《こうし》を叩《たた》いた。

女房たちは、めったにない源氏の夜歩きをいまいましがって、しばらく空寝《そらね》して気付かぬふりをする。紫の上に味方して、懲《こ》らしめというつもりもあるのであろうが、それが戯れとも本気とも区別のつかぬあやふやなところが、女ごころの妖《あや》しさである。

「おいおい、意地わるをしないでおくれ」

と源氏は出迎えた女房に文句をいって、紫の上の部屋にはいっていった。

「ひどく待たされて、体が冷えきってしまったよ。いいかげん、びくびくして帰って来ているのに、こう意地わるされちゃたまらない。お手やわらかに頼むよ。そんなに罪を犯したつもりもないのだがねえ」

といいながら源氏は、紫の上がかぶっている衾《ふすま》をそっと取ると、

「まあ……つめたいお手」

と紫の上は、にっこり、する。

しかし源氏が触れた紫の上の単衣《ひとえ》の袖《そで》こそ、冷たい。

それは彼女の涙で濡《ぬ》れていたのではないだろうか。源氏はささやく。

「雪のように冷えた。あたためておくれ」

「おかしいわ……冷えたのは、わたくしのほうのはずなのに。ひとりでいて、暖かいとお思いになって？」

それを、紫の上はなよやかに、うちとけておかしそうにいう。

美しく微笑して。ひとり寝の床にも身だしなみよく美しく、いつもの慣れた香をくゆらせて、恨みもひがみもしないで、ふんわりと源氏を包む。

(この女《ひと》こそ、たぐいなく、けだかい女《ひと》だ。この上ない高貴な生まれといっても、それは血すじのこと、精神のけだかさは、この女《ひと》にまさる女《ひと》があろうか)

源氏は、女三の宮と、くらべずにはいられないのであった。

その日は一日、源氏は紫の上にやさしくあれこれと語らう。源氏がうしろめたい気でいるせいか、紫の上はどことなく近寄りがたい、うちとけぬ風である。

「そんな顔色でいると思い出すよ。……何年前になるかね。私のことをお兄さまと呼んで、まつわりついていたあなたが、あるときから急に怒って拗ねて、何日もものをいってくれないときがあった。……おぼえているかね？」

「いやね。なにをおっしゃるの？」

紫の上はさすがに頬を染めてしまう。

「わたくし、もう忘れてしまいました、そんな昔のこと」

「なぜあんなに、ふくれ顔をしたのだろうね。あのときの、まだ子供げのぬけきらぬふくれ顔はとても可愛かったが、いまのあなたは怖いよ……思えば私たちの仲には、いろいろなことがあった。でも年月がたつにつれて契りは深く強くなってゆく」

そんなことを一日、言い暮らして、源氏は紫の上の心を解こうとしていたので、夜になっても女三の宮の方へ行く気がしなかった。

「今朝の雪で体具合をわるくしましたから気楽なところで休んでおります。あしからず」

という手紙だけをことづけた。

宮の乳母から返事が来た。

「そのように申上げました」

とだけ、ある。事務的な返事だと源氏は思った。朱雀院がどうお思いになろうかと気がねもあり、結婚後しばらくでも熱愛しているふりを見せてさし上げないといけないが、どうも、その気になれない。

（こんなことだろうとかねて思ったのだが——ああ、うっとうしい）

と源氏は思いわずらう。

紫の上は、源氏が宮のもとへゆかないのを辛がっていた。

（まるでわたくしが引きとめているように、宮ではお思いになるかもしれないわ……そのへんのところを、察して下すって、あちらへいらした方が、わたくしはどんなに気楽かしれないのに……。思いやりのないかた）

源氏は紫の上の部屋に、ふだんと同じように寝て、翌朝、宮に手紙をやった。

宮は子供っぽくていられるから、一人前の教養・才気・風流の嗜《たしな》みふかい女人に対するような心づかいは、源氏はしない。そんなに気をつかっても、

（わかる女《ひと》ではない）

と見くびっているところがある。それでもいい筆をえらんで白い紙に、

〈中道《なかみち》を　隔つるほどはなけれども　心乱るる今朝の淡雪《あはゆき》〉

としたため、白梅の枝につけた。

西の渡殿《わたどの》からさし上げよ、と使いをやったあと、源氏はそのまま庭を見て、端近《はしぢか》で返事を待っていた。紫の上に、宮の返事が目に触れぬようにという配慮である。

前の雪が仄《ほの》かに残っている上に、ちらほらと友雪《ともゆき》が降り積んで、鶯《うぐいす》が紅梅に、明るく鳴いている。源氏は手にした梅の枝の、花に障《さわ》らぬよう、御簾《みす》を押しあげながら見ている。粋《いき》でなまめかしい男の身ごなしである。

とても、子女を結婚させたほどの年頃にはみえない。

返事がおくれそうなので、源氏は内へはいって、紫の上に梅の花をみせた。

「いい匂いだね。桜にこの匂いがあったら、最高だろうが……」

「ほんとうに……」

と紫の上も寄ってきた。そこへあいにくの宮のお返事が来た。紅《くれない》の薄様《うすよう》の紙にあざやかに包まれたもので、隠しようもない。源氏は胸つぶれる思いがした。紫の上に隔て隠しをするというのではないが、宮のお手紙を、紫の上に見せたくないのである。あまりに幼稚でたどたどしいので、内親王という身分がら、人の軽侮を買うことになっては気の毒だ、という考えがあるのであった。

といって、全く隠してしまうと紫の上は気を悪くするだろう。源氏はさりげなく端だけひろげて読む。

紫の上はそれを流し目にみつつ、物に寄りかかっていた。

〈はかなくて上《うは》の空にぞ消えぬべき　風にただよふ春の淡雪〉

と、宮のお返事にはある。お手蹟《て》が子供っぽい。十三、四ともおなりなら、こんなことではないはず、と紫の上はすばやく見てとって思ったが、見ぬふりをして黙っていた。

これがもし、ほかの女人の文ならば、

（ごらん。この手のたよりなさ……）

と紫の上に源氏が示し批評するところであるが、宮のこととて源氏も敢《あえ》て口に上らせず、紫の上もいわない。

それでも、二人の心は通じ合い、ひびき合う。源氏が、宮のお文を巻きながら、

「ね？　わかっただろう。……こういうかたなんだよ。あなたは安心していていい」

（こんな幼稚な、たよりない人に、私が愛情を移すはずはないじゃないか……）

という意味が言外に籠《こ》められている。紫の上は返事をしない。白い頬に、あるかなきかの微笑みを刻んでいる。それは、

（さあ……どうかしら？）

といっているようでもある。


今日は、昼間、宮のお部屋へ源氏は行った。

宮の女房たちは、明るいところであからさまに源氏を見たのは、はじめてである。彼女たちは昂奮《こうふん》してみとれているようであった。

年とった乳母たちは、考えることが違った。

「ご立派な婿君だけれど、紫の上はじめ、たくさんの女君がおいでなのだから……こちらの宮さまもご苦労あそばされるのではないかしら」

とためいきをついたりしているのであった。

だが、当の三の宮は、苦労など夢にも知らないように、おっとりしていられる。お部屋のしつらいも、ありさまも、善美をつくして立派に、おごそかに飾りたててあるが、その中に据えられた姫宮は、ただなよなよと、はかなく無邪気に、愛らしいばかりであった。

ほっそりと小柄なおすがたは、大層な衣裳の中に埋もれて、ただもう、華奢《きゃしゃ》である。

源氏の前でもことさら恥ずかしがったりなさらず、人見知りしない幼児のようで、源氏は気がおけない。

可愛らしくはあるが、それだけのものである。

「ゆうべはお淋しかったでしょう」

と源氏が微笑むと、

「いいえ。べつに」

とあどけなく、正直にいわれる。

お心に浮んだままを、すぐお口に出していわれる。

「何か遊びごとで時を過ごされたか」

「お話をして……」

「ほう。どんなお話が出ました？」

「何だったかしら？……」

「宮のお付きの人々の中では、誰がお話上手かな？　面白いお話が出ますか？」

「さあ……」

「今日は私も仲間に入れて頂いて、楽しもう。宮は、どういう風なお話がお好きなのか、私も何か、宮を面白がらせるお話を考えてみよう。しかし、作り話となるとこれは、男は女にかなわない。嘘《うそ》をつくのは、男より女のほうが巧いのだからね。ははは」

「ああそう、女のほうが、男より嘘をつくの？」

と宮はうなずいて、源氏の言葉に笑いも反駁《はんばく》もなさらない。機智や諧謔《かいぎゃく》を手玉にとって会話をたのしむ習慣は、宮にはおありにならぬようだった。

（朱雀院《すざくいん》は、漢学などの、男の才学は劣っていられたが、風流にお嗜みふかく、情緒を解していられたはず。それなのに、なぜこうも物足らぬ姫宮に育てられたのか。ご秘蔵の内親王と聞いていたのに）

と源氏は失望して、残念な気がした。

だが、さればといって、宮がかわいくはない。素直で、頼りないさまが、また可愛くもあるのだった。

（昔の自分だったら、あき足りぬ思いをして、軽んじたろうが……）

と、源氏は思う。

若い男の心は、生まじめで、狭い。いろんなものの価値をみとめない。

しかし中年に達した源氏は、すでに、ものそれぞれ、ひとさまざまにつけて、長所があるものということを知っている。何につけても、いい所ばかり、わるい所ばかり、というのはない。

この宮なども、世間から想像すれば、申し分ない方にみえるだろうと、源氏は思ったりする。

それにつけても、紫の上こそ何という好もしい女性であろう。われながらよくもああ美事《みごと》な女性に育てたことだ、などと源氏は思う。

いよいよ紫の上に対する愛は深まさり、一夜はなれていてさえ、気になってならなくなる。

――こんな愛情は、もしや、紫の上を早く喪《うしな》う運命の前兆ではないかと、源氏は、不吉な思いに胸をしめつけられるほどだった。

朱雀院は、二月のうちに、御寺《みてら》に移られた。

そのころ、源氏に、しみじみとしたお便りがもたらされた。姫宮のことどもや、それから源氏が、院に遠慮することなく、思いのままに宮を教え育ててほしいと、お頼みになっている。今更のように、姫宮が子供っぽいのをあわれに思われるらしかった。

院からは紫の上にもお文があった。

「まだ心幼い人がおそばへ行って、さぞ気が利《き》かず、ぼんやりしていることでしょう。何ごとも大目にみて頂いてよろしくおねがいいたします。あなたと宮は従姉妹《いとこ》どうしの縁でもありますれば。

世を捨てた身が、この子ゆえに迷う心、おろかしゅう思われましょうが」

源氏は、院のお手紙をいたわしく思った。

「お気の毒だ。勿体《もったい》ないことだからお返事をさしあげなさい」

紫の上は、どういう返事をしていいのか、わからない。

しかし、風流めかしてこたえるべき場合ではない。まじめに、つつしんで書いた。

「さぞお気がかりであられましょう、お心のうちお察しいたします。ご出家のお身の上と申しましても親心に変りはありませぬ。宮さまのおんことも、強いてお忘れになろうとなさいますな。私も、及ぶかぎりのお世話はさせて頂いて、いつまでも仲よくして頂こうと思っております」

院の使者は手あつくもてなされ、紫の上の返事を携えて戻った。院は、紫の上の手蹟の美事なのをみて、こんなにすぐれた女人のそばでは、姫宮はさぞ見劣りしてみえるであろうと不安に思われた。

さて、院が山寺へ去られたので、寵妃《ちょうひ》たちもそれぞれ、別れ別れになられた。

その中に、かの朧月夜《おぼろづきよ》の女君がいた。

源氏は、忍んで手紙を書いた。彼女への思いはまだ、失《う》せていない。

朧月夜の尚侍《かん》の君は、亡き弘徽殿《こきでん》の大后《おおきさき》が住んでいられた二條の邸《やしき》にひきこもっている。

朱雀院は、女三の宮のほかは、この女《ひと》のことが気がかりでいられた。尚侍の君は院のおあ

とを追って尼になりたいと思ったが、院は、

「何もそう、あわただしく世を捨てなくとも……」

と制止されたのだった。

朧月夜は、やがてそのうち、ひっそりと尼になろうと、その準備をはじめていた。

源氏は朧月夜に、いま一目、あいたくてならない。飽かぬ別れをして裂かれた恋は、まだ消えもやらず、しぶとく胸の底にくすぶりつづけていた。あの女《ひと》のために浮名を流し、醜聞は源氏の須磨流浪をもたらしたのである。

それを思えば、会うこともつつしまねばならないが、朱雀院も世を捨てられ、朧月夜は別れて独り身となったのだ。ひっそりと、しのびやかに暮らしている、と聞けば、源氏は見すごしにできない。

通りいっぺんの見舞いにことよせ、手紙を送った。

もはや、若者の恋ではなかった。朧月夜も中年を迎えて、あわれを知る年頃となっている。しみじみと返事を書いた。

その筆蹟に好もしい中年女の成熟がある。

匂やかに高雅でいながら、さだすぎた女の美しい翳《かげ》りがまつわりついている。

源氏は恋心を抑えがたくて、昔の中納言の君のもとへ、ひそかに無理をいってやった。

「会わせよ」

というのである。中納言の君は、そのかみ、朧月夜と源氏の仲を取り持った女房だった。

その兄の、前《さき》の和泉《いずみ》の守《かみ》を召し寄せて源氏は青年の日に帰ったように若々しい相談をするのだった。

「あの女《ひと》と、人伝《ひとづて》でなく話したいことがある。しかるべく申上げてくれないか。――ごく微《しの》行《び》で伺うから。もう夜あるきもできぬ私の身分だし、どんなことがあっても隠さねばならぬことだから、私とあの女《ひと》とのことは、夢にも人に洩らさない。全く、秘密のうちの再会なのだ。それをようくわかって頂いてくれ」

守《かみ》はそれを伝えた。

「とんでもないことだわ」

朧月夜は、はげしくいった。

「なぜ今ごろになって、お目にかからなくちゃいけないの？　わたくしはもう、昔のわたくしではありません。少しは人生も見たわ。あのかたは単なる色好みの、うす情けのかたなのよ。わたくしに真実の愛を持って下すったのは院だけだった。ご出家なすった院の、あわれに悲しいお心を、わたくしは忘れられないわ。それなのに、なにを今さら、源氏の君とお話することがあるの？　世間の人に秘密にしても、自分の心に問うてみて恥ずかしいことだわ」

きっぱりと拒絶するのである。

源氏は、あきらめられない。

昔、あんなに情況のむつかしいときでも無理な首尾をして逢ったのだ。どうしても朧月夜に逢いたい。

朱雀院には申しわけなく、うしろめたいが、もともと、院よりも早く自分とあの女《ひと》の関係ははじまっていたのだ。

（いまさら清いことをいう仲でもなかろう）

源氏は不敵に心を据えている。

紫の上には、

「東の院にいる末摘花《すえつむはな》がずっと病気でね。ここしばらく取りまぎれて見舞ってあげられなかったので行ってくるよ。昼は人目につくので、夜にちょっとのぞいてこよう。大げさになるから人にも言わないでいってくる」

と身支度をした。

（まあ……あそこへいらっしゃるのに入念な身づくろいなさるなんて、はじめてだわ。おかしいわ。……もしかしたら）

と紫の上は思い当ることがある。

しかし、彼女はこのごろは以前のようでなく、思うことをすぐ口にしたりしない。源氏にすこし隔てをもっていて、わざと気づかぬふりをしていた。

その日は源氏は、女三の宮の部屋へも行かず、手紙だけやった。衣裳に薫物《たきもの》の香をたきしめ、夜を待つ。

暮れてから、特に身近の者四、五人ばかりを供に、網代車《あじろぐるま》で出かけた。若い頃の夜々の忍びあるきを思い出させる車である。

朧月夜は、源氏が訪れたと聞くと、

「まあ。何ということ。わたくしの返事をどう申上げたの？　お帰り頂きなさい」

と不機嫌に和泉の守を咎めた。

「せっかくおいでになったのでございますから、風情ありげにおもてなしをして、お帰り願われたらよろしゅうございましょう。いくら何でもすぐ追い帰すというのは失礼ですから……」

和泉の守は苦しく答弁して、無理に才覚し、源氏を案内した。

源氏は見舞いの挨拶《あいさつ》を人にとりつがせ、

「もうちょっとお近くへ。几帳《きちょう》越しでもよい。人づてでなく、お声が聞きたい。昔のような不埒《ふらち》なけしからぬ心は、今の私にはゆめゆめ、ないのですから、そう警戒なさいますな。さあ、こちらへ」

強く源氏に言われて、朧月夜はしかたなくためいきつきつつ、いざり寄る気配である。

「昔と同じでいらっしゃるわ。……強引なところはそのままね……」

仄かに聞こえる声は怨《うら》みをふくんで、嘆きのためいきとも、かすかななつかしさともとれる。

「ああ、久しぶりのお声だなあ」

源氏は低くいう。彼の言葉のままに、嘆きながらも膝《ひざ》をすすめてくる朧月夜の、人なつこさ、気安さが、昔のままである。なつかしさが源氏の心に溢《あふ》れて堰《せき》が切れた。

「お顔が見たい。あいだの障子《しょうじ》（ふすま）をお開《あ》け下さい。掛金をおはずしなさい。子供っぽい仕打ちをなさる」

そこは東の対であった。辰巳《たつみ》（東南）の廂《ひさし》の間《ま》に源氏の座を設け、障子の裾《すそ》だけ掛金をかけてあるのだった。朧月夜は、その向うにいた。

「長の年月、あなたのことを忘れたことはなかった。あなたのために逆境に落されて、あなたのために世間から非難の石つぶてを受けたのに、あなたが忘れられなかった。そんな私を、なぜこうも疎々《うとうと》しくお扱いになる」

「お開けできませんわ、わたくしには。わたくしたちは今ではもう、何でもないのですもの」

「昔、あなたは」

「昔のことは忘れてしまいました」

夜は更《ふ》け、池の鴛鴦《おしどり》の声がものあわれにひびくばかりである。

しめっぽい邸のうちは人かげも少なく、さびれている。かの弘徽殿の大后が、ご威勢盛んだった頃のおもかげは、もうこの邸にはない。

移り変る世。

移り変る身の上。

「しかし、私の心は変っていない。この障子を、閉めたままで帰すつもりですか」

源氏は障子を引き開けようとする。

「とんだ逢坂《おうさか》の関だな。しかし、心は関でとどめることはできないよ。それは、あなたも知っているはず」

「いいえ。心も関所でとどめていますわ。わたくしたちの間はもう、みんな、ぷっつり切れたのですもの」

「心も涙も、堰《せ》きとめることはできないよ……」

源氏の声も朧月夜の声も、ひめやかに低くほとんどささやきにちかくなる。

源氏のいう通り、朧月夜は涙に白い頬を濡《ぬ》らしている。言葉では拒みながら、心も涙も言葉を裏切って、はかなく弱く、聞き分けなく、うなだれ、力を失ってゆく。自分との向う見ずな恋のために、源氏は都を追われ、辛《から》い目に会った。あのころの世のさわぎ、朱雀院の悲しみ。

なんという罪ふかい身であろうか。人の心を傷つけ、裏切り、それでも源氏と別れることができなかった、無分別な若い日の恋。

「そうですよ。……私とあなたは無分別に身を過《あやま》った。輝かしい、あやまちの季節を共有した。その共通の記憶を、忘れたとはいわせませんよ。二人の仲が切れるわけはないのだ。……わかりますか？　もう一度だけ逢って下さい。もう一度だけ」

朧月夜は気強くふりすてることはできなかった。彼女は震える手で、掛金をはずしたのである。

「何年ぶりだろう……」

源氏は朧月夜を夜もすがら手離さない。

「いまはじめて逢う気がする……」

それは背徳の匂い濃い、成人《おとな》の恋である。

世間を憚らねばならぬ故に、いっそう愛執の強い、ひめやかな恋である。

愛の動作は言葉なく、声は音もない接吻《くちづけ》に封じられて、妖しい、淫《みだ》らな静けさだけがある。

朧月夜は、深い悔恨にしたたか鞭《むち》打たれて涙ぐんでいる。

その姿は、源氏には愛らしい。

昔の、若かったときのこの女《ひと》より、いまの陰影ふかい中年のこの女《ひと》のほうが、ずっと美しく、愛らしい。

恋の嘆きと悔恨に、心蝕《むしば》まれ、辛がっている、そんな女のすがたは美しい。

源氏は、彼女の黒髪を撫《な》でて、なぐさめの言葉を並べている。心ひかれ、あわれにもやさしい情趣に魅力を感じて。

(だめだ……とても、これ一度きり、というわけにいかない……)

と思う。

朧月夜は、昔から、意志強固という女人ではなかった。情にもろく、男に迫られるとあえかに崩れてしまう。それはいまも変らないが、さすがに、それに嘆きが加わって、躊躇《ちゅうちょ》し、なやみ、つれなくしつつ、やがて、あらがいがたく崩折《くずお》れてしまう、その風情が、源氏にはかぎりなくいとしく、好もしい。

「もう、手離せなくなった、あなたを」

と源氏は、朧月夜の耳にささやく。

夜は明けてゆく。

源氏は妻戸を排して、外へ出てみた。朝靄《あさもや》のなかに、梢《こずえ》のうすい緑の木立がけぶり、美しい晩春の暁である。美事な藤の花が咲いていた。そういえば、朧月夜の君の父大臣が、藤の宴を催したのはこの頃であったか。

「ああ美事だな、この藤の色は……」

源氏は、立ち去りがてに、心を朧月夜に残す。中門《ちゅうもん》の廊に車を寄せた供人《ともびと》は、遠慮がちに咳《せき》払いをして帰りを促していた。

源氏は寝乱れた姿でそっと朝帰りした。

待っていた紫の上は、

（やっぱりだわ……朧月夜の君と逢っていらしたにちがいない）

と悟ったが、気付かぬふりをして迎えた。

源氏は、嫉妬《しっと》したりふくれ顔をみせたりしない紫の上に、何か落着かぬ心でいる。まだしも拗ねたり恨みごとをいわれたり、されるほうがいい。

自分を見放してしまって冷たくなったのかと、源氏はさまざまに紫の上の機嫌をとる。

そうして、この女《ひと》だけにはついに、言わでもの朧月夜との一件を白状してしまう。もっとも、

「物越しに、ちょっと逢っただけだ。……心のこりでねえ……どうかしてもう一度、人に見つからないように逢う方法はないかね」

と事実を半分隠して、うちあけるのである。

「ずいぶん若返られたのね」

紫の上は笑った。

「宮さまだけでなくて、昔のかたをまた加えられるなんて。わたくしはいよいよ、霞《かす》んでしまいますわね……」

彼女は物思わしげに、しおれた花のごとく面《おもて》が曇ってゆく。源氏はあわてた。

「そんなことはないよ。あなたがいればこそ、だよ。そう沈んでしまわれると私が辛い。以前のように、率直になって、つねるなり、引っ掻《か》くなり、して怒ってほしいよ。そのほうがたすかるよ。奥歯に物が挾《はさ》まったように隔てのある様子をみせられては、私は悲しくなる。そんな冷たいひとには育てなかったつもりなのに、気むずかしい気立てになってしまった

ね」

「あなたのせいよ。わたくしがこうなってしまったのは。隔てのあるのは、あなたじゃありませんか」

「私がいつ」

「朧月夜の君と、物越しにちょっと逢っただけ、なんて……。嘘でしょう？　ほんとうにお逢いになったのでしょう？……お二人を堰きとめる逢坂の関の戸は、開いたはずだわ」

「すまない」

源氏は、紫の上の俊敏な明察の前には、あれこれ弁解を弄《ろう》することができない。

男らしく、あやまるほかない。

「昔の、あの頃と同じように藤の花が盛りに咲いていた……」

源氏は、ほかの人間には口が裂けてもいえない恋の秘めごとを、紫の上には自然に洩らしてしまう。最愛の彼女はまた、おのが分身であるような気もされて。

紫の上には、そのかみの、朧月夜との忍んだ恋愛も、みなうちあけてある。

朧月夜の君が朱雀院の寵妃であったころ、道ならぬ恋に、源氏が身を焦がし、人目をかすめて忍び逢ったこと。弘徽殿の大后にかくれてその邸に忍び、朧月夜と逢っている最中、父大臣に見咎《みとが》められたこと。

それらを紫の上に物語っていた。

だから紫の上にも、久しぶりに年経て再会した古い恋人同士が、どちらからともなく、雪が日に溶けるように心が溶けてゆく、そのさまが想像できた。

「あの女《ひと》は、それに、やわやわとした心の女《ひと》でね……ついに拒み通す、というところはない。朝顔の宮とはちがう」

「そのやさしさが、あなたには魅力なのでしょう？」

「お見通しの通りだよ」

と源氏は紫の上にかぶとをぬぐ。思えばふしぎな二人の仲である。源氏の恋を、二人して話題にすることができるのだった。何もかもうちあけてしまうことになり、かえってそのことが紫の上の機嫌を直すことになるらしいのを、源氏は察知していた。

紫の上に、源氏は甘えているのかもしれない。

そうやって、なだめたりすかしたり、こちらが甘えたりしているので、源氏は紫の上のそばを離れることはできない。三の宮のところへ行く気はしなかった。

宮ご自身は何とも思っていられないが、おそばの女房や乳母《めのと》たちが気にしているようである。

もし宮が、気むずかしい方なら源氏も苦労しただろうが、宮は子供っぽく、無心にしていられるばかりである。

源氏はそんな宮が可愛くて、これはこれで、可愛い玩具《おもちゃ》のように思っている。

東宮の女御《にょうご》になられた明石《あかし》の姫君は、東宮から宿下《やどさが》りのお許しが出ないので、ずっと実家へ帰っていらっしゃれない。

今までのんびりと暮らしていられた若い方だけに、気骨の折れる内裏《うち》住まいを、苦痛に感じていられた。

ことに夏はご気分がすぐれないのに、ずっと引きとめられていられたので、

「ひどいわ……」

と東宮を怨んでいられた。

ご気分のすぐれないのは実は、ご懐妊だったのである。

まだひよわなお体、いたいけなお年頃なのであるから、周囲はみなたいそう心配した。

やっとのことで東宮から退出のお許しが出、実家の六條院に宿下りなさる。

女御のお部屋は、宮の御殿の東向きに設けられることになった。明石の上は、いまはずっと女御につき添うて御所を出入りしている。人々は、明石の上を、幸運の星の下に生まれた人だと言いあうのであった。

紫の上は、宿下りしてこられた女御に逢うついでに、宮にも逢いたいと思った。

「同じ御殿ですから、中の戸を開けてご挨拶にうかがいたいわ。これまでもそうしたかったんですけれど、いい折りがなくて。ちょうどいい機会ですから、お目にかかってお近づきになりたいわ、宮さまに」

と源氏にいった。

「それはいい。願ってもないよ」

源氏は嬉しかった。

「宮は子供っぽい方でね。あなたから何かと教えてあげてほしいな」

源氏は紫の上がそういうのを、自分に対する愛のように聞いた。

宮のお部屋へゆき、さっそく、そのことを伝えるのだった。

「夕方に、あちらの対《たい》にいる女《ひと》が、女御に逢うついでに、こちらへ伺ってお近づきになりたいといっていますよ。逢ってやって下さい。気立てのよいひとですよ。気分も若々しいので、お遊び相手にもちょうどよいと思う」

源氏がいうと、三の宮は、

「はずかしいわ……なにをお話すればいいのでしょう」

と、おっとりと言われる。

「人との応対は、そのときそのときで出てくるものですよ。思った通り、素直におっしゃればよい。あちらの女《ひと》はやさしい素直な性格だから、あなたも隔てをおかず、うちとけられたほうがよい。緊張なさることはなんにもありませんよ。お姉さまにでも、ものいうつもりでいられればよい」

源氏はていねいに、こまごまと教える。この宮には、何ごとでも、わかりきったことにしろ、嚙《か》んでふくめるように、こまごまと言ってさしあげないと、理解できないのだった。

こういう子供っぽい、あどけない三の宮のご様子を、紫の上に見あらわされるのも恥ずかしく、きまりわるくも思われるが、しかしせっかく紫の上が、「仲よくなりたい」といってくれるのを拒絶するのも穏当でない、と源氏は思った。

紫の上は、自分からそう申し出たものの、やはり、物思いに捉われてしまう。

自分は源氏にとって最愛の妻であるべきはずではないか。源氏は幾度もそれを誓い、自分もそう信じてきた。それなのに、なぜ今になって、自分より身分の高い、世間にも重んじられる貴い姫宮が、新しく本妻として据えられるのか。自分の欠点といえば、幼いころから源氏に養われ、いつとなく妻になって、世間なみの派手な結婚式をしてくれる、しっかりした親許《おやもと》がなかった、そのことだけではないか……。

紫の上にも、女らしい嫉妬や見栄《みえ》があるのだった。そう思いつづけると、おのずと、愁わしい色が、顔にも現われるが紫の上はそれを、おもてに出すまいと、注意ぶかく気をつけていた。

源氏は敏感にそれを察している。

そのたびに源氏は、言葉をつくして紫の上に誓う。

「あなただけを愛している。昔から私の心は変らない」

と。

それは事実であった。源氏は、女三の宮や女御など、さまざまとりどりに、若く美しい女人を見たあとでも、なお美しく見えるのは紫の上であった。

長年、身近に暮らし、馴れきったはずの女《ひと》が、なおたぐいなく、目ざめるばかり美しく思われる。

気品高く、華やかになまめいて、女ざかりの美しさはいまが絶頂である。去年より今年はまさり、昨日より今日は珍しく、たえず新鮮な感動を強いられる。

（どうしてこう、魅力的なのか）

と源氏は、紫の上を見賞《みめ》でて、飽かない。

かくも愛する女人《ひと》がいながら、それとこれとは別の次元で、源氏は朧月夜の君のことを考えている。

今夜は、紫の上と三の宮が逢うとすれば、源氏には時間が出来るわけである。無理算段をして、二條の、朧月夜の邸へ忍んでゆく。

あるまじきことと自制しても、どうにもできない。こまった男心である。

女御は、実母の明石の上よりも、紫の上に親しみ、頼りにしていられる。

愛らしい姫であられたが、東宮とご結婚なさってからは、おとなびて女らしくなられたのを、紫の上はしみじみ可愛くお見上げする。積もる話をなつかしく交してから、紫の上は、宮のお部屋へうかがった。

かねて想像していたより宮は、他愛なく、お人形のようでいられる。

紫の上は、まるで姉か母親になったような気がして、お可愛く思った。

「はじめてお目にかかる気がいたしませんわ。宮さまとわたくしは恐れ多うございますが、従姉妹《いとこ》なのですもの。早くこうしてお目にかかりとうございましたけれど、いい折りがなくてご遠慮申しあげておりましたの。今日からは仲よくして下さいまし。宮さまは、何がお好きでいらっしゃいますか？」

「そうねえ。何かしら……」

と宮はあどけなく、あたまを傾《かし》げられる。

紫の上はそのさまに、微笑しつつ、

「絵などお好きではございません？　わたくし、宮さまのお年頃には、絵物語など大好きで、毎日眺めておりました。それにままごとのお人形も、そんな年をして、と人に笑われながらいつまでも捨てかねて……」

「ええそう。わたくしも、よ！」

宮は嬉しそうに応じられる。宮は、

(殿がおっしゃったように、ほんとうにこのかたはお姉さまのようにやさしいかた！)

と、幼いお心に、うちとけられるのであった。


十月に紫の上は、源氏の四十の賀《が》を催すことにした。

嵯峨野《さがの》の御堂《みどう》で薬師仏の供養をし、精進落《しょうじんおと》しを二條院で行なうのである。

「目立たぬようにしておくれ。仰々しい、儀式張ったことはもう、肩が凝《こ》る」

と源氏がいうので、紫の上はしのびやかに行なうことにした。

源氏の無病息災を祈る供養である。仏像のお飾り、仏具など美々しく、まるで極楽を見るかのようだった。最勝王経《さいしょうおうきょう》、金剛般若《こんごうはんにゃ》、寿命経《ずみょうきょう》など、堂々とした祈禱《きとう》である。上達部《かんだちめ》がたくさん参りつどうた。

嵯峨野の秋はあわれふかい。紅葉《もみじ》の林に入り、また紅葉にかくれ、霜枯れの野をゆく馬や車が、引きもきらず行き交《こ》うた。

僧への布施など、六條院の女君たちはわれもわれもと、立派にした。

精進落しは二十三日であった。紫の上は、六條院はたくさんの人々で手狭なので、二條院ですることにした。彼女は、六條院よりも、少女の日から長く住んだ二條院こそ、自分の住居のような気がしている。

その日の装束のことなども、みな紫の上がするのであったが、六條院の夫人たちも伝え聞いて、

「お手伝いさせて下さいませ。分担して用意させて頂きとうございますわ」

と申出た。

寝殿の放出《はなちで》に、賀宴のしつらいをして、螺鈿《らでん》の倚子《いし》をたて、源氏の席を設ける。

西の間には装束をのせた机がずらりと十二並び、それらには紫の綾《あや》の覆《おお》いがきちんとかけられてある。

源氏の前の席に置物の机二つ、これには丁字染《ちょうじぞ》めの裾濃《すそご》の覆いがしてある。挿頭《かざし》の台は、沈《じん》の香木の華足《けそく》に、黄金の鳥が銀の枝にとまっている趣向で、これは明石の女御が贈られたものである。女御には、かの趣味ゆたかな明石の上がおつきしているので、さすがに洗練されたものだった。

席のうしろの屏風《びょうぶ》は、紫の上の父君・式部卿の宮の調進されたもの、美事な山水の景色である。飾り物をのせた御厨子《みずし》ふたそろい、調度装飾はかぎりなく美々しく、上達部、左右大臣、式部卿の宮以下、高位顕官の人々はのこらず参列する。

舞楽の舞台が設けられてあって、楽人《がくにん》の幕舎がたてられ、東西に祝儀《しゅうぎ》の品々が積まれてある。屯食《とんじき》（まるい握りめしである）八十人分、引出物を入れた唐櫃《からびつ》四十、ずらりと並んでいるのであった。

未《ひつじ》の刻（午後二時ごろ）、楽人が来た。万歳楽《まんざいらく》、皇麞《おうじょう》などという舞曲を舞って、日も暮れかかるほどに、高麗《こま》楽《がく》の乱声《らんじょう》の笛に合わせ、落蹲《らくそん》という舞がある。

平素は見られぬ珍しい舞なので、舞い終ったころ、権中納言《ごんのちゅうなごん》・夕霧と、衛門督《えもんのかみ》・柏木《かしわぎ》の二人の貴公子が興に乗って庭に下り、ひとさし舞って、紅葉のかげにかくれた。

いずれ劣らぬ名門の美青年たちの、散りかかる紅葉を身に浴びながら、仄《ほの》かに舞う姿のあでやかさは、いつまでも人々の瞼《まぶた》に残った。

「おお、そういえば……」

と感興に酔った人々は、ささやき交すのだった。

「昔、桐壺の帝の紅葉の宴の折り、お若かった源氏の君と、その頃の頭《とう》の中将が舞われましたな」

「それよ。そのままに、ご子息たちが立派になられて、お二人で舞われるとはめでたい」

「お年も、それぞれ、あのころと同じほどですが、官位は父君たちより進んでいられる」

「ご果報なご両家よ」

源氏も夕霧と柏木に、おのが青年時代を見る心地がして、感慨があった。それにしてもなんと、青春の時のすぎゆくのは早いことか。

今日の紅葉もあのときの紅葉もかわらぬものを、いまは早や、わが身は四十を数えたのだ。

夜に入って楽人は退出した。紫の上付きの執事が、部下に指図して祝儀の唐櫃から衣裳《いしよう》を一つずつ与えてゆく。白い衣を頂いて肩にかけた人々が、築山をめぐって池の堤を過ぎるさまはまるで鶴が舞いめぐるようにみえた。

夜は、音楽の遊びになる。楽器は、東宮が調えられた。

源氏には、みな、なつかしい楽器であった。

朱雀院から東宮に譲られた琵琶《びわ》・琴《きん》、今の帝から賜わった箏《そう》の琴《こと》、みな源氏には思い出がある。

それらを弾きすさぶと、なつかしい音色が流れる。その音色は、昔の恋、昔の悲しみを呼びさます――藤壺の中宮がいまもおわしましたならば、自分はどんなに心から喜んで、このような御賀を仕えまつることか。ご在世中に、何一つ自分の献身をお知らせすることができなかった、何かにつけ人目を恐れ、人の耳をはばかって、ついに飽かぬ別れとなってしまった――源氏はいつまでたっても恨めしく、あきらめきれない。

帝も、そのお恨みがおありであった。母宮が早逝《そうせい》されて、何ごとも張り合いなく淋しく思っていられる。それにつけても、源氏を実父として待遇し、ご孝養を尽くせないことを残念に思《おぼ》し召すのであった。四十の賀にかこつけて、六條院へ行幸なさりたいお気持がおありだったが、「世間のわずらいになることは遊ばしますな」と源氏が辞退したので、帝は心残りながら思い止《とど》まられた。

十二月の二十日過ぎ、中宮が御所から退出されて、源氏四十の賀の、今年最後の御祈願をされる。奈良の七大寺に御読経《みどきよう》のお布施として白布四千反、京に近い四十の寺に、絹四百疋《ぴき》を分けて納められた。

源氏の行き届いた後見や庇護《ひご》に、中宮は深い感謝の念を持っていられる。盛大に御賀を催したく思われるのだが、源氏が切におことわりして、

「先例によりますと、四十の賀のあと、長生きしている人は少のうございます。このたびは内輪にして頂いて、五十の賀のときにお祝い下さい」

といった。

しかし、やはり中宮のご身分柄、御祈願の催しも、たいそういかめしいものになった。

参りつどう高官たちへの禄《ろく》も、それぞれ美事なものであったが、ことにすばらしいのは源氏に中宮から贈られた装束である。贅沢《ぜいたく》で美しいもので、とりわけ珍重すべき宝物が添えられていた。世にも名高い石帯《せきたい》（正装のときの飾り帯）と、佩刀《はいとう》である。これらは中宮の亡き父君、前《さきの》皇太子のお持ちになった名品であった。それらが御女《むすめ》の中宮に伝わり、さらに源氏に贈られたのもあわれ深いことであった。

帝はせっかく思し召したたれた源氏の賀を、そのまま中止するのはやはり残念な、と、夕霧に命じて行なわせられることになった。

ちょうどそのころ、病いで辞した右大将がいたので、夕霧の中納言を昇進させて据えられた。源氏の賀に、喜びを更に加えようと思し召されてのことである。

「身にあまる喜びながら、当人では早すぎる気がします」

と源氏は謙遜《けんそん》した。

勅命とあって、こんどの祝賀こそ、派手やかな、しかも重々しいものになるのはどうしようもなかった。

六條院の東北の建物が儀式の場所となった。

帝の仰せで太政大臣も出席した。いまはこの大臣も堂々として清らかに、もののしく太って、さかりの貫禄《かんろく》にみえる。源氏のほうはいまなお、青年時代の美しさをとどめて、若々しい風姿である。

帝が主催される祝賀の宴とあって饗応《きょうおう》の品々は御所から運ばれる。主上ご自身お書きになった屛風《びょうぶ》、調度や楽器などは、蔵人所《くろうどどころ》から賜わった。

夕霧の大将の威勢もいかめしくなり増さっていることとて、今日の宴はいっそう盛大になった。帝より賜わった四十四の馬を、左右の馬寮《うまつかさ》、六衛府の官人が上位の者から次々、庭に引き出して並べる。目を奪う壮観さである。

そのころにはもう日が暮れ果てていた。

暮れれば、万歳楽《まんざいらく》、賀皇恩《がおうおん》などという舞が行なわれ、音楽のあそびがある。

今日は太政大臣も出席しているので、人々は栄《は》えに思って、心こめて演奏するのであった。

兵部卿の宮は琵琶《びわ》、源氏は琴《きん》、太政大臣は和琴《わごん》を弾いた。

しばらく源氏は、この大臣の琴の音色を聞いていないせいか、たとえようなく美事に、あわれに聞こえる。源氏も技《わざ》をつくして競った。

「昔に返ったようですな」

「あのころから二十なん年たったとは思えませぬな」

盃がめぐり、楽の音《ね》に面白さを添え、やがて昔話にふと、まぶたをあつくしたりして夜のふけるのも忘れる。源氏は、長いつきあいの親友に、感慨無量の盃をさす。人生の中途で、時に挑《いど》みあい、対立もしあったけれど、いま、それぞれの息子と娘が結婚して、かたみに二重三重の縁で結ばれることになった。

思えばなつかしくも、奇《く》しき交友である。

「いや、今日はよい賀宴であった。――帝もさぞお喜びになられましょう」

大臣も満足して辞去した。源氏は贈り物として、すぐれた和琴一つ、気に入りの高麗笛《こまぶえ》を添え、更に紫檀《したん》の箱の一対《つい》に、本を入れて大臣の車に追いかけて贈った。

六衛府の官人の祝儀は、夕霧の大将が与えた。

源氏は、息子としては夕霧ひとりで心もとなく思っていたが、いまや夕霧も押しも押されもせぬ公達《きんだち》で、世間の信望もあつく、充分、国家の柱石たるにふさわしい人柄となった。早くに亡くなった葵《あおい》の上と、六條御息所《みやすんどころ》のことなど源氏は思い出すにつけ、さまざまな思いに打たれる。

この日の大将の装束は、花散里《はなちるさと》がひきうけたのだった。ほかの人への禄などは、大将の、三條の北の方、雲井雁《くもいのかり》が用意した。

花散里は「夕霧の母代りとなったおかげで、晴れがましい交わりをさせて頂けた」とつつましいこの女《ひと》らしく、身の栄えを喜んだ。

源氏の四十歳の年は、賀宴に明け、賀宴に暮れた。

新年になった。

東宮の女御の御産が近づいたので、六條院では正月から、安産の読経が絶えまなく行なわれている。寺々や神社にも数知れぬ祈禱をさせている。

源氏は、葵の上が、夕霧を出産して亡くなったのを見ているので怖くてならない。紫の上に子供の出来なかったのを残念に思っていたが、一面、愛する女《ひと》をそんな怖い目にあわせなくてすんだことで嬉しく思うくらいだった。

女御はいたいたしいほどひよわなお年頃なので、源氏は心配でたまらなかった。二月に入ってご様子が変り、お苦しみになる。そこで明石の上の御殿にお移しした。

安産祈禱の読経が遠くで聞こえるお部屋で、悩ましげに臥《ふ》していられた女御は、ふと、人の気配にあたまをもたげられた。

いつのまに来たのか、老い呆《ほう》けた尼君が、影のように坐っている。女御は「あっ」とおどろかれた。

「お驚きなさいますな。私は、あなたさまの祖母《ばば》でございますよ。……」

老いた尼君は、満面に笑みをたたえながらにじり寄った。

その姿は小さく、清楚《せいそ》であるが、何しろ、女御の君は、身近にはじめてご覧になった尼なので、無意識にうしろへ退《すさ》ろうとなさるのである。

「なんとお綺麗《きれい》に、ご立派になられましたこと。……ちい姫とお呼びしていたころのおもかげは、どこにもみえませぬな。それでも争われぬもの、あなたさまは、母君の若いころにそっくりでいらっしゃいますよ」

尼君は、ほたほた、と笑みまけて、女御を見上げつつ、涙ぐむのであった。

(ちい姫?……)

女御はふっと、失われた記憶が心のどこかによみがえり、色をとり戻してゆく気がされた。

(ちい姫……。どこかで、聞いたことのある言葉)

「あなたさまのことを、そうお呼びしておりましたよ……よもやおぼえておいでにはなりますまいねえ。お年が三つのがんぜない頃でいらっしゃいました。明石から京へお連れしたのでございますよ」

「明石から?……」

と女御はつぶやかれた。

女御はご自分の生いたちについて、何もご存じなかった。紫の上の手もとで育てられ、そのまま東宮妃として、御所の内ふかくはいってしまわれ、何も聞かされず、知らされない人生を過ごしてこられた。

ただ、東宮とご結婚後は、おそばに明石の上がずっとおつきしている。その人がどうやら、実の母らしい、その人は「明石の上」と呼ばれるところを見ると、明石からきた人らしい、ということは薄々、気付いていらしたものの……。

嗜《たしな》みある女人として、女御はそういうことを根掘り葉掘り探ろうとはされなかった。いつか知らせられる時もあるだろう、大人たちのあいだに、何か事情があるらしいと、さかしく感じていられたのである。

尼君は喜びのあまり語りつづけた。

父君たる源氏の院が、明石の浦においでになったころのこと。母君とのめぐりあい、それにつづくちい姫誕生の喜び……。

やがてその喜びがかえって悲しみとなってしまったかのような、源氏の君の帰京。

「もうこのまま、縁が絶えるのか、これを限りの契りであったかと、誰もかれも嘆きました。それをちい姫のご縁で、また都へ呼び戻して頂くことができたのでございます。対《たい》の上（紫の上）に、あなたさまをお渡しした日、まあどんなに、母君も私も泣きましたことか。これでよいのだ、これでちい姫のご運が開けるのだと、思いながらつい、あなたさまが恋しくて……」

尼君は、ほろほろと涙をこぼしながらも、それは嬉し泣きである。

「それがいまやっと、お姿を拝めました。ご立派になられて、そしてこのたびのおめでたも、きっとご安産でございましょう。明石におります法師も、心こめてお祈りしておりますほどに。はい、入道はあなたさまの祖父《じじ》でございますよ」

尼君は更に語った。

明石から都へと船出する朝、三つになるちい姫が何にもわからず、無邪気にはしゃいで、

「おじいちゃま、おじいちゃま」

とまつわりつくのに、入道は泣きながら、

〈行く先をはるかに祈る別れ路に　堪へぬは老いの涙なりけり〉

とつぶやいていたこと……。

女御は思わず、美しいお指で涙を払われた。

「お話をうかがって、よかったと思います」

女御は、やさしく尼君に言われるのだった。

「もし、あなたがおっしゃって下さらなかったならば、いつまでも知らないままで過ごしたことでしょう……そうですか。わたくしは、明石で生まれたのですか……そして、かの地に、わたくしのおじいさまはまだ独りでとどまって、わたくしの幸わせを祈りつづけていてくれる、というのですか……」

女御はしみじみした思いに浸っていられる。

自分は本当は、都に遠い鄙《ひな》に生まれて、いまのように東宮妃という晴れがましい身分になれる運命ではなかったのだ……。

紫の上が自分の子としてやさしくいつくしみ、大切に育てて下さったおかげで、尊い身分に磨かれて、人から一目《いちもく》おかれるようになったのだ……。

自分は御所へ上って時めいていたので、ほかの女君たちに、いつとなく心傲《おご》りしていたが、何というあさはかなことであったろう。事情を知る人たちは陰で何と噂《うわさ》していたことであろう。

女御は、そう反省された。

生みの母君を、家柄の低い家の人らしい、と推察されていたが、ご自分がそんな片田舎《かたいなか》に生まれられたとは、つゆ思いもかけぬことであられた。

あれこれ、思い乱れていられるところへ、明石の上が来た。

「まあ。こんなところに」

あたりに女房もいず、尼君が得々としておそばについて何かお話しているのを見て、明石の上は、はっとした。見れば、尼君も瞼《まぶた》を濡《ぬ》らし、女御も、物思いに沈んでいられるさまではないか。

「短い几帳でもお体を隠していられればよいのに。風が吹いたら向うから見えてしまいますよ。そんなお姿でおそばにいてはみっともないですわ」

と尼君をたしなめたが、耳もすこし遠くなっている尼君は、

「いいのですよ、いつかはお耳に、と思っていたのだもの」

と勝手な返事をしている。

「昔のことでも申しあげましたか？　年寄りはうろおぼえの昔話などいたしますから、妙なことも出て来ましたでしょうねえ。夢のように思われましたか」

と明石の上は微笑して、女御を見あげた。

女御は上品であでやかに、しかも、思いがけぬ話を聞かれたばかりなので、しっとりと沈んでいらっしゃる。明石の上は心を痛めた。

(ご出生のころのことなどお聞きになって衝撃だったのかしら。后《きさき》の位にお立ちになった時にでも、改めてお話ししようと思っていたのに……。お気の毒に、気おくれなどなさらなければいいけれど)

加持《かじ》の僧たちが祈禱を終って退出すると、明石の上は果物などを女御にさしあげ、

「こんなものでもすこし、お召し上りなさいませ」

といいたいたしく思ってすすめるのであった。

愁わしげに瞼を薄紅に染めていらっしゃる若い女御のお姿は、みとれるばかり美しい。

尼君はただもうお可愛くてお可愛くて、口元は笑みほころびながら、眼は涙でしぐれてゆく。

「年寄りは涙もろいものでございましてね。でも、年に免じてお許し下さいませ」

と尼君はいいつつ泣いた。

「わたくしの生まれたところへ、行ってみたいと思います。いつか、おばあさまとご一緒にいってみたいものですわ……」

女御は、記憶の中に残っていないふるさとを思いやるようにつぶやかれる。

「そのお心は、きっと明石のおじいちゃまにも、とどいていることでございましょう」

明石の上はそういった。祖母、母、娘と三代の女人が、はじめて心ひとつに溶けあった気がされた。

しかし女御は、生まれ故郷のことを夢の中でさえ見ることがないのを、もどかしく切なく思われるのであった。

三月十日過ぎ、女御は御安産なさった。かねてたいへんな心配で、大げさな加持祈禱をし

ていたが、思いのほかやすやすと、しかも男御子《おとこみこ》でさえいられたので、いうことはなかった。

源氏も、やっと安堵《あんど》した。

明石の上の住居《すまい》であるこちらの御殿は、盛大な儀式を行なうにはちょっと引っこみすぎなので、やがてもと通りの南の寝殿に移られる。

紫の上も、こちらへ来た。

お産の時の作法通り、白い衣裳を着《つ》けてまるで母親のような顔で、若宮をしっかり、お抱きしている。そのさまは、美しかった。

自分は子を持ったこともないし、人のお産にも立ち会ったことがないので、紫の上は、生まれたばかりのみどり児を、はじめて見たわけである。彼女は珍しくって可愛くってたまらなかった。

まだ首も据わらず、抱きにくい若宮を、彼女はずうっと抱いて世話をしているので、明石の上は、若宮を任せていた。そうして、女御のお世話をする。

お生まれになって六日め、南の寝殿に移られた。七日の夜には、主上から御産養《おんうぶやしな》いがあった。次々の親王や大臣からのお祝いの美事さはいうまでもなかろう。

源氏も、いつもは、

「控えめに、簡略に」

と口ぐせのようにいう行事を、このときばかりは派手に行なったので、そのにぎわしさは世にひびくばかりであった。

源氏は若宮を抱きあげて、

「夕霧は、何人も子供をもうけていながら、まだ見せてくれないのが恨めしかったが、こんなに可愛らしい若宮を授けて頂いた」

と喜んだ。

乳母《めのと》も気心しれた人をえらび、日々、ものを引きのばすようにいつくしんで、お育てしている。

紫の上も、新しい生き甲斐《がい》ができたように心に張りを持った。いまは若宮を中に、紫の上と明石の上は、こよない親しい友となった。

明石の上の人柄を、ほめない者はない。上品で控え目で、かりにも女御の実母と驕《おご》りたかぶる所はなく、それでいて、誇りたかい、りっぱな取りなしである。

いっときは、あれほど意識して、許せないもののように思っていた明石の上であるが、いまは紫の上にとっては、むつまじい友となった。

若宮を中に、二人の笑い声が聞かれるようになった。

明石の上も、紫の上の人柄をますます好もしく思った。紫の上は子供好きで、お守りの天児《あまがつ》なども自身で作り、若宮の世話にかまけて日を過ごしている。

尼君は、ゆっくり若宮を拝見できなかったのが、残念でたまらなかった。六條院では、若宮を中心に一日じゅう、喜ばしげな笑い声で満ちた。

さて、明石の浦にも、このおめでたの話は風のまにまに伝わった。

「終った。——わしのかけた願《がん》は、これですべて果された」

明石の入道はそう思った。

彼は家を寺にし、財産はあげてその寺の寺領とし、自身は人も通わぬ深い山へはいってあとをくらまそうと決心した。


明石の入道は、都の女御のことだけが気にかかっていたのであるが、東宮と結婚され、若宮もご誕生になったと聞くと、もう、思いのこすことは何もなかった。

近年になっては、とりたてて変ったことがなければ京へ使いもやっていない。

ただ、京から来る使いにことづけて、尼君へ、一行ばかりの便りをするのみであった。

しかし、いよいよこの世を捨て、深山に隠れ籠《こも》って跡を絶とうという際《きわ》になって、娘の明石の上に、はじめてしみじみした長い手紙を書いたのである。

「この年来、あなたは京に、私は明石に棲《す》み、まるで別世界のように暮らしてきましたが、格別のこともない限りお便りもせず、また手紙を書いてほしいという気もおこりませなんだ。仮名《かな》の手紙は見るのも時間がかかり、念仏申す障《さわ》りになるようで無駄なことに思われましてな。

人づてに承れば、ちい姫は春宮《とうぐう》の女御となられ、男御子がお生まれになったよし、深くお喜び申上げます。

これは何も、こんな片田舎の貧僧が一身の栄華を願うからではありません。あなたにかけた願が果されたことで、深く感動しているのです。

私は過去の長いあいだ、俗界に未練がましく執着して、六時の読経勤行《ごんぎょう》にも、ただただあなたのことばかり心にかけてお祈りしてきました。自身が極楽に生まれるよりも、あなたの幸福を願ってきたのです。

娘よ。あなたが生まれた年の二月のある夜、私はこんな夢を見ました。

私が須弥山《しゅみせん》を右の手に捧《ささ》げていると、山の左右から日月の光がさやかにさし出して世を照らした。しかし私は山の下陰に隠れて、その光には当らないのです。そして須弥山を広い海に泛《うか》べ、自分は小さい舟に乗って西の方へ漕《こ》ぎ去ってゆく……そんな夢でした。

私はその夢をみてから、急に、数ならぬ身に希望を抱きはじめました。何か大きな、たぐい稀《まれ》な幸運が私を待っているにちがいない。そう思ったのです。しかしそんな幸運がどうやって私の上に訪れてくるのか、よくわかりませんでした。

そのころ、あなたが生まれた。それで私は思い合わせることがありました。仏典やらそのほかの書物を読んでも、夢を信じてもよいように思われる。私は賤《いや》しいわが家に、夢のお告げの子が生まれたと思って、大切にかしずき育ててきました。

しかし京にいてははかばかしくないので、官位を捨てて播磨《はりま》の国に下り、二度と都へは帰るまいと思い、この地で生活をたてることにしました。あなただけを、ただただ、頼りとして、心一つに多くの願を立てたのです。

その願は果されました。あなたのお生みしたちい姫は、やがては国母とおなりになるでありましょう。その暁こそ、住吉の御社《みやしろ》はじめ、ほかの神仏にお礼まいりをなさいませ。あの夢は、正夢《まさゆめ》だったのです。

されば、この身もはるか西方、十万億土のかなたの極楽に生まれる望みは、疑えぬところとなりました。お迎えのくるのを待つあいだ、その夕暮まで、水や草の清らかな深山に入って勤行しようと決心しております。

〈光出でむ暁近くなりにけり　今ぞ見し世の　夢がたりする〉」

入道は、それに月日を書きつけて更に、

「私の命日だの葬儀だのと、よけいな心配はなさるな。喪服なんかお召しになることはない。あなたは、自身で、神仏の生まれかわりとお思いになって、この老法師のために冥福《めいふく》をお祈り下さい。現世の楽しみにつけても後世《ごせ》のことをお忘れなさるなよ。極楽でまた、親子がめぐり逢える日を楽しみにいたしましょうぞ」

と書き、住吉の社に毎年たてた願文《がんもん》などをすっかりまとめて大きな沈《じん》の文箱《ふばこ》に封じこめ、娘の明石の上に送った。

尼君にはくわしくは書かず、ただ、

「この月の十四日に、草庵《そうあん》を捨てて深山に入ります。生きて甲斐ない身を熊狼《くまおおかみ》の餌にでも施そうと思います。

あなたは長生きして、若宮のご即位の日まで見とどけて下さい。極楽浄土で、またお会いしましょう」

とだけ、あった。

尼君はこの手紙を見て、使いの僧に、事情を聞いた。

「このお手紙を書かれて三日めに、入道は人跡《じんせき》絶えた山の奥へ移られました」

使いの僧は悲しげであった。

「私どももお見送りに麓《ふもと》までまいりましたが、僧一人、童《わらわ》二人だけを供に連れて、あとの者はお供がかないませんでした。ご出家なさったときも悲しく思いましたが、まだ悲しい別れが残っていたわけでございます。

ふだん折々にかき鳴らしていられた琴《きん》の琴《こと》と琵琶を、ひとしきり弾かれて仏においとま乞いをされ、御堂《みどう》に楽器は寄進なさいました。お弟子ども六十何人、親しい者ばかりがお付きしておりましたが、それぞれ応分に形見わけなさいまして、残ったものは京の方々の分としてお送りなさいました。

そうして今はこれまでと、深い山に行方《ゆくえ》知れずに入られたのでございます。はるかな雲かすみに紛れてお姿も見えなくなってしまいました。お見送りの者どもはみな、悲しくて泣きました」

この僧は、幼い頃、入道について一緒に京から下った人であった。今は老《おい》法師となって明石にとどまっているが、入道に別れて心細がっている。まして尼君の悲しみは限りなかった。

明石の上は入道の便りがあったと聞いて、そっと尼君のもとへ来た。そうして灯を近く寄せて入道の便りを読むうち、涙があふれてきてとまらなかった。

とうとう父君と逢えないままで終ってしまったかと思うと心のこりで、今更ながら父恋しく、涙がこみあげてくる。

はじめて知る夢の話である。

ひとときは、父君の独断的な考えで、身分ちがいの源氏の君などに縁付かせられ、しなくてもよい苦労をさせられたと怨んだこともあったが、それも実は、こんなはかない夢に頼みをかけて望みを高くもっていられたせいかと、思い合わせられたのであった。

尼君の悲しみは、俗世の夫婦であっただけに、またひとしおである。

「あなたのおかげで、身の栄えも幸わせも人一倍だったけれど、悲しさも人に増して味わうことになるのねえ。年老いてこその夫婦なのに、それが別れ別れに住むようになって……とうとう、あのときの別れが永《なが》の別れになってしまった。

お父さまは若い時から一風変ったかたで、世をすねて暮らしておいでだったが、私とは信じあって契りも深かった。それが、どうして、大して遠くもないところなのに、別れ別れになってしまうようなことになったのでしょう」

と、またしても返らぬ繰《く》り言《ごと》になってしまう。明石の上も、心の傷《いた》みは深かった。

「身の栄えも名誉も、わたくしはもう、どうでもいいわ。どうせ表立って栄華を誇れる身分ではないのですもの。それよりお父さまとこのままになってしまうほうが悲しいわ。……みな、こうなる宿縁と思わなければいけないのでしょうね。それにしても、山へ籠られたら、いつどのように亡くなられても、わからないではありませんか」

母娘《おやこ》は、夜もすがら、あわれに悲しいことを語りつづけた。

「ああ、もう朝がきたわ……女御のおそばへゆかなければ。昨日も、殿が、わたくしのいたのを見ておいでになったので、どこへ行ったかとお思いになるでしょう。女御のためにもわたくしは軽々しく振舞えなくて」

と、明石の上は寝殿に帰ろうとした。

「若宮はどうしていらっしゃるの。お目にかかりたいねえ」

と尼君はまたしても、ほろほろと涙をこぼす。

「ええ、そのうちお逢いになれるわ。女御の君も、おばあさまはどうしていて？　と心にかけてたずねられますのよ、殿も、何かのついでに、尼君も長生きして若宮の代《よ》になられるのを見てほしい、とおっしゃっていますわ。……」

「まあ、そうなれば、この私も、世にためしのない運命だね、帝《みかど》のおばあちゃまなんて」

尼君はそういって、やっと微笑んだ。

明石の上は、願文を入れた文箱を持たせて女御の御殿へいった。

このところ東宮からは、しきりに早く御所へ戻るようにとのご催促がある。

「ご尤《もっと》もね。若宮までお生まれになったのですもの。どんなに待ち遠しくお思いでしょう」

と紫の上はいって、若宮をそっとお連れする心遣《こころづか》いをしていた。

「いったん御所へ帰ると、なかなか退出のおゆるしが出ないのですもの。いい折ですから、少しゆっくり休みたいわ」

女御はそう言われている。お年若なお体に、怖《おそ》ろしいお産を経験なさったので、すこし面《おも》やつれなさって、それがかえってなまめかしく、あでやかだった。

「御所ではくつろいでおいでになれませんでしょう。こちらで充分、ご養生なさったほうが」

と明石の上も、いとおしく思っていた。

「いや、なに、こういうふうに面瘦《おもや》せて、やつれた風情の女人は、男にとってあわれでいとしいものなのだ。東宮もそうお思いだろうよ」

などと源氏はいっている。

紫の上が若宮をお連れして、居間のほうへいき、かたわらに人けの少ない静かな夕方、明石の上は女御に文箱をお見せして、入道が山籠りして跡をくらませた事情など、こまごまと話した。

「もっとあとでお目にかけようと思いましたが、世の中は、先の分らぬもの、わたくしもいつまでおそばにいて御後見できるかわかりません。わたくしが亡くなるときも、あなたさまのご身分から臨終にお目にかかれるとは限りませぬ。それゆえ、わたくしのこうして元気でおりますうちに、つまらぬこともお耳に入れておかねばなりません。あやしげな字でございますが、これをご覧下さいまし。そしていつかは、この願ほどきのお礼まいりをお果し下さいまし。ここまであなたさまもご立派になられましたからは、わたくしも出家したいと思うようになりました。のんびりしていられぬ気持でございます。

それにつけても、紫の上のご愛情を、あだやおろそかにお思いなさいますなよ。ほんとうに心から、あなたさまを愛して下さるのでございますよ」

明石の上の言葉は、入道の文にさそわれて、いつか自分も遺言のような口吻《くちぶり》になってゆく。

女御は、陸奥紙《みちのくがみ》の古く黄ばんだ入道の手紙をお読みになりながら涙ぐんでいられる。額髪《ひたいがみ》が、おん涙にぬれて重く、白い頬にかかる。その横顔は、上品にもなまめかしい。

源氏が、ふいにそこへはいって来た。

源氏は、女三の宮のほうへ来ていたのだが、仕切りのふすまをあけて、ふいに、娘の女御の部屋へはいってきたのである。

「若宮はお目ざめかな。少しでも見ないと恋しいものだね」

といったが、女御の君は、今まで涙ぐんでいられたので、とっさにお返事もおできになれない。明石の上が、

「対《たい》の上があちらへお連れになりました」

と代って答えた。

「またか。怪《け》しからんことだ。対では若宮を独占して、懐《ふところ》から離さずに抱いて、おかげで着

物をみな濡らしたりしている。たえず着更《きが》えているようだよ。かるがるしく若宮をあちらへお渡しなさるな。あちらが、ここへ若宮を拝見にくればいいのだ」

「まあ。そんなことおっしゃってはいけませんわ。いくら尊い宮さまと申しても、男御子《おとこみこ》でいらっしゃるのですもの。風にも当てず人にも見せず、お育てするわけにはいきませんわ。紫の上のお可愛がりようをご覧あそばせ。そんな意地悪を、おっしゃいますな」

明石の上の言葉に、源氏は笑った。

「わかったよ、あなたたちに任せて、私は構わないほうがいいらしいな。私をのけ者にしている人のほうが、意地悪ではないかな」

と源氏が戯れて几帳《きちよう》を引きやると、明石の上は母屋《もや》の柱によりかかって、上品な美しい様子で微笑している。

その膝元《ひざもと》に、入道からの手紙や、文箱があった。

「何の箱だね。曰《いわ》くありげだな。若い恋人の、長々しい恋歌でも封じこめてあるような感じではないか」

「ご冗談ばかり。ご自分が若返っていらっしゃるものだから、思いも寄らない言いがかりをなさいますのね」

と明石の上は微笑したが、おのずと愁い多い、物あわれな影がたち添うのである。源氏が不審そうなようすなので、明石の上はいまはつつまず、山へ入って跡を消した父入道のことをうちあけたのであった。

「そうだったのか……それでは、この手紙が遺言となったのか。尼君はどんなにお悲しみだろうな。親子の仲よりも、夫婦の契りはまた別だからな……」

と源氏は、瞼を熱くした。気のやさしい彼は、年老いた人の気持をまず思いやる想像力があるのだった。

「ふしぎな夢の話がございます。思い合わされることもあるかもしれません。見苦しい筆跡でございますが、ご覧下さいまし。……思えば、明石の浦を出ましたあの時が、父との永の別れになりました」

と明石の上は、指で涙を払った。泣き萎《しお》れるさまも、この佳人は、美しかった。

「ご立派なお筆蹟《て》だ。まだまだ老い呆けてはいられないようだ」

源氏は手紙を手に取った。

「あのかたは仏道に悟り深くいられながら、風流の嗜みもある、なつかしいお気立てのかただった。教養も高かったが、ただ処世の才に恵まれていられなかった。先祖は大臣にもなった人があるのに、子孫は先細りしたと世の人はいうようだが、しかし、あなたが立派に跡を継いでいるのだからね。これも入道の多年の勤行の功徳《くどく》だろうね」

源氏は入道の手紙を読みすすむうち、ふしぎな、厳粛な気分に打たれた。

こんな夢のお告げがあって、入道は自分と娘の結婚を強引に押しすすめたのか。流浪している最中の明石の上との契りを、われながらうしろめたく、悔いもまじって不安であったのだが、それもこれも、大きな神意によるものだったのかもしれない。更にいえば、須磨明石へのさすらいの旅も、ひとえにちい姫をもうけるがための神の摂理であったのかもしれぬ。入道はそのために、一人娘を気位たかく育てていた。龍王の后にするのかと世間に嗤《わら》われながら、運命のひらけるのをじっと待っていた。

そこへ、大いなるものの御手にみちびかれ、都の貴い血筋の源氏が、風に吹き寄せられるようにさすらってきた。入道は神仏の啓示をそこに見たのであった。

はじめて源氏は、大きな宇宙の力をかいま見た気がした。人間は小さな、不安な存在にすぎない。

しかしそれにしても、入道の心の、なんとすがすがしい、いさぎよいことであろう。夢に賭《か》けた願は果されたと知って、行方も知れず身をかくしてしまうとは。

この世にとどまって世俗の栄華を貪《むさぼ》ろうとしない、その清廉《せいれん》な信念に、源氏はあらためて深い尊敬を抱かざるを得ない。

「あなたも、これで、お生まれになったときの事情はおわかりになったでしょうね」

と源氏は、女御に申上げた。

「はい……」

女御は深い思いをこめてうなずかれる。

「それにつけても、あちらの紫の上の愛情をおろそかに思ってはいけませんよ。実の親子兄弟夫婦の仲のむつまじさよりも、赤の他人の、ほんの少しの情けや、好意のあるひとことのほうが、はるかに貴重なことなのです。他人が他人に示す愛や好意というものは、これはたいへんなもの、並《なみ》ひと通りのものではないのですよ。

わかりますか？

あなたに実の母君がお付きして、お世話するようになってからも、対の上は初めの愛情に変らず、あなたを深く愛している。そのへんのところを、ようくお考えなさいよ」

源氏は、入道の手紙で、人の運命のふしぎさ、人に愛され、神仏に扶《たす》けられ、生かされている人間のふしぎさを、若い女御の君に知って欲しいと思う。

それからして、また、女御に、人の心の奥ゆきや愛の強さをしみじみと思い知る、豊饒《ほうじょう》な女人《にょにん》になって頂きたいと願う。

生《な》さぬ仲の紫の上と女御の君は、実の母娘《おやこ》以上の愛情で、しっかと結ばれてはいるのだが、そのあいだにたつ父親としては、紫の上の善意を、言葉ではっきりと印象づけたいのである。

女御の君に、こうまで、突っこんだ話をしたのははじめてである。

女御の君も、人の子の母となられた。今こそ、はじめて、人間の愛の何たるかをお知りになるであろう。血のつながらぬ人間同士のあいだに通う愛を、世にも稀な、あり難《にく》いものと悟られるであろう。

紫の上の、たぐい稀な天性のやさしさを、源氏は、夫や父としてでなく、一個の世なれた社会人として、高く評価したいのだった。

その思いを、どうかしてこのついでに、女御の君に伝えたいと願うのである。

「昔からよく、継母《ままはは》継子の争いはあるがね、——世間には、小ざかしい継子がいてね。『継母というものは、うわべは大切そうに育てているが内心はわからない』などと小利口にいうが、そういう心からはうちとけた愛は生まれない。意地わるな継母に対しても、子供から裏おもてなくなついてゆけば、継母も、こんないい子に意地悪はできないと、思い直すものなのですよ。

女人はみな、本性は善なのだと、私は信じている。

前世の仇敵《きゅうてき》というのでもない限りは、少々のいきちがいはあっても、自然と仲よくできるものなのです。まあそれも、どちらかが、とびきり無愛想で、棘《とげ》のある人柄で、何かにつけて難癖つけるというような、厄介な性格ならば、仲よくすることはむつかしいだろうがね。

こういう、ひと癖もふた癖もある性格の女人は、ほんとうに困るね。継母・継子の関係だけじゃない。夫婦になってもうまくいかないものだ。

結婚は、究極のところ、性格と性格の相性《あいしょう》だからね。ただそういう人にも取り柄はある。

私もそうたくさんの経験でもないが、今まで人を見て来て、それぞれの個性で長所があるものだと思うようになった。取り柄の全くない、という人間はないものだ。

さりとて、ではこれこそ生涯のわが妻に、と頼りにして選ぼうとすると、また、決定的な人はないものだ。

心の癖がなく、善意にみちていて、素直な、という点では、やはり、紫の上だろうかね。

しかしまた、いくら人がよいといっても、あまりにしまりがないのも、頼りなくて、男は妻としにくいものでね」

源氏は思わず、女三の宮のことを思い浮べつつ、いってしまう。

女御のそばを離れて、源氏と明石の上だけの、おとなの会話になった。

「あなたが情理《わけ》知りのお方でたすかった。紫の上とむつまじくして、女御の後見を一つ心でして下さいよ」

源氏は明石の上の聡明な出処進退を信頼している。全く、源氏から見ると、紫の上と明石の上の二人のみ、男と対等に話せるおとななのである。

「仰せまでもなく、対《たい》の上がよくして下さいますのでありがたいことに思っております。わたくしのことを、不快にお思いなら、こうもご親切にして下さいませんでしょう。たいそうお気を遣って下さって、わたくし、まぶしいほどですわ。わたくしなど人前に出てはいけないと思いまして、いつも世間態《てい》を気にしているのですけれど。対の上に、至らぬところは庇《かば》っていただいて、何とか過ごしておりますのよ」

明石の上はつつましくいった。

「あなたに気を遣ってはいないだろうよ。女御の君に始終、ついていられぬのが心配で、あなたに任せているのだろう。それもまた、あなたが親顔をして出しゃばった振舞いがないのが目安い。物のわからない人は、こういうとき、権勢を振《ふる》って取りしきったりして、まわりが迷惑するものでね——その点、あなたはよくできた方だから、何を任せても穏当で安心していられる。私も嬉しいよ」

と源氏は率直に感謝した。

明石の上は、よくこそ、今までへり下《くだ》って進退に気を遣ってきてよかった、と思った。源氏は、決して人の目の前で、ほめたり貶《けな》したり、する男ではなかった。どんなに気に入らぬことがあっても胸一つにたたんで、決して非難したり譴責《けんせき》したり、することはない。褒《ほ》めるのも、間接的である。それだけに、はじめて明石の上を、あからさまに褒めたのは、長い人生を共に歩んできた彼女への信頼といたわりであろうか。

源氏は紫の上の居間へ帰った。

その後姿を見送って、明石の上は、

(対の上は、いよいよご寵愛《ちょうあい》が深まさってゆくようだわ……それにくらべて、宮のほうは、ちっともご愛情をお持ちになってないみたい……)

と思っていた。

さて、人妻になりながら愛されること薄き女三の宮に、それゆえにこそなお、心焦《こ》がして思いを寄せる男がいた。

柏木《かしわぎ》の衛門督《えもんのかみ》である。

女三の宮に、ひそかなる関心を持っている男は、実をいうと衛門の督だけではない。

夕霧の大将もそうなのだ。

朱雀院《すざくいん》が、夕霧を宮の婿にと、一度は擬《ぎ》せられたことを知っているだけに、間近い所に住んでいると心さわぐのである。

用事にかこつけて宮のお部屋のあたりへ行き馴れているうち、おのずから、その御殿の気風がわかった。

源氏は宮をきわめて立派に、下へもおかぬように敬意を払って扱っているが、当の宮は、おっとりと子供っぽくいらして、重々しいところはおありにならぬらしい。

お付きの女房なども、経験深い年配者はいなくて、若い派手やかな、遊び好きの美人の女房などが、たくさん宮にお仕えしている。軽佻《けいちょう》な雰囲気《ふんいき》なのである。

こんなところにいれば、おちついた人でも軽々しい遊び好きに感化されてしまうであろう。少女たちなども、ただもう明け暮れ、幼稚な遊びごとに熱中している。

源氏はそれらを不快に思うこともあるが、もう若い時のように、一糸乱れずわが思うままに統率し、好みの風に染めようという気はなくなっている。何事も大目にみて、

（……まあ、あれはあれでよかろう）

とひろい心でみとめてやり、咎《とが》めたりしない。のびのびと自由にさせてやっている。

ただ、宮ご自身には、何かにつけてお振舞いのあれこれ、おたしなみなどを教えてさしあげる。そのせいか、宮も少しずつ、おとなっぽい風情を増してゆかれるようであった。

夕霧の大将は、そのへんの事情を悟っている。

（なるほど。身分たかく、人々に重んじられている皇女さまでも、物足らぬ点はあるものらしいな。……すべてに於《おい》て完全という女人はいないものらしい。それから思えば、やはり紫の上は見上げたかただ。

あのかたこそ、一点、非の打ちどころがおありにならぬ……）

夕霧は、いつぞやの野分《のわき》の日に、ちらとかいま見た紫の上の面影が忘れられず恋しい。

あの貴婦人は、長の年月、源氏の北の方としてここに君臨しながら、奥ふかく物静かに籠って、かりにも人に目立たず、口の端にのぼる噂《うわさ》も立てられない。

しずやかに落ちつき、ほかの女人を見下げたりせず、それでいて、自分も誇りたかくおくゆかしく身を持している。

（あのかたにくらべれば、雲井雁《くもいのかり》は……）

と夕霧は思わず、わが愛妻を考えてしまう。

雲井雁はたしかに可愛い妻ではあるが、対等の話し相手になれるとか、打てばひびく才気があるという女性ではない。

結婚してわがもの、となってみると、雲井雁への安らぎや情愛も強まるものの、その一方で、物足らぬ点も出てくる。

青年・夕霧としては、父の邸にあまた集められた佳人麗姫たちの、とりどりの趣きに目うつりせずにいられない。

中でもわけて宮に、夕霧の関心は高い。

重々しい身分にふさわしく、父・源氏は鄭重《ていちょう》に扱っているが、それはうわべだけで、たいして愛情は持っていないらしくみえる。

なぜだろう？

美しい女人《ひと》と聞くのに……。

宮はいかに充たされない思いを抱いて毎日を送っていられるだろうか。夕霧はそんなことを思い、まじめな青年だけに、だいそれた願望をもつというのではないが、もしや、かいまみる折もあるであろうか、と、宮の御殿のあたりをそぞろ歩くときは、うわの空にあこがれるのだった。

まじめ男の夕霧でさえ、そうなのであるから、かねて熱烈に女三の宮に恋していた衛門督にいたっては、尚更である。

青年はいつまでたっても、宮をあきらめきれない。

この青年・柏木は、少年の頃から朱雀院のおそばに近侍して、親しくお仕えしていたので、院が女三の宮を掌中の珠《たま》のようにいつくしまれる事情をよく知っていた。

そのころから、宮に思いを懸《か》けていたのである。

婿えらびのときにもまっ先に求婚し、院も青年を候補者の一人とおみとめになったにかかわらず、さまざまのいきさつで、源氏に降嫁されてしまった。柏木は、残念で、胸痛む心地がする。

あきらめきれなくて、その頃からの手蔓《てづる》の女房の口から、宮のご様子を聞くのをなぐさめにしている。われながら、はかない、あわれな恋であった。

世間の噂では、紫の上のご寵愛には及ばない、ということである。

「ほんとにそうなのかね？」

青年は、手蔓である、小侍従《こじじゅう》という宮の女房に、血相変えて聞く。

「源氏の大臣《おとど》は、宮さまを愛していないというのは真実か？」

「そうでございますね。お渡りもあんまりなくて……。ただ宮さまはおっとりなすったかたですから、そのことを苦にはしていらっしゃいませんけれど」

「ああ、勿体《もったい》ないことを。私と結婚していらしたら、そんな物思いはおさせしなかったものを。もっとも、私では、宮にふさわしい身分、というわけにはいかないが」

柏木の恋には、貴い血すじの皇女へのあこがれもあるのだった。とはいっても、彼も、太政大臣の長男、出世を約束されている貴公子である。

（いつかは、宮を頂いても不遜《ふそん》でない身分になれよう……それに）

と、柏木の衛門督は、ひそかに期待するところもある。

（源氏の大臣も年だ。世の中はわからない。いつ、出家して世を捨てるか知れない。そのときには）

柏木は、油断なく小侍従につきまとって、機会を待っていた。

三月、空はうららかに晴れ、のどかな日である。

六條院に、兵部卿《ひょうぶきょう》の宮や衛門督が遊びに訪れた。源氏は退屈していた。

「いや、今日この頃はひまでね。朝廷でも家の内でも天下泰平だ。何をして暮らそうかと思っていたところですよ。そういえば、今朝、大将が来ていたようだったが、どこへいったのか。淋しいから、小弓でも射させて見物するのだった。——小弓に堪能《たんのう》な若い者も来ていたのに。残念だな、帰ったか」

と尋ねさせた。

夕霧は花散里《はなちるさと》の御殿のほうで、人を集めて蹴鞠《けまり》を催し、見物しているそうだった。

「お。それはいい。気の利いた遊びだ。活潑《かっぱつ》だから眠気ざましによかろう。こちらでしないか」

と源氏は呼び寄せた。

大将をはじめ、若い公達《きんだち》がぞろぞろとやって来た。

「鞠は持って来たかね。誰々が来ている」

と源氏が夕霧に聞くと、夕霧は若い貴公子たちの名をあげた。

「では、こちらでしたらどうだ」

源氏は寝殿の東面《ひがしおもて》に呼びこんだ。ここは、女御の君のおられたところであるが、いまは若宮をお連れになって御所へ帰られたので、空いているのである。

蹴鞠に都合のよい場所を、人々はえらんだ。鞠壺《まりつぼ》(蹴鞠場)は平坦《へいたん》な方形の空地で、四隅に桜、柳、松、楓《かえで》が植えてあるのがきまりである。

太政大臣の子息たちが、みな蹴鞠に巧みであった。柏木の弟になる、頭《とう》の弁《べん》、兵衛《ひょうえ》の佐《すけ》、大夫《たいふ》の君など、年かさのも、年少のも、それぞれにすぐれた美技を披露《ひろう》できる人たちである。春の日はようやく暮れかかってきたが、風も吹かず、鞠にはうってつけの日である。弁の君も、しまいに見ていられないで、加わった。源氏は笑って、夕霧をかえり見た。

「お堅い役人の弁官《べんかん》でさえ、辛抱しきれずに鞠を蹴っているよ。上達部《かんだちめ》といっても、夕霧たちは衛府《えふ》の武官ではないか。遠慮せずに思うさまやったらどうだ」

「は」

「私も若いころは蹴鞠に加わるのが恰好《かっこう》わるいやら、さりとて加わらぬのが残念なような気がしたものだ。いや実際、身分ある人間のするざまではないからな。あの蹴鞠の恰好というものは。……しかし、若い男なら、じっと見ていられないだろう、加わるがよい」

源氏に促されて、夕霧の大将も、柏木の衛門督も、待っていたように庭上に下り、蹴鞠の仲間に加わった。

桜の花の散りまがう下で、若々しく活潑に鞠を蹴る青年貴公子たちの姿は、清らかにも美しい。

若者たちはわれおとらじと技《わざ》をきそいあっているが、中で、衛門督が無雑作《むぞうさ》に蹴るようでありながら、その技にかなうものは一人もない。

なまめかしい美青年が、乱れぬように身だしなみに気をくばりつつ、それでもさすがに熱中するにつれ夢中になるさまが、好もしかった。

源氏も兵部卿の宮も、隅の高欄《こうらん》によって興に入って眺めていた。

回数がすすむにつれ、身分たかき人々もいまは昂奮《こうふん》し乱れて、冠の額もゆるんでいる。

夕霧の大将の、常は沈着な青年なのが、いまは快活にはしゃいでいて、それも魅力的だった。桜襲《さくらがさね》の直衣《のうし》のやや萎《な》えたのに、指貫《さしぬき》の裾《すそ》を少しばかり引き上げ、上品でさわやかな姿である。

「疲れたね。ひと休みしないか」

雪のように降りかかる桜の花を見あげ、撓《たわ》んだ枝を折って、夕霧は、寝殿の階段の中ほどに腰を下ろした。

柏木もつづいて坐って、

「おお、花吹雪《ふぶき》で真っ白だね……風よ心あらば桜を避けて吹け、というところか」

などといいながら、女三の宮の居間のほうへ、おちつかぬ視線を走らせた。

宮の居間は、西の端である。

例によって何やら、しどけないあたりの気配で、御簾《みす》の外にこぼれたり、透《す》けてみえる影の、女房たちの衣裳、まことにさまざまの色で、派手やかである。

几帳《きちょう》などもしどけなく片隅に寄せられてあって、女房たちの姿もついそこに、男馴れしたさまでいるのがなまめかしい。

そこへ、唐猫《からねこ》の、ごく小さな可愛らしいのを、少し大きい猫が追いかけて来て、急に御簾の端から縁に走り出た。女房たちはびっくりして、

「あら、たいへんだわ」

などとたちさわいでいるらしい。衣《きぬ》ずれの音が、外にいる柏木たちの耳にもかしましいほどである。猫はまだよく人になついていないらしく長い綱がつけてあるが、物にひっかけて体にまといついてしまった。逃げようと引っ張る拍子に、御簾の端がひっかかり、さっと上ってしまった。女房たちは猫に気をとられて、急いで御簾を元へ直そうとする人もない——。

そして、柏木の衛門督は見てしまったのである。御簾のうちなる女《ひと》を。

几帳からすこし奥に入ったところに、ふだん着で立っている女人《ひと》がいた。

柏木の衛門督が腰をおろしている寝殿正面の階段から、西へ二つ柱を隔てた東のはずれなので、こちらから何の障害もなくはっきり見られた。

その女人の袿《うちぎ》は紅梅襲《こうばいがさね》であるらしい。紅の濃いのから薄いのへ、次々にたくさん着重ねていられる色合が華やかで、まるで色紙を綴じた草紙《そうし》の端を見るようであった。その上に着ていられるのは、桜の細長《ほそなが》であるらしい。

御髪《みぐし》は裾までけざやかで、絹糸を縒《よ》ったようにしっとりと重くながれ、裾はふさやかに切りそろえられている。なんとも美事な美しい髪で、身丈《みたけ》より七、八寸ばかりも長い。

小柄なかたで、お召物に埋もれるばかりのほっそりした華奢《きゃしゃ》なからだつき、髪のかかっていられる横顔など、いいようもなく上品に愛らしく見えられる。夕暮れの光のもとなので、はっきり見えず、奥の暗さにともすれば溶けてしまいそうなのが柏木には残念でならない。女房たちは、蹴鞠の青年たちが花を散らして技をきそい合うのに熱中して見とれていた。まさか猫の綱で御簾が捲《ま》き上げられ、宮のお姿があらわになっているとは知るよしもない。猫がしきりに啼《な》くので、宮はふり返ってご覧になる。

そのしぐさやお顔の表情など、おっとりして若々しく、

（なんと愛くるしいかただろう！）

と柏木は、魂も天外に飛びそうに思えた。

実は夕霧の大将も気付いていた。

（これはしたり、まる見えになっている）

と自分のほうがきまり悪い思いをしたが、御簾を直しに、いざり寄ってゆくのもかえって軽々しいので、それとなく気付かせようと咳払《せき》いした。

宮は果して、そっと奥へ身を隠してしまわれた。

大将自身も本当のところは宮をもっと拝見したくて物足りぬ心地なのであるが、そのときはすでに猫の綱もゆるめられて、もと通り御簾は下りてしまっている。思わず知らず、ためいきが出るのだった。

まして、かねて思い焦がれていた衛門督のほうは、胸がいっぱいになって目もくらむばかりである。

（あのかただ！　まちがいはない。ほかの人にまぎれようもないあの美しいお姿、まさに宮だった）

衛門督は強いて何げない風でいるのだが、大将にはわかった。

（彼も見たのだな——）

と思うと、大将は宮のために気の毒になった。

衛門督は遣瀬《やるせ》ない思いに胸もふたがり、猫までなつかしくて抱きあげてみると、宮の移り香か、香《こう》ばしいいい匂いがする。可愛らしい声で鳴くのでたまらなくなって、青年はまるで女三の宮であるかのように抱きしめるのも、物狂おしいことだった。

源氏は夕霧たちのほうを見て、

「上達部の座が端近《はしぢか》で軽々しいな。こちらへ来られるがよい」

と対《たい》の屋《や》の南おもての間に入った。それで人々はみな、そちらへ移った。兵部卿の宮も座を移されて話の仲間に加わられる。

下の位の殿上人《てんじょうびと》たちは、簀子《すのこ》に円座《わろうだ》を敷いて、椿餅《つばきもち》、梨《なし》、柑子《こうじ》などさまざま箱の蓋《ふた》に盛ってあるのを食べた。椿餅は蹴鞠の折に供されるたべものである。青年たちは冗談をいいつつ、にぎやかに食べるのだった。

こちらの上達部のほうは、ちょっとした干物を肴《さかな》に、盃がめぐらされた。

衛門督はその中で、ひとり沈みこんでいる。ややもすれば桜の枝に視線をさまよわせて、呆然《ぼうぜん》としているのである。夕霧の大将は事情を知っているので、

(御簾のうちをかいま見た、まぼろしのような姿にあこがれているんだろうなあ……)

と想像した。夕霧自身も惹《ひ》きつけられたのだから無理もないが、しかし深窓の貴婦人は、かりにも端近に立って、夫でもない男に顔を見られることはしないものなのだ。それを、あの宮はご身分柄にしては、なんとも心稚《おさな》く、軽率ではあるまいか。

そこへくると対の上、かの紫の上こそは、断じてそういう、はしたないことはなさらない。なるほどなあ……こういう風だから、世間で重んずるほどには、父君は宮を愛していらっしゃらないのかもしれない。女というものは心ざまが浅くて幼稚なのは、可愛らしくはある一面、どうも危なかしくて見てはいられぬものだ、と夕霧は思い、宮を軽んずる気持にもなるのであった。

しかし衛門督は軽んずるどころではない。宮の欠点など考えられもしない。思いもかけずちらとかいま見られたことを、

(かねての恋慕が叶《かな》えられた証拠かもしれない。これも前世の契りであろうか)

と思うのも嬉しく、それにつけても、もうひと目見たいものと、うっとりしつつ、心は空にあこがれてゆく。

「どうなされた。疲れられたか」

源氏の声で、衛門督ははっと現実にひき戻された。

「今日のあなたの鞠は美事だったよ。目にも止まらぬあざやかさだった。――あなたの父上の太政大臣とは、私は若いころから何かにつけて勝ち負けを争った仲だが、鞠だけはどうにもかなわなかった。血筋は争えないね」

源氏は機嫌よかった。衛門督は微笑して、

「学才や実務の才ではさっぱりの家風でございます。鞠などの技が伝わるのはあまりほめたものではございますまい」

「そんなことはない。何によらず長所というものは書きとどめて伝えるべきだろう。家伝などに『蹴鞠に長じ』と記録しておかれることをおすすめするよ」

など冗談をいっている源氏の姿は、中年の男の貫禄もあり、魅力もあって立派である。

こんな男性を夫に持った女人が、どうしてほかの男に心を移すことがあり得ようか？

いったいどうすれば、長い間の自分の恋をあわれと思い、心をゆるして下さろうか、と柏木は絶望的になる――宮の身分はたかく、おのが身分は低い。それに加えて六條院の奥ふかくかしずかれる人妻ではないか。

衛門督はうちひしがれて六條院を退出したのである。

帰途は夕霧の大将と同車して、話しながら帰った。衛門督はいった。

「やはり、この院へ伺うと気が晴れるね、面白くて」

「そうだな。『また閑《ひま》ができたら花の散らぬうちに来るがよい』といわれたから、春を惜しみがてら、この月のうちに小弓を持たせてこようじゃないか」

と約束ができた。親友同士、とりとめもない話を楽しく交していたが、衛門督はどうしても女三の宮のお噂をしたくてたまらなかった。

「院はどうも対にばかりおいでらしいね。対の上を一ばん愛していられるからだろうね。三の宮はどうお思いだろう。父みかどがあれほど可愛がっていらした方なのに、ご降嫁ののちは院に愛されなくて、物思いしていられるのではないか。それを思うとお気の毒だ」

衛門督の言葉は、いわでもの、無遠慮な出すぎた発言である。大将は当惑した。

「君、つまらぬ推量でものをいってはいけないよ。そんなことがあるものか。対の上のほうは何といってもお小さい時から育てられたということがあるから、馴染《なじ》みも深いだろうけれど、宮さまは別だよ。この上なく大事にしていられるよ」

というのであるが、衛門督は耳にも入れない。

「わかっているんだよ、君がそう言いつくろう気持はわかるが、私はいろいろと聞いているのだ。宮は抛《ほ》っておかれて、飾り物の妻だという話じゃないか——君は、知らないかもしれないが、あのかたは朱雀院がそれこそ、手のうちの珠のように大切に、いつくしまれていた姫宮なのだ……院が冷たくあしらわれるというのは、真価をお知りにならぬ、というものだよ」

と、むきになって言い募《つの》るのであった。

「どうして宮を愛されないのか、院のお心がわからないよ、私には」

大将は（さしでがましい口を利くものだ、やっぱり彼は女三の宮に懸想《けそう》しているな）と思い、やや、そっけなくいった。

「対の上は対の上、宮は宮で愛していられると思うよ。何しろ父院も女君が多いから、一人に絞ることはできないのだろうよ」

君がよけいな心配をすることはないよ、といいたいのを怺《こら》え、大将はわずらわしくなって話題をそらせた。それからは女三の宮の話は出ないまま、青年たちは別れた。

衛門督は理想が高いので、まだ独身をつづけて父の邸内の、東の対に住んでいた。友人たちはみな結婚しているのに、ひとり独身でいるのは、心柄とはいいながら淋しいときもあるが、自分をたのむことあつく、高望みしているのである。

それが、ひと目、女三の宮を見てから物思いにとらわれるようになった。

どうすればもう一度あえるだろう。身分低い女なら外出の機会もあるだろうが、六條院の奥深く住まれる宮には、心を通わせ思いを届かせる手だてはない。青年は焦燥に駆られ小侍従にあてて、手紙をかいた。

「先日、春風に誘われ、そちらのお邸の内へ入ることがありましたが、宮さまは私の姿をご覧になってお嗤《わら》いになりませなんだか。私の方は、あの夕べから恍惚《こうこつ》となってゆめうつつとも分ちがたく、宮さまをお慕いしています」

小侍従は蹴鞠の日の事情を知らなかったので、手紙の意味がよくわからなかった。今まで通りの恋文だと思って宮の前に笑いながら持っていった。

「また参りましたよ。いつものお文が。あんまり熱心におっしゃるのでお気の毒になって、しまいにはお仲立ちする気も起こるかもしれませんわ――むろん冗談でございますけど」

といって青年の手紙を渡した。

「いやな小侍従。へんな冗談いわないで」

と何心もなく宮はおっしゃって、手紙をご覧になった。

宮のお顔はさっと赤らんだ。猫のさわぎで御簾が引き上げられたときのことを思い合わせられると、この青年にあのとき姿を見られたのだ、とおわかりになったのである。

平素、源氏が事のついでにたえず、

「夕霧の大将にお姿を見られないようになさい。あなたは子供っぽいところがおありだから、どうかするとうっかりしてお姿を見られるという失態があるかもしれない」

といましめているのが思い出された――あの蹴鞠の日の不注意を大将が源氏に告げ口したら、自分はどんなに殿から叱《しか》られるであろうか、どうしよう。こまったわ……。

衛門督に見られたことよりも、源氏に叱られることのほうが、宮には重大で怖かった。なんと他愛ないお心であろう……。

君がため若菜《わかな》つむ恋のくるしみの巻

小侍従《こじじゅう》は、青年に返事を書いた。

「お手紙、何のことをおっしゃっていられるのかしら……。あなたさまの恋はどうせ手のとどかぬ高嶺《たかね》の花、かいなき御懸想《けそう》というものですわ。色に出ぬようご用心あそばしませ」

さらさらと走り書きした返事を読んで、衛門督《えもんのかみ》は、気を腐らせた。小侍従のいうのは尤《もっと》もで、それはわかっている。わかっているのだが、

(腹の立つ言い方をする奴《やつ》だ)

青年はもう、こんなうわすべりするあしらいをされて、満足してはいられない。

(ええい。人伝《ひとづ》てでなしに、どうかして直接、宮と言葉を交すことはできないものか!)

青年はあたまを抱えて苦しんだ。渇望と思慕に思い乱れ、苦しむ心の底には、源氏への嫉《しっ》妬《と》がある。今までは何かにつけ源氏を敬愛し、傾倒していた衛門督であったが、近頃は源氏にひそかな悪意やわだかまりを持つようになっていた。

三月の末、また人々が六條院へ集まることがあった。

衛門督は気がすすまず、そわそわしていたが、女三《おんなさん》の宮の御殿のあたりの花でも見て心を慰めようと思っておもむいた。

御所の賭弓《のりゆみ》が二月にあるはずだったのが、行なわれず過ぎ、三月は主上の御母宮の御忌月《きづき》だから催しごとはない。人々は残念に思っていたので、この六條院で行なわれると聞いて、例のようにたくさん集まった。

近衛《このえ》の左大将《さだいしょう》は、源氏の養女・玉鬘《たまかずら》の婿君、鬚黒《ひげくろ》であり、右大将は嫡男・夕霧、いずれも源氏に近しいのでそろってやってきた。それゆえ、中将少将たちも互いに競いあって射た。

弓技に自信のある殿上人《てんじょうびと》たちを左右にわけて、競射させるのである。

暮れゆくままに、風にさそわれる花吹雪を浴びて青年たちは、若々しい挑み心に矢を放つ。さわやかにも艶《えん》な風趣で、客たちは快く酔うのであった。

賭弓《のりゆみ》は、品物を賭《か》けて争う競射である。賭物《かけもの》は、六條院のあちこちの御殿から出されるので、男たちの興趣をそそった。

「ご婦人がたの趣味を反映した、風流な賞品なのだろうな」

「舎人《とねり》たちが百発百中ではないか。得意顔で賞品をひとりじめするのは面白くない」

「このへんで、少しはおっとりした公達《きんだち》の手ぶりを拝見したいものだな」

そこで、鬚黒や夕霧たちが庭上に立って射ることになった。ただ、衛門督ひとり、ほかの人より目立ってぼんやりと物思いにふけったさまである。事情をうすうす察している夕霧の大将《だいしょう》は、困ったな、と思っていた。

(面倒なことにならなければいいが)

自分まで悩みの種を背負いこんだ気がする。

この青年たちは、たいそう仲がよかった。

とりわけての親友ともいうべく、互いに隔てなくつきあっていたので、衛門督が少しでも思い沈んでいる様子を見ると、夕霧も心をいためずにはいられないのであった。

衛門督は良心の鬼に責められて、源氏を見るのがまぶしかった。

源氏の夫人に思いを懸《か》けるとは、なんという大それたことをしてしまったのだろう。

衛門督は軽佻浮薄《けいちょうふはく》な青年ではなかった。真率で、正直な性格であった。名門の誇りもふかく自覚して、ふだんから端正に身を持し、かりにも人の非難を買うような振舞いはあってはならぬと、まじめに生きてきた。快活でもあり、人にも愛せられる貴公子であった。

それが、いまではすっかり変った。

(私としたことが。何というおそろしい、人の道にはずれたことを考えるのか)

自分のあたまを打っても、憑《つ》いた恋の奴《やっこ》は去らないのである。

恋は人を狡猾《こうかつ》にする。

(そうだ。せめてあのときの猫でも手に入れられないものか。恋を語りあえなくとも、ひとり寝の淋《さび》しさを慰めるのに、なつけてみよう)

と思うのも物狂おしい。どうやって、あの猫を盗み出そうかといろいろ考えてみたが、それさえもむずかしいのだ。

衛門督は気を紛らそうとして、妹君にあたる、弘徽殿《こきでん》の女御《にょうご》の御殿へ参り、あれこれ物語をしていた。女御はお嗜《たしな》み深く、御簾《みす》の奥にいられて、兄妹といっても、直接に対面なさることはない。

（つつしみぶかくなさるものだなあ。深窓の貴婦人はみな、その用心深さをもっていられるはずなのに、あのとき女三の宮をかいま見られたのは、何というふしぎな僥倖《ぎょうこう》だったのだろう！）

と、青年の物思いはまたしても、恋人の上にただよってゆく。宮に恋しぬいている彼にしてみると、宮の不用意な軽率さが、そういう事態をひきおこしたのだとは、夢にも思わないのである。

東宮《とうぐう》の御前へ参上しても、考えることは、

（ご兄妹だから、きっと似ていらっしゃるのだろうなあ）

ということである。あけてもくれても、そして見るもの聞くもの、悉《ことごと》く、女三の宮につながってゆく。恐れ多いことながら東宮を拝見して、宮のおんおもざしに似通っていられるところをさがしたいのであった。

東宮は、女三の宮のように華やかな雰囲気《ふんいき》ではいらっしゃらないが、さすがに上品に、みやびやかであられる。

御所には猫が多く飼われている。子猫をたくさん引き連れて東宮の御殿へも来ている。その愛らしいさまを見るうち、青年の胸に計画が浮んだ。

「六條院の宮さまのところで飼っていられる猫は、ちょっとこのあたりで見ない、可愛い顔をしております。ちらと見ただけですが」

と申しあげると、東宮は猫がお好きなので、膝《ひざ》を乗り出された。

「どういう風なのだね」

「唐猫《からねこ》で、日本産とはちがう様子をしております。猫はみな同じようなものですが、人によく馴《な》れているのはしみじみ可愛いものでございますね」

と、東宮の御関心をわざとそそるように誇張して申上げた。

果して東宮は、明石《あかし》の女御を通して、女三の宮へ猫をご所望になった。宮はさっそく、差しあげられた。

「ほんとうに、可愛らしい猫ですこと」

と人々は興じて、珍重するのであった。

衛門督は、もう猫が東宮御殿へきただろうな、というころを見はからって、数日して参上した。青年の計画が図に当ったわけである。

いったい、この衛門督は、少年のころから、朱雀院《すざくいん》の帝の、格別のご寵愛《ちょうあい》を頂いて、おそばで仕えていたのだった。院が山へお籠《こも》りになってのちは、東宮の御殿へもしたしく参上してご用をつとめていた。御琴《こと》などをお教えするついでに、心安だてに、

「猫がたくさんいますね。どこにいるのでございます、六條院でかいまみた美人は」

といって、例の唐猫をみつけ出した。可愛らしくってたまらずに、背中を撫《な》でていると、東宮も、

「ほんとうに可愛いね。しかしまだ人見知りしているのか、なつかないよ。あなたは格別にちがう、といったが、ここに元からいる猫も、そう見劣りはしないが」

と仰せられた。

「猫の人見知りというのもあるのでしょうか。しかし賢い猫は、あんがい、そんな分別もあるのかもしれませぬな。……仰せのようにここにはいい猫がたくさんいるようでございます。これは、私に当分、おあずけ下さいまし」

青年は首尾よく、猫を抱いて帰ることができた。心の底では自分の物狂いに、実のところばからしい気もして反省されるのであるが……。

(ああ。とうとう、お前はそばに来てくれたね)

青年は、やっとのことで手に入れた猫を抱いて頰《ほお》ずりする。

夜が明けると猫の世話をして撫でさすっている。人になつかなかった猫も、いつかよく馴れて、ともすると青年の衣《きぬ》の裾《すそ》にまつわり、体をすりよせ、じゃれるのであった。衛門督は心から可愛いと思った。

物思いに沈みこんでいる青年は、端近《はしぢか》で臥《ふ》している。猫はそこへきてまつわり、どうしたの？　というふうに顔をみつめて、

「にゃあ。にゃあ」

と啼《な》く。青年は背を撫でて、

（啼くなよ。あの女《ひと》のことを思い出してよけい辛《つら》くなるじゃないか）

とにがい笑いが口もとに浮ぶのであった。

「愛しているよ」

と猫を抱きあげて呟《つぶや》く。そのやわらかな、あたたかい手ざわりをいとしみながら、女三の宮の身代りのように、猫を思う。

「いつかは、私の心をわかっていただけるね」

と猫の眼をのぞきこんでいう。——猫は、青年の胸でしきりに啼くのだった。

女房たちは、

「ふしぎね。どうなすったのでしょう。これまで猫なんて見向きもなさらなかったのに」

と不審がっていた。

東宮から「猫を」と仰せられてもお返ししないで、手許《てもと》から離さず、青年は猫にうちこんでいた。

さて、かの鬚黒の大将が、前夫人とのあいだになした真木柱《まきばしら》の姫君も、婿えらびする年頃となった。

大将は、いまは前夫人と全く、縁が切れてしまって、玉鬘をこよなく大切にしていた。

玉鬘は男の子ばかり産んでいるので、大将は姫君を引き取って世話したいのだが、祖父の式部卿《しきぶきょう》の宮が、許可されないのである。

「せめてこの姫だけは、世間の物笑われにならぬよう育てて、りっぱな結婚をさせたい」

といっていられた。

式部卿の宮は、世間の信望あつく、主上も、御伯父《おじ》に当らせられることとて、ご信頼は深い。

また、鬚黒の大将も、東宮の御伯父に当り、次代の実力者である。

真木柱の姫君は、こうして父君も祖父君も、重々しい方なので、縁談はひっきりなしにあった。

「衛門督が、求婚を仄《ほの》めかしたならば」

と、祖父宮などは、衛門督を第一の候補者に考えていらしたが、青年の方は、美しい姫君より、ただいまのところ、猫のほうがよいとみえて、縁談など思いも染めぬようであった。

姫君は、実の母君が物狂いで廃人のようになっているのを悲しく思いつつも、継母《ままはは》の玉鬘にあこがれていた。さすがに若い姫君だけに、現代的なのだった。

兵部卿《ひょうぶきょう》の宮はまだ独身でいられた。

玉鬘を妻にと望まれて成らず、女三の宮を得ようと奔走されたがそれも空《むな》しくなり、世の中をつまらなく、世間態《てい》もわるくお思いになっていた。

しかしいつまでも独身でいるわけにもいくまいと、式部卿の宮の孫姫、真木柱の姫君に意のあるところを仄めかされた。

祖父宮はあんがい簡単に、

「いいだろう。大切にかしずいている姫は、御所へ入内《じゅだい》させるのでなければ、親王たちに縁付かせるべきだ。近頃は、真面目《まじめ》な男ならよい、といって臣下に縁付ける家が多いが、品のないことだ」

とおっしゃって承知された。兵部卿の宮はあんまり簡単に承知されて張り合いがなく思われたが、何しろ宮家の姫とてかるがるしく扱える相手ではない。積極的に望まれるところまではゆかなかったのだが、仕方なく通いはじめられた。

宮家では、この婿君を大切になさることは一通りではない。

式部卿の宮は、

「姫たちをたくさん持ってそれぞれに苦労したから、もう懲《こ》りそうなものであるのに、まだこの真木柱のことが捨てておけない。母君は年々物狂おしくなるばかりだし、父君の鬚黒は私と仲良くないために離れているから、この姫がふびんでならぬのだ」

とおっしゃって、新婚夫妻の部屋の調度までご自身命じたりなさるほどの、お心入れであった。

兵部卿の宮は再婚である。先にお亡くなりになった北の方を、いつまでも恋しがっていられて、亡き人に似た女人と結婚したいと思っていられた。真木柱の姫は、美しくはあったが、似てはいなかった。宮は気を落されてお通いになる足も、すすまない。

祖父の宮は、心外な、と不満に思われる。母君も、正気に返られた折々は、婿の君の不誠実を悲しんでいた。

父君の鬚黒の大将も、

「いわないことじゃない。兵部卿の宮は浮気な方だから、はじめから自分はこの結婚に乗り気ではなかったのに」

と不快に思った。

玉鬘はそれを聞いて、複雑な気持だった。

兵部卿の宮が熱心に自分に求愛されていたとき、もしほだされて結婚していたら、ちょうどいまの真木柱の姫のような目にあっていたかもしれない。

源氏も実父の太政大臣《だじょうだいじん》も、どんなに心を痛めたことであろう。

それを思うとおかしくもあり、また、兵部卿の宮も、真木柱の姫も、気の毒な気がした。

あのころでも、宮の愛を受け入れる気はなかった、ただただ、風流な、情趣ふかい口説《くぜつ》や手紙に心ひかれただけである。

運命は、彼女を宮とはまるで正反対の、無骨な男、鬚黒の妻にしてしまった。

宮はお聞きになって、「ほう、あの不風流男に」と玉鬘を軽《かろ》んじられたかもしれない。そう思うと、玉鬘は、ひとりでに頬の赤らむ心地がする。

いままたふしぎな縁で、夫の先妻の姫が、その人の妻になった。真木柱の姫に、兵部卿の宮が、私のことを噂《うわさ》なさるかもしれないと玉鬘は思ったりした。

しかし玉鬘は、ゆきとどいた女人《にょにん》なので、真木柱の姫の世話は義理の親として、よくつくしていた。それに玉鬘は、姫の兄弟の公達《きんだち》をも、兵部卿の宮とむつまじくするように教えていた。青年たちは、義母にいわれて姉君と宮の夫婦仲のよそよそしさを知らぬ顔に、如才なく、宮にまつわりついていた。

それやこれやで兵部卿の宮は真木柱の姫をお気に染まぬとはいえ、見捨てられるお気持はなかった。

それなのに、波を立てるのはまたしても、祖母宮の大北《おおきた》の方《かた》である。

「皇族がたというのは、暮らしがぱっとしない代りに、浮気もなさらずご夫婦仲がよいのがせめてもの慰めというもの。そのつもりで姫を結婚させたのに、あの宮は……」

と辛辣《しんらつ》にいわれる。

「妙なことを聞く」

と宮は、むっとなさった。

「昔、あれほど愛していた北の方がいたときでさえ、ちょっとした浮気はあったが、それにしてもこう辛辣な皮肉をいわれたことはなかった」

宮はそう思われると、いっそう、亡くなった人恋しく、ご自分の邸《やしき》に籠《こも》って、ぼんやり物思いにふけっていられる。

そういいながら二年ほどはまたたく間に経ち、真木柱の姫は、情《じよう》うすい良人《おつと》にも馴れてつめたい夫婦仲のまま、暮らしていた。

いつしか年月が経ち、帝《みかど》が即位なさってから十八年たった。

帝は譲位を思い立たれた。次代を継ぐべき親王もおわしまさず、かつ、世の中もはかなく思われたので、公的生活を終えてのんびりしたいとお望みになったのだった。しばらくご病気になって、それもご決心を早めるもとになられたのかもしれない、俄《にわ》かにご譲位のことがあった。

世間は惜しんだが、東宮もご成人のことではあり、世の政治が変ることはなかった。

ただ、太政大臣が辞表をたてまつって引き籠った。

鬚黒の左大将が、右大臣になり、廟堂《びようどう》の第一人者となった。鬚黒の妹君の女御が、東宮の母君であったが、東宮が即位される晴れの日を待たれず亡くなってしまわれた。

新しい東宮には、明石の女御のお生みになった一の宮がお立ちになり、予期されていたことながら、世人は六條院の源氏一族の好運に目をみはるのであった。

夕霧の右大将は大納言になった。新右大臣との仲もよく、万事、好調である。

源氏は冷泉《れいぜい》帝のご譲位を複雑な思いでうけとめた。お世嗣《よつぎ》がお出来にならなかったことをひそかに残念に思っている。新東宮も源氏の血筋にはちがいないが、冷泉帝への愛情は、一種特別である。

冷泉帝の御代は、幸い、平穏に過ぎた。

かくされた罪ふかいあやまちも、ついに曝《あば》かれることなく終った。その代り、藤壺《ふじつぼ》の中宮と自分との恋からみのった花は、一代かぎりで凋《しぼ》んでしまった。

源氏はそれがさびしく物足らなかったが、夢にも人に言えないことなので、わが心に侘《わ》びしくとじこめておいた。

明石の女御はつぎつぎと御子《みこ》を儲《もう》けられてご寵愛は並ぶものはない。藤原氏でなく源氏出身の姫がつづいて后《きさき》の位にあるのを、世の人は批判している。冷泉院の中宮は、お子も無かったのに、源氏の後見で、后の位に即《つ》かれたのであった。

中宮は源氏の庇《ひ》護《ご》を、しみじみ、ありがたく思っていられた。

み位を下り給うた新院は、あちこちの御幸《みゆき》もお気軽になられ、のんびりと暮らされている。

明石の上も、尼君も、幸福に暮らしていた。

尼君はまさしく、「東宮のひいおばあちゃま」になったわけである。世間の人は、出世と幸運の象徴のように、尼君を讃《たた》えた。

女三の宮を、新帝はお心にかけ、何くれとなくお世話なさる。

こうして、充《み》たされた人生を謳歌《おうか》するばかりの人々の中で、紫の上は、ある日、微笑《ほほえ》みつつ、源氏にいった。

「どうか『よろしい』とおっしゃって下さいまし。わたくしのお願いすることを、ひとこと

『許す』とおっしゃって下さいまし」

「あなたの願うことで、私が拒んだことがあったか」

源氏はふしぎそうに反問した。

「あらたまって、わざわざいい出したのは、よほどのことなのだね。いいよ。何の願いか、言ってごらん」

「わたくしも年のせいかしら、こう、ざわざわした住居《すまい》が疲れました。静かに仏の道を修行したくなりました。たいていのことは見尽くした気もする年になったのですもの。どうか、お許し下さいまし」

紫の上は、三十八になるのだった。源氏はすでに四十六である。

紫の上は微笑んでいるが、真摯《しんし》な願いだということは源氏にもわかった。それだけに源氏は恨みがましい辛い気持を抑えられなかった。

「ほかならぬあなたの頼みだが、これればかりはきけない。よくそんなむごいことを」

源氏は顔色も変る気がした。

紫の上の手を取って、

「私を捨てて出家《しゅつけ》する、とあなたはいうのかね？　情けない。そんなことができると、あなたは思うのか。私こそ年来、出家の志があったが、あなたがあとに残されてどんなに淋しがるだろうかと、昨日に変る不如意《ふにょい》な暮らしをしはしまいかと、それが気がかりで、こうして世に生きているのですよ。私が出家したあとなら、あなたもどうにでも考えるままにすればよいが、いまはまだいけない……」
と、必死にとめるのであった。

源氏は住吉神社への願《がん》ほどきを果したいと思った。それを兼ねて東宮の女御のための祈願もしたい。みな一緒に引きつれて参詣《さんけい》しようと思い立った。

明石の入道の願文《がんもん》の箱を開けると、数々の大願がいかめしく書き並べてあった。才気のある文章で、大それた大願をかきしるしてある。いまの源氏の威勢でなくては、それに対するお礼参りはとうてい、できなかったであろう。

このたびは紫の上も一緒に連れてゆくことにした。源氏の参詣ということで、世はあげてどよめき、派手な美々《びび》しい行列となった。

上達部《かんだちめ》は大臣をのけて、みな加わった。舞人《まいびと》、陪従《べいじゅう》、その道のすぐれた人々をそろえ、御神楽《みかぐら》の人々も供に加わる。

上達部の馬・鞍《くら》、馬添《うまぞい》、随身《ずいじん》、小舎人童《こどねりわらわ》、それ以下の舎人まで、今日を晴れと整え飾った美しさは、またとない見ものであった。

東宮の女御は紫の上と一つ車に乗られる。

つづいて明石の上と尼君。昔からの馴染《なじ》みで、女御の乳母《めのと》が同車した。

お供の女房の車は、紫の上のが五輛《りょう》、女御のが五輛、明石の上のが三輛、こぼれるばかり飾りたてた女房たちの、装束《しょうぞく》や姿かたちのありさまは人目を奪った。

それは十月二十日のことであった。社《やしろ》の玉垣《たまがき》の葛《くず》の葉も色づき、松の下草も紅葉《もみじ》して秋の気配は深かった。

波音、風音にひびきあい、松風に楽の音《ね》がまじって、神前の舞楽はあわれ深かった。東遊《あずまあそび》の「求子《もとめご》」が舞われる。

若い上達部は、黒い袍《ほう》の右肩をいっせいに脱ぐ。と、あざやかな蘇芳襲《すおうがさね》、葡萄染《えびぞめ》の袖《そで》がこぼれ、真紅の袂《たもと》に時雨《しぐれ》がかかって、松原の中の舞は飽かずおもしろかった。

源氏は、須磨明石《すまあかし》の流浪《るろう》時代を思い出した。あのころのことはつい昨日のように思われる。その話を語り合いたいと思う相手は、ふしぎなことに、人生の幾山河を共に経てきたなつかしい旧友の、昔の頭《とう》の中将、辞職したさきの太政大臣であった。

源氏は明石の上や尼君の車に、そっと便りをことづけた。

「あなたと私のことをくわしく知るのは、住吉の社頭の松だけですね」

尼君は懐紙に書かれたその走り書きを見て、明石でのことをいろいろ思い出さずにいられなかった。

「尼の身にも生きて甲斐《かい》ある世と思い知りました。住吉の明神にかけた願いを今さらのように思い返しております」

早いだけが取り柄、と返した。

その夜は夜もすがら神前に捧《ささ》げる歌や舞で明かした。二十日の月ははるかに澄み、海はひろびろと、社前は霜で白い。ほのぼのと夜があけるにつれ、庭燎《にわび》の光も消えそめる。神楽うたをうたう人々は、祝い酒に酔いつつ、榊葉《さかきば》をうち振って「万歳、万歳」と祝福する。興ふかき社前の盛儀であった。

出家なされた朱雀院は、その後、仏道の修行にひたすら励んでいられて、俗世への思いは断たれていた。

ただ、女三の宮へのお気がかりは、今なおお捨てになることができず、源氏の後見をたのみにしていられるが、

「あの姫宮をよろしく頼む」

と、帝に御依頼になるのであった。

帝は、お妹宮を二品《にほん》の位にされた。それによる所領の御封《みふ》なども増え、女三の宮はいよいよ花やかに、御威勢は添ってゆかれる。

源氏も、こうなると、朱雀院や帝へのお手前もあって、宮をなおざりにできなくなり、ようやく、宮のもとへ通う日は、多くなってゆくのであった。

（当然のことだわ……）

と、紫の上は思う。

（疎略にお扱いしているなどと、主上《うえ》や院のお耳に入っては畏《おそ》れ多いのですもの……）

そう思いながら、女三の宮を世間が重々しく遇すれば遇するほど、わが身がかえりみられ

て心ぼそい思いが増すのだった。

（わたくしには、庇《かば》って下さる院も主上もない。ただ、殿のご愛情だけを頼みに、人に負けない暮らしをしているけれど、醜く年をとったら、いつかはそのご愛情もさめてしまうわ。……そんなさびしい目にあうより前に、自分から世を捨てたいわ）

そう思ってはいるが、自分から、人の気持をさきくぐりしていうように源氏が思いはすまいかと、彼女は口を噤《つぐ》んでいた。

彼女がいま、いちばん心かたむけて可愛がっているのは、明石の女御が生まれた姫宮であった。姫宮をこちらの御殿で大切にお育てして、源氏のいない夜も、心を慰めることができるのだった。

花散里《はなちるさと》は、紫の上が、可愛い孫宮のお世話に追われているのがうらやましくて、こちらはこちらで、夕霧と典侍《ないしのすけ》のあいだに生まれた姫宮を切に乞《こ》うて引きとり、育てることにした。美しい童女で、年齢よりは大人《おとな》びてさかしいので、源氏も可愛がった。

源氏の子は、息子一人娘一人で、いかにも少ないように思っていたが、末々はひろがって、子供たちが増え、源氏のつれづれを慰めるのであった。

養女ともいうべき玉鬘も、いまではしげしげと、よくこの六條院に顔を出し、紫の上とむつまじい間柄になっている。その夫の鬚黒の右大臣も、源氏と親しい。玉鬘も、いまは押しも押されもせぬ高官の夫人らしい威厳があり、源氏はかの昔の好色心《すきごころ》も思いはなれたようである。若かった人々も、みな、中年者《おとな》になったのであった。そうして、心ひらいたたのしいおとなのつきあいになってゆく。たがいの人柄を敬愛し、親しみむつみ合う、たのしいおとなの世界が展開されてゆく。

そんな中で、ぽつんとひとり、取り残されているのは、いつまでも未成熟な女三の宮であられた。源氏は、実の娘の女御は、もはや結婚相手の帝《みかど》にお任せして、いまは女三の宮をいとけない娘のようにいたわり育てていた。

朱雀院から姫宮にお便りがあった。

「臨終のときが近づいた気がしていますが、死ぬ前にはもういちどお会いしたいと思うのです。仰々しくしないで、そっとこちらへ来て頂けまいか」

といわれるのであった。源氏は尤《もっと》もなこと、と思った。それにしても、何か、風情《ふぜい》のある名目を、と考えて、今度、院は五十歳におなりになるはず、若返りということばにちなんで若菜など調理してさし上げようか、と思いついた。その設けのいろいろ、何しろ出家なすった方のことなので、普通とはこと変る作法もあり、源氏はさまざま心を砕いて、朱雀院をお喜ばせしようと準備しはじめた。

朱雀院は音楽愛好家でいられるので、楽人《がくにん》や舞人を、入念に撰《えら》んだ。各宮家や名流の子弟、えらばれた人々は、今日このごろ、音楽や舞の稽古《けいこ》に余念もないありさまである。

朱雀院は、女三の宮の琴をお聞きになりたい、と仰せられたそうであった。源氏に教えられて少しは上達したろうか、と親心にたのしみにしていられるらしかった。

源氏は、いそいで、熱心に女三の宮に教授をはじめた。

「宮が恥をおかきになっては、おいたわしいから、しばらく、つき切りでお教えするからね」

と紫の上にことわって、明けても暮れても宮に、琴《きん》の琴《こと》をお教えする。素直な方なので一生けんめい習われて、少しの間に、大そう手をあげられた。調べの殊にかわった手を二つ三つ、面白い大きな曲、四季によって変化する調子、寒さ暖かさによって調べをととのえなければいけない、そういう微妙で繊細な弾《ひ》き方を、源氏は知るかぎり熱心に教えこんだ。少しまだ頼りないところはありながら、宮はようやくに会得《えとく》されるにつれ、美しい音色《ねいろ》を奏でられる。

女御の君は、うらやましがっていられた。

「わたくしにも、教えていただけませんでしたわ。ぜひ、その秘曲をお聞きしたいわ」

とおっしゃって、なかなか出ない退出のお許しを、

「ほんのしばらくの間」

とお願いして、やっと六條院へ里下りなさった。もう御子はお三方おいでなのに、いままたご懐妊で、五つ月《い》にになられる。

いつしか冬であった。源氏は、冬の月が好きなので、月の光のもとで、この頃は女房たちをあつめて合奏に余念がない。紫の上は、

「年があけて春になりましたら、ゆっくり宮さまのお琴をお聞かせ下さいませ」

といっていた。年の暮れは、六條院の主婦たる彼女は忙しいのである。あちこちの人々の春の衣裳の調製に、指図したり考案したりしなければならないのであった。

年あけて、朱雀院の五十の御賀は、御所でまず行なわれ、六條院は二月の十何日と定められた。その日にそなえて音楽の練習が、いよいよさかんになる。

「お上手になられましたね」

と源氏は女三の宮の琴《きん》の音色をほめた。

「対《たい》のひとが、あなたの琴を聞きたがっていますよ。邸《やしき》の女人たちで合奏して、女楽《おんながく》を試みたいものですね。今の時代の名人上手でも、この邸の人たちにはかなわないくらいですよ。あなたもそうだ。あなたくらい弾ける人は、そうざらにはいませんよ」

「ほんとう?……」

宮は無邪気に嬉しそうにしていらっしゃる。

「そんなにわたくしは上手になったの?」

宮はご自分では何もおわかりにならない。師匠が受け合われたので、自分の上達を、自分で心から嬉しく思われる。

二十一、二ぐらいにおなりだが、まだ少女っぽくて、体つきもほっそりと弱々しく、やさしく愛らしい。

「お父院にも長らくお目にかかっていられないのですから、今度、会われたら『立派に成人した』とご満足なさるように、よくよく気をつけてご挨拶《あいさつ》なさるがよい」

「はい」

と宮は、源氏のいうことは、何ひとつ違えるまいと緊張してうなずかれる。源氏に、何かにつけ教わらなければ、何ごともおできになれない。

（ほんとうに、殿がこうしてお指図なさり親代りに教え育てられなかったならば）

と、おそばの女房たちはひそかに思うのであった。

（宮さまの幼稚さが物嗤《わら》われになったかもしれぬ……殿のおかげで目立たずに庇われているけれど）

正月二十日頃のことで、空ものどかに、風も暖かくなっていた。梅もほころびはじめ、庭の木々の梢《こずえ》は芽ぶいて霞《かす》みわたっている。

源氏は、女人たちばかりの音楽会を催したいと思った。二月になればもう御賀の準備で物さわがしい。楽の音をひびかせていると、試楽《しがく》のように人は噂するであろう。今ごろがさりげなくていい、と思うのである。

紫の上を、宮のお部屋のある寝室へ伴った。

音楽に堪能《たんのう》な女房たちがお供する。女童《めのわらわ》は美しい子ばかり四人を連れていった。つどう女人たちは、紫の上に女御の君、それに明石の上である。迎えるのは女三の宮であった。

それぞれに、美しい女人たちが、また花のような美少女たちを引き連れてゆく。四ところの女人は、それぞれの美少女を、趣向を凝《こ》らせて着飾らせるので、そのはなやかな、心おどる美しさについて、筆を惜しむことはできない。

まず紫の上の女童たち四人は、赤色の上着に桜襲《さくらがさね》の汗衫《かざみ》を着て、薄紫の袙《あこめ》、浮紋《うきもん》の表袴《うえのはかま》、つや出しの紅《くれない》の下衣《したごろも》、ものごしも洗練されてみやびやかである。

女御の方の美少女たちは、青色の上着に、蘇芳襲《すおうがさね》の汗衫、唐綾《からあや》の表袴に、山吹色のうすもの袙である。おそろいの装束であった。

明石の御方《おかた》のほうは、紅梅襲《こうばいがさね》二人、桜襲二人、青磁色の汗衫を着せ、袙は濃紫《こむらさき》や薄紫であった。ことにも趣味がよい。

女三の宮は、人々が心をつけて衣裳を着せると聞かれて、女童をことにつくろわせられた。青丹色《あおにいろ》の上着に、柳襲の汗衫、赤紫いろの袙など、格別、珍しいというのでもないが、さすが重々しく気品ある風趣が御殿全体に漂っていた。

廂の間《ひさしのま》のへだての襖《ふすま》をとり払い、あちこちに几帳《きちょう》だけを置いてある。中の間には源氏の席が設けられた。

今日の拍子合せには子供を呼ぼう、という源氏の意向で、鬚黒の右大臣の三男、玉鬘との間にできた上の公達《きんだち》に笙《しょう》の笛、夕霧の左大将の長男に横笛を吹かせる。少年二人は簀子《すのこ》（縁側）にかしこまっていた。

廂の間には御茵《しとね》を並べ、琴どもが女人たちの前に置かれた。秘蔵の名器の、美事《みごと》な紺地の

袋などに入れてあるのを取り出して、明石の御方に琵琶《びわ》、紫の上に和琴《わごん》、女御の君に箏《そう》の琴《こと》、宮には、

「こういう物々しい名器はまだお扱いになれぬかもしれぬな」

と、源氏は、宮が日頃弾きなれていられる琴を、自身調律してさし上げる。

「箏の琴は絃《いと》がゆるむというのではないが、ほかの楽器と合奏する時の調子によっては、琴柱《ことじ》の位置が狂うものだ。気をつけて琴柱の立ちどをきめておけばいいのだが、女では絃をしっかり張れまい。やはり大将を呼んだ方がいい。この笛吹きたちでは、あんまり幼くて拍子を整える頼りにならない」

と源氏は笑って、夕霧を呼ぶようにいった。

女人たちのあいだにざわめきが走った。みな夕霧に聞かれるのがはずかしくて、気が張る、と思うようである。

夕霧も緊張し、気をつかって格別に身づくろいしてやってきた。色あざやかな直衣《のうし》の、袖にも下衣にも深く香をたきしめて……。

彼は、紫の上の音色を洩れ聞くこともできようかと、心おどらせていたのである。

春の夕ぐれ、梅は去年《こぞ》の古雪と見まがうばかり咲きみちて、えもいえぬ匂いを放っている。それに御簾《みす》のうちの美しき女人の薫香《くゆり》がまじって人を酔い心地にさせてゆく。

源氏は御簾の下から、夕霧の大将に箏の琴の端《はし》をすこしさし出した。

「わるいがね、夕霧よ、この琴の絃《いと》を締めて調子を合わせてみてくれないか。ここは内々の者ばかりだからね」

というと夕霧はかしこまって受けとった。

態度が端正でしかも親しみぶかい物腰の青年である。壱越調《いちこちちょう》の音に基準を合わせたが、弾くことはしない。源氏が、

「やはり、調子を合わせるほどにはかき鳴らしてほしいな。音楽の宴の誘い水だよ」

というと、

「とんでもございません。今日の管絃のお遊びのお相手ができるほどの腕ではありませんので」

と固くなって辞退する。

「それはそうかもしれぬが、女ばかりの音楽会に負けて逃げ出したと噂されては、そなたの名折れだろう」

源氏は笑った。夕霧は仕方なく、調子を合わせ終ると、趣きのある一曲を弾いて、琴を返した。

夕霧の長男の少年、鬚黒の三男の少年、かわいい公達がいっせいに笛を吹き立てる。まだ音色は若々しいが、上達しそうな冴《さ》えた音色である。

女人たちのかき鳴らす琴の音はいずれもすぐれて堪能であるが、中でも明石の上の琵琶の音色は澄み切って神々《こうごう》しいばかりである。

夕霧は紫の上の弾く和琴の音色に耳かたむけた。やさしくて親しみ深い愛嬌《あいきよう》ある爪音《つまおと》である。その道の専門家の、もったいぶった弾き方とは別に、かろやかな天衣無縫の弾きかたなのだった。

女御の君の箏の琴は、ほかの楽器の合間に仄かに洩れてくるが、愛らしく優美である。女三の宮の琴《きん》は少々まだ未熟だが、習練の功あって、ほかとよく調和がとれていて、

（おお。上達なさったものだ……）

と夕霧も思う。

夕霧は扇で左の掌《たなごころ》を打ちつつ歌った。源氏もそれに加わる。青年の澄んだ朗々たる歌声に合わせて源氏の重々しい声がまつわり、夜空にたちのぼってゆく。面白い、なつかしい遊びの夜とはなった。

月の出のおそい頃なので、燈籠《とうろう》をここかしこにかけて、よきほどに灯を点じさせる。

源氏は、周囲の美しい女人たちをかえりみた。

女三の宮は小柄でいらして、御衣裳に埋もれてしまわれたような、あえかな愛らしい方である。青柳のしだれ初《そ》めたころの、なよなよした風情といえばよかろうか、華奢《きやしや》でよわよわしい美しさ。桜の細長《ほそなが》を着ていられて、黒髪はそれこそ、柳の糸のようにはらはらとこぼれている。

女御の君は女三の宮よりいま少し、なまめかしさがまさっていられる。おとなびたゆかしさといおうか、その風趣は、風にゆらぐ藤の花のよう。おなかがもう大分、大きくなってい

らっしゃるので、もの憂《う》げに脇息《きょうそく》によりかかり、お琴はかたわらに押しやっていられる。紅梅襲《がさね》のお衣裳に散りかかるお髪《ぐし》の美しさ。お体つきがお小さいので、脇息が大きくみえ、特別に小さいのを作ってさしあげたくなるようないたいたしさである。

紫の上は葡萄《えび》染《ぞめ》らしい色濃い小袿《こうちぎ》に、薄い蘇芳《すおう》の細長。

髪は多すぎるほど裾にたまって、体つきもほどよい大きさで、ゆったりした物腰の気品、いうならば桜の花ざかり、というところでもあろうか、これこそ成熟した女人の、きわまりの美しさである。

明石の上はまた柳襲の細長に、萌黄《もえぎ》色《いろ》の小袿。そうして身分たかき女人と同席するつつしみを仄見せて、わざと女房風に、羅《うすもの》の裳《も》を形ばかりつけている。

そうして、青地の高麗《こま》錦《にしき》の縁《ふち》の茵《しとね》に、遠慮してまともに坐らないでいる。

彼女は、琵琶を下に置き、ただ形だけ膝《ひざ》にかけてしなやかに弾きならすのであるが、その様子の凜《りん》として気高いさま、花たちばなの香りのような、といったらよかろうか。

かえって高雅な気品は、この女《ひと》のほうがまさる、といいたいほどである。

夕霧の大将は御簾のうちの女人たちに心ひかれるが、とりわけ、紫の上を想うと、ゆかしくてたまらない。いつか野分《のわき》の朝にかいまみた時よりも、いっそう年を加え美しさは添うていられるだろうなあ、と思うと、心が騒ぐのであった。

女三の宮にも関心がないとはいえない。父院が自分を候補者に、と考えていらしたのを、自分の決心もつかず、官位も低く、ために縁談は成立しなかった、そのことを今も幾らかは残念に思い、姫宮に心ひかれてもいる。しかし、あのあと、猫の一件で、宮の子供っぽさを知って、軽侮するというのではないが、関心はかなり薄れてしまった。

そこへくると紫の上への思慕は、年々に深増さってゆくばかりである。あの美しき若き義母に捧げる敬愛の念を、どうかして知って頂きたいと思うが、伝えるすべはないのだ。

（いつの日にかは……）

と夕霧は嘆きつつ、遠いあこがれに向ってためいきを洩らすのであった。

しかしまじめな彼は、それかといって、あながちに大それたことは考えなかった。怪《け》しからぬ、道にはずれた恋を抱いているのではない、ただすぐれた女人への敬慕の真情を知って頂きたいだけなのだ、と、強《し》いて自分の心に言い聞かせていた。

更《ふ》けゆくままに、夜気はひややかになった。臥待《ふしまち》の月が、やっとさし出した。

「もどかしい春の朧月夜《おぼろづきよ》だ。楽の音もかすむね……秋の楽の音は澄んで、そこへ虫の声もまじって面白いものなのだが」

源氏はいった。夕霧はうなずいて、

「秋は、音色が冴えますが、あまりに道具立てがととのってことさら作ったようですね。春はおぼろな月影にかすむのが、かえってよい所ですよ。昔の人は、『女は春を憐《あわ》れむ』といいましたが、まことにそうで、春の夜の楽の音こそ、物なつかしくやさしいものでございます」

夕霧が春を弁護するのは、紫の上が、春を好きだということを仄かに聞いていたからだった。

「春秋の優劣、というのは昔から決着のつかないものだが、ま、それはそれとして」

源氏は夕霧に向って、

「どうだろう。この頃、名人上手といわれる人の演奏を、主上の御前で聞いても、これは、という堪能な人が少ない。私は近頃、世間に出ないので耳がうとくなっているのかもしれないが、この邸の婦人連の音楽の方がすぐれているように思えてしかたないのだよ。そなたはどう思う」

「いや、それを申しあげようと思っていたところですが、差し出がましいかと控えて居ましたのです。——はるか昔は存じませんが、現代では柏木《かしわぎ》の衛門督《えもんのかみ》の和琴、兵部卿の宮の御琵琶が、名人上手とうたわれております。しかしながら、ただいまうかがった楽の音ほどお美事なのは、聞いたことがありません。すばらしいものでございました。ことに和琴は、かの前太政大臣が名手で、折々に感興ほとばしるが如く弾きこなされましたのを、まだおぼえておりますが、今宵《こよい》のそれも、まさるとも劣らぬものでした」

とほめた。それは紫の上をたたえることである。

「大げさに讃《ほ》めたものだね」

と源氏は笑って、

「明石の琵琶は別として、ほかはまあ、わるくはない弟子だね。ここまでするのは大変だったよ」

(まあ、お師匠さん顔をなさって)

と、女房たちは忍び笑いをしている。

「芸術の道は、学びはじめると際限のないものだね。ことに琴《きん》の奥義を会得するのはむつかしい。私が、これに夢中になっていた頃は、この国に伝わるありとあらゆる譜を研究して、とうとう師と仰ぐべき人もないほどに熱心に習ったものだが、それでも昔の名人にはかなわない。まして後の世には、伝えるべき才のある子孫もいないのはさびしいことだ」

と源氏はいった。夕霧は父ほどに音楽の才に恵まれていないのを知っているので、はずかしくも残念にも思う。源氏はむしろ、孫の宮に期待をかけていた。

「二の宮は楽才がおありのようだね。私が手をとってお教えしたい。尤《もっと》もそのお年頃まで私が生きていれば、だがね」

明石の上は嬉しさに涙ぐんで聞いていた。

女御の君は疲れられたのか、箏の琴を紫の上に譲られ、物によりかかって休んでいられる。紫の上は和琴を源氏に托《たく》して、自分は箏を弾いた。

「葛城《かずらき》」を合奏して、うちくつろいだ演奏になった。源氏のくり返し唄う声は華やかに面白い。月はようやく上り、花の色もけざやかになる。

紫の上の琴の音は親しみあり魅力的であった。女三の宮の音色もきれいに澄んで、むつかしい奏法を巧みに、源氏のお教えした通り、弾きこなしていらっしゃる。源氏はおかわゆくも、面目にも思う。

若君たちが一生懸命に笛を吹き立てているのを、源氏はかわいく思って、

「もうねむたいだろうに可哀そうなことをしたね。今日はほんのちょっとの間、と思っていたのだが、面白さに止《や》められなくなってしまった。それに、各々がみな上手なのでね。どなたが巧みかと聞き比べようとしているうちに、夜が更けてしまった。心ないことをしたね」

といって、笙の笛を吹いた少年に盃《さかずき》をさし、衣裳を与えた。横笛の少年には紫の上から衣裳の引出物が出た。

夕霧には女三の宮から御衣裳のひと揃《そろ》えが下される。源氏は、

「けしからぬことだ。何でも、まず師匠にこそ、ご褒美《ほうび》が出るはずなのに」

と冗談をいうと、宮から笛がさし出された。源氏は笑って受け取り、すこし吹き鳴らす間に、夕霧たちも座を立つ。夕霧は子供の笛をとりあげて面白く吹き合わせ、たのしい宴の別れぎわとなった。

夕霧の大将は、若君たちを車に乗せ、月の澄む夜空のもとを、邸に帰っていった。

道すがら、紫の上の琴の音色が耳についてはなれなかった。

あの音色を日に夜に、聞くことができたら……と恋しかった。

妻の雲井雁《くもいのかり》は、亡くなられたおばあちゃまの大宮に、琴を教わっていたものの、熱心に習うところまでもゆかぬうちに別れてしまったので、あまり上達はしていないらしい。恥ずかしがって夫の前では弾かないのであった。

おっとりとうちとけた人柄の雲井雁は、何ごともあけ放しで、目下のところ、次々に生まれる子供の世話にあけくれている。

ごく普通の主婦なのである。

男心をそそるおくゆかしさにも風情にも乏しい。しかしさすがに時折は、嫉妬《しっと》もするのだった。夕霧のもう一人の妻、典侍《ないしのすけ》とのことで口争いになるときもある。

そういうときの雲井雁は、愛嬌があって可愛らしかった。夕霧は、嫉妬して怒っているときの妻に、筒井筒《つついづつ》の童女のおもかげを見つけて、可愛くも面白くも思うのであった。

源氏はあくる日に紫の上の部屋で話しこんでいた。

「宮のお琴は上手になられただろう？」

「ええほんとうに。以前は少し、たどたどしくお聞きしましたけれど、昨夜はほんとうに上達なさっていて、びっくりしましたわ。そのはずよ。あんなに熱心にお教えになっていたのですもの。一々、手をお取りになって」

紫の上は、すこし皮肉をいっているのである。源氏は苦笑して、

「あなたが小さかったときは、私も忙しかったものだからね。しかし利発なあなたはひとり

で上達したね。私も鼻が高かった。大将など、感嘆して聞きほれていたではないか」

源氏は、まさに紫の上ほど非のうち所のない女人はないと思うと、いつものことながらかえって不安になる。そういえば藤壺《ふじつぼ》の宮のお崩《かく》れになったのと同じ、今年は紫の上も三十七であった。無病長寿の祈禱《きとう》をあちこちでさせなければならぬと思った。

「それにしても長い年月を、二人で過ごしてきたものだね。——この上とも長生きをしてもらわなければ。

私は小さいころから並みの人とちがう身分に生まれ、恵まれた人生を送ったようにみえながら、また一方では、たぐいなく悲しい思いばかりしてきた。母、祖母、父帝《みかど》、私を愛してくれる人に次々と死別してきた。その不幸のおかげで、今まで生き永らえているのかもしれないがね。

それにくらべると、あなたは幸福といってもよいのではなかろうか。あなたが辛い思いをしたのは、あの須磨と京に別れていたあいだだけではなかったろうか。

帝のお妃《きさき》となっても、気苦労は絶えないものだし、それにくらべれば、こうして親もとにいるようなあなたの境遇は、ずっと気楽なものと、いってもいい。

女三の宮がお輿《こし》入れになったのは、あなたにとって心外だったかもしれないが、しかしそれ以後、あなたへの私の愛情は、以前の何倍にも深まった。あなた自身は、自分のことだからそうも思えないかもしれないけれど、しかし、頭のいいあなたのこと、そのへんのことはようく知っていて下さると思うのだけれどねえ……」

源氏の述懐に、紫の上は、深い思いのこもった微笑を浮べた。

「おっしゃる通りですわ。よるべのないわたくしを大切に扱って下さって、身にすぎた幸わせとよそ目には見えましょうけれど……心ひとつに包みかねるさまざまの思いが、ないわけではありませんわ。その物思いが、かえってわたくしを支えて、生かせてくれたのかもしれませんけれど……」

と紫の上は言葉を言い残して、あからさまに言いつくさない。そのさまはゆかしくも、凛《りん》としていた。

「ほんとうを申しますと、無病長寿のご祈禱よりも、出家したい願いがございますの。お許しが出れば嬉しいのですけれど」

「とんでもないことだ」

源氏は強く遮《さえぎ》る。

「あなたが世を捨てたあと、私に何の生き甲斐《がい》があるとお思いか。こうして何ということなく過ぎてゆく月日だけれど、朝夕、隔てなく顔を見られる、その喜びだけは、何にも代えられないと、私は思っているのだよ。あなただけを愛している。私の、この気持を、行く末長く、見とどけてほしいのだよ」

紫の上は涙ぐんでいた。源氏はそのさまがいじらしくもあり、また、言葉をつくして自分の真情を吐露しても、彼女の心にもう届かないのではないかという、もどかしい不安を感じるのであった。

源氏はその不安を紛らせるかのように、うちとけた話をはじめた。こういうときの例で、話題はおのずと、過去の女人たちの身の上になってゆく。かつての女性関係を話し合えるのは紫の上とだけだということを思い知らせ、彼女と源氏は運命共同体だと強調するかのごとく――。

「私はたくさんの女性を知っているわけではないが、ほんとに気が大らかでやさしい女《ひと》というのは、なかなかいないものだと痛感するようになった。

夕霧の母の葵《あおい》の上とは、まだ幼かったころに結婚したのだが、貴い身分の人で、疎略に扱ってはいけないと思いながら、しっくりしないまま終ってしまった。立派で賢い人だったが、気づまりで、会っていても楽しくなかった。

中宮の母君、六條御息所《みやすんどころ》はおくゆかしくて、優雅で教養たかい貴婦人でいらしたが、つきあうには緊張の連続でねえ。そして独占欲が強くていられて、まあ、若い私は恨まれるのが当然のようなこともしたかもしれないが、それを深く思いつめて根にもっていられ、気の休まるときがなかった。いま、中宮をお世話してさし上げているのも、あのかたを悲しませた償いと思っているのです。女御《にょうご》の後見である明石の上は、はじめは身分も低い女《ひと》と、気やすく考えて扱っていたのだが、どうしてどうして、自尊心たかく、心の底の見すかされない、深いものをもっている人でね。うわべは人になびき、素直におだやかなようだが、自分というものを見失わない。それで向っていると、何となく気がおける女《ひと》なのだよ」

紫の上はうなずいた。

「そうかもしれませんね。ほかのかたはお目にかかっていないからわからないけれど、明石の御方《おんかた》とはちょいちょい、それとなくお会いする折がありましたもの、わかりますわ。しっかりしてらして、うちとけにくくご立派で、それにくらべるとわたくしなど、ほんとにあけひろげなんですもの。あちらはどんなに思っていらっしゃるか、恥ずかしいわ――でも、女御はそんなわたくしをわかって下さっていると思いますけれど」

といった。

紫の上は、明石の上だけは許せないと、嫉妬していたのだが、いまは理解し、人柄ものみこんで親しくゆき来している。それもこれも、自分の娘としてお育てした女御のおんためを思う真心からなのだ、と源氏には、わかっていた。

そういう紫の上が、源氏にはこの上なく、すばらしい性格の女人に思われる。心に物思いがないわけではないが、よく自分を抑え、やさしく人々を抱擁する。

「あなたのような女《ひと》はまたとない。時々、嫉妬するのが、玉に瑕《きず》というところだが」

「そんなにわたくしは嫉妬しませんわ」

「自分のことは自分で分らないものだよ」

「どっちのこと？　それは。あなたにそういってさし上げたいわ」

それで、源氏と紫の上ははじめて声を合わせて笑った。

源氏は、紫の上の笑い声を聞くことができてうれしかった。やっと安心した気になって、

「どれ、それでは宮に上手にお弾きになったお祝いを申上げてこよう」

と、夕方になってから、宮のもとへうかがう。

宮は、ご自分の存在が、誰かに苦悩を強いる原因になっていようなどとは、つゆ、思いもかけない風でいられる。たいそう若々しく、ただもうひたすら、今のところは琴の練習に夢中になっていられる。

「どうかもう、師匠にもおひまを下さって休ませて下さい。日頃の苦しい練習の甲斐あって、たいそうなご上達でしたよ。師匠へのお礼は、何を頂きましょうかな」

源氏は、宮のお琴を押しやり、宮を抱き寄せた。

紫の上は、源氏のいない夜は、夜おそくまで起きていて、女房たちに物語など読ませて聞いている。

そのあいだは、聞くふりをしながら、自分の物思いにふけっていられるので、よかった。

物語には、いろんな男や女が出てくる。浮気な男、色好みの男、ふた心をもつ男にかかわりあって苦しんでいる女、さまざまの人生や男女関係が出てくる。それでも、男というもの、いつかは誰か一人の女に定着してしまうようだ……それなのに、自分は不思議に、いつまでたっても浮草のように不安な状態ではないか。

あのかたは、自分に何度も誓われる。あなたひとりを愛している、と。何の物思いもさせなかった、親の家にいるようにのびのびとさせた、あなたは女人の中でも、いちばん幸福な人といってもよい、と――。

愛されているのはわかるけれど、それでも世の人妻たちなみに、嫉妬の苦しみや物思いから、一生解放されることなく、死んでしまうのではないかしら。

(ああ……重い人生)

紫の上はそんなことを考えつつ、夜更けて床についた。

そのあけがたごろから、胸が苦しく痛んできた。女房たちはあわただしく介抱し、

「殿にお知らせいたしましょうか」

と心配するのを、

「いけないわ……宮さまのほうへお渡りになったばかりなのにご心配かけては」

と紫の上は制した。堪えがたい苦しみを抑えているうち、やっと夜はあけたが、熱も出たらしく、気分もわるい。ちょうどそこへ、女御の君からお便りがあったので、「気分が悪くて」と申しあげると、女御は驚かれて、早速、そちらから源氏にお知らせになった。

源氏は聞くなり胸がつぶれて急いで帰ってきた。

「どんな気分だね」

と源氏は紫の上の軀《からだ》に手をあててみると、おどろくほど熱い。眼の光も弱って苦しそうなので、

(厄年の祈禱をさせなければ、と思った直後に、果して……)

と源氏は恐ろしくなった。粥《かゆ》などを運ばせたが、紫の上は見もしない。ひとくちの果物すら、咽喉《のど》も通らないで、大儀そうにして、起き上ることもできぬうちに日は過ぎてゆく。

源氏はそばを離れもやらず、何くれとなく介抱して、不安で気が気ではなかった。

（おそろしいことだ。藤壺の宮のお崩《かく》れになった、まがまがしい三十七という年齢《とし》。どうか神よ仏よ、この女《ひと》をお護り下さい）

源氏はあちこちの社《やしろ》や寺に、数知れぬ祈禱をさせた。邸にも僧を呼んで加持《かじ》をさせる。

紫の上はどこが悪いというのではなく、ただ、ひどく苦しがるのであった。胸の痛みのおこるときは堪えられぬほど辛そうで、源氏は助けてやることもできず、おろおろするばかりである。

祈願はさまざま立てるが、その効験《ききめ》もなく快《よ》くなるしるしは見られなかった。

源氏は心細くて悲しかった。

紫の上を喪《うしな》うことになっては、もはや生きている気もしない。いまは彼女の病気のことばかりがあたまを占め、予定していた朱雀院《すざくいん》の御賀のことも、いつか立ち消えになってしまった。朱雀院からも、ねんごろなお見舞いがあった。

病状ははかばかしくなく、二月も過ぎていった。源氏はいても立ってもいられぬ気持で、

「ためしに住居《すまい》を変えてみたらどうだろう」

と、紫の上を二條院に移すことにした。

六條邸の人々は嘆き悲しみ、冷泉院《れいぜいいん》もお嘆きになる。

夕霧の大将《だいしょう》も一生けんめいお世話をした。

（この女《ひと》がもし亡くなられたら、父君も世を捨てられるだろうなあ）

夕霧自身も、紫の上を快癒《かいゆ》させるためにはどんなことでもするつもりだった。本復祈禱《ほんぷくきとう》も、源氏のは別として、自分のほうでも僧に頼んで熱心にさせていた。

紫の上は、意識のしっかりした時には、

「前からお願いしていますす出家のこと……よろしいでしょう？　いけないの？」

と源氏を怨《うら》むのであった。

「それはいけない。許せないよ」

源氏はやっと答える。命に限りあって死別するならともかく、目の前で、最愛の恋人がわが心から尼になる姿を見て、自分が堪えられようとは、源氏には思えなかった。

「私の方こそ、昔から出家の志があった。しかし、あなたがあとへ残って淋しがるだろうと、それがいとおしくて今まで実現できなかった。あなたは反対に、私を捨てていこうとするのか」

源氏はそういって、許さないのであるが、紫の上は、日一日と弱ってゆく。もしや、長くはないかもしれない、それならば本人がこんなに願っている出家を遂げさせてやれば、あるいは安心して、病気も快くなるのではなかろうかと、源氏は、とつおいつ思い乱れるばかりである。

女三の宮の方へは、もう、全く行かない。紫の上のそばにつききりであった。楽器はみな、手を触れることもなく取り片づけられ、六條院に仕えている人々も、みな二條院に参りつどう。

六條院の邸内は、火が消えたようになってしまった。ただ女三の宮はじめ、女君たちが、ひっそりと住んでいられるのみである。

今までの六條院の華やぎも栄光も、すべては、紫の上がいればこそ、というものであったと、人々は今更のように思い知るのだった。

女御の君も、二條院にお渡りになって、源氏と共に看病なさるのであった。

「常のおからだではいらっしゃいませんのに、物の怪《け》など憑《つ》いては恐ろしゅうございます。早く御所へお上りなさいませ」

と紫の上は、苦しい心地にも、女御をお案じする。女御が、お連れになっている女一の宮のお可愛いのを見て、紫の上はひどく泣いた。

「姫宮が、大きくなられるのを、もうお見上げすることはできますまいねえ……。わたくしのことも忘れておしまいになるでしょうね」

「そんなことを、おかあさま……」

と女御も、涙をとめられないで、お悲しみになる。

「不吉なことをいうものではない」

源氏は強くたしなめた。

「そんなことがあるものか。何事も心の持ち方次第、心のゆったりした人には幸運もそれにつれてくる。心のせまい人は幸運がきても保ち切れない。気みじかな人も、いらいらしてうまくいかない。のんびりと、おっとりしておだやかな人こそ寿命もおのずと延びるものだよ」

源氏は、女人たちの愁嘆場《しゅうたんば》の緊張をときほぐすように、ことさら、そんなことをゆるゆる、言い聞かせたりする。しかし、そういう源氏の心のうちは、誰よりも不安と悲しみで張り裂けそうになっていた。

(神よ仏よ。この女《ひと》をお救い下さい。女人に珍しく罪障かろき、心ばせの美しい女《ひと》なのです)

源氏は神仏への願文《がんもん》に、心こめて紫の上の美質を強調してしたためたりした。

加持祈禱を行なう僧たちは、源氏の苦悩を目《ま》のあたり見て、気の毒で、これも必死に祈るのであった。

すこしよくなるときが五、六日交ってはまた重くなり、して月日はむなしく過ぎてゆく。

(どうなるのか……このまま、ということはよもやあるまいが)

と源氏は物狂おしく嘆く。

さりとて、物の怪が現われる様子もなかった。どこが悪いということなく、日がたつにつれて弱ってゆくのみである。美しい面輪《おもわ》が日に日にやつれてゆくのを、源氏はなすすべもなく苦しんで見守っている。

もはや、一刻も心の安まる間もなく、そのほかのことは考えられなかった。

そういえば、かの、柏木《かしわぎ》の衛門督《えもんのかみ》は、中納言に昇進したのだった。

主上のお覚えもめでたく、世に時めいている青年である。世の信望が重くなるにつけても、女三の宮への恋が叶《かな》わぬ悲しさが、柏木には、こたえた。せめてものことに、柏木は女三の宮の異母姉に当られる、女二の宮と結婚した。

女二の宮のご生母は、身分の低い更衣《こうい》であったので、柏木は、皇女を北の方に頂いたといっても、少し軽く見ていた。

女二の宮のお人柄もお姿も、なみの女人よりはすぐれていられるのだが、柏木の心に深く染《し》みついた女三の宮への思慕を、消すことはできない。

柏木は、女二の宮では慰められなかった。

ただ世間に怪しまれない程度に、妻らしく扱っているにすぎなかった。

柏木は、女三の宮への思いを捨てていないで、小侍従《こじじゅう》という女房に、いまも連絡をとっていた。

この小侍従は、もともと、宮の乳母《めのと》の娘で、その上、乳母の姉が、柏木の乳母になっている人であった。そんな縁からも、柏木は、早くから女三の宮のお噂《うわさ》を、乳母を通じて聞いていた。宮が幼いころからお美しかったこと、父帝がことにご寵愛《ちょうあい》になったことなどを聞いていて、そのころから恋ごころが芽生えていたのである。

そんな柏木にしてみれば、紫の上の病気で源氏がそれへかかりきりになり、六條院が人少なになっているらしい今が絶好の機会とも考えられる。

自分の邸《やしき》へ小侍従を迎えて、夢中でくどくのであった。

「一向に頼みを諾《き》いてくれないんだね、小侍従。昔からこんなに死ぬほど恋い焦《こ》がれている私に、ちょうどあなたのような親しい手蔓《てづる》があって、宮のご様子を洩れ聞いたり、こちらの気持もそれとなくお伝えできたりして、頼もしい相談相手と思っているのに、一向、はかばかしい、色よいたよりをもたらしてくれないじゃないか。

御父院も今では、六條院へ宮をご降嫁させられたのを少し、後悔なさっているらしい。六條院は女君がたくさん居られ、特に紫の上に宮は圧倒されて、ひとりつれづれの夜をお過ごしになることが多い、ということを聞かれ、『同じ臣下にかたづけるなら、真面目《まじめ》に世話をしてくれる青年の方がよかった』と洩らされたらしいよ。『女二の宮の方が、かえって安心のできる結婚だったかもしれない』といわれたとも聞いた。お気の毒とも残念ともいいようのない気持だった。同じご姉妹《きょうだい》だからと思って、せめてもの心やりに女二の宮を頂いたが、やっぱり、同じではないからね」

と青年はためいきをつく。

「まあ、大それたことをおっしゃる。女二の宮がおいでになるというのに、まだその上に、なんと欲深なことを……」

小侍従は呆《あき》れて、咎《とが》めるようにいう。

「欲深でない恋があるかね？」

青年はたじろがなかった。

「ご無理をおっしゃいますな。まあ考えてもご覧なさいまし」

小侍従は口達者《くちだつしゃ》な女である。

「人にはそれぞれ、相応の前世の因縁《いんねん》があるのですから、しかたないではございませんか。六條院が姫宮をおあずかり申しましょう、とご降嫁を承諾なすったとき、あなたはそれに張り合って、横から口出しできるご身分でいらしたと思われますか？　いまでこそ、少しはご身分も高く貫禄《かんろく》もつかれて、御衣裳の色も深くなりましたけれどね」

というのは、柏木が中納言になって、濃い紫の袍《ほう》になったことをあてこすっているのである。

柏木はやりこめられて反駁《はんばく》もできず、

「わかったよ。過去はもういい、だが、いまは滅多にないいい折じゃないか。人の少ないときに、宮のおそばへいって、日頃の胸の思いをすこしでも打ちあけられるように、計らってくれないか。――むろん、大それた下心などはないよ。考えてもみてくれ、そんな恐ろしいことはできるはずがない。ただ、ひとことふたこと、お話申したいだけなのだ」

「なにを考えられるやら……宮のおそばへなどと、これ以上の大それた下心などありましょうか。全く、あなたのところへ伺うと、何をきかせられるかわかったものじゃありませんわね」

小侍従は、口をとがらせて文句をいうのである。

「おい、そうむごくいうなよ。小侍従は怒るがね。男女の仲ほど分らないものはないよ。女《にょう》御《ご》・后《きさき》といった高貴な身分の方でも、どうかしたはずみでほかの男に身を任せられる例もないではない。まして女三の宮は、朱雀院ご寵愛の内親王で、六條院の北の方という、たいそうなご威勢だけれど、実際の生活は、ご幸福だろうか。たくさんの、身分の低い女君たちとひとしなみに扱われて、さぞ面白からぬこともおありだろうと、拝察しているよ。宮の、そういう憂わしいお噂は、私も耳にしているのだ。世の中は変りやすいもの……何ごともそう、あたまからきめてかかって、情け知らずにいうものじゃない」

柏木は、自分の恋に夢中で、宮に対して無礼な言葉を吐いているとも気付かない。

「何ですって。あんまりですわ、それは……」

とうとう、小侍従は怒り出してしまった。

「宮さまを何だと思ってらっしゃるんです。そのへんの遊び好きな青女房を相手にされるのとはちがいますよ。――六條院の女君たちにけおされていらっしゃるといっても、今更、わりのいい方へご再婚なさるわけにもいかないのですよ。このご結婚は普通のご結婚じゃありません。御後見役として親のつもりで、と朱雀院がお頼みになったのですよ。だから六條院の殿も、宮も、そんなふうにお思いになっていらっしゃいますのよ。それを勝手にご自分に都合よく解釈して、わるくおっしゃるなんて」

小侍従を怒らせてしまったら、もう、手づるは切れてしまう。

青年は、あわてて、一生けんめい、下手《したで》に出て、あれこれ弁解したり、なだめたり、した。

「いや、本当をいうとね、あんなりっぱな六條院のおん有様を見馴れていらっしゃる宮が、私のように見すぼらしい男を、親しく見て下さるはずがない。欲はいわない。ただ一ことだけ、物を隔てて、お話したいだけなんだ。それぐらいのこと、宮のご名誉を傷つけることでもあるまい。神や仏にも、思うことをいって何の罪になるのかね」

青年は何べんも誓言して、決して、非礼なことはしないから、と泣くように頼む。

はじめのうちこそ小侍従も、

「宮さまのお近くへご案内するなんてことはとてもできませんよ」

と拒んでいたが、何分、若い女のことで、青年の熱情に押し切られてしまった。命に代えても、という青年の頼みに、しまいに根気負けして、不承不承に、

「そうでございますねえ……もしかして、適当な折がございましたらお知らせしましょう。殿がおいでにならない夜は、御帳台《みちょうだい》のまわりに女房たちがたくさんいますし、おましどころのそばにも、しっかりした年輩の人たちが詰めていますのよ。なかなか、難かしいんですけれど、仕方がありません、なんとか考えてみますわ」

「頼むよ、この通りだ、小侍従」

「私を拝まれたってどうしようもございません」

小侍従は困惑して六條院へ帰っていった。

柏木から、

「どうした。まだか。どうなっているのか」

と毎日責められるので、小侍従は困り果てていた。そのうち次第に追いつめられて、今更、拒絶することもできなくなってしまう。

ついにある日、小侍従はよき機会を捉えて、柏木に便りを出した。

柏木は喜びながら、目立たぬように身をやつして六條院に忍んできた。

(ああ、自分は何をしようとしているのか)

と、柏木は思う。自分で自分をおそれながら、しかも恋に目眩《めくら》んだ身には、もし宮に近づいたりしたら、かえって物思いが深まり、煩悩《ぼんのう》が増すだろう、などということまで考えられない。

(あの春の夕ぐれ。仄かにお召物の裾ばかりを見た時から、一刻も忘れたことはない。あのお姿をいま少し近くで見て、積もる思いをうちあけたなら、一行のお文でも下さるかもしれぬ。あわれと思って頂けるかもしれぬ)

それは四月十日すぎのことであった。賀茂祭《かもまつり》に先立つ御禊《みそぎ》が、ちょうど明日だというので、六條院からも斎院《さいいん》にお手伝いとして女房が十二人、出ていた。

身分の高くない若い女房や女童《めのわらわ》たちは、それぞれ明日の物見の支度に、いそがしそうに物を縫ったり、化粧したり、していた。

女三の宮の御前は、ひっそりと、人少なである。

お側にお仕えしているはずの按察使《あぜち》の君も、時々通ってくる恋人の源《げん》中将が、無理に誘い出したので、自分の部屋に下っていた。

だから宮のおそばには、小侍従ひとり、いるきりなのだった。この折をはずしてはない、と思って、柏木に連絡したのである。

小侍従はそっと、柏木を、宮の御帳台の東側の御座所の端に、坐らせた。

それが、あとで、どんなに重大な運命を招くともしらず……。

宮は、何心もなくおやすみになっていたが、身近に男の気配がするので、

(殿かしら……)

と思っていらっしゃると、六條院より若々しい男の声で、低くささやく。

「お驚きなさいますな。怪しいものではございません。お声をお立てにならないで下さい。決して失礼はいたしません」

そういいながら、男はかるがると宮を抱きあげて、御帳台の下におろした。

宮は、悪夢に魘《うな》されたような気持におなりになって、物もわからず、されるままになさっていて、ぼんやりとご覧になると、源氏ではない、未知の男である。

何か、低い声でしきりに訴えつづけているが、驚愕《きょうがく》された宮には、ひとことも耳に入らない。

気味わるくておそろしくて、やっとのことで、小さく人をお呼びになるが、近くには誰もいないので、参る者もない。

ただ、わなわなと顫《ふる》えていらっしゃる。

冷汗は水のように流れ、手足は冷たくなり、半ば正気を失っていらっしゃるようなご様子は、お気の毒にもあるが、また、いいようもなく可憐《かれん》であった。

「お気をたしかに。私は怪しいものではありません。ただ、私の申しあげることをお聞き頂きたいだけです……どうか、お気持をお静め下さい……」

青年は必死になって、ささやいている。

宮の恐怖と惑乱を静めようとして、低く、ゆっくり、嚙《か》んで含めるように、そめそめとささやきつづけている。

そのうち、やっと宮のお耳にも、青年の言葉が、はいってきた。

それは、心の奥底から出てくるような、傷《いた》みをもった深い声である。

「物の数でもない身ですが、そうもいとわしくお嫌《きら》いになるような者でもございません。昔から、宮さまに対して身の程も知らぬ思いを捧《ささ》げておりました。それをひたすら胸一つにおさめておりましたならば、外には出なくてすんだでしょう。

私の心に、埋めがたい深い穴はあいても。

しかし、私は、抑え通すことはできませんでした。

なまじい、宮さまを賜わりたいという希望を、明かしてしまいました。朱雀院は私の願いをお聞きになって、満更、身の程知らずとも思われず、いくらかはお考え頂いたようでした。私は、もしやと、望みをかけていたのですが、そのころはまだ身分も低く、ついに宮さまは六條院にご降嫁になりました。

どんなに嘆いても、もう運命は定まってしまったのです。悲しんでも口惜しくても、今は甲斐《かい》ないこと、と思いながら、この年月、失われた恋の傷手《いたで》は、深増さるばかりでございました。

六條院が憎らしく、宮さまがあわれにも恋しく、物思いは乱れるばかりです。自分で自分の心を制御できませんでした。

とうとう、こんな大それた振舞いをして、宮さまをおどろかせてしまいました。何という失礼な男かと、お蔑《さげす》みになりましたでしょう。無思慮な行動を、自分でも羞《は》ずかしく思います。

これ以上の罪を重ねる心は決してありませんから、ご安心下さい」

青年の言葉で、宮は、

（……では、あの、いつも手紙をよこす、柏木の衛門督なのだわ）

と気がつかれた。あの情熱的な手紙をひそかに届けてくる青年が、とうとう、邸の中へ忍びこみ、現実に、身近にいると気付かれると、宮は、いっそ物の怪におそわれるよりも、戦《せん》慄《りつ》と不安を感じられた。

お声も出ないで、わなないていらっしゃるのであった。

「宮さま。何か、おっしゃって下さい」

青年は、宮のお体をゆすぶる。

それは、しらずしらずのうちに、情熱に流されて、手あらなしぐさになっている。

「驚かれるのは無理もありませんが、人妻を恋することも世にためしはあることとです。あまりにつれなくなさるなら、かえって男は自棄的になりますよ。何をするか、もう自分でもわかりません。どうか、あわれな、と一言だけでもお言葉を下さい。

それだけを唯《ただ》一つの喜ばしいなぐさめとして、退出いたします」

青年はかきくどくが、どうして、宮に、ものがおっしゃれようか。

まだお目にかからぬうちに柏木が想像していた宮は、端麗で、近よりがたい気高さをもっていられる女人であった。

だから、思いつめた心のほんの端ばかりでもお耳に入れて退《さが》ろう、とてもそれ以上の手出しはできまい、とばかり思っていたのに、現実に拝見すると、したしみやすい愛くるしい方だった。

しかも、なよなよとしていられて上品で可憐で、えもいえず、やわらかな暖かいお躯である。まるで柏木が抱きしめると、淡雪のように消えてしまいそうな、はかなげな、宮のおん有様である。

青年は自制心を失ってしまった。

分別も何も、一瞬に消えてしまって、

(もう、どうなってもいい……この宮をどこへでも盗み出して、私ももろともに身を隠したい……浮世を捨てて、跡をくらましてしまいたい)

衛門督は思い乱れて狂おしい闇の情熱に押し流されてしまった。

「私は狂ってしまいました。正気の沙汰《さた》とは申せません」

青年は夏の夜の静寂《しじま》に溶け入りそうな、暗い低い声で、宮を抱いてささやきつづける。

宮は、現実とも思われない出来ごとに動転して、正気を失われたように、呆然《ぼうぜん》としていられた。

夜の闇の向うには人かげもなく、物音もない。

遠い灯がまたたいているだけである。

青年の衣《きぬ》と宮の衣は、ためいきのように夜風に吹かれてまつわりつく。

宮の、きめこまかなお肌は、しっとりと汗ばんでいられる。清らかな、けだかい湿りである。

「悪縁とお思いになりますか？　しかたがありません。

前世からきめられた契りだったのですよ。

のがれぬおん宿世《すくせ》なのです。おあきらめ下さい。もっとも、無理もない。私自身さえ、現実と思えないのですから……」

青年は、宮の黒髪を手に捲《ま》きつけて、うつつ心もなくささやきながら、お軀を抱きしめていた。

「このまま、宮と、跡をくらましてしまいたい。失踪《しっそう》したいのです。私は。人の来ない山奥へなりともいって、時雨《しぐれ》やみぞれの中で、愛を守りたい。都も、官位も、家門の名誉も棄て、親も妻も棄てて。宮とならば、それらの一切を棄てて悔いはありません。宮は、棄てていただけますか？　この世の名利《みょうり》のすべてを、私との恋に代えて頂けますか？」

青年のあたまに浮ぶ都の想い出とは、官位や昇進や物質の欲望のほかに、さまざまの人生の悦楽がある。

邸の池に、霊鳥をかたどった船を浮べての水あそび。

ゆきずりにかわす、色ごと師どもの目くばせ。

しみじみした、好き者たちの付け文。

また、祝祭の日の都大路《みやこおおじ》を練りあるく緋衣《ひい》黒衣《こくい》の男たち、雪の降る庭で行なわれる宮中の秘儀。また、紅葉《もみじ》をかざして舞う美少年どもの、あのなまめかしい青海波《せいがいは》の衣。

怪異な舞楽の面。秋の夜の音楽の遊び。

さざなみのように伝えられてゆく人々の噂。

気を腐らせたり、心躍らせたりする、女たちの恋文。

御簾《みす》の下にこぼれる、目もあやな女たちの五彩の衣のいろ。

心ありげに妻戸から手まねく、白い女の手。

冬の暁の月光のもと、雪を踏んで、しのびやかに帰ってゆく、誰かの牛車《ぎっしゃ》。

あれら、あの思い出は、若い男にとって心おどる人生の愉悦だった。柏木は、それらを愛していた。

それらの思い出が、めまぐるしく彩色された影像となって、目交《まなかい》をよぎってゆく。そして、いちど過ぎ去れば、もはや二度と、還《かえ》ってこない。

あれほど柏木の愛した人生のたのしみ、社交のたのしみ、音楽や恋文のたのしみは、今は遠くなってしまった。

宮のことで、青年の心の中はいっぱいになってしまった。

宮と二人きりでこの世を棄てて暮らせるものなら他のすべての愉悦も捨てよう。

この女《ひと》の視界から、自分以外の人間の姿を消してしまえるものなら。

「もし、そうできるものなら、命に代えてもいい」

と柏木は呻《うめ》いて、宮の胸に、祈るように顔を伏せた。

夢をみているとしか、思えない。夢のうちに猫が啼《な》いた気がした。あの唐猫《からねこ》を、宮にさしあげようと思って抱いてきたような気もするが、はっと気付いてみると、それは、そら耳であったらしかった。

宮は、なお、死んだように目を瞑《つむ》っていられる。

何にもおっしゃらずに、目じりから涙をこぼしていられた。

（どうしよう……なんということになったものだろう）

と宮は、どうしていいかわからずに、幼い子供のように、お泣きになるばかりである。

（殿に知られたら、どんなにお叱りになるかしら。どうしよう）

ということしか、お考えになれない。

（殿にお合わせする顔がないわ）

とお泣きになっているのに、青年の方は、いつぞやの春の夕、御簾の端が猫の綱で引きあげられて、お姿を見たことなど、まだ話しつづけている。

（そういえば、そんなことがあったわ……あのときに、見られたなんて）

と宮はくやしくも悲しく、よけい、お言葉も出てこない。

「何か、おっしゃって下さい。お声を聞かせて下さい。お辛いのですか？　私は、今はふしぎな気持です。今まで二十なん年かの人生は、みんな消えてしまったのです。今まで面白いと思い、たのしいと思い、価値あると思ったことが、すべて、煙か灰のように消えてしまったのです。

それらは私にとって、無価値なものになりました。

いま、大切なのは、宮お一人です。どうか、そうお悲しみにならないで下さい」

柏木は自分も涙ぐみながらそういって、宮の頰の涙を吸い取るのであった。

夜は明けてゆく。

青年は、帰らねばならないが、いっそう惑乱して帰れない。

「お別れしたくない。いまお別れしたら、もうお目にかかれないかもしれません。憎んでいられますか、私を。でも、一声だけでも、何かお言葉をかけて下さい」

それでも、宮は、お言葉もなく、顔をそむけて、うつぶしていられるので、

「よくせき、おきらいになったのですね。つれない方ですね。死ね、とでもおっしゃるのですか」

青年は、宮を抱きあげて、隅の間の屏風《びょうぶ》をひろげて外へ出た。私をどこかへ連れていくのかしら、と宮はいっそうおどおどして度を失ってしまわれる。

柏木は、戸を押し開けた。渡殿《わたどの》の南の戸の、昨夜入ってきた所が開いたままになっていた。かわたれどきの暗さの中で、青年は宮のお顔が見たくて、そっと格子《こうし》を上げる。

「死ねとおっしゃるなら死にますよ。辛いお仕うちですね。宮に嫌われて、どうして私が生きていけましょう。今宵限りの命です。もしも、思い止まるようにと、考えて下さるなら、『かわいそうに』とだけでも、お洩らし下さい。そうでなければ、私は、死にますよ」

と脅《おど》すようにいうと、宮はいよいよびっくりされて、わなないていらっしゃる。

子供のようにあどけなく、他愛ない可憐さである。

空は、みる間に白々とあけてゆく。

青年は気が気ではない。

「もっと申しあげたいことはたくさんあるのですが、こうもお嫌いになっているのではしかたございません。やがては、私のこともおわかり頂けましょう。露に濡《ぬ》れて帰ってゆきます。私を、お忘れになりますか？　宮は」

柏木は泣いていた。

宮は、青年の涙に動かされて、というより、(帰る)といったのに、ほっと安心なさって、

「忘れたいわ。……何もかも夢だったと思いたいのです。露のように、この身が消えてしまえばいいのに……」

と仄かにいわれた。

その声の愛らしい若々しさ。

嘆きの添う切ない口調を、青年はいつまでも耳にとどめて忍び出たが、魂は、身をあこがれはなれて、宮のおそばにとどまる気がするのであった。

彼は、妻のもとへかえらず、そのまま、父の大臣の邸へ忍んでもどった。

横になっても眠ることもできない。

何という大それた過《あやま》ちをしでかしたのだろう。この先、平然として、今まで通りの生活が、人前でつづけられるだろうか。

そらおそろしく、恥ずかしかった。

柏木は、外出もしないで、ひきこもっている。

帝のご寵愛のお妃《きさき》などを恋してそれが露見したとき、死ぬほどの苦しみを味わうだろうし、制裁も受けるであろう。源氏ならば、帝に対しての不敬というほどの重罪ではないけれど、しかし源氏ににらまれることは恐ろしくも心苦しく、恥ずかしい。

そうは思いつつも、はや、別れたばかりの宮が恋しく、青年は渇《かつ》えてこがれていた。夢の中でさえも、見ることはできないかと苦しんで。

高貴な女人でも、恋の諸《しょ》わけを知っている女《ひと》、うわべは優雅につつましくみせながら、本心はわりに色好みな、そういう女《ひと》ならば、かりそめの恋のたわむれに男に靡《なび》き、何くわぬ顔をしているといったこともできよう。

しかし女三の宮は、そういうおとなではいらっしゃらない。

いうなら、災難に遭《あ》われたような気がされるだけである。

あの夜のみそかごとを今にも人が知って噂しているのではないかと、ひたすら、恐れおののいていらっしゃる。

おどおどとおびえて、明るいところへもお出になれない。辛いことになってしまったとばかり嘆いていられた。

「お具合がよろしくないようでございます」

と源氏は知らされて、紫の上の病状に心をいためているのに、更に宮までが、と驚いてすぐ六條院へきた。

宮は、どこが苦しいというさまでもなく、ただ恥ずかしげに沈んで、視線も合わそうとなさらない。

（あちらの看病のために宮をうちすてたようになっていたのを怨めしく思われたのか）

と思うとさすがに源氏はふびんな気がして、紫の上の容態など、こまごまと話した。

「たぶんもう、あちらは長くないと思われます。こんなときですから、薄情なと恨まれぬよう看護に手を尽くしているのですよ。ご存じのように、あちらの女《ひと》は少女時代から世話をしてきたので、今更、見放すこともできません。あなたをおろそかにしているわけではないのですよ。やがては、わかっていただけるでしょうが」

源氏はやさしく弁解している。何か月かの看病で源氏はやつれているが、宮にも言葉惜しみせず、情理をつくして話しかけるのであった。

宮はやさしくいたわられれば、いたわられるほど、秘密の恐ろしさに戦慄された。源氏は夢にも、宮の罪を知らない。宮は源氏を気の毒にも心苦しくも思われ、人知れず涙ぐまれるのである。


衛門督は女三の宮にも増して、物狂おしい日を送っていた。

あけくれ、宮が恋しくてならない。

賀茂祭の日も、物見にゆく友人の公達《きんだち》が誘いにくるが、

「すまない、気分がすぐれないんだよ」

といって横になり、ぼんやりしていた。

北の方の女二の宮を、表面だけ大切にしているが、いつまでたってもうちとけず、ろくに顔も合わさず、自分の部屋にとじこもっているのだった。晴れやらぬ心を抱いて、祭のにぎわいをよそごとに聞いていた。それもこれも、われから招いた苦しみである。

女二の宮は捨てられた妻といってよかった。

夫の面白くないようす、物思わしげな憂悶《ゆうもん》が、二の宮にもおわかりになる。

（なぜだろう？……何がお気に入らないのだろう……わたくしにご不満がおありのせいでなのか）

二の宮は味気なくもあり、夫に疎《うと》まれる自分が恥ずかしくもあり、腹立たしくもあった。

女房たちは、祭見物にみな出払って、邸内は人少なであった。

二の宮は物思いに沈んで、箏《そう》の琴《こと》をなつかしく弾《ひ》きすさんでいられる。

そのさまはさすがになまめかしく上品であったが、衛門督は、

（同じことなら、お妹の三の宮を頂きたかったものを……。叶《かな》わぬ宿世《すくせ》の味気なさよ）

と思いつつ、ふと、こんな歌を書きすさんでみる。

〈もろかづら落葉をなにに拾ひけん　名はむつまじきかざしなれども〉

賀茂のまつりの挿頭《かざし》は、桂《かつら》と葵《あおい》の諸鬘《もろかずら》、同じようなものながら、私の拾ったのは落葉だった。——同じ姉妹《おとどい》ながら、私の引きあてたのは落葉にも似て魅力なき女人《ひと》。

（……落葉の宮か）

衛門督は苦笑する。恋に目のくらんだ彼は、妻をさえ、落葉の宮とおとしめるようになっている。

源氏は、女三の宮のもとへ久々に来たので急に帰りもならず、気が気ではないところへ、

「ただいま、息が絶えられました」

と六條院から急使が来た。

源氏は目の前が暗闇になる心地がして、分別もつかず、二條邸へ取って返した。途中ももはや何を考えることもできない。

二條邸の近くまで来ると、道にまで人があふれて騒いでおり、邸内には泣声が充ちている。

源氏は夢中で、あわただしく奥へ入った。

「ここ二、三日はすこし持ち直していられましたのに、にわかに容態が変られました」

と女房たちは告げ、

「お供をしとうございます」

と泣き惑うているのである。はや、加持の壇なども壊し、僧たちも、臨時に頼んだ者などは、最期《さいご》とみてとってばらばらと帰りかけている。

もう望みはないのかと思う悲しみを、何にたとえよう。源氏は強いて心をとり直し、

「待て。物の怪の仕業《しわざ》かもしれぬ。むやみに騒ぐな」

と制して、僧たちに一層烈《はげ》しい祈願を立てさせた。すぐれた修験者《しゅげんじゃ》をあるかぎり集め、頭

から黒いけむりが出るばかり必死の修法《ずほう》をさせる。

「限りある定業《じょうごう》のお命としても、しばし、延命を賜わらんことを」

と、哀訴の祈願の声は邸内をゆるがすばかり。

源氏も、

「もう一度、一度だけでよい、私を見て下さい。あまりにもあっけない別れではないか、このままではあきらめられない」

と取り乱して紫の上の体を揺すぶっていた。

(殿も、おあとをお追いになるのじゃないかしら……)

と人々は泣きながら思ったほどである。

源氏の悲嘆が仏のお心に届いたものか、この何か月のあいだ、修法しても一向に現われてこなかった物の怪が、小さい女童《めのわらわ》にのり移った。

憑依《よりまし》の女童が叫び罵《ののし》るうちに、紫の上はようやく息を吹き返した。

「おお……生き返った。あの物の怪のせいだったのか。嬉しや、よう生き返ってくれた」

と源氏は紫の上の手を握り、額髪《ひたいがみ》を払って涙に目がかすむ。再び絶え入りはせぬかと気が気でなく、おろおろとするばかりである。

物の怪は烈しく調伏《ちょうぶく》されて踊りあがって叫ぶ。

「人はみな去れ。院おひとりに話したいことがある。この何か月、私を祈り伏せようと苦しめられるのが憎さに、紫の上を取り殺そうと思ったが、院があまりにお嘆きになるゆえ、思い直した。今こそこう浅ましい物の怪の身の上だけれど、もとはといえば人間、源氏の君恋しと心に沁《し》みついた思いは失《う》せていない。……物の怪の私の正体を知られたくなかったのだけれど……」

と髪をふりみだして泣くさま、その昔、亡き葵の上にとりついた六條御息所《みやすんどころ》の物の怪そのままではないか。

（これはしたり）

源氏は寒くなった。あのときの不気味さ、恐ろしさがまざまざとよみがえる。源氏は物の怪の憑《つ》いた童の手を捉え、しっかと抑えこんで、身動きを封じながら、

「まことにその人の物の怪か。悪い狐《きつね》などが世に亡い人の名を騙《かた》って辱《はずか》しめることもあるそうだが、たしかに名乗れ。人の知らぬことで、私だけにわかるようなことをいってみよ。それなら信じよう」

というと、物の怪ははらはらと涙をこぼして、

「まあ。おとぼけになって。私の正体はおわかりのくせに。私はこんな浅ましい身になりましたが、あなたは昔ながらにつれない方なのですね。うらめしいわ。この薄情もの」

と泣きながら、さすがに艶《えん》に羞《は》ずかしそうにいうありさま、さながら、六條御息所そのままである。

源氏はぞっとして、うとましく不気味になった。物の怪はいいつづける。

「中宮を、色々お世話頂いて、あの世で、魂は天翔《あまがけ》りつつ喜んでおりますが、はや別世界のことのようで、わが子のことは深く心に沁《し》みません。それよりも、報われぬ愛の傷《いた》み、愛されなかったつれなさへの恨みばかりが、執念となってこの世にとどまっておりますの。……その中でも、生きているうち、ほかの人よりも愛されなかった怨《うら》みより、なお、憎いと思う怨みがございます。

あなた。

あなたは、紫の上とおむつまじい物語のうちに、私のことを貶《おと》しめられましたわね。気位たかい、うちとけぬ、可愛げのない女だとお話しになりました。お怨みに思います。

死者は、もう何ごとも大目に見許して頂いて、たとえほかの人が悪口を申しても、それをとりなして庇《かば》い立てて下さるとばかり思いましたのに。

その怨み辛《つら》みで、この女《ひと》に憑きました。この女《ひと》を憎んでいるのではありませんが、あなたには神仏のご加護が強くて、とりつけないのです。

どうか、この浅ましい妄執《もうしゅう》の罪のかろくなるような供養をして下さいまし。

調伏の読経《どきょう》が苦しくてなりません。

身には炎がまつわっております。尊いお経も聞こえません。悲しゅうございます。

あなた。

中宮にもどうかこのことをお伝え下さいまし。女の嫉妬の悪業の浅ましさを伝えてやって下さいまし。宮仕えの間にも、かりにも人を嫉《そね》んだり、争ったりなさいますな、と。……」

などといいつづけるのであった。

源氏はもはや言葉もなく、あわただしく女童《めのわらわ》を一室にとじこめ、紫の上を別の部屋にそっと移した。

世間へは、

「紫の上が亡くなられた」

という誤聞がひろまっていた。

人々が弔問に駆けつけるのも、源氏には不吉に思われる。

折から、祭の翌日、雨がそぼふった。

「紫の上の死を悼《いた》む涙だ」

と人々は言い合ったりした。

賀茂祭の翌日は、上賀茂から帰りの行列がある。それを見物に出た上達部《かんだちめ》たちは、

「何不足ない人は、長生きできぬものよ」

「桜のようなものでしょう。散ってこそ、惜しまれる」

「こういう光栄につつまれた人がいつまでも長生きして栄えると、まわりの人が迷惑ですよ

――」

「これからは、二品《にほん》の宮（女三の宮）がお栄えになるんじゃないか。今まで、あまりにも、気圧《けお》されていられたから」

などと、ささめきあうのであった。

柏木《かしわぎ》の衛門督《えもんのかみ》は、昨日一日、うつうつと心晴れやらず、過ごしかねたので、

（これなら祭見物にいった方がまだましだ）

と、今日は弟君の左大弁、頭《とう》の宰相《さいしょう》などを車に一緒に乗せ、賀茂祭の帰りの行列を見物にいった。

その出先で、紫の上がみまかったという噂を聞いた。

「えっ。あの対の上が……」

衛門督はおどろき、彼もまた反射的に、

（桜と同じだ……佳《よ》き女《ひと》は散って惜しまれるのだなあ）

と思った。弟たちに、

「たしかなことか、それは」

「わかりません。弔問にいってもし事実でなければ失礼になりましょう。ただのお見舞いということで、とりあえず参上してはいかがです」

衛門督たちは揃《そろ》って二條院へ行った。

と、あまたの人々が立ち騒いでいて、泣き悲しんでいる。ひっきりなしに出入りする車の中に、紫の上の父君・式部卿の宮が着かれて悲しみに呆《ほう》けられたご様子で奥へ入られる。

「やはり事実だったのか」

衛門督は驚いた。あたりは混雑していて源氏に見舞いをとりついでもらえそうにもない有様だった。

そこへ、折よく、夕霧の大将が出て来た。

彼も見舞いに駈《か》けつけたらしく、涙を拭いていた。衛門督は、

「おお、よい所でお目にかかれた……」

とせきこんできいた。

「それでどうなのだ、不吉なことを聞いたので、取るものも取りあえず参上したが、まだ信じられないのだがね。ただ、長いご病気とうかがっていたので、心配で、お見舞いにあがったのだが……」

「ありがとう。おかげで持ち直されたよ。いまは折り合っていられるようだ」

夕霧の目は真っ赤だった。泣いたらしくて瞼《まぶた》も腫《は》れていた。

「病気が重くなられて久しかったが、この暁方《あけがた》から危篤でね。とうとう息が絶え入ってしまわれた。どうも物の怪の仕業だったらしくて、修法や読経やと、さまざまに手をつくしてやっと息を吹き返されたということだよ……いま、邸の者もほっとひと安心したところだが、まだ心ぼそいことで、心配でならないよ」

といいながら、大将は、思わず片手で、眼をこすっているのであった。

ひとたびは絶え入ったという紫の上に、大将は動転して、泣きむせんだのだろうか。泣き腫らした顔の大将を見て、衛門督は、

（あまりな嘆きだ……姿を見たこともないはずの、疎々《うとうと》しい継母を、どうしてこうまで嘆き惜しむのか）

と、怪しんで、親友をじっと見つめた。

（もしかしたら、この男も、許されぬ恋に身を灼《や》いているのではないか？）

と考えめぐらすのも、おのが身に引きくらべてみるからだった。

源氏はたくさんの人々が見舞いにかけつけたと聞いて、挨拶《あいさつ》を人づてにさせた。

「かねて病気の重かった者が、にわかに息を引きとったようにみえましたので、女房たちが騒ぎたてたのです。私もおちつかず心あわただしくしておりますので、お目にかかれませんが、いずれ、お見舞い頂いたお礼は、改めましてのちほどに」

衛門督は、そういう源氏の挨拶の言葉にすら、胸にぎくりとこたえるのであった。こういう混雑の折でもなければ、源氏のそばへ寄ることもできそうになかった。源氏に対して後めたく、そういう自分を恥じてもいた。

紫の上が命をとりとめたことで、源氏はかえって、よりいっそう、彼女の死を恐れる心地になっている。いまは狂するごとく、熱心に祈禱や修法を行なわせ、彼女の延命を願っている。

それにしても何という執念ぶかく恐ろしい御息所の霊であろうか。

あの貴婦人は、生きていたときから、何か怖く気味わるかった。ましてその魂が怪しく姿をかえて、いつまでも源氏の周囲にまつわりつく不気味さを思うと、御息所にかかわるすべてが、いとわしくなってくる。

源氏は、御息所のおん娘というだけで、中宮のお世話をするのも、いまは気が進まぬくらいであった。中宮には何の罪も、おありにならないのであるが……。

（女は罪障のふかいものだ……しかし、そうさせたのは男なのだ。考えてみると、男と女の仲は、なんと気疎《けうと》い、おぞましいものであろう。あらゆる罪のもとといってもいい）

そこから生まれた御息所の執念ぶかい物の怪は、源氏と紫の上しか知らぬ二人だけの会話を、言い立てたではないか。源氏はそれを思うとぞっとしてくる。

紫の上は、いまはしきりに出家したい、というようになっていた。

（せめて五戒《ごかい》だけでも受けさせれば、それが、本復《ほんぶく》への力になるかもしれぬ）

と、源氏は考えて、とうとう許してやった。

頭《つむり》のいただきの髪を、ほんの形だけ切って在家《ざいけ》のままで、五戒を守ることを誓い、仏門に入ったしるしとするのである。五戒というのは、殺生《せっしょう》・偸盗《ちゅうとう》・邪淫《じゃいん》・妄語《もうご》・飲酒の五つのいましめであった。

授戒《じゅかい》の師の僧が、五つの戒めを守ることの尊さを仏に申しあげる言葉も、あわれに尊い。

源氏は今は人目もかまわず、紫の上にひたと付き添って、涙を拭きつつ、一緒に念仏をする。

（この女《ひと》の心がおちつくなら、どんなことでもさせてやろう。命をとりとめるためならどんなことでもするものを）

　と、源氏の思うことは、それのみである。

　源氏の知性も分別も押し流されてやみくもに、何も弁《わきま》えられない。紫の上の容態に一喜一憂し、心惑うてぼんやりし、面《おも》やつれしているのであった。

　五月頃は長雨でうっとうしく、紫の上は少しも快方に向わない。

　今も物の怪は折々現われ、悲しげなことをいっては去りやらぬのである。罪障を救うため、尊い法華経《ほけきよう》を毎日、一部ずつ読ませたりするが、暑い夏の盛りは、病人はいよいよ弱って、息もたえだえであった。

「生きていてほしい……物もいえず、身動きもしなくていい……生きていてほしい」

　と源氏は、夜昼、紫の上のそばを離れず、言葉もなく、祈るばかりである。あまりに深い愁嘆のために、涙も出なかった。大いなるものに対して「生かせて下さい」とひたすら、現《うつ》つ心《ごころ》もなく、すがるしかなかった。

　彼女を喪《うしな》うくらいなら、共に死にたい気がする。ねがわくは、できることならば、

（自分の寿命を縮めて、この女《ひと》にお与え下さい……）

　たとえ一年でも二年でも、共に生きたいという渇望ばかりであった。

　もう、ほかの人間の姿も、源氏には眼に入らない。紫の上の看護も、人手にまかせない。明け暮れ、死が彼女を拉《らつ》し去ることをおびえて、彼女の面《おもて》ばかりを見守りつづけているの

である。

紫の上は生死のあいだを夢うつつにさまよいながら、源氏の悲嘆を、いとおしく感じていた。

(そうだわ……わたくしは死んでもいまさら心のこりはないけれど、こんなに悲しんでいらっしゃるのを見捨てて逝《ゆ》くことはできないわ……)

紫の上は、すこし気分のよいときは、源氏に微笑《ほほえ》んでみせるのであった。(大丈夫よ……)というように。

自分が亡くなったら、源氏がどんなに人生の張りを無くして崩折れてしまうかも、彼女は病人のするどい直観で見通すことができた。

源氏の愛人、という以上に、彼女は、源氏の存在の半分だったのである。

紫の上は、それを感ずることができた。

すると、源氏に対して抱く想いは、いとおしさ、とか、ふびん、とかいうものになった。

(こんなに悲しい思いをさせてはお気の毒だわ。ひとり残してわたくしが先に逝ってしまうなんて、そんな、無情な仕打ちはいけないわ。かわいそう。思いやりがなさすぎるわ)

紫の上は、まるで、幼な子をのこして逝く母親のような気になってしまう。

(元気になってさしあげなければいけない。殿のために)

と、強いて薬湯《やくとう》などを飲むように努めていた。

そのせいでか、六月ごろになると、ときどきは、床に半身を起こすこともできるようになった。

源氏はそれが思いがけなく嬉しくてならない。しかし、まだ油断ならなくて病状をおそれていた。そんな具合なので、六條院の姫宮のもとへは、ほんのかた時でも足を向ける気になれなかった。

女三の宮のほうは、悪夢のような柏木の衛門督との一夜からこっち、思い乱れていられた。お体の具合もよくなく、お苦しそうであるが、といってとりたてて御病気というのではない。あれ以来、お食事もすすまず、たいそう青ざめてやつれていられる。

柏木は、恋しさに耐えかねる夜は、いまも折々、夢のように現われて宮に忍び逢う。おのずと大胆になって、人目を掠《かす》め、宮と契りを重ねてゆく。

青年は恋に目がくらんでいるので、どんなに危うい、恐ろしい瀬戸際にいるか、わからない。もはや冷静な判断力も麻痺《まひ》しているのである。

宮のほうはいつまでたっても、

(ひどいわ……)

というお気持しかなかった。源氏を恐れ、怖がっていらっしゃるだけで、とても青年の気持や熱情を汲《く》み取るほどのお心のゆとりはなかった。

衛門督は上品な美青年で、人柄もよく、世間からは魅力的な貴公子と思われているのであるが、宮にしてみれば、幼いころから源氏の手に托され、男性といえば源氏しかご存じないこととて、すべての発想のよりどころは源氏である。

（どんなにお叱りを受けるだろう……これが殿に知れたら）

と、ひたすらおどおどしていられる。衛門督の魅力に気付かれるどころではなく、青年を、ただもう無体《むたい》な、心外な、とばかり思っていられる。それでいて、青年を拒み、しりぞけられる才覚も分別も、おありでなくて、嫋々《じょうじょう》と身を任せておしまいになる。あわれなご宿世《すくせ》というべきは、お近くに仕える乳母《めのと》たちが、

「ご懐妊なされましたのでは？……」

と気付いたことである。

「おめでたというのに、殿には一向、お渡りもなく……」

何も知らぬ乳母たちは、源氏を怨んでいた。

「宮のお具合がよろしくないというので、ちょっと六條院へお見舞いにいってくるからね」

と源氏は紫の上にいった。

紫の上は、暑くるしいので髪を洗って、少しさっぱりとしたようすであった。

横になったままで、長い髪はひろげて乾かしてある。

急には乾かないのだが、少しも癖があったりふくらんだり、もつれたりしているところはなく、清らかにゆらゆらした黒髪である。

顔色は青ざめてみえるほど白く、透き通るような肌になっていて、それも源氏には可憐に、愛らしく思われる。

さながら虫の脱け殻のようにはかなげな、たよりないようすである。

この二條邸は長く住まないので荒れてもいたし、ひどく狭いようにみえた。それは、紫の上がここへ療養に来て、人々がたくさん住むようになったからであろう。

紫の上が、この数日来、容態がやや好転して気分もかるくなったというので、庭の手入れも心をこめてさせていた。

紫の上は、遣水《やりみず》や草木のすがすがしさに目をあてて、しみじみと、

（……よくも生き延びたものだこと）

と思う。

池の面《おも》は涼しげで、蓮《はす》の花が一面に咲いていた。葉は青々として、露の玉が、きらめいている。

「あれをごらん」

と源氏は紫の上を誘《いざな》う。

「自分ひとりだけ、涼しそうにしているよ」

紫の上は身を起こして、池の面を見た。彼女が起き上る姿をみるのも、何か月ぶりであろう。そう思うと源氏は胸が迫って、

「こんなに快《よ》くなったあなたを見るなんて、夢のような気がする。もういけないか、と何度

思ったか知れない。あなたばかりか、私自身までもろともに、これが終りかと思ったこともあったのだよ」

源氏は、涙を泛《うか》べていう。紫の上は、わが身も源氏も、あわれに思う。生き死には、二人、もろともという気がする。天地に、二人だけの命、と思うのであった。

「あの蓮の葉の露みたいね……生きているあいだって、短いものですもの……」

「短くはないよ。あの世でも一緒にいるのだから、長いものだよ。来世もこうやっていつも一緒にいると約束しておくれ」

源氏は、紫の上とかたときも離れたくないのであるが、宮のご不例を聞いてうちすてておくのも、主上や朱雀院にたいして義理がわるく、しかたなく、六條院へいった。

宮は、衛門督とのことが良心に咎《とが》め、お心の鬼のように、苛責《かしやく》を感じていられる。源氏にお会いになるのも恥ずかしく、避けたく思っていられる。

源氏が話しかけるのへ、お返事もとぎれがちで、口ごもっていられる。源氏の方では、

(この所、疎遠にしていたので、こんなおっとりしたかたでも、やはり、ふくれていらっしゃるのか)

と、ややすまない気持がして、何かとやさしく機嫌をとっていた。

年配の、しっかりした女房を呼んで、

「お具合はどうかね」

と聞いたりする。

「ご懐妊のごようすでございます」

女房の答えに、源氏は、

「珍しいことを聞く。いまごろ……」

とつぶやいた。

(宮はここへご降嫁になって七、八年にもなろうか。ほかの女《ひと》たちにも、もう長年、そんなことはなかったのに)

もしかしたら、まだはっきり、妊娠ときまったわけではないかもしれないと源氏は思い、宮にはとりたててそのことを話題にしなかった。

宮の物思わしげなごようすが、これはこれで愛らしくて、いとしいと思って見ていた。

しかし、やはり、何にも増して気になるのは紫の上である。やっとのことで来た六條院なので、来てすぐさま帰るわけにもゆかず、二、三日は心ならずも滞在していたが、そのあいだも、紫の上の容態ばかり案じられて、しきりに手紙を書いていた。

「まあ、よくもあれだけ、お手紙をお書きになること」

「お書きになることが、あれほど積もるものかしら」

「宮さまのところへおいでになってらして、これですもの……お気の毒なのは宮さま」

宮の過失を知らぬ女房たちは、口々にそんなことをいいあっていたが、小侍従だけは、胸がさわぐのであった。

さて、かの柏木の衛門督は、「六條院が宮のところにおいでになっている」と聞くと、身のほども忘れ、嫉妬に燃えるのである。彼が嫉妬するのは筋違いなのに、青年は自制できなくなって、手紙をかいた。

「こうしている間も、あなたは院の御腕の中かもしれませんね。もとより、あらぬ嫉《ねた》み心ですが、この恨めしさを誰に訴えればいいのでしょう。そうです、私は嫉妬に狂っています……」

青年は綿々と苦しみや辛さを綴《つづ》って小侍従に托した。青年に同情している小侍従は、源氏が、対《たい》の御殿の方へちょっと行った隙《すき》に、人もいない折だったから、そっと宮にその手紙をお見せした。

「いやよ、そんな、煩《わずら》わしいものを。よけい気分がわるくなるのに」

宮はお手も触れず、臥《ふ》したまま、いわれた。

「ではございましょうが、ちょっとだけでも……。このお手紙の、はじめの方だけでもご覧なさって下さいまし。お気の毒なのですもの」

とひろげたとき、女房が近くへくる気配だった。小侍従は困って、宮のおそばへ御《み》几帳《きちよう》をひきよせて退った。

宮は、衛門督の手紙をちらとご覧になっただけで、もう、たいへんな悪事を重ねたように、胸がどきどきなさる。そこへ源氏が入ってきたので、ちゃんと隠すこともおできになれず、咄嗟《とっさ》に、御茵《しとね》の下に挿《さしはさ》んでおかれた。

源氏は二條邸が気になっている。

「そろそろ、今夜あたり、あちらへ帰ろうかと思うのですよ」

と、宮にそのご挨拶を申上げにきたのだった。

「あなたのほうは、とりたてておくもみえないが、二條の女《ひと》はまだおぼつかなくてね。うち捨てておくように思われても可哀そうだから。あちらばかり大事にして、あなたを軽んずるようにひがんだことを申しあげる人があっても、それを真《ま》に受けたりなさってはいけませんよ。やがては、私の気持もおわかりになるでしょうからね」

などと、噛《か》んでふくめるように、源氏は話してさしあげる。

宮は、長年のあいだに源氏にお馴れになって、父か兄のように睦《むつ》んでいられた。それで、いつもなら久しぶりに来た源氏にまつわって、少女のようにはしゃいで、心おきない冗談もいわれたりするのに、今日はうちとけられないで、思い沈んで、源氏に視線も合わせられない。源氏は（拗《す》ねていられるのだな）と思っていた。

昼の御座所《おまし》に二人で横になって、とりとめもない物語などしながら、源氏は宮の相手をしていた。とろとろとまどろむともなく、まどろむうちに、蜩《ひぐらし》が花やかに鳴くので、源氏は目を覚ました。

「では、道が暗くならないうちに」

と、着更《きが》えていると、

「月が出るまでお待ちになれば？」

と宮が、可憐な声で、おっしゃった。

「そのあいだだけでもいらして。昔の歌にもありますもの」

と宮がいわれるのは、「夕闇は道たどたどし月待ちて帰れわが背子その間にも見む」の歌のことであろう。

源氏は敢《あえ》てふり切って出ることもできずに、たちどまってしまう。宮は、たどたどしく、

「蜩が鳴くから帰っておしまいになるの？　いつもと反対ね。いつもなら、蜩が鳴くころに、来て下さるのに。夕方になってお帰りになるなんて……心ぼそい」

「これは困った」

と源氏は、また、坐ってしまった。

（蜩は、二條でも鳴いているのだよ……）

といいたいけれど、宮が、子供っぽく、心細そうなのが、さすがにあわれでいとしく、情剛《こわ》く出てゆけない。

「よろしい、そしたら、もう一晩、いようね……」

宮は、源氏の前にいることは恐ろしく恥ずかしいのに、源氏に頼っていられる。秘密の重さにおしひしがれながら、うちあける頼もしい人もないあまりに、源氏にすがっていられるのであった。

もとより、源氏は知らない。

宮の子供っぽい聞きわけなさをもてあましながら、さすがにかわいそうで、愛らしくもあって、躊躇《ちゅうちょ》しつつ、もう一晩泊まった。

泊まっても、おちつかない。

紫の上のことが心配で、果物のようなものだけ食べて寝た。

朝早く、涼しい間に、二條邸に帰ろうとして源氏は起きた。

「昨夜の蝙蝠《かわほり》をどこかへおとしてしまった。これは風がぬるくていけない」

と源氏は扇をおいて、蝙蝠をさがしていた。蝙蝠は、紙張りの扇子である。扇は、檜《ひのき》の板をとじたものなので、風当りがぬるいのだった。

昨日うたたねした御座所《おまし》のあたりを、源氏はさがしていた。

茵が少しまがっているその端から、浅緑の薄様《うすよう》に書いた手紙の、押し巻いた端がみえる。

何気なく源氏が引き出して見ると、男の筆蹟である。

薫《た》きしめた香も艶《えん》な風情で、意味ありげな文章である。

二枚の紙にこまごまと書いた手紙、源氏はその筆蹟を知っている。まぎれるかたなく、

(あの男だな……)

と知った。

源氏のそばには、髪をととのえるために、女房たちがいた。鏡の筥《はこ》をあけて、源氏に見せている女房は、(何かのご用でご覧になっている手紙なのだろう)と、何心もなくいるが、

小侍従だけは、それを見てはっとして、

(昨日のお文の色と同じだけれど……)

と、胸がとどろき、顔色も変る気がした。

人々は、源氏に朝食の給仕などしているが、小侍従は呆然《ぼうぜん》とつっ立ったままである。

(まさか、いくら何でも、殿のお手に入るなどということは……宮さまがうまくお隠しなさったはずだわ)

と、強いて思おうとしていた。宮はまだ、おやすみになっていらっしゃる。

源氏は衝撃を受けていた。

(なぜ、あの男が……)

と思うが、色にも出さない。

それにしても、まず考えられたことは、

(拾ったのが自分でよかった……)

ということである。

ほかの人間が拾っていたら、どんなことになったろう。忌《いま》わしき噂《うわさ》が風のように、たちまち、舞い立っていたかもしれない。

(何という頼りない、子供っぽいことを。こんなものを何の心そなえもなく、投げ散らすということがあるものだろうか……)

と、女三の宮の幼稚さに、舌打ちしたい気がおきる。

(だから、前々から思わぬことではなかった、あまりの考え無さを、飽き足りなくも頼りなくも、危惧《きぐ》した通りだった)

帰る道々、源氏は黙然と物思いにふけっている。

源氏が帰ったので、女房たちは、宮のおそばから離れて人少なになった。小侍従はいそいでおそばへ寄り、

「昨日のお文はどう遊ばしました。今朝、殿がご覧になっていたお文の色が似ておりましたけれど」

と申上げると、宮は、

「えっ」

とびっくりなさって、それでは、殿のお手にわたったのかと、おどろきと恐ろしさで、涙をぽろぽろこぼされる。

おいたわしいものの、小侍従は、

(ま、なんと他愛のない、たよりないかたでいらっしゃるのか)

と、いらいらした。

「どこへお置きになりましたの。あのとき人がおそばへ参りましたので、何だかわけありげに、宮さまのおそばにいては疑われると、私はそれほどまで気を遣って離れたのでございます。あれから殿のおいでまで、少し時間がございましたから、きっとうまくお隠しになった

とばかり思っていましたのに」

小侍従にいわれて、宮はいっそう、おどおどと、

「あの、手紙をみているうちに、殿が入っていらしたので、すぐに隠すことはできなかったの。……茵の下に挟《はさ》んでしまったのを、忘れてしまって……」

と、涙をこぼしながらいわれる。

小侍従は呆《あき》れて、お返事の言葉も出てこない。御茵に寄ってさがしてみたけれど、もとより、あろうはずもなく、

「まあ、大変なことだわ……あのかたも、それは殿を怖がっていらして、この秘密が、ほんのちょっとでも殿のお耳に入っては一大事とおびえていらっしゃいますのに。お逢いになってまだそんな月日もたっていないではありませんか。それなのに、もうこんな失敗がおこるなんて。すべて宮さまの子供っぽさが原因ですわ。もともと、宮さまが、うっかりと、あのかたにお姿を見られなすった不用意がいけなかったのです。あのかたはそれ以来、宮さまを忘れられなくなって、ずうっと私に、逢わせよと恨みごとばかり、いっていられました。だけど、こんなにまで深入りなさるなんて、思ってもいませんでした。

ああ、とんだことになってしまいましたわ。

殿は秘密をお知りになったにちがいありません。宮さまにも、あのかたにも、最悪の状態になってしまいましたわ……」

小侍従はずけずけいった。

宮はお若くていられるので、あるじに仕えるというより、女同士の友情で結ばれているような二人のあいだ柄なので、小侍従は本当に宮を案じて、思った通り、しゃべってしまうのであった。

宮はお返事もなく、ただ、泣いてばかりいられる。

ほかの女房には、ことの次第はわからなかった。非常に宮のご気分が悪そうで、ものもめしあがらないので、

「こんなにお加減が悪そうなのに、院はうち捨てられて、紫の上のお世話ばかりなさって。あちらはもう、すっかり快くおなりだというじゃありませんか」

などと、源氏を非難していた。

源氏は例の手紙について、やはりまだ不審が解けない。

(まさか……)

あり得ることではない、と打ち消して考えたりする。

(あの衛門督が。あの宮が)

源氏は、人のいないところで、手紙をうち返しうち返し眺めた。

(もしや、宮にお仕えしている女房の中で衛門督に似た筆蹟の者が書いたのか……)

とも思うが、筆蹟はともかく、文面はまぎれようもない。はっきり、名指して、人の名を書いてある。

長いあいだ恋い焦《こ》がれていた苦しさ、やっとのことで望みが叶《かな》って、それゆえになお、逢えぬ日の辛さ恨めしさ、それらを綿々と綴っている恋文は、真率な迫力にみち、よむ者の心を打ちはするが、

（ああ……何という、近頃の若いものの愚かしさよ）

と、源氏はにがい笑いを頰に溜《た》めずにはいられない。

恋文に、かくも麗々しく人の名を書く馬鹿者があろうか。かの青年ほどの聡明な男が、相手の女人への思いやりに欠けているではないか。忍び文といいながら、人に托する手紙は、いつどこで、思いもかけぬ人の目に触れることも、ないではない。だから、自分も、このようにこまごまとわが心持をいいたいときでも、涙をのんでわざと簡略に、しかも、あいまいに、紛らして書いたものだ。それが男の、女への思いやりというものである。

（衛門督ほどの男も、恋には無思慮になるとみえる）

と、源氏は、好感を抱いていた青年だけに、見おとす心地になった。

それにしても。

宮を、これからどう扱えばいいのか。

（ご懐妊、というのはこのゆえだったのか）

源氏ははじめて、宮の物思わしげな風情《ふぜい》やら、沈んだお顔色やら、何もかも、その理由が、直観的に、合点がいった。

何という、情けない、忌わしいことがおきたものだ。人づてに聞いたのなら、まさかと信

じられないかも知れぬが、わが手で、のがれない証拠を摑《つか》んでしまった。

しかも、宮の場合は、それならといって別れることもできない。知らぬ顔を通して、今まで通り、妻としてねんごろに待遇しなければいけないのだ。

形はそうだとしても、もはや自分には、今まで通りに、隔てなく宮をいとしむことなど、できはしない。

さして愛していない女でも、ほかの男に走ったなら不快なのが、人情の自然である。

まして宮は、特別のかたである。ご身分もたかく、自分も、どれほど大切にし、気を遣っているかわからない。

そんなかたを盗むとは、また、大胆不敵な男もあったものだ。

主上の后妃《こうひ》と過ちをおかすということも、間々あるが、それは事情もあろう。女御・更衣といっても、主上のご寵愛の厚からぬ人もあり、軽はずみな人もあり、不身持も表面に出ないでかくれていることも多い。

しかし、宮はちがう。

源氏の北の方として、ならびなく大切にかしずき、自分では内心、最も愛している紫の上よりも、鄭重《ていちょう》に扱っている。世間も、宮に注目し、重んじている。そういう人とひそかに通じているとは、今も昔も、

(聞いたことのない不祥事だ)

と源氏は、憤怒《ふんぬ》を抑えきれない。

（私は衛門督に見かえられたか。この私が）

あれ風情の男に、宮は心を寄せられるのだろうか。

源氏は心外でもあり、不快でもある。だが、それを、顔色に出すこともできないで、おのずと、暗く重い愁いの影が、面を隈《くま》どってゆく。

苦しみながら、源氏はある夜、愕然《がくぜん》と悟って、はね起きた。

（故・父院は、もしや、いまの自分の苦しみのように、私と藤壺の宮のことをご存じでいて、知らぬふりをなさっていられたのではないか）

と思ったのであった。

今にして思えば、あの頃の狂おしい邪恋は、何というおそろしい罪、あるまじき過ちであったことか。

衛門督を弾劾《だんがい》し責めるべき資格が、自分にあるのだろうか。身のほどを弁《わきま》えぬ大それた恋の冒険、大胆放埒《ほうらつ》の、不祥事の、と青年を指さして非難することができようか。

恋の山路によろめきつつふみまよう、人間の心の弱さ、おろかしさを、高飛車に裁くことができようか。

さらに、すべてを知りながら、じっと耐えて、終生、やさしくいたわって下さった故・父院の苦悩と煩悶《はんもん》を、自分は何十年、気づかなかった。いま、自分がその場に立たされて、あからさまに難詰することができるかどうか……。

源氏は何気ないふうを装っているが、日ごとに物思いの深くなる様子を紫の上は見て、べつな見方で解釈していた。

（やっと、命をとりとめたわたくしをあわれんで、二條院へおいでになったのだけれど、やはり、あちらの宮さまがご心配なのだわ）

と思った。

「どうぞ、六條院へいらして下さいまし」

と紫の上は、源氏にやさしくすすめる。

「わたくしはもう、すっかり快くなりました。六條院の宮さまこそ、お具合がわるいと承っておりますのに。お気の毒ですわ」

「いや、それほどお悪くもないよ。それなのに、御所からは度々、お見舞いの手紙が来る。今日も来たよ。朱雀院が、よろしく頼む、とおっしゃったので、主上《うえ》が鄭重になすってね。ちょっと疎略にお扱いすると、お二方がたいへんな騒動だ。大層お気を遣われるから、気の毒でねえ」

源氏は嘆息するようにいう。

「主上や院の思《おぼ》し召しよりも、宮さまが、殿をお恨みになるとお気の毒ですわ。宮さまはいいかたですから、何もお咎めなさいませんけれど、まわりの人々が、きっと悪くとって宮さまに告げ口するかもしれません。わたくしが、辛うございますもの」

紫の上は、そのへんのところを、さかしく察していた。

「よく気のつくことだ。私は、主上のお気持を推しはかるだけで、宮のお気持など、考えたこともないよ。——それだけ、宮に愛情が薄いということかもしれないね」

源氏は、複雑なうす笑いを泛《うか》べている。

「六條院へ帰るときは、あなたと一緒に帰ろう。そこでゆっくり養生すればいい」

と源氏はいうのであるが、紫の上はもとより、源氏の口調にかくされたにがみに気付かなかった。

「わたくしはも少しこちらで、のんびりさせて下さいまし。あなたは一足先にお帰りになって、宮さまのお気持を晴れさせてあげて下さいまし」

などといっているうちに、日はまたたく間にすぎてゆく。

宮は、源氏が来ない日が重なるのを、以前なら、源氏の薄情からとばかり考えていらしたが、今は、ご自分の過ちのせいもあるのかとお気づきになる。

(御父院のお耳に入ったら、どうお思いになるかしら)

とお考えになるとさすがに顔向けもならぬように、気恥ずかしくお思いになる。

衛門督からは、逢いたいとたえず手紙がくるが小侍従は、あの一件以来、それどころではなかった。

「お文が殿のお手に入りましたのよ」

こうこういうようなわけで、と知らせてやると、柏木もぎょっとした。

（いつのまに、そんなことが……。どうせこういう、密《みそ》か事は長いことたつうちに、いつかは洩れて出るものだが……）

青年は気がとがめ、そらおそろしくなる。そうでなくても、さながら虚空《こくう》に目があって、いつもそれにみつめられているような気がしていたのに、まして、ああもはっきり、人の名も紛れなく書いた手紙を、源氏に見られたとは。

源氏に恥ずかしくきまりわるく申訳なくて朝夕、暑い頃だというのに、青年は鳥肌たつ思いを味わった。

（思えば、院にはよく可愛がって頂いた身だった。長い年月、公的な仕事の面でも、私的な遊び事にも、よく目をかけて下さり、招かれて、親しくまつわった。人よりはこまやかに親切にされ、自分もなつかしく思い、心から敬愛していた。

こんな怪《け》しからぬ大それたことをして、院に疎まれ、憎まれては、どうしてお顔を合わせられよう。かといって、ばったりと六條院へ出入りしなくなってしまえば、人目にもあやしまれるだろうし、院も、さてこそ、と合点なさるだろうし……ああ）

青年は進退に窮してしまったのである。気分も悪くなって、御所へ参内《さんだい》もしない。法的な制裁を受けるというのではないが、自分の将来も、これで終りかと思われて、予期しないことではなかったと、自分で自分の心が情けなかった。

（それにしても、何とたよりない、浅はかなお心の宮であることか。かの、御簾《みす》のあいだからお姿をかいまみられるというところも、貴婦人にあるまじい軽率さだった。夕霧の大将も、感心しない顔色をしていたっけ……）

今になって、青年は、思い合わせるのだった。強いて、宮の欠点を思い出して、恋の炎を消そうとする気持が、無意識に働いていたのかもしれない。そう思いつつも、

（おっとりしているのがいい、といっても、あんまり上品な人は、世間も知らず、周囲の者まかせになり、結局は、ご自分のためにも相手にも難儀な目にあわれるのだなあ）

と、宮がおいとしく、とても思い捨てることはできなかった。

宮は可憐《かれん》などようすで、ご気分が悪そうである。

源氏はそれを見るとやはり気がかりで、時には宮をうとましく捨てたく思うものの、あいにくに、可愛さも募ってきて、われながら収拾つかぬ愛憎の感情をもてあましている。

逢わぬときはうとましいが、六條院へいって宮にお逢いすると、胸いたいまで、宮がいとおしく、切なかった。

御安産の御祈禱などいろいろにさせ、大体は、昔よりも大切に、いたわっているのであった。

しかし、二人きりでいるときは、もう昔のようなむつまじさはなかった。源氏はどうしても、白けてよそよそしくなってしまう。それでは宮にお気の毒なので、人目のあるときは、以前のような親しみをつくろっているが、もはや二度と、以前の気持には戻れない気がする。

宮にも、それはおわかりになるらしく、お辛そうであった。

源氏は、自分からは「柏木の恋文を見た」とは明言していない。しかし宮のほうがひるんで、おどおどしていらっしゃるのだった。

(こんなところが、子供っぽい幼稚なところなんだな)

と源氏は思う。

(心利《き》いた女なら、自分もそしらぬ風をして、暗黙のうちに男の嫉妬をそらせ、心を和《なご》ませるのだろうが……宮には、それを求むべくもないな)

そんなことを考えているうちに、男女関係のすべてが不安になってきた。娘の明石《あかし》の女御がおっとりとやさしい気質でいられるのも心配になってくる。女は柔和《にゅうわ》で素直なのがよい、ひたすら人の悪意など知らぬように、と育てたのも今となっては不安になる。もし女御を恋い慕う男でもでてきたら、この宮のような運命にたやすく落ちてゆかれるのではないか。

そういえば、何といっても美事な女は、あの玉鬘《たまかずら》だった。頼りになる庇護者《ひごしゃ》もなく、幼い時から九州の田舎《いなか》をさすらって成人したのに、しっかりした性格で、あたまもよく、判断力もあった。

源氏は彼女を引きとって親らしい顔をしていたが、彼女を憎からぬ者と思い、それとなく言い寄ったりしたことがあった。しかし玉鬘は、おだやかに、角《かど》のたたぬよう、気付かぬふうにそらせていた。

鬚黒《ひげくろ》が、無分別な女房の案内で忍んできたときにも、自分の心から男を引き入れたのではないことを、人々に態度で知らせ、あらためて周囲や世間に祝福されるようにして、鬚黒の邸に迎えられた。そうして、いまではむつまじく暮らしている。世間の尊敬も得、まったく、賢い女は、やることもけざやかだと源氏は思わずにはいられない。

かの朧月夜《おぼろづきよ》の君、いまは二條の邸に住んでいる尚侍《かん》の君を、源氏はなお思いつづけていたが、宮の一件があってから、女性をみる眼が少し変った。

女も、あまりやさしく、男に靡《なび》きやすいのは、かるがるしいものだと、尚侍の君をおとしめる気もおこるのである。それに、うしろめたい秘密の情事は、宮のことが思い合わされて、源氏にはうとましかった。

そのうちに、尚侍の君が、ついに出家したと聞いた。

さすがに未練もあって、心が動かされ、あわれにも、口惜しい気持がした。見舞いの手紙を源氏は出した。

「世を捨てます、とひとことのお言葉も、私にはなく、思いたたれたのですね。つれない方ですね。私が、この知らせを人ごとと聞けましょうか。あなたゆえに、須磨《すま》の浦で涙に濡《ぬ》れた私ではありませんか。

思えば、長く生きてきました。

さまざまな世の無常、人の身の上の転変を見ました。私も出家を、思いつめながら、あなたに先を越されたのは残念ですが、あなたのご回向《えこう》の中には、まず私を入れて下さるでしょう、と想像しています」

源氏の手紙は長かった。

尚侍の君は、しみじみとそれを見た。出家のことは早くから考えていたのだが、今まで源氏に止められて延びたのであった。

人にはいえないが、源氏との長い契りがいまになってさまざま、思い出される。

尚侍の君にとって、源氏はやはり、生涯に大きい影を落した男であった。それももう、世を捨てた今となっては、はかないすずろごとであるが……。

(これが最後の手紙だわ)

と尚侍の君は思って、心こめた返事をかいた。墨つぎなど、とりわけて美しかった。

「先を越されたとおっしゃいますけれど、世のさだめなさは、私は早くから身に沁みておりましたの。回向は一切衆生《しゅじょう》のためのもの、あなたのためにも、どうして念じないことがございましょう」

濃い青鈍色《あおにびいろ》の紙の手紙が、樒《しきみ》の枝にさしてある。いつものことだが、しゃれすぎるほどしゃれた、趣味のよい筆蹟、やはり昔ながらにちっともかわらず美しかった。

二條院にいたときなので、源氏は紫の上にその手紙を見せた。もはや、尚侍の君とのことも、過去の事件になってしまったからである。

「出家がおくれて、尚侍の君に嗤《わら》われてしまったよ。じっさい、あれこれ心細い世の中に、よくまあ、耐えて生きていると思うよ。

世のあわれや、物の面白さを話し合える人といっては、朝顔の前斎院《さきのさいいん》と、この尚侍の君だけだった。それが、次々に、世を捨てていく……。

朝顔の宮など、もう仏道修行三昧《ざんまい》でいられるらしい。嗜《たしな》みのある、風流な、それでいて思慮ぶかいかただったがねえ。

それを思うと、女の子を育てるのはむつかしい。朝顔の宮のようにすぐれた方は、なかなか、いられない。

子供だって、持って生まれた素質があり、親の心のままにならないのだからね。といって、教育もなおざりに出来ないし、よくまあ、私は子供が少なくてよかったと思うよ。若いうちは、たくさんの子供が欲しいと思ったものだがね。

女御のお生みになった、女一の宮を、あなたは気をつけて育てて下さいよ。内親王は、人から非難されないようにお育てしなければ。男女問題でつまずくようなことはないように気をつけて教育しないと」

というのは、おのずから、宮のことが、あたまにあるからだった。

紫の上は、

「もちろんですわ。及ぶかぎりのことはいたしますけれど、でも、わたくしの命が、いつまでもつものか、わかりませんわ」

紫の上は、尚侍の君や前斎院のように、出家して仏道にはげんでいる境遇を、うらやましく思うようだった。

朱雀院の五十の御賀は、延び延びになっていた。はじめは秋のつもりだったが、八月は葵《あおい》の上の、九月は弘徽殿《こきでん》の大后《おおきさき》の、それぞれ忌月《きづき》で具合わるく、十月に、と心づもりしていると、宮のお具合がわるくなった。その代りに柏木《かしわぎ》の衛門督《えもんのかみ》の北の方、女二の宮が御賀に参上なさった。

これは前太政大臣が実質的に企画し、指図したのであった。いかめしく美々しい御賀となった。このときは柏木も元気を取り戻して参上した。とはいうものの、やはり体調はすぐれない。

月が重なるにつれ、宮は身重《みおも》のお体が、ひとしお辛そうであった。

源氏は、宮のことを気重く思うものの、あえかに愛らしいさまで、苦しげにしていられるのをみると、

(無事に、このかよわいお体で、ご出産に耐えられるかどうか)

と心配になってくる。祈禱《きとう》はひまなく手厚くさせ、それで今年も、いそがしくすぎてしまった。

父院も、山で、宮のご懐妊をお聞きになって、いとおしく、恋しく思われる。院は、源氏と宮との間が、一点、しっくりしないという噂をお聞きになり、何かあったのではなかろうか、と、ひそかにお心をいためていられるのであった。

山にお籠《こも》りになっている朱雀院は、宮に手紙をお書きになった。

「お体の具合はいかがですか。案じられてなりません。ご大婦仲がよろしくないとお聞きしているが、辛いことがあっても、心を鎮《しず》めて辛抱なさいよ。嫉妬したり恨めしそうなようすを仄《ほの》めかすのは、女として品のないことですよ」

などと教えていられる。

源氏はたまたま、宮のもとに来ているときだったので、それを拝見して心苦しく思った。院は女三の宮のあさましい過失など夢にもご存じなく、ただ自分の不実をあきたりなく思っていらっしゃるだろうなあ、と思われる。

「ご返事はどうお書きになりますか。お気の毒なおたよりだ。私のほうが辛くなる。私は少々の気に染まぬことがあっても、決してあなたを疎略に扱ったりしなかったつもりだが、誰が、わざわざ院のお耳につまらぬことを入れたのだろうね」

宮は返事しかねて顔をそむけていらっしゃる。面瘦《おもや》せ、物思いに沈んでいられるお姿は上品で愛らしかった。

宮を見ると、源氏は思わず吐息まじりに、いわずにいられない。

「あなたの子供じみた幼さを院が見ぬいていらっしゃればこそ、あんなにもご心配なさったのだ、と今になって思い合わせられる気がしますよ。これからも気をつけて下さいよ。こんなことは申上げたくないのだが、……深いお考えもなく、甘い言葉に釣られやすいあなたのお心には、私の態度が情うすいように思われたかもしれぬ。また、年のいった私など、若盛りの青年にくらべられると見劣りして、軽んじ侮《あなど》られるかもしれぬ。あれこれ思うと私は口惜しくも不愉快にも思うのですが、どうか、院のご在世の間だけでも、せめてお身をつつしんで下さいよ。そして院がおきめになったこの縁を重んじて、私をも軽んじないで頂きたい。――ま、宮には、ほかに大切に思われる方もあるかもしれませんがね」

源氏は、諄々《じゅんじゅん》と話しつづける。かねてから出家の願いがあったのだが、院に、宮のご後見を頼まれ、そのお心もあわれに嬉しく、棄《す》てようと思ったこの世に永らえて、若い宮と人生をすごすことになったこと。いまはほかに気にかかる人もなくなり、宮ひとりが、源氏の、この世の絆《ほだし》になっていること。

院ももうお長くはあるまい。それなのに、宮の思いがけぬ浮いた噂などお耳に入ってはさぞお心を乱され、仏道修行のお妨げとなろう。

「くれぐれも、自重なすって下さいよ」

源氏は、はっきりと指摘したわけではないが、宮は、源氏の話のあいだ中、責められる心地で、涙をひまなく流されて、われにもあらずぼうっとしていられる。

源氏は自己嫌悪《けんお》におちいって、

「ああ、人のことでもくどくどしいと聞いていた年よりのくりごとを、いま、自分がいうようになったか。あなたも『うるさい説教をする老人よ』と、いっそうお嫌いになるだろうね」

と自嘲《じちよう》しつつ、硯《すずり》を引き寄せて手ずから墨をすり、紙などを見つくろって、お返事を書かせようとするが、宮はお手もわななき慄《ふる》えて、お書きになれない。

（衛門督が、あんなにこまごまと書いていた恋文の返事は、さらさらとお書きになったであろうものを）

と源氏は思うと、宮が憎くなる。いとしさと憎さで、交互に心はゆすぶられ、あげくに疲れはてて、すべてがいやになるのであったが、ともかく、いろいろ言葉を教えて、お返事をかかせた。

院の五十の御賀がのびのびになっている。

女二の宮が、先に立派なお祝いを催されているので、三の宮もいつまでもお延ばしになるわけにはいかなかった。

「日が経つほどそのお姿も見苦しくなるし、年の終りはあわただしいが、十二月に催しましょう。院はあなたにお会いになるのをまちかねていらっしゃる。そんな暗い顔をなすってはいけません。くよくよせずに、明るく気を取直して、面やつれなさったそのお顔を、もと通り、ふっくらとなさらないといけないね」

などと源氏は、宮の頬を両手ですくっていいながら、さすがに可愛いのであった。

宮を見ていると、反射的に衛門督のことが思われる。何か邸で風流な催しのあるときには、必ず呼び寄せて相談相手にしていたが、この頃は絶えて便りもしなかった。「人もあやしく思うだろう」と源氏は思うのだが、顔を合わせるのもいやであった。自分の間《ま》ぬけ面《づら》を見られるのも恥ずかしく、柏木と面《めん》と向えばどうしても動揺は抑えられないだろう、とも考える。だから、ずいぶん長く、柏木が邸へ出入りしないのもうちすてていた。

世間の人は、柏木が病中でもあり、また六條邸でも病人を抱えて、管絃の遊びなどしばらく催しごとがないからだろう、と思って、特に不審はもっていなかった。

ただ、夕霧の大将のみは、

（何か、あるな……）

といぶかしんでいた。

（あの蹴鞠《けまり》の日以来、衛門督は変った。もしかすると……）

と思っていたが、その夕霧でさえ、まさかあの一件が、くまなく源氏に露顕《ろけん》してしまっているとは、思いも染めないのであった。

十二月になった。朱雀院の御賀は十日すぎときめられた。六條院では、舞などの練習に大さわぎである。

紫の上は、二條院で養生していたのだが、この試楽が聞きたくて、とうとう六條院へ帰ってきた。女御の君もお里帰りなさる。久しぶりの音楽の催しとて、邸の人々の心は浮き立っていた。

女御の君に、こんどお出来になったのは、また男御子《おとこみこ》であった。次々に美しい若宮がお生まれになるのを、源氏は可愛く嬉しく思う。

試楽には、右大臣の北の方、玉鬘も六條院へ来た。

こういう折に、衛門督を呼ばないのは淋しく、催しも引き立たないで栄《は》えない。柏木はこんな席に欠かせぬ風流な趣味人として、有名なのだ。人もあやしむであろうと、源氏は招待したのだが、

「病気が重うございまして」

と、断わってきた。

どこがとくに悪いという病気ではなさそうなのに、やはり自分の前へ出て来られないせいであろうかと源氏は思うと、さすがに青年が哀れであった。押してもう一度、丁寧な招待状を送った。柏木の父の大臣も、

「どうしてご辞退したのだ。ひがんでいるようにお思いになるかもしれぬものを。そんなに重病というほどでもなし、元気を出してぜひ伺うがよい」

とすすめた。源氏が重ねて招くのを辞退するのも不自然である。柏木は、苦しい心を抱きながら、六條院へいった。

源氏はいつもと同じように、そば近い御簾《みす》の中に柏木を招いた。

なるほど、病気というのはまことらしく、衛門督はひどく痩せている。顔色は青ざめ、いつも思慮深げな様子の青年が、今日はいっそう、沈んでおちついている。品のよい青年で、これなら、内親王の婿君としても恥ずかしくないようなものの、しかし道ならぬ恋のうしろ

暗さだけは許しがたいと、源氏は衛門督を見る目が鋭くなる。

だが、源氏は、さりげなく、やさしくいう。

「ずいぶん久しぶりだね。私も長いこと病人の世話に追われていてね。三の宮が院の御賀をなさる計画がだんだんに延びてしまいましたよ。御賀というと大げさなようだが、わが家に生《お》い出た一族の小さい子供たちの舞でもご覧に入れようと思ってね。それの拍子を調《ととの》えるのは、あなたをおいてないものだから、長いこと来て下さらぬ恨みも忘れて、お願いした次第ですよ」

衛門督のほうは、何の底意もないようにみえる源氏ではあるものの、顔色も変る気がして、とみに返事もできなかった。

「持病の脚気《かっけ》で、寝込んでいまして、長いこと失礼しました。ご病人のお見舞いもいたしませず……。

朱雀院の五十の御賀は、ご恩も蒙《こうむ》っておりますので、父にすすめられ、病いをおして参上しました。院は、俗世をはなれて行ない澄していられる御身、むしろ仰々しい御儀式はおのぞみではないように拝察されます。それより静かに積もるお話でもなさりたいようでございます。内輪に、略式になさる方がお心に叶いましょう」

と、衛門督は、やっとのことで意見を言った。

先の女二の宮の催された御賀はいかめしく盛大であったが、柏木はそのことを言い立てたりしない。そういう心くばりが、やはり、この男はゆきとどいている、と源氏はうなずくところがあった。

「そうか、いや、そういって頂いてほっとした。ご覧のように、このたびは簡素な催しでね。世間は志が浅いと見るかもしれないが、簡素な方が、院のお心に叶うと、あなたが保証して下さったので、安心した。夕霧は実務家だが、こういう風流は向いていないのでね。こんなことには、やはり、あなたをあてにしたくなる。朱雀院は、世を捨てていられても音楽に深い造詣《ぞうけい》をお持ちのかただ。ぬかりのないように準備しなければ。どうか、大将と共に、宴の世話をして頂けないだろうか。舞の童《わらべ》たちの衣裳《いしよう》や心得など、気のついたことは注意してやって下さい」

などと、親しみをこめて源氏がいうのを、柏木は嬉しくもあり、辛くもあり、冷汗が出るようにもおぼえ、おのずと口少なになって、源氏の前を一刻も早く立ち去りたかった。いつもは、こまごまと、むつまじく語り合うのに、怱々《そうそう》に座を立ってしまった。

柏木は、楽人《がくにん》や舞人《まいびと》の装束に趣向をこらし、さまざまなくふうを加えて、いやが上にも洗練された趣味で、全体の宴の雰囲気《ふんいき》をととのえようとした。柏木のようにすぐれた趣味人でなければ、出来ないことなのである。

邸の婦人たちも、試楽を見るので、見物のし甲斐《がい》のあるように舞の少年たちは衣裳をそろえていた。青色の袍《ほう》に蘇芳襲《すおうがさね》である。楽人三十人は、白襲であった。

築山の南の裾から正面に出るあいだ、仙遊霞《せんゆうか》という曲が奏でられる。梅が咲きそめて美しい日である。

玉鬘の生んだ右大臣家の四郎君《ぎみ》、夕霧の三郎君、兵部卿の宮のお子、これらの家柄よき美しき少年たちが、次々に「万歳楽《まんざいらく》」や「皇麞《おうじよう》」といった舞を舞うのであった。そのみやびやかさ、愛らしさ、年とった上達部《かんだちめ》たちは涙を落し、式部卿の宮も、孫宮かわいさに、鼻を赤くして涙ぐまれるのである。源氏は、

「年とると酔うて涙のこぼれるのは抑えがたいものですね……おや、衛門督が私を見て笑っている……年よりのくりごととお笑いなのかな」

といい、じっと衛門督に視線をつけ、青年は凝然《ぎようぜん》となった。彼は、この楽しい宴の最中もひとり沈み、笑ってなどいなかったのに……。

「衛門督は、私の老いぼれを嗤《わろ》うていられるのかもしれぬ。恥ずかしいことだ」

源氏は、わざと、柏木を名指していう。

青年は一座の視線を一身に浴びて、言葉も出ない。

「だが、君の若さも、ほんのひとときだよ。逆さまに流れぬのが年月というもの——誰も誰も、老いから逃げることはできないのだよ。なあ、衛門督よ」

源氏はじっと柏木に視線をつけている。

宴のあいだ中沈みこんでいる青年が、何を嗤おうか。敢て名指している源氏の真意は、青年の胸にひびいた。若さへの嫉妬、憎しみが、宮を掠《かす》められた苦しみと綯《な》いまぜられて、隠微な恨みつらみとして、噴きあがるようだ。その毒を、全身に受けたように、衛門督は感じ

たのである。

源氏は酔ったふりをしているが、酔わない眼を青年に、ひたとつけている。人々は座興のたわむれごとと思っているが、柏木は、胸もつぶれるばかりであった。

盃がめぐってきても、柏木は頭が痛くなって飲むふりをして紛らせている。

「お、これはしたり、まだ足らぬそうな」

と源氏は彼に盃を持たせ、たびたび、強いた。

「お許し下さい、もうこれ以上は」

と当惑してもてあましている柏木の衛門督の姿は、ほかの青年たちより、やはりぬきんでて、上品に美しかった。

そのうち、青年はほんとに気分がわるくなってきて、堪えられないので、宴半ばでそっと退出した。

(どうしたというのだ、この乱れ心地は。いつもなら、もっと酔っても、こうまで気分わるくならないのに。やはり、六條院に対する苛責《かしやく》の念で、のぼせていたのだろうか。――これほど意気地のない自分とは思わなかった。ええ、不甲斐ない)

と青年は、自分に舌打ちしたい気だった。

だが、彼の体調の異変は、一時の酔のためだけではなかった。そのまま引きつづいて柏木は寝込んでしまった。

父君の大臣も母君の北の方もひどく心配して、

「手もとで養生させたい」

といった。

柏木は、北の方の女二の宮のお邸で、そのまま患《わずら》いついて寝ていたのである。

「あちらへお移りになりましては、わたくしがご看病することも、かないませんのね」

と二の宮は悲しまれた。

柏木も、いま二の宮に別れてしまうと何となく、このまま限りになりそうで悲しかった。情《じよう》のうすい夫婦仲ではあったが、それはまだ将来があると信じていたから、のんきにうち棄てられたのであった。しかし、もしや最期ではないかと、心ぼそくなってくると、今まであまりにも疎々《うとうと》しく、水くさかった妻との仲が省みられ、心のこりに思われる。このまま、永久に別れてしまったら、どんなに二の宮は、はかなくも悲しくも思われるであろう。

柏木は、今更になって、二の宮につれなかった自分を、すまない、と思う。

宮の母君の御息所《みやすんどころ》も、お嘆きになった。

「世間の常識では、親はともかく、夫婦はどんな折にもお離れにならぬのがならわしですわ……あちらのお邸でご養生なさるといっても、私どもは心がかりでなりません。どうぞ、今しばらくでも、こちらで療養なさいまし……」

と、柏木に訴えられる。

「ご尤《もつと》もです」

柏木は、今になって、二の宮にも御息所にも謙虚な気持になっていた。

「数ならぬ身の私が、勿体《もったい》なくも内親王を頂くことになりました。その光栄のためにも、長生きして出世もし、宮を幸わせにしてさしあげたいと思っていましたのに、思いがけずこんな病気になってしまって、私の真心を、宮に知って頂くこともできなくなりました。宮をおいて、死ぬにも死ねない心地でございます」

柏木も泣き、なかなか、父の邸へ行こうとしなかった。

母北の方は、柏木が来ないので気が気ではなく、

「なぜ、すぐに親に顔を見せてくれないの。私は病気のときは、ほかに子供はたくさんいても、まず、長男のあなたを頼りにして会いたく思うものなのに。気がかりだから、早くこちらへ移ってきて」

と、あちらはあちらで、息子を案じていた。

柏木はしかたなく、宮に、

「母もあわれなので、あちらへゆきますが、もしや危篤とお聞きになったら、そっとお忍びで、あちらの邸へ会いに来て下さい。きっとですよ。あなたに会わなければ、死ぬにも死にきれない」

柏木は、宮のお手をとって握りしめた。

「私を許して下さい。おろかに、罪深い私を。あなたに冷たくしたようにお思いだったかも

しれない。今は心から、そのことを後悔しています。……こんなに短い命とは知らずに、将来をたのみにしていました。もし、こんなに早く、あなたと別れると知っていたならば……」

しかし二の宮は、その先をお聞きになることはできなかった。

宮ご自身、泣きくれていられたし、大臣邸から迎えが来てしまったから……。

宮は一条邸にとどまられて、柏木を恋しく心細く泣きくらしていられた。つれない夫よと思われたときもあったが、別れる間際の柏木の声も眼の色も、嘘《うそ》はなかったと、宮には感じられたからだった。

大臣邸では柏木を待ち受けていて、早速、加持よ祈禱よと、さわいでいた。

柏木の容態は、急に危篤になったというのではなく、次第次第に弱ってゆくのである。幾月か、食事も咽喉《のど》に通らないのが、いまは、ほんの少しの柑子《こうじ》のようなものさえ、食欲はおこらない。何か、ものに引き入られるように衰弱してゆくのであった。

柏木のように当代一流の学識ある人物が重病だというので、世間は惜しみ、見舞いに来ぬ者はなかった。御所からも、朱雀院からもお見舞いは始終来た。親たちはそれにつけても悲しみ惑うていた。

六条院の源氏もおどろいて、たびたび父大臣に見舞いをした。夕霧の大将はふだんから仲のよい親友なので、病床を自身見舞って嘆いていた。

朱雀院の御賀は十二月二十五日にあった。柏木が重い患いをしているので、身内の上達部《かんだちめ》など、心が引き立たないのであるが、次々に延びてきたことなので、中止するわけにはいかなかった。

御賀をつとめる女三の宮は、柏木の重病を何と聞くであろう、と源氏は思う。

幼げなお心にも、やはり悲しいであろうか。恋は、世間知らずの宮を、すこしは成長させたであろうか。

落葉ふる柏木《かしわぎ》の
嘆きの巻

衛門督《えもんのかみ》の病いは癒《なお》らないままに、年も明けた。

父母の嘆きを見ると、柏木は、親に先立つ不孝の罪をひしひしと感じる。内心には、もはや、命を捨ててもよいとさえ思うのであるが……。

幼い頃から、自尊心あつく、人に負けるまいと理想を高く持っていた。しかし、女三の宮を所望《しょもう》して得られず、あれから自信を失《な》くしてしまった。世の中がすっかり味気なくなり、一時は出家遁世《とんせい》を考えたりもしたが、親たちの嘆きにためらいつつ、そのうち、世にもおそろしい罪にまよいこんでしまった。

人の妻になったその人を忘れられず、世の埒《らち》や掟《おきて》を超えて愛してしまったのだ。

しかもその夫の源氏は、世の中の第一の実力者であり、私的にも、長年、自分を何くれとなく面倒を見、愛しつづけてくれた人。

そういう人を、裏切ってしまった。

もうこれで、世の中にも立ってゆけない。人交わりもできぬ身になった。

何の面目あって、源氏にも、二度と顔を合わせられようか。知られてしまった上は。

だが、そういう袋小路に追いつめたのは、ほかでもない、自分自身なのだ。誰を恨もうすじもないのだ。神仏をお恨みしても仕方ないのだ。これもみな、自分の宿命かもしれない。どうせ限りある命なら、このまま死んでもいい。世の人にも、

（柏木《かしわぎ》は、もしや、宮に？……）

と仄《ほの》かに拡まって惜しまれるかもしれない。

（恋に死んだ若者よ）

と泣いてくれる人もあるかもしれない。

いや、なによりも、あの佳《よ》き女《ひと》が、自分の死をあわれと思い、ひとしずくの涙をこぼしてくれるかもしれない。向う見ずに燃えた恋の火に身を灼《や》いて、失った命も、それでむくわれよう。

もしこの上永らえていれば、きっとあの女《ひと》との浮名が、いまわしく世には流れよう。生きての浮名は、あの女《ひと》も自分をも汚してしまう。死は、すべてを浄化するであろう。

それに、自分に憎しみを持っていられる源氏の院も、死ねば許して下さるであろう。死は、どんな罪をも消してしまう。

自分は、宮との恋のほかには、何の罪もおぼえがない。この年来の院のご愛情も、自分が死ねばまた、もどってくることであろう。

……柏木はそんなことを思いつづけつつ、人にいえない涙を流していた。

人のいない間に、彼は、宮にあてて、手紙を書いた。

「いまは限りの命と、風の便りにお耳にも入っていましょうに、どんな具合かとおたずねも下さらないのは、ご尤《もっと》もと思いながら、辛《つろ》うございます」

手は、病気で力も出ず、慄《ふる》えて、思うことも充分書きつづけられない。

「私の命終る日、なきがらは燃えても、あなたを思う心は、いつまでも燃えません。永遠に、くすぶりつづけることでしょう。あわれとだけでも、ひとことを。そのお言葉を私は、ひとり赴く死の闇の道の光として逝《ゆ》きます」

柏木は、それを小侍従《こじじゅう》に渡した。小侍従も、古く馴染《なじ》んだ柏木の重病に涙ぐみ、受けとらずにはいられなかった。

「どうぞこのご返事だけは。ほんとうに、これだけは。あのかたの、最後のお文でございます」

と、小侍従は宮に必死に申上げるのであった。

「わたくし自身も今日か明日かに思われるのに……」

宮は、お書きになろうとなさらない。

「柏木が最期《さいご》と聞けば、それはわたくしだって悲しいけれど、手紙だけはいや」

と宮は呟《つぶや》かれた。

「この前のことで、手紙はもう、懲《こ》りたの」

宮は分別や才覚のおありになる方ではないが、それでも、柏木とのことを源氏に知られて以来、源氏が時折仄めかす言葉や態度のきびしさ、冷たさだけは、おわかりになるのだった。

小侍従はそんな宮を言葉をつくして説得し、お硯《すずり》まで世話をしてすすめたので、宮はしぶしぶお書きになった。小侍従はそれを頂いて、宵闇《よいやみ》にまぎれ、人目を忍んで柏木の邸《やしき》へ行った。

邸内は修法《ずほう》や読経《どきょう》の声がまがまがしく充満していた。父大臣はいまはもう、何かにすがりたい思いで、人が、あの験者《げんざ》がよい、この山伏《やまぶし》がよい、というままに、息子たちをやって集めさせ、祈らせているのだった。だから邸内には人相のわるい山伏などまで、いっぱいに詰めているのであった。

柏木の病気は一向に回復しない。陰陽師《おんみょうじ》たちは「女の怨霊《おんりょう》のしわざです」というが、それらしい物の怪《け》も現われない。父大臣は心痛して、いまは手当り次第に、たのみをかけるのであった。

葛城《かずらき》の山からは、聖《ひじり》と呼ばれる験者もきた。

大男で目付きの冷たく気味わるい聖は、荒々しくおそろしげに陀羅尼《だらに》を読む。

柏木は聞いていて、まるで地獄からの呼び声のように不吉なものを感じ、聖の声を憎んだ。

「もう寝た、と申上げてくれ、父上に」

と女房たちをして言わせると、父大臣は彼方《かなた》で聖にそっと、

「病人はやすんでいるようです」

といっている。

この大臣は年はいっても陽気で賑《にぎ》やか好きの性質で、よく笑う人であった。それが今はめっきり老《ふ》けこみ、心痛のあまり笑いも忘れ、こんな山奥の荒々しい験者に頭を下げてたのんでいるのだった。

「どうか、あれに憑《つ》いている物の怪を追い払って下され。一日も早う本復《ほんぷく》させてやって下され、頼みます、頼みます」

「聞いたか、小侍従」

柏木はそっと招き入れた小侍従にいう。

「お気の毒な父上。父上は何もご存じない。私の罪でこんな病いになったとはご存じもなく、心をいためていられる。おいたわしいことだ。——験者たちは、私に女の霊が憑いているというが、それは宮の生霊《いきりよう》だろうか。ああ、もしそうならどんなに嬉しいか。われながら厭《いと》わしいこの身も、尊く思えるというものだ。それにしても何という大それた罪を犯したものだろう。わが身を滅ぼし、あの女《ひと》をも追いつめてしまった。院に過《あやま》ちを知られた上は世に生き永らえることもできない。院にお合わせする顔もない。

あの宴のとき、私を射すくめるように見られた院の眼の光に、私は心をかき乱された。そ

のまま魂はわが身を離れてわずらい付いてしまったのだよ。

私の魂よ。私の霊よ。

どこへ迷ってゆこうとするのだ。

もし六條院の邸のうちにさまようものならば、宮のおそばに留《とど》めておいてくれ」

柏木はよわよわしく、脱け殻のようなようすで、泣いたり自分を嘲《わら》笑ったりしつつ、小侍従に語るのであった。

「宮さまもおやつれになって、肩身せまく、物思わしげに、小さくなってお過ごしでいらっしゃいますのよ」

と小侍従は宮のこのごろのさまを伝えた。それを聞く柏木には、しょんぼりと沈みこんで面瘦《おもや》せていられる宮のお姿が、目の前に見える気がする。いとおしく恋しくて、心は痛いまでに切なく、なるほどこれでは自分の魂は宮のおそばへまつわりついているであろうと、やるせなかった。

「もう止《よ》そう。今更に宮のことを口に出してもどうもならない。今生《こんじよう》でお目にかかれることは、もうないだろう。私の執念だけがこの世にいつまでも残って、宮のおそばにまつわりついていることだろう。宮は生々世々《しようじようせぜ》、私の執念に妨げられなすって、成仏《じようぶつ》がお出来にならないかもしれない。それを思うと、いとおしい。——せめては、ご安産なさった、ということだけを生きているうちに聞きたいが、無理かもしれないなあ。

宮が私の子をお産みになることを、前以《もつ》て予感したことがあった。そんなことをしみじみと語り合う人もいないのが侘《わ》びしいよ」

柏木が深く思い込んでいるさまが、小侍従にはすこし恐ろしかった。ただならぬ執念を不気味に思いつつも、さすがにあわれで、小侍従も泣かずにはいられなかった。

柏木は紙燭《しそく》をとり寄せ、宮のご返事を見た。お手蹟《て》はいつもながら頼りなげな字であるが、美しかった。

「おいたわしく存じますが、私がどうしてお見舞いにまいれましょう。ひとりでお案じするばかりですわ。お手紙では、なきがらは煙になっても、胸の思いは残るでしょうとありましたけれど、私も一緒に煙になりとうございます。苦しい思いはどちらがまさるかとの煙くらべに。

あなたに後《おく》れて生きていられるとも思えませぬ」

とだけ、書いてある。柏木はしみじみと嬉しかった。

「煙くらべか——。このお言葉だけが、生涯の収穫となった。この世の思い出はこれ一つ、とは何というはかないことだ」

といっそう泣いた。

臥《ふ》したまま、休み休み、宮への返事を書いた。文章もとぎれがちに、字もおぼつかなく、

「身は煙となって空へ昇っても、心はあなたのそばを離れはしないでしょう。私が死んだら、夕暮れにはとりわけ、空を眺めて下さい。もはや、あなたを咎《とが》める人目もなくお気持は楽に

なるでしょう。そして時々は、私のことをあわれな男と、お思い出しになって下さい。それも亡きあととなっては、甲斐《かい》ないお心づくしですが」

と乱れて書いているうちに、気分が悪くなってきたので、

「もう、これでいい。あまり夜が更《ふ》けないうちに帰って、宮に申上げてくれ、今を限りの様子に見えました、と。世間で、宮と私のことをあやしく思い合わせたりしないか、と今更になって心配だよ。どうしてこうも苦しい恋に捉《とら》えられてしまったのか」

と泣きながら内へはいってしまった。いつもなら、小侍従をいつまでも引きとめ、無駄話をしたりしていたのに、今は弱って口数も少なくなっているのが、小侍従には悲しかった。

小侍従の伯母《おば》である乳母《めのと》も、泣いていた。父大臣もうろたえまどい、

「昨日今日、少しよくなったように見えていたのに、どうしてこうも弱ったのか」

と嘆いている。

「これまでの命だったのですよ、父上」

と言いながら、青年の頰《ほお》を、人知れぬ涙がひまなく流れおちるのである。

宮はその日の夕方からお苦しみになっていた。いよいよ御産がはじまるとみて、女房たちは大騒ぎして源氏に伝え、源氏もおどろいて宮の御殿へやってきた。源氏は内心、

(ああ、何ということだ。はっきりとわが子とわかるならば、久しぶりの誕生とてどんなに嬉しいだろうに)

と口惜しい気持があるが、そんな気配は人には塵《ちり》ほども洩《も》らせないことなので、験者などを呼んで、いかめしく修法や加持《かじ》をさせる。

夜《よ》一夜《ひとよ》、宮は苦しみ明かされて、日がさし昇るころ、男児をご出産になった。

男の子と聞いて源氏は複雑な気持である。生まれた子が、あいにく柏木にそっくり似ていたら何としようか。女の子なら深窓に育って人と顔を合わせることもないからよいが、男の子なら、口うるさい世間に何かと陰口を利《き》かれはすまいか、などと思ったりする。

しかしまた、男の子でよかったとも思う。暗い秘密を負って出生した子は、手のかからない男の子の方がよかったかもしれない。

それにしてもこの運命のおそろしさ、不思議さ。

自分が生涯、恐れていた罪の報いが、いま目の前に現出したのだ。運命はいま自分に、報復を加えたのだ。現世で、意外なところで源氏は不意打ちの報いをうけた。その分、後の世の罪も軽くなるのではなかろうか、と源氏は思ったりもする。それは、これから、この子を見るたびに受けるであろう苦しみを、今から予感していることでもあった。

無論、人はそんなことは知らない。

「こんなにご身分のたかい宮さまにおできになったお子ですし、また、おそくに儲《もう》けられた若宮ですもの、さぞお可愛くおぼすことでしょうね」

と喜び合って、けんめいに世話をしている。産屋《うぶや》の儀式、出産祝いのさまざま、いかめしく立派であった。五日の夜は中宮からお祝いがある。源氏は邸の下々《しもじも》に至るまで招いて盛大に振舞った。

七夜は、産養《うぶやしな》いの日で、御所からも公式の祝いがあった。柏木の父の大臣は、こんなとき格別に祝うはずであるが、いまは柏木の病気が心配で、ひと通りの祝いだけであった。しかし、親王がたや上達部《かんだちめ》は大勢、参上した。

源氏は、祝賀の空気に馴染《なじ》めないで、客を接待する気にもなれず、管絃の遊びなどは行なわれなかった。

宮は、かぼそいお軀《からだ》に、おそろしい出産を経験なすったので、動転していられて、お薬湯《やくとう》なども召し上らない。

あれこれと物思いをつづけられて、

(もう、いいわ、いっそこの機会《おり》に死んでしまいたい……)

などとお思いになる。

源氏は生まれた子を見ようともしない。

そんなことも、宮のお心を苦しめていた。

産養いの儀式は世にとどろくほど盛大に立派にやって、人目を体裁よくつくろっているだけで、源氏は子供を見ることに興はないらしい。

年とった女房たちは、

「まあ、殿の冷淡でいらっしゃること。久しぶりのお子の誕生というのに。それに、こんなにかわいい若君でいらっしゃるのに」

などと、赤ん坊をいつくしんでいる。宮は小耳に挟《はさ》まれて、

(お疎《うと》みになっていらっしゃるのだわ、この子もわたくしも。これからはだんだんと冷たいお仕打ちがまさってゆくかもしれないわ)

と思われると、源氏が怨《うら》めしくわが身が辛く、

(尼になってしまいたい)

という考えが、宮のお心のうちに大きくなっていった。

源氏は夜を、宮のおそばですごすことはもう、なくなっている。

昼の間にいって、

「このごろ私はなぜか、世の中がはかなく行末《ゆくすえ》短く思われてね。仏の道に心を入れておつとめしていますよ。赤ん坊の泣き声などは煩《わずら》わしくなってこちらへ足が向かないのだが、いかがかな、少しは気分がさっぱりしましたか。気にはなっていますが」

と几帳《きちょう》のうちをのぞいて、臥していられる宮にいう。

宮にはそのことばも冷たくひびいた。生まれたばかりのみどり子に対しても、何というつれない言い方であろう。宮はお頭《つむり》をもたげられて、

「もう長く生きていられないような気がいたします。お産で死ぬのは罪が重いということですから、いっそ尼になってしまおうと思います。そうすればその功徳《くどく》で命をとりとめること

ができるかもしれませんわ……もしまた死にましても、罪障が消えるかもしれませんもの」

と、いつもよりは大人《おとな》びた様子でいわれるのであった。

「何を不吉な。どうしてそうまで思いつめるのです。お産は恐ろしい大役ですが、死ぬものと定ったわけではないのですよ、元気をお出しなさい」

そう答えながら源氏は内心、

（本当にそう思っていられるのか。もしそのお覚悟があるなら、尼になられて私がお世話するというのもむしろ落ち着いていいかもしれぬ。宮も何かにつけ、あのことにこだわられ、自分もまた、宮の過失を忘れることはできない。こんな状態でいては、やがておのずと人にも見咎められ、朱雀院《すざくいん》のお耳にも入ろう。院が自分を薄情なものとお恨みになるだろうことも心苦しい。そんなことになるよりは、いっそ宮のご病気をよい折に、尼におさせ申した方が）

と思ったりする。しかしまたうら若い宮を尼姿にさせるのも残り惜しく、こんなにも長いみどりの黒髪を短くしてしまうのも勿体《もったい》なく、いたましい。

「やはり出家《しゅっけ》はお許しできぬ。お気を強くお持ちなさい。大したことはありませんよ。もうだめかと思った対《たい》の上でさえ、回復した例もあること、気の持ちようですよ」

などといって煎《せん》じ薬《ぐすり》など宮におすすめする。

宮は透《す》き通るように青ざめ、痩せ、手に取ると消えるかのようにはかなげなご様子で、臥していられる。なよなよと力なく愛らしく、それを見る源氏は、どんなあやまちがあるにせよ、許さずにいられないようにも、思うのであった。

山のみかど（朱雀院）は三の宮のご安産をお聞きになって、なつかしくお会いになりたく思っていられる。まして宮のご病気を聞かれてはいっそうご心痛で、朝夕の勤行《ごんぎょう》も乱れがちでいられた。宮がものも召し上らないで衰弱されて、「父君が恋しくてならない。もうお目にかからずに終るのかもしれない」とお泣きになっていると聞かれると、堪えがたく、居ても立ってもいられぬ気持になられて、急に、夜にまぎれて六條院へお渡りになった。

突然のことなので、源氏はおどろき恐れ入ってお迎えする。

「出家の身で、子供可愛さだけは思い切れません。会えずにこのまま、あの子に先立たれましては、あとあとまで思いがのこるだろうと、無理にこうしてやってまいりました」

朱雀院はしおれて仰せられる。いかめしいご法衣ではなく、人目をしのんだ墨染《すみぞめ》のお衣が、上品で清らかであった。

源氏はうらやましかった。自分のようにいまだに愛執煩悩《あいしゅうぼんのう》の地獄からぬけ切れない身とちがって、仏の道に日夜いそしまれる清らかな院のご生活が。

「大したご病気ではないのですが、ここ何か月か衰弱されて、ものも召し上らないので、いっそう弱られたようなのです」

と源氏は宮の病状を説明して、「失礼な場所ですが」と御帳台《みちょうだい》の前にお敷物を用意して入れた。女房たちが宮をお起こしして、床《ゆか》の下《しも》にお坐らせする。

「やってきましたよ。私に会いたかったとか。さぞ心細かったろうね」

と院はお涙を抑えられる。宮も弱々しく泣かれて、

「わたくしはもう長く生きられない気がします。こうしてお越しになったおついでに、尼にして下さいまし」

と父院に願われた。

「尼に」

朱雀院は驚かれたが、全然、思いもよらぬというようなことでなく、お心のうちに一抹《いちまつ》、
という気持もおありになる。しかし宮には、

（ああ、やっぱり……）

「そういうご本意があるのは尊いことだが、寿命のほどはわからぬもの、若い人は早まって出家しても、のちに後悔して世間の誹《そし》りを受けるようになる。まあしばらく、ようく考えて……」

と仰せられたが、源氏には少しちがう口吻《くちぶり》でいわれる。

「宮自身が望んでいることとゆえ、もしこれが最後ならば、しばらくの間でも出家させて、その功徳があるように、はからってやればいかがでしょう」

「この頃はいつもそのようなことをいわれるのです。物の怪《け》などが人の心をたぶらかして出家を勧めることもあるのだからと、私は聞き入れないのですが」

と源氏は苦しい気持でいった。

「物の怪がたぶらかすといっても、悪いことを勧めるならともかく、こう弱っている人が、これを最後と頼むのですから、聞いてやらないとのちのちまで悔いを残すことになりませんか」

院はお心のうちに考えられる。源氏ならばと安心して姫宮を托《たく》したのに、源氏の愛は薄く、宮は幸わせそうでなかった。不満はあるが、口にすべきことでもない。宮が疎んじられているという世の噂《うわさ》は口惜しいが、こんな際に出家させてしまったら、物笑いにもならず、源氏を恨んでの仕打ちともみえなくて、いいかもしれない。やはり何といっても源氏は頼りになる男であるし、憎んで別れたというふうな形でない方がいい、……おお、そうだ、故桐壺院《きりつぼいん》から遺産として頂いている邸がある、そこを修理して宮を住ませよう。自分の存命中に尼になるなら、心配のないようにしてやりたい。また、何かといっても源氏はよも、宮を見捨てはしないだろうと、あれこれ考えつづけられて、静かに、言い放たれた。

「では、こうして参ったついでに、せめて五戒《ごかい》をお受けなされて仏との縁を結ばれたがよろしいでしょう」

「何ということ、しばらくお待ち下さい」

源氏は、宮を疎ましがり、憎んでいたことも忘れ、堪えられずに几帳を押しやって宮のそばへ寄った。いちどは考えたこともあるものの、やはり宮を失うのは惜しかった。

「なぜそんなことを申されます。あといくらも長生きできぬ私をふり捨てて、なぜそんなご決心をなさいました。お気持を鎮《しず》めて下さい。お薬湯を召しあがれ。食事をなさいませ。まず、まず、ご健康をとりもどされることです。それから、出家のこともお考え下さい。尊いご決心も、お体がよわくては修行もかないますまい。まず、そのご病気を癒《いや》されてから……」

源氏は必死にかきくどくのであるが、宮はお頭《つむり》を振られて、一こともものいわれない。愛らしい唇はかたく結ばれて、言葉は洩れない。ひややかな宮の沈黙からは、

（そんなことをおっしゃるのは、うわべだけのみせかけのお優しさ。すべて、世間態《てい》をつくろうためのつれないお言葉。しんから、わたくしの出家を惜しみ、わたくしをいとしんでくださるのではありますまい）

という無言の抗議が感じられる。

子供っぽい宮ながら、さすがに心のうちでは、自分の仕打ちを冷酷な、と思っていられたのかと源氏は今さらのようにわかって、宮がいじらしくなる。

源氏が反対し、宮が沈思され、あらがわれ、また、源氏の哀訴に、いくども議論が交されるうち、夜は明けはじめていった。

「帰るのに昼となっては、明るすぎて人目にもつく。いま、この間に」

と院はお急ぎになり、宮のご受戒の用意をされた。ご病気祈願に詰めている僧の中に、身分の高い尊い僧を呼び入れ、宮の御髪《ぐし》をおろしてさし上げた。今を盛りの清らかな御髪をそぎ落し、五戒をお受けになる作法の悲しさ、とり返しつかぬくちおしさ、源氏は見るに見ら

れなくて、涙ぐんでしまう。

院はもとよりであった。

格別にお可愛がりになって、人よりも幸福に、と願われた三の宮を、この世では生き甲斐《がい》もない尼姿にしてしまった意外さ、悲しみに、涙にくれてしまわれる。

「こんなお姿の宮を見ようとは。でもまあ、早く回復されるように。尼となられたからは念《ねん》誦《ず》をおつとめなされよ」

と宮に仰せられていそいで明けきらないうちに六條院を出られた。宮は消え入るように弱々しくなられて父院のお見送りもおできになれない。

「夢のような気がします。せっかくの御幸《みゆき》のなつかしさも、意外な宮のご出家にとりまぎれて……何も申上げることもできません」

源氏はとり乱したままである。朱雀院はいまはかえって、源氏を慰めるようにいわれた。

「この年月、宮をお世話頂き、おかげで私も心安く過ごしてきました。もし宮が命をとりとめ、本復なさったときには、尼姿で、人の出入りの多い住居《すまい》はふさわしくありますまい。さりとて草深い山里も心細いでしょうし、その折はまた、どうか考えてやって下さい」

「何とご返事してよいやら……行き届かぬお世話が省みられ、恥ずかしゅうございます。心が乱れてどうしてよいやらわきまえもつきません」

源氏は混乱して何を考えることもできない。

その夜半、宮のご病気平癒《へいゆ》の祈禱《きとう》最中、物の怪が憑依者《よりまし》に憑いた。

「ほほほほ。それごらん。対の上のお命をうまくとりとめたと思っていられるのが憎らしいので、こちらへきてさりげなく宮に憑いていたのだよ。とうとう宮を尼にしてしまってやった。さあ、もう帰ろうか、おほほほ、ほほ……」

と嬉しげに、笑う。

(あさましい。——六條の御息所《みやすんどころ》の物の怪がここにもさまようていたのか)

源氏は耳を掩《おお》いたいようで、宮があわれに思われ、世を捨てさせたことが惜しくてならないのであった。

柏木《かしわぎ》の衛門督《えもんのかみ》は、宮が出家されたことを聞いて身も心も消え入るように思った。もうもと通りの健康を回復することはついに無理なように思った。

もしこのまま命終るものならば、もう一度、妻の二の宮に会いたかった。

こちらの邸へ二の宮をお呼びすればよいのだが、高貴な身分は、こういうときに不便であった。宮は軽々しくお出歩きになれないのである。

「どうかして、あちらへいま一度、ゆきたいのです」

柏木は泣いていうが、両親はどうしても許さないのであった。

柏木は誰かれなしに見舞いにくる人をつかまえては、

「二の宮をよろしくたのむ」

といっているのも哀切なことだった。もともと、二の宮の母君の御息所は、この縁談に乗気になっていられなかった。それを、柏木の父の大臣が熱心に奔走して結婚に漕《こ》ぎつけ、院もしぶしぶお許しになったのだった。しかし、三の宮にくらべて、

「かえって二の宮の方が、幸わせな結婚だったかもしれない。頼もしい相手だから」

と洩らされたそうである。

柏木はそれをうかがって、心苦しかった。

「宮をお見捨てして逝《ゆ》くのが辛い。私の亡《な》いあとも、宮をお願いします」

と、母君にたのむのであった。

「何をいうの。縁起《えんぎ》でもない。あなたに逝かれたら、私も生きてはいられませんよ」

母君は泣いてばかりいた。二の宮のことどころではなく、柏木のことで今は、あたまが一ぱいなのだった。

柏木は、すぐ下の弟、左大弁の君にも、亡くなったあとのことを、こまごまと頼んだ。柏木は弟たちをよく世話して、やさしい兄であったから、みな、親のように柏木を頼っていた。弟たちは、柏木の言葉を聞いて泣かないものはない。

朝廷でも柏木の重病を惜しまれた。死期が近いと聞かれてにわかに、権大納言《ごんのだいなごん》に昇進させられた。喜びに元気をふるい起こすことにもなろうかと、ありがたい主上の思《おぼ》し召しにかかわらず、柏木は再び参内《さんだい》することもかなわなかった。病床からお礼を申上げるだけである。父大臣の悲しみはいうまでもない。

夕霧の大将《だいしょう》は、親友の死病を嘆いて、たえず見舞いに来ていたが、このたびの昇進のお祝いを述べにまっさきに来た。

門前には馬や車がたてこんで、人々はざわめいている。

柏木は親友の見舞いに起き上りたかったが、それもできないほど弱っているのが、われながらくやしかった。

「取り乱したさまをお目にかけて申しわけないが、君なら許してくれるだろう。ずっとこちらへ来てくれないか」

柏木は枕元へ招じ入れた。加持の僧などをしばらく退出させ、久しぶりで、夕霧と会った。

夕霧は幼な馴染みの友と、近い将来に別れることを思うと、胸が詰ってくる。今日は昇進の祝いを述べにきたのだから、少しは晴れやかな顔も見られるかと思ったのに、弱っている友の顔を見るのは悲しくも残念であった。

「どうしてこうも弱ったのだ。今日は昇進の喜びに少しは持ち直しているかと、楽しみにしてきたのに……」

と几帳の端を引き上げて、病む友に手をのべた。

「いやもう、自分が自分でないような気がするよ……」

柏木は烏帽子《えぼし》を形ばかり冠《かぶ》って少し起き上ろうとするが、ひどく苦しそうだった。

白い衣《きぬ》の、なよらかに萎《な》えたのを多く重ねて、その上に夜着をかけている。病床のあたりは清らかに片づき、薫物《たきもの》も香ばしく匂って、おくゆかしい風情《ふぜい》だった。重病人といえば、髪も髭《ひげ》も乱れ、むさくるしくなるものだが、柏木は瘦せ衰えながら、色白く上品にみえた。枕《まくら》を立ててそれに寄りかかり、夕霧にものいうさまは、息も絶え絶えで、弱々しかった。

「長患《ながわずら》いにしては、やつれてみえないよ。いつもより綺麗《きれい》にみえるよ」

と夕霧はなぐさめつつも、涙を落してしまった。

そうなると、もう制止ができなくなって、

「死ぬときも一緒に、と約束し合ったことがあったっけね――子供のころに。君はおぼえているかい？……それなのに、こんなことになるなんて。どうしてまた、こうまで病気が重くなったのだろう。親友の私にさえ、そのへんのところが、少しもわからない」

と、涙を拭《ふ》きながらいった。

「私にもわからないよ」

柏木は低い、弱い声でいった。

「理由もそれとはわからないうちに、日と共に衰弱してしまって、自分自身も正気を失った気がする。惜しくもない身を、祈禱や願《がん》で引きとめられるのも苦しくて、もう、早く死んでしまえばいい、と思ったりする。

心のこりはあるよ、無論――。親たちに孝養もつくさず、心配をかけ、主上にもまだ充分お仕えしていない。そのほか、自分の周囲にも心残りが多い。

とりわけて一つの悩みを持っているのだよ。こんな、最期《いまわ》のきわに洩らすべきではないかもしれないが、君のほかに誰に訴えられるだろう。弟たちにいうべきことでもないのだ。

それは何かというと、六條院と私の関係だ。

院との間に、少しばかり行き違いがあった……」

夕霧は、思いがけず、父の名が出たので緊張して聞いていた。柏木は苦しげにつづける。

「私は院に心の内でお詫《わ》びしていたが、それ以来、悩みが積もって、人前に出るのも気ぶせく、気分が鬱屈《うつくつ》してしまった。その頃、久しぶりに院のお召しがあって、朱雀院の御賀《が》の、試楽《しがく》の日に伺ったところ、院は、やはり私を許せないものと、怒っていられるらしかった。院は私に強い視線をあてられた。

私はそれに衝撃を受けてしまった。帰るなり寝付き、心は鬱々とたのしまず、生きる張りも精もなくしてしまった。

私は院を、子供の頃から敬愛していた。その心持をご存じでない筈《はず》はない。何か讒言《ざんげん》する者があったのかもしれない。

このことが、気がかりで、後世《ごせ》の妨げになりそうな気がする。どうか機会があったら、院によろしくお取りなしをたのむ。死んだあとでも、院のご不興が消えたら、君をありがたく思うよ」

夕霧は、苦しげに語り終えた柏木を見ながら、

(では……もしや彼は)

と思い当ることがないではないが、この際、たしかめるすべもなかった。

「それは君の疑心暗鬼じゃないのか。父はそんな様子は見えないよ。君の重態を聞いて残念がっているけれど——。それにしても、どうして今まで私に話してくれなかったのだ。そんなに苦しんでいたのなら、君と父のあいだに立って何とでも調停して、はっきりさせたものを……今になって、君……」

と、夕霧はとり返しつかないように思って悲しんだ。

「こんなに病気の重くなる前に言ってくれれば……」

「そうだね。も少し早く打ちあけて君に助けてもらうべきだった。しかしまさか、急にこうも重くなろうとは思わなかったので、うかうかと日を送ってしまった。

このことは、人には言って下さるな。しかるべき折を捉えて院に申上げてほしい。……それから一條にいられる女二の宮を見舞ってあげてくれたまえ。朱雀院もご心配なさるだろうから、どうか、零落したりなさることのないよう、よろしくたのむ」

まだ言いたいことはあるのだが、柏木はそこで力もつき、

(帰ってくれないか)

と、やっと手真似《てまね》でいった。僧たちも戻って来、父大臣や母君も病床に集まって女房たちも泣き沈むので、夕霧は泣く泣く帰った。

それが最後の対面となった。

日をおかず、泡《あわ》の消えるように、柏木ははかなくみまかった。

柏木の弟たちばかりでなく、妹たちの嘆きも深かった。女御《にょうご》の君はいうまでもなく、夕霧の北の方になっている雲井雁《くもいのかり》、それに、鬚黒《ひげくろ》の右大臣の北の方、玉鬘《たまかずら》も悲しんだ。

女二の宮は、いうまでもなく、悲しみにくれていられる。世の常の夫婦なみではなく、情のうすい夫にみえたが、今にして思えば、こんなに薄命な人だったからかもしれないと、宮は淋しく思われた。御母御息所は、姫宮のはかない結婚生活をあわれにも、くやしくも思っていられる。

しかし柏木の両親にまして、悲しみに沈んだ人々はあるまい。

女三の宮は柏木の命長かれともお思いにならなかった。しかし死んだとお聞きになると、さすがにあわれに思われた。

（若君のことを、あの人は、わが子と知って逝《い》った）

これも、生まれる前からきめられていた、ふしぎな契りかしらと思うと、物心ぼそくて、人知れず泣かれるのであった。

春三月、空はうららかに、若君は五十日ばかりになった。

色白く美しい稚児《ちご》である。発育がよく、声をあげたりする。源氏は三の宮の御殿にきて、

「どうですか、気分はさっぱりなさいましたかな。しかし、尼姿を拝見するのは、張り合いがなくて。昔のままのお姿なら、どんなにか嬉しいでしょうに、私を捨てられて」

と、恨みがましく沈んだ口調になってしまう。

源氏は、宮が尼になられてからは、かえって前より大切に世話をし、毎日、やってきた。五十日《いか》の祝いもはなやかに行なった。

(ほんとうなら、この子はまことの父の喪中なのに)

と思うのも、源氏は感懐ふかい。

宮は以前よりいっそう痩せてしまわれた。

お髪《ぐし》は、尼そぎといっても形ばかりなので黒髪はお背に広がっている。鈍色《にびいろ》のお召物は、少女のようなかわいいお顔にまだしっくり、しない。なまめかしく美しい尼である。

「なさけない。墨染の色はまわりを暗くしてしまう……こうしてお目にかかれるだけでもありがたい、と思わねばならないのだが、取り返せるものなら、と帰らぬことを思ってしまう」

源氏は若君のほうを見た。

色白くかわいく太っているが、夕霧の幼な顔には似ていない。

明石《あかし》の女御のお生みになった宮たちは、お血筋もあってさすがに気高いが、とりわけお美しい、というほどでもなかった。

しかし女三の宮のお生みになった若君は、上品でその上、愛嬌《あいきょう》があり、目もとのすずやかなこと、笑い顔の可愛らしさ、似るものなく、

(おお……可愛い)

と源氏はあわれ深く目をとめる。

思いなしか、やはり、柏木の衛門督に似ている。幼いながら匂やかなまなざし、品のよい顔立ち、柏木にそのままである。

——こんなに似通っているとは、宮はお気付きであるまい、ほかの人々もなお更、夢にも知らぬこと、源氏一人、心のうちで、

(可哀そうな柏木。はかない契り……この子を見ることもなくみまかったか)

と思うと、世の定めなさも思われて、涙がほろりとこぼれるのである。

今日は五十日《いか》の祝い、縁起でもないと目がしらを拭《ぬぐ》う。秘めた事実を知る者が女房たちの中にいるはずだ。その者は自分を愚かしく見ているだろうなあと思うと源氏は心穏やかでないが、宮に噂《うわさ》が立っては気の毒だと、顔色にも出さなかった。

若君は無邪気に何か言い、笑っている。まなざしや口もとの愛らしさ。源氏は何度見ても、柏木に似ているように思える。

柏木の親は、せめて子でもいたらと嘆いていると聞いたが、ここにこう、というわけにもいかない。

人知れず、はかない形見《かたみ》をのこして柏木は逝ってしまった。あんなに誇りたかく思慮ぶかく老成していた青年が、わが心から前途有望な人生を破滅させてしまった。それを思うとあわれでもあり、また、いまでも一点、許しがたい怒りが残ってもいて、源氏の心を惑わせる。

女房たちが退いたひまに、源氏は宮のおそばへ寄り、

「この子をどうお思いになる。こんな可愛い子を捨てて出家なさるとは。なさけないかたですね」

といった。とっさのことで宮は顔を赤らめていられる。

「だれに似ているとお思いになる」

低く源氏がいうと、宮は返事もお出来になれず、突伏《つっぷ》してしまわれた。

お返事はできぬのが当然であろう。

源氏は強《し》いてもいわないが、いったい、柏木とのことを、どう思っていられるのであろう、と思う。深く考えるという方ではないが、しかし、これほどのことを平気ではいられないだろうと推察するのも、にがにがしく心苦しかった。


夕霧の大将は、亡き柏木が心にあまって仄《ほの》めかしたことを、

(一体、どんなことだろう？……)

と考えつづけていた。

(も少し、彼が元気で、気力のあったときに聞いておけばよかった。もう臨終の折だったから、動転してそれどころではなくなってしまった)

と悲しかった。親友の面影が忘れられず、柏木の兄弟たちよりも、大将は悲しんでいた。

(三の宮がご出家なさったのも奇怪だ。そんな重病というほどでもなかったのに、よくも未

練げもなく思い立たれたものだ。父上も父上、どうしてお許しになったのか。紫の上があれほど危篤になられて、泣く泣く出家を願われたときも、父上は頑《がん》としてお聞きにならず、許されなかったものを。

やはり、柏木は、宮に恋して忍んで通ったのだろうか。彼の恋は昔から察してはいたが。彼は慎重でおちついた男だったが、反面、情に引きずられる、意志の弱さもあった。しかしどんなに恋していても、埒《らち》をこえてはいけないものを、相手の方にも気の毒ではないか、それに自分の命まで失ってしまうとは、なんと情けないことになってしまったものだろう。宿縁とはいいながら、あまりにも軽率だった）

と、柏木のことを惜しんだ。しかし沈着な夕霧は、妻にもそのことを言わず、折もないので父にも言わなかった。

もし、いつか、よい折があれば、

「柏木がこんなことを仄めかしておりました」

と、それとなく父の様子を見てみたいと思っていた。

柏木の両親は嘆き悲しむばかりで、法事の準備などは、みな柏木の弟や妹がとり行なった。

一條の宮でも淋しい毎日であった。

妻なのに、臨終にも会えなかった残念さが、宮にはいつまでも悲しく、お忘れになることができない。

日がたつにつれ、広い御殿の内は人影も少なくなる。柏木が親しく使っていた人々は、今もなおお見舞いに参上していた。柏木の愛した鷹《たか》や馬の係りの男たちも主《あるじ》を失ってしょんぼりと出入りしている。二の宮はそれも悲しくごらんになる。柏木の使った調度、つねに弾《ひ》いていた琵琶《びわ》などの緒《お》もとりはずされ、もう永久に音はたてない。

花は咲いても二の宮のお心は晴れない。お側《そば》の女房たちの鈍色の喪服姿も淋しく、つれづれな昼、前駆《ぜんく》を物々しく、花やかに追うて、やってくる人があった。

「ああ、殿がおいでになったかと、ふと思ってしまいましたわ」

と泣く者もある。それは夕霧であった。

人々は、はじめ柏木の弟の弁の君か、宰相《さいしょう》の君かと思ったらしい。夕霧がおちついた姿で入っていくのを、母屋《もや》の廂《ひさし》の間《ま》に坐りどころをしつらえて迎えた。なみの客のように女房たちが応対するには身分たかく、恐縮だとして、いそいで御息所《みやすんどころ》が対面なさった。

「ご不幸をお悔みする心は、お身内の方々にもまさるものがございます。しかしお身内ならぬ身には限界があって、御弔問もありふれたことになってしまいます。私は、ご臨終のときお聞きしたことがございますので、こちらさまのことをおろそかには思いません。人の命は引きとめようもございませんが、生きておりますます限りは誠意をもってお尽くししたいと思います。

親が子を思う心の闇も当然ですが、ご夫婦の仲は格別。どんなに柏木の君が、宮さまに心をのこして死なれたろうと思いますと、悲しみは申上げようもございません」

といいつつ夕霧は涙ぐんだ。

御息所も、鼻声になってお返事をなさる。

「年とった者は、定めない世だからとあきらめますけれど、お若い宮が沈んでしまわれるのが辛くて。老いた身に、こんな逆縁《ぎやくえん》の悲しみを見ることになってしまいました。

亡き人とはお親しくしていらしたとか。おのずとお耳にも入ることがありましたろうが、この縁談ははじめから、私は気がすすみませんでしたのよ。

あのとき、たっておことわりすればよかったと、今になって残念でございます。内親王は結婚なさらず独身ですごしたほうがよいと、私など古風な考えで思っておりましたのに……。

未亡人になって人の口端《くちは》に上るのもいたわしくて、いっそ跡を追って同じ煙に消えておしまいになった方がよかったかもしれません。

でも、そういうことも叶《かな》いませず……。

ご親切なお見舞い、ありがとう存じます。そうでございますか、あのかたがご臨終にそんなにも、心にかけて頼んで下さいましたのですか。

ご生前中は、あまり情のあるかたとも見えませなんだが、やはりこちらのことを思っていて下すったのでございますねえ。いろいろな方に、『二の宮をたのむ』といい置いて下すったらしくて、悲しい中にも、うれしいことがまじる心地でございます」

と、しきりに泣いていられるようであった。

夕霧も、しめやかに涙を拭きつつ、亡き友のことを話し合った。心から友を思う気持はおのずと言葉にも態度にもあらわれ、

「あの人はこうだった」

「こんなこともあった」

とやさしく、こまやかに友の義母に話し、なぐさめて帰っていった。

「まあ、おやさしい方でいらっしゃいますこと」

「亡き殿は、大将の君より五つ六つ、お年かさでいらしたけれど、若々しくて、なまめかしくいらした。それにくらべ、大将の君は重々しく男らしい態度でいらっしゃいますねえ」

「でも、お顔立はお若くて、そしてお綺麗なかた……」

女房たちは口々にいって、少しは悲しみも紛れるようであった。

夕霧は庭の桜を見て口ずさんだ。

〈時しあれば変らぬ色に匂ひけり　片枝《かたえ》枯れにし宿の桜も〉

時が来て、桜は咲きました。どうか二の宮よ、亡き人のために、あまりにお悲しみになっ

てお心を破られることないように。

御息所は、間をおかず、お返しになる。

〈この春は柳の芽にぞ玉はぬく　咲きちる花のゆくへ知らねば〉

ことしの春は、かなしい春。

目に涙の玉のやどる春。咲く花のゆくえも知らず、たれこめて物思う日々です。

このかたは、宮中で才気があると噂された更衣《こうい》であられた。さすがに、嗜《たしな》みがあると夕霧は、感じ入った。

夕霧はそのまま、亡き友の両親をたずねた。

大臣は、夕霧を見ると、まるで息子を見る気がして、涙が流れるばかりである。

「あなたの母君、葵《あおい》の上が亡くなられた秋も悲しかったが、そうはいっても女のこと。息子は男ゆえ、朝廷にたちまじって、やっとひとかどの者になり、私も頼りにしていただけに、悲しみはいっそうたえがたいのですよ。どうしたら、忘れることができましょう」

と、顔を掩《おお》って泣くのであった。

夕霧も、あれほど気丈でしっかりしていた大臣が、こうも取り乱しているのを見るのは辛かった。

ここでも、みな集まって柏木のことばかり言い、手をとり合って嘆いた。

さて、夕霧は、しばしば、二の宮を一條邸に尋ねるようになった。物思いにしめりがちの邸に、夕霧が来ると、華やぎが流れ、夕霧自身も、いつかここへ見舞いにくるのを、たのしみに思うようになった。

夕霧の大将は、一條の宮へ、絶えず見舞いに上っていた。

いつか、春が来ていた——卯月《うづき》の空は心地よく晴れわたり、いちめん緑に霞《かす》んでほがらかであるが、ここ一條邸は悲しみに沈んで心ぼそく、物思いがちに日を送っていられる。

夕霧が来てみると、庭には青草が萌《も》え、ここかしこ敷砂の薄いところに、青い蓬《よもぎ》がいきおいよく生えていた。

亡き柏木の衛門督は、庭づくりに趣味のある人だったので、庭木を丹精していたが、今はそれらが思いのまま繁りあい、ひとむら薄《すすき》もすっかり広がってしまった。

さぞ、秋になれば虫の音《ね》誘うことであろう。

大将はそれらを見るにつけても、亡き友のことが思われる。

邸内の母屋《もや》には、喪中とて伊予簾《いよすだれ》がかけ渡してあった。鈍色の几帳も、夏のものに衣更《ころもが》えしてあるので、かなたの物かげが涼しそうに透いてみえる。仕える少女たちの鈍色の喪服や、髪など美しげに仄見えるが、やはり、喪の家はしめやかに沈んでいた。

夕霧には、それもなつかしく、好もしい。

彼はいまは、この邸を——ひいては、この邸の女あるじを慕わしく思い初《そ》めているのであった。

簀子《すのこ》（縁側）に夕霧は坐ったので、女房たちは茵《しとね》をさし出しつつ、

「あまり端近《はしぢか》で、失礼なお席でございますわ」

と、宮の母君の御息所にいそいで申上げたのだが、御息所はこのごろお体のお具合がよくないので臥《ふせ》っていらっしゃる。

女房たちが代ってお相手をしていた。夕霧は庭の木立の美しいさまを興ふかく見ていたが、その中に、柏木と楓《かえで》がひときわ綺麗な色に目立ち、枝をさしかわしているのを見て、

「いいな。枝をつらね、葉を重ねる仲のよさ……」

そっと彼は宮のいられるとおぼしい部屋のかなたに向ってささやくのである。

「彼は許しました。彼と同様に、私をもお考え下さいませんか。おそばに近づき慣れるのを。御簾《みす》のへだてが恨めしゅうございます」

彼は、簀子から一段高くなっている廂の間の、長押《なげし》に寄りかかっている。

（なまめいたお姿がまた、よくて……）

（男っぽい重々しい殿方だと拝見していたけれど、しなやかな色めいたところもおありになるのね）

と女房たちは低く、言い交している。

宮は、ご接待役の少将の君という女房を通して、お返事なさる。

「わたくしには、もはや連ねる枝も重ねる葉もございません。曠野《あらの》にひとり立つ木でございますわ。どんな枝とも重ねるつもりはございませんのに、だしぬけなお言葉、いままでのあなたのご親切も、浅はかに思われてまいります」

夕霧は取り次ぎの言葉に、一言もない。

「なるほど。仰せの通りです」

と苦笑した。

御息所が挨拶に出られたらしい気配が、御簾のかなたに感じられるので、夕霧はそっと居ずまいを正した。

「悲しく辛い浮世を見まして、気分もすぐれずぼんやりしておりますが、こうも度々のお見舞い、うれしく有難く存じておりますのよ」

と、御息所は、ほんとうにお加減が悪そうであった。

「お嘆きはご尤《もっと》もと存じますが、また、そうばかり沈んでいられては、よろしくございません。何と申しましても、前世の因縁《いんねん》できまったこと、限りある世の中でありますから」

と、夕霧は御息所をさまざま慰めるのであった。

そういいつつ、二の宮に対する恋心が募ってゆく……亡き友の妻ではあるが、宮は、噂に聞くよりもいっそう、心の奥ふかくゆかしい人柄であるように思われる。

夕霧の恋には、宮への同情もこめられている。内親王の身分は、ただささえ世の好奇と関心を集めやすいもの、ご降嫁になって、あまり年もおかず未亡人になられた、世の心ない注目を、宮はどんなに内心、辛く思い悩んでいられるであろう。そう思うと夕霧はいっそう、宮を守りたい、という気がする。

それとなく御息所に、宮のご様子をたずねたりするのであった。

(美しいかたなのだろうか……いや、柏木があまり熱心に通わなかったところを見るとさして美女という方ではないのかもしれない。しかし、よっぽど見苦しい醜女というのでなければ、容姿で女の価値をきめるのは不都合なことだ。美しくないというだけで疎み、美しいというだけで、道ならぬ恋に落ちたりする、というのは、成人《おとな》の男の恋ではない……。

自分なら、いつまでも見飽きぬものは女の心ばせ。気だて。

女の性質や心ばせに、私なら惹《ひ》かれるだろう。

それは年うつり容色がおとろえても、かわらない魅力だから……。

いや、むしろ、年を加えるごとに深まさり色濃く人格を染めてゆく匂いだから……。

慕わしい宮。

好もしい宮)

そんなことを、夕霧は考えつづけ、御息所に対して、ねんごろに、

「今は、亡き人の代りとして私を他人とお思い下さいますな」

というのであった。宮への求婚とか、言い寄るさまにはみせず、しかし一抹《いちまつ》、宮への想いを仄めかしつつ、話すのである。

夕霧の直衣《のうし》姿は男らしく、体軀《たいく》は堂々として威厳があり、美事《みごと》であった。

「右《ゆう》将軍が塚に草はじめて青し」

と夕霧は口ずさんでいた。その詩は、近い世に亡くなった右大将藤原保忠《やすただ》の死を悲しんでうたったものである。亡き柏木のことを思い、ゆくりなくその妻に恋してしまった自分のことを思い、夕霧は、あわれ深かった。

(亡くなられた殿は、何かにつけ物なつかしく上品で、愛嬌がおありでしたわ)

(大将殿のほうは男らしくてさっぱりして、堂々としてらして、お綺麗なところが似る人もなくて)

女房たちは、夕霧のことを、こうささめき合い、いつとはなく、忍んだ願望が邸中にこりはじめていた。

「同じことなら、あの大将の君が、宮さまの新しい背《せ》の君としてお邸にお出入り下さるようになれば、どんなに嬉しいことでしょうねえ」

人々はそう言い合った。

柏木の死は貴賤《きせん》を問わず、世の中に惜しまれた。学識、才芸に秀でていたこともさりながら性質が人なつこく、情《じょう》の深い青年だったから、関係のそれほど深くもないような官人や老いた女房たちまで、柏木を惜しみ恋しがった。

主上も、管絃のお遊びの折などには、思い出されて柏木を惜しまれる。

「ああ、こういうときに衛門督が居たならば」

と何事につけ、いわぬ人はなかった。

ましてて源氏は、柏木を思うことは日と共に多かった。源氏は若君を、柏木のかたみと思っていたが、人に言えぬ秘密なのでそれもはかないことであった。

秋のころには若君も這《は》い歩きをするようになった。何とも可愛い姿なので源氏は抱きあげてあやさずにはいられない。あながちに人目をごまかすためだけではないのであった。

この子が何も知らず、あどけなく笑っていることよ、と思うと源氏はふびんであった。

柏木の一周忌には特別に誦経《ずきよう》をさせ、追善のため黄金《こがね》百両を寄進した。柏木の父大臣は事情を知らないので、ただ恐縮してお礼を言うのであった。

夕霧の大将も、柏木の追善供養を心こめてとりしきった。一條の宮のもとへも、一周忌のころにはことに心こめて見舞い、柏木の弟たちよりもまめやかであった。

「こんなにもご親切に心をつけて頂いて」

と、父大臣や母君は喜び恐縮していたが、夕霧の友情もさりながら宮への執心があってのこととは、知らないであろう。亡きのちにもこうまで人に慕われる柏木を、両親は、今さらのように惜しみ、恋しく思った。

空《むな》しき調《しら》べに夢ふかき
横笛《よこぶえ》の巻

山の帝《みかど》（朱雀院《すざくいん》）は、二の宮が若くして未亡人になられ、三の宮が世を捨てられたことを嘆かれたが、俗界のことは思い捨てよう、と決心して、こらえていられる。

三の宮が同じ道に入られたことゆえ、今は何かにつけ、お便りをなさっていた。

御寺《みてら》の近くに生えた筍《たけのこ》、そのあたりの山で掘った山芋など、いかにも山家の野趣にあふれたものを贈られるついでに、やさしい、こまごましたお手紙をお書きになるのであった。

「春の野山は霞《かすみ》がたちこめてたどたどしいのですが、あなたのためにと、掘らせましたよ。私の志のしるしです。

〈世を別れ入りなむ道はおくるとも　同じところを君も尋ねよ〉

かわいい姫よ。私に遅れてもお互いに仏の道に入った身、同じ極楽浄土を求めなされよ。修行はむつかしいものだけれど」

そんなお手紙を、三の宮は涙ぐんで見ていらっしゃるところへ、源氏が入ってきた。

「おお、珍しい山家の幸《さち》があるね」

と目にとめて、朱雀院からのあわれ深い手紙を拝見した。長くもない命を、宮に思うように対面できぬ淋しさが、こまごまと書いてあって、源氏の心を打つ。仏門に入られた方らしいお歌も、素朴である。心配していらっしゃるのだ、この上自分までが、宮をおろそかに扱って、院のお心を傷つけてはいけないと、源氏は思った。

宮は、源氏がそばにいるので羞《は》ずかしそうに返事をお書きになり、お使いには、青鈍色《あおにびいろ》の綾《あや》の衣《きぬ》をひとかさね、お与えになる。

書き損じて書きかえられた紙が、御几帳《みきちよう》の端から仄《ほの》見えるのを源氏は取って見ると、ご筆蹟《ひつせき》は幼稚で頼りなくて、

〈憂《う》き世にはあらぬところのゆかしくて　そむく山路《やまぢ》に思ひこそ入れ〉

憂き世でないところが、私には恋しく思われます。お父上の修行していられる山奥が慕わしくて。

「そんなことを考えていられるのですか」

源氏は言わずにいられない。

「お若い身空で世を捨てられたのが惜しいのに、まだ山奥を慕っていられるとは、よくせき私のもとにいられるのがおいやなのか。辛いことですね」

宮は、尼姿になられてからは、まともに源氏とお顔を合わせるのを避けていられる。しかし額髪《ひたいがみ》やお顔立ちの愛らしさ、まるで少女のようである。

源氏はいまさらのように宮に、愛恋の欲望が起きるのをおぼえる。

(なぜこんなお姿にしてしまったのか)

そう思うのも、仏罰を蒙《こうむ》りそうな、ふてぶてしい考えであろう。

女三の宮の若君を、これからは、薫《かおる》と呼ぼう。——若君の薫は、乳母《めのと》のそばで寝ていたが、起きて這《は》い出してきた。源氏の袖《そで》をひっぱったり、まつわりついたりする様子が、たいそう可愛かった。白い紗《しゃ》の上衣に、唐綾《からあや》の紅梅の小紋の下着を着せられている。裾《すそ》をしどけなく長く引きずり、子供がよくするように、着物はうしろに丸まって、体がむき出しになっている。愛らしいさまである。

色は白く、すんなりして、まるで柳を削って作った人形のよう、あたまは露草でいろどったように濡々《ぬれぬれ》とした黒髪である。

口もとの愛らしさ。

目もとの涼やかさ。匂うようなまなざし。

どことなく、亡き柏木《かしわぎ》の衛門督《えもんのかみ》に似ている。しかし彼はこうまで気高くなかった。母君の三の宮にも、この若君は似ていない。

この品のよさ、奥ふかい匂いは、むしろ源氏に通うところもある。

薫の君はやっとよちよち歩きをするころである。筍の入れ物に無心に寄っていって、あわただしく筍を取りちらかし、かじったりしていた。

「これこれ、無作法な。いけません」

源氏は抱きあげて、女房たちに、

「筍を片付けてしまいなさい。口さがない人に『食べものに目のない方』などといわれては色男も台なしだよ」

と笑った。薫はにこにこして、手でつかんだ筍を離さない。その顔を源氏は眺めて、

「この子は、なみの子とちがう……何か、特別の風情《ふぜい》をもっている。そんなにたくさんの幼な児を見つけないからかも知れないが、このぐらいの子はただあどけないだけだと思っていたのに、この子は奥ふかい何かがあるね……どんな若者になるのだろう……美しくて心ざまの深い青年に生い立つかもしれない。この邸《やしき》には姫宮も一緒に育っていらっしゃるから、こんな美しい男の子がいては、将来、心配ごとの種になるかもしれない。まあ、そのころには私もいないだろうけれどね。この人たちのゆく末の花の盛りを、見届けることはできまいけれど……」

と、薫を見守りつつ、いった。女房たちはいそいでいう。

「まあ、不吉なことを」

「縁起でもないことを仰せになります」

薫は歯の生えはじめる頃である。噛《か》もうとして筍をしっかり握って、涎《よだれ》をたらしながら食べている。

「おやおや、変った色好みだね」

源氏は筍を取り上げながら、薫をかわゆく思う。忘れがたい屈辱の記憶はまつわるものの、

やはりこの幼な児は可愛かった。薫は無心に笑って何も知らず、源氏の膝《ひざ》から這い下りてごそごそしている。この子が生まれるべくして、宮と柏木との不幸な恋があったのだろうか、これも前世に定められた宿縁かもしれない……と源氏は思い直すのであるが、それにしても、一身の栄華《えいが》をきわめつくしたように人から見られる源氏も、物思いは多い。宮に裏切られた、という記憶は、ゆるしがたく消しがたいのであった。

夕霧の大将は、亡き友が臨終に言い残したことをいつも思い出していた。父に、どういうことかと聞きたくもあり、様子を探りたいと思うのだが、うすうす、それかと推量されることもあるだけに、かえって言い出しにくかった。

いつかよい折があれば、くわしい事情も知りたいし、また亡き人があんなに思い込んでいた様子も父の耳に入れたいと、思いつづけていた。

秋の夕暮れの物あわれに、一條の宮がしのばれて夕霧は出かけていった。

宮はくつろいで、しめやかに御琴《こと》など弾《ひ》いていられたらしかった。急の訪問に、楽器をとり片付ける間もなく、そのままに南の廂《ひさし》の間《ま》に夕霧を招き入れられた。

今まで端にいた女房たちが、静かに母屋《もや》の奥へ入ってゆく気配も、はっきり知られる。衣《きぬ》ずれの音や、部屋じゅうにたちこめる空薫物《そらだきもの》の匂いが、けだかい佳人のすむ館《やかた》らしく、おくゆかしかった。夕霧は、いつものようにお相手に出られた御息所《みやすんどころ》と話を交しながら、いよいよ、この邸に心は惹《ひ》かれてゆく。

夕霧の自邸は子供も多く、人の出入りも騒がしく、活気があるから、まさにこの邸とは対照的である。

人気《ひとけ》も少なく荒れてみえるが、前栽《せんざい》の花の咲き乱れたのへ夕映えがさしている。ひそやかな美しさ。夕霧には何もかも身に沁《し》む心地がする。

彼は和琴《わごん》を引きよせてみた。律《りち》の調子に整えられてあるそれは、よく弾き馴《な》らされてあって、弾き手の移り香も沁みてなつかしい。

(こんな折に、あつかましい好《す》き者《もの》は軽率な浮名をたてるのだろうなあ)

と夕霧は思った。自分は、それらの軽々しい色好みと同じような振舞いをしてはならない、自分の真率な想いを、浮気者のそれと一緒にされたくない、と思いながら夕霧は、琴を掻《か》き鳴らしていた。

「この琴は、亡き人の手なれの琴ですね」

夕霧は面白い曲をすこしばかり弾いて、

「ああ、とてもあの方には及ばない。いい音色《ねいろ》を奏でられたものでしたよ。宮にはきっと、柏木の君の音色が伝えられていることでしょう。お聞かせ下さいませんか」

というと御息所は答えられた。

「宮は、あの方が亡くなられてからというもの、ふっつりとお琴には手もお触れになりません。その昔は、父院にもおほめ頂きましたものを。今はもう、ぼんやりと思い沈んでいられて、お琴も、悲しい思い出を誘うばかりなのでございましょう」

「ご尤《もっと》もですね、恋しさは限りもないことでしょうし」

夕霧は嘆息しつつ、琴を御息所に押しやった。御息所は、かえって夕霧にすすめられる。

「あなたさまがどうぞ。亡き人の音色が伝わっておりますかどうか、いぶせく思い沈んでおります耳を、朗らかにして下さいまし」

「私など他人よりは、ご夫婦の仲にこそ、よき音色は伝えられておりましょう。それを承りたいものです」

と御簾《みす》のそば近く、琴を押しやったが、宮は急にはお引きうけにならない。夕霧も強《し》いてはすすめない。

折から月が昇った。

澄んだ夜空に、列をなして雁《かり》がゆく。翼を交して仲よく飛ぶ雁の声を、宮はうらやましくお聞きになるのではないか。

風は肌寒く、夜はふけわたり、物あわれな情趣に誘われなされたのか、宮は箏《そう》の琴を仄《ほの》かにかき鳴らされた。いかにも深みのある音色である。

これなら、和琴《わごん》もさぞかし、美しい音色を奏でられることであろうと、夕霧はいよいよ魂あこがれて、こんどは琵琶《びわ》をとって「想夫恋《そうふれん》」という曲を弾いた。

親しみぶかい弾きかたである。

「何だかお心の内を当てるようで恐縮ですが、この曲なら和琴で合わせて頂けるかと存じまして」

　としきりに御簾のうちへ向っておすすめするが、宮は羞《は》ずかしがられて、応じられない。

「想夫恋」という題の曲に、いっそう内気になっていられるのであった。

「お言葉に出される以上にお気持はわかります。『想夫恋』という曲に、物思いに沈んでいらっしゃるところを拝見しますと」

　と夕霧はいった。

　宮は、終りのほうの曲を、ほんのすこし弾かれて、

「この琴の音《ね》が、ご返事でございますわ」

　夕霧はあまりにも短い、はかない琴の音を惜しく、物足らなく、怨《うら》めしく思った。

「長居をいたしました。琵琶や琴を弾きちらし、いかにも風流めかしいことをして失礼したかもしれませぬ。あまり夜更《よふ》けまで長居をしては亡き人に咎《とが》められましょう、これでお暇《いとま》いたします。またいずれ改めてお伺いいたしましょう。それまでこの御琴の調べを変えず、お待ち頂けますか？　ほかの男《ひと》がこの御琴を弾くことはないとお約束頂けますか？　琴のしらべも約束も、たがえやすい世の中、私は心配なのです」

　それは公然とではないが、仄かに匂わせた宮への求愛である。

　御息所は気付かぬふうに、

「今宵《こよい》のご風流は亡き人も許しましょう。昔物語に紛らされて、ゆっくり聞かせて頂けなか

ったのは残念でございます」

御息所は、お礼の贈り物に添えて、笛を、夕霧に贈られた。

「この笛は、由緒《ゆいしよ》ある笛だそうでございます。こんな草深い家に埋れさせるのも勿体《もつたい》なく存じますので、さし上げます。前駆《おさき》を追う声に負けずお吹きになる音色を、よそながらでもお聞きしたくて」

「こんな立派なもの、私には似合わぬ随身《ずいじん》ですね」

と夕霧が見ると、亡き柏木が肌身離さず大事にしていた名笛《めいてき》だった。柏木自身「自分では吹きこなせない。妙手の人に伝えたい」とつねづねいっていたものである。夕霧は試みに吹いてみて、いかにも晴れがましくてやめてしまった。御息所は歌を詠《よ》みかけられる。

〈露しげき葎《むぐら》の宿にいにしへの　秋に変らぬ虫の声かな〉

夕霧は返した。

〈横笛の調べはことに変らぬを　むなしくなりし音《ね》こそつきせね〉

夕霧は帰りがたい思いである。とやかくしてためらっているうち、夜は更けに更けた。

三条の自邸へ帰ったのは深夜だった。

格子《こうし》など下ろして、人々は寝静まっていた。（一条の宮にこの頃、ご執心で、親切にしていらっしゃいます）などと告げ口をする女房がいるので、北の方の雲井雁《くもいのかり》は、夜更けに帰ってくる夫を憎らしく思う。

入ってきた気配を知りつつ、わざと寝たふりをしている。夕霧は機嫌《きげん》がよい。催馬楽《さいばら》の、

「妹とわれ、いるさの山の」

などといい声でひとりで歌っていた。それも雲井雁には憎らしい。

「おやおや。どうしてこんなに格子を閉めきるのだ。うっとうしいではないか。今宵の月を見ないとは」

と叱《しか》って女房たちに格子をあげさせ、自分も手ずから御簾を上げさせて、端近《はしぢか》に寝た。

「美しい月夜だ。こんなときに気楽に眠っている人があるものか、まあ、ちょっとこちらへ来てごらん」

夕霧は妻を呼ぶが、雲井雁は不機嫌にそら寝して、相手にならない。

夕霧の心は、またあの一條邸にはるばる飛んでゆく。

夕霧は笛を吹いていた。柏木遺愛の笛である。

(私の去ったあと、一條の宮はじっと物思いにふけっていられるのではあるまいか。お琴を弾いていられるだろうか)

などと思いつづけつつ、横になった。

(それにしても、なぜあの柏木は、宮に深い愛情をもたなかったのだろう。ご器量がお悪くていらっしゃるのだろうか……)

夕霧は、疎々《うとうと》しい夫婦仲、というものについては、想像しにくかった。夕霧自身は、雲井

雁と仲むつまじい間柄だったから……。夕霧の浮気沙汰《ざた》から妻の嫉妬《しっと》を買う、ということもなく、平穏なやさしい月日を送ってきた。

それゆえにこそ、雲井雁は、夫の誠実に馴れていまもわがままで、我《が》を張り通すところがある。夕霧の方が折れてしまう。そんなことも、しみじみとかえり見られた。

いつのまにか、うとうとしていたと見え、亡き柏木の衛門督が、夢に出てきた。生きていたときのままの白い袿姿《うちぎすがた》で、夕霧のすぐ側にいて笛を手に取って見ていた。夢の中と、夕霧はわかっていて、

(おお、この笛に執念を残して現われたな)

と思った。

柏木は悲しげに、

「この笛は、子孫に伝えたかったのだよ……予期に反して君の手に入ったのだねえ」

という。夕霧は誰の手に伝えたいのかと尋ねようとして、小さい若君の夜泣きする声に夢がさめた。

若君はひどく泣いて乳を吐いたりするので乳母は騒いでいる。雲井雁も灯を近く取りよせ、額髪《ひたいがみ》を耳へはさんで、そそくさと世話をし、若君を抱きあげた。

雲井雁はよく太って肉づきよく、豊満な美しい胸をあけて、赤ん坊にお乳をくわえさせていた。幼い若君も色白でかわいらしい児である。お乳は出ないが、気休めにふくませている

のだった。

「どうしたのだね」

夕霧はのぞきこんだりした。魔除《まよ》けのまじないの米をまき散らしてあたりは騒がしく、夢も忘れてしまった。

「この子が苦しそうにしていますわ。あなたが若い人みたいに浮かれて夜歩きなどなさるからよ。夜ふけに月を眺めるなんておっしゃって格子を上げたりなんぞなさるから、例の物の怪《け》が入ってきたんですわ」

雲井雁は怨みごとをいうが、その顔は、若々しく愛らしいのだった。

夕霧は笑って、

「物の怪の道案内を私がしたというのかね。なるほど、私が格子を上げなければ物の怪も入れなかったろうよ。たくさんの子供を持つと、いろいろとよく気のつくことだ」

と、子供を抱いている妻を眺めた。

雲井雁は夫をまぶしそうにして、

「どうぞあちらへいらして。見苦しいなりをしていますから」

と、明るい灯の下ではだけた豊かな胸元を羞じらっていた。憎からぬ、美しい妻である。

——赤ん坊は、ほんとに終夜泣きむずかっていた。

夕霧は夢のことを考えると、この笛を持っているのが重荷になってきた。亡き人が執着していたものを、自分が持っているのは適当でないと思われる。柏木は何と考えているのであろう。いまわの際《きわ》の執念はのちの世までもまつわりつくという。

夕霧は柏木の葬送をした愛宕《おたぎ》の念仏寺で誦経《ずきょう》させたり、故人が帰依《きえ》していた寺で供養させたりしたが、この笛を寺に寄進してしまうのもはかない気がして手放せなかった。彼は六條院へ参上した。

源氏は、娘の、女御《にょうご》の居間の方にいる。女御のお生みになった三の宮はいま三つばかり、ご兄弟の中でもとくにお可愛い若宮である。

紫の上が引き取ってご養育しているのであった。

宮は夕霧を見つけて走って出てこられた。

「やあ大将だ。宮をお抱きしてあちらへお連れして頂戴」

と、まわりの者の言葉を真似《まね》られるのであろう、自分自身に敬語を使ってしどけなく言われるのも、無邪気でほほえましい。

夕霧は笑いながら、

「こちらへいらっしゃいまし。でもお居間の御簾の前を通るのは不作法ですね」

といって抱きあげていると、

「誰もみないよ。大将の顔は、ぼくがかくしてあげるよ。ね。ね」

とご自分の小さい袖で、夕霧の顔を隠されるのが何とも可愛くて、夕霧は、お抱きしたまま、女御のお部屋の方へいった。

こちらでは兄宮の二の宮が、若君の薫といっしょに遊んでいられるのを、源氏が相手になっているところだった。隅の間に、夕霧が三の宮を下ろしたのを、二の宮がみつけられて、

「ぼくも大将に抱いてもらおうっと」

とおっしゃるのを、三の宮は、

「だめだよ。ぼくの大将だよ」

と遮《さえぎ》られる。源氏はそれを見て、

「これこれ、お行儀のわるい。近衛《このえ》の大将は主上《うえ》をお守りするお役目ですぞ。ご自分の家来にしようと競争なすってはいけません。三の宮はどうもおよろしくない。いつもお兄君に負けまいとなさいますね」

と叱って仲裁していた。夕霧は笑って、

「二の宮は何ごとにもすっかりお兄さまらしくて、弟宮にお譲りなさいますね。お聞きわけよくかしこくて、お年の割にはしっかりしていらっしゃいます」

とほめた。源氏はどの宮も可愛くて微笑《ほほえ》んでいるのであったが、

「さ、あちらへいこうか。そんな所は、公卿《くぎょう》の座としては軽々しい」

と、夕霧をいざなった。

宮たちは夕霧にまつわって離れようとなさらない。

夕霧がふと見ると、宮たちのほかに、もっと小さな、二つばかりの若君がいる。薫である。

薫は、本来なら、宮たちと同じように扱ってはならない、臣下の身分なのであるけれども、分けへだてしては、尼君の女三の宮が、心の負い目から、ひがまれてしまうのではないかと源氏は気を使っている。それで宮たちと同じように大切に世話をして可愛がるのも、源氏のやさしい配慮だった。

夕霧の大将は、薫の君をまだつくづくと見たことがなかった。薫は御簾のあいだから、顔をさし出している。

「いらっしゃい、こっちへ」

と夕霧は桜の枝の枯れておちたのを取って見せながら、手で招くと、薫は走ってきた。

何という美しい子だろう。

色白で気品があって、ふっくらと太っている。宮たちより愛らしく美しい。

そう思って夕霧が見るせいか、切れ長の匂うような目もとが柏木によく似ている。

薫が、にこにこと笑う。

はっとするほど、口もとも柏木にそっくりである。これでは父君も気付かれぬはずはあるまいと、夕霧はいっそう、父の気持が知りたくなってきた。

宮たちは、親王と思うから気高くみえるものの、いうなら世間なみの可愛いお子、というだけである。この薫は、とびぬけて美しく気品たかく、抱きしめずにいられないような、心を惹く幼な児であった。

（亡き友の両親が、忘れ形見でもあればと泣き悲しんでいられたが、ここにこうして、とお知らせしないのは罪ふかいことではないだろうか）

と夕霧は思いもするが、そういう心の底からまた、

（まさか……まさかあるべきことではないが……しかし）

と思い返す。決定的なことは判断のしようもなかった。

「ぼくも、だっこ、して」

と薫は、宮たちを真似て、片言でいう。顔立ちの愛らしさばかりでなく、気立ても素直にやさしく夕霧になつくので、夕霧は可愛くてたまらなかった。

夕霧の大将は父と共に対《たい》へいって、ゆっくり話し込んでいるうちに日も暮れた。昨夜、かの一條の宮にまいったときの様子など話すのを、源氏は微笑して聞いていたが、

「『想夫恋』を弾かれたとか。どんなお気持だっただろうね。奥ゆかしい、つつましやかなお人柄のようだな。しかし女というものは、それすらも意思表示しない方がいいと、この年になってしみじみ思うことがある。――夕霧も、亡き人への友情を忘れず、未亡人に力になろうというのなら、同じことなら潔白な親切だけでお世話する方がよい。いっときの過《あやま》ちなどない方が、双方にとっても後悔のたねを作らずにすむと思うがね」

源氏の言葉は、息子の夕霧には片腹いたい。人に教訓するときはかたいことをいわれるが、さてご自分の恋愛沙汰はどうなんだ、と心

中、思いながら、

「私に、何の過ちなどございますものか。遺言を守ってお世話しているだけですよ。今、急に手を引いてしまっては、かえって世間の疑いを招くようなものです。『想夫恋』も、ご自身、進んで弾かれたというのでなく、物のついでに仄かにかき鳴らされただけで、それゆえ、情趣ふかく感じられました。それもあのかたらしくて。あのかたも、そうお若いというほどでもありませず、私も浮気っぽい軽々しい性格でもございません。野暮《やぼ》なほどまじめな点をおみとめ下さっているのでございましょう。りちぎ者同士といってもいい。それでお気を許して下さっているのでしょう。おちついた、やさしいお人柄ですよ」

などと話すうちに、ちょうどよい折だと思って、側に近寄って、あの夢の話をした。

源氏は黙然と聞いていたが、

「それはこちらへ預かろう。もともと陽成院《ようぜいいん》の御笛でね、故式部卿《しきぶきょう》の宮が伝えていられたのを、衛門督が妙手だったので感心されて、贈り物にお与えになったのだ」

源氏はそういいつつ、笛の伝え手は薫にこそ、と思っていた。亡き人もそれを期待していよう。

(夕霧は思慮ある男、この秘密を、もしかしたら勘付いているのかもしれぬ)

と源氏は内心、思っている。

夕霧の方は、源氏の様子を見て、どうも柏木のことを言い出しにくかったが、どうかしてやはり一度は耳に入れたいと思うので、いま思い出したふりをしながら、

「柏木の臨終に見舞いに参りましたら、いろいろ遺言しましたうちに、六條院におわびせねばならぬことがある、くれぐれもよろしくと申しました。何のことかそのわけが分りませんが……」

と心得ない風にいった。源氏は（やはり夕霧も知っていたな）とわかったが、真相を何で打ちあけられようか。しばし考えるふりをして、静かにいった。

「人の恨みを買う様子など、見せたおぼえはないのだがね。……それはともかく夢の話は夜はしないものだと、女房たちはいうから、そのうちまたゆっくり話そう」

夕霧ははずかしくなって口をつぐんだ。

つらき世をふり捨てがたき、

鈴虫の巻

夏の、蓮《はす》の花の盛りに、御出家なさった女三の宮の、御持仏《じぶつ》の開眼供養《かいげんくよう》があった。源氏は宮の御念仏堂を建立《こんりゅう》してさし上げようと、心こめて調度をそろえた。

仏前にかける幡《はた》は舶来の錦《にしき》を縫わせたもの、これは紫の上が用意したのであった。花机の掩《おお》いは美しく色どりもあざやかである。

御帳台《みちょうだい》の帷子《かたびら》を四方みな上げて、後の方に法華経《ほけきょう》の曼陀羅《まんだら》をおかけしてある。白銀の花瓶《はながめ》に立派な、丈のたかい蓮の花が活けてあった。仏前の香《こう》は、唐《から》の百歩香《ひゃくぶこう》であった。

阿弥陀仏《あみだぶつ》も、脇士《きょうじ》の菩薩《ぼさつ》も、それぞれ白檀《びゃくだん》で作られてあり、それはこまやかに念入りな細工の、美しいみ仏であった。

源氏は、宮のご持経《じきょう》を自ら書いた。この世での二人の縁は薄かったが、せめてこの経文《きょうもん》を縁として、あの世ではお互いに極楽へみちびき合おう、という趣旨の願文《がんもん》を書いた。

宮が、朝夕、お手馴《な》らしになる経は、唐《から》の紙は紙質がもろくていけないと、源氏は特別に、紙屋紙《かんやがみ》を漉《す》く人々にいいつけて、とりわけ美事《みごと》な紙を漉かせた。

それへ、源氏は春頃から、心こめて経を書いた。罫《けい》は金で引いてあり、源氏の筆蹟は美事であった。

そのお経は、沈香《じんこう》の机にすえて、仏と同じ御帳台に飾られた。

御堂《みどう》の飾りがすみ、法会《ほうえ》の講説をする講師《こうじ》も参上した。

行道《ぎょうどう》（読経しつつ、仏前をめぐりあるくのである）の公卿や殿上人《てんじょうびと》も集まってきたので源氏は、宮のいられる廂《ひさし》の間をのぞいた。

狭い仮のお居間に、女房たちが着飾って窮屈そうに集まっている。五、六十人もいるだろうか。女童《めのわらわ》などは、簀子《すのこ》にまではみ出していて、空薫物《そらだきもの》をむせかえるほど煽《あお》ぎ散らしていた。

「まるでこれでは富士の噴火のようだね。空薫というのはそこはかとなく漂うのがいいのだ」

源氏は、思慮のない若い女房たちに教えさとすようにいうのである。

「説法のあいだは静かにして、衣《きぬ》ずれの音をたてたり私語してはいけないよ。若君はあちらへお連れしなさい――北廂の間へ、若い人は移るように」

宮は、あまりのたくさんの人々に気押《けお》されて、小さく、可愛げなご様子で、物によりかかっていられた。

あたりを静かにして、源氏は、今日の法会についての心得などを、宮にお話する。

宮のご座所は、今は仏にお譲りしてあり、そこはすでに仏壇になっていた。源氏はそれを見るにつけても切ない思いをする。

「こんなご供養を、私が一緒にしようとは思いもかけぬことでした。悲しい別れになってしまいましたね。せめて来世は一つ蓮《はちす》に、と思いますよ」

源氏がしみじみとつぶやくのへ、宮は、

「一つ蓮——。そうかしら。ほんとうにそうお思いになって？　あなたはわたくしなどと同じ蓮の上に、とは本心お思いにならないのでしょう」

と小さくいわれる。

「なぜ、そんなことを」

と源氏は笑いにまぎらせながら、あとはつづけられない。

親王がたも多く出席され、六條院の女人たちがわれもわれもと、お供えする献上のお供物は数多かった。布施の法服は紫の上が調製したもので、みな美事なものだった。

講師《こうじ》の僧は、宮が美しく若い盛りのお年頃に一切を捨てて仏門に入られ、源氏との契りを法華経に結ばれた、そのお志の尊く深いことを願文に説き、説法する。それは人々の眼に涙を浮べさせるような感動的な説法であった。

山の帝《みかど》や主上からのお使いも来て、はなやかな催しとなった。

源氏は、宮を惜しむ心が強くなっている。

山の帝は、宮にお譲りになった三條の邸にお住みになるように、と、すすめられるが、源氏は宮を手放したくない。三条邸を修復し、宮のご財産を運びこんで、厳重に保管しているが、宮をやはり六条邸にとどめてお世話していた。

秋になった。

源氏は宮のおいでになる御殿の、西の渡殿《わたどの》の前、中の塀《へい》の東のきわを、一面の野原のさまに作らせた。簀子に、仏に奉る御水や、御花の棚《たな》などを作り、尼宮のお住居《すまい》らしくしてあるのも、風雅なおもむきだった。

宮のお供をして、剃髪《ていはつ》を申し出た者の中で、ほんとうに志の堅固な者だけをえらんで、源氏は尼になるのを許した。

源氏は、この野原の趣きに作った庭に、虫を放っている。

「虫の音《ね》を聞きたい」

といって、風のすこし涼しくなった夕暮れ、宮のもとを訪れた。

十五夜の月がまだ昇らぬ夕方であった。

宮は仏前にいらして、端近《はしぢか》なところで、物思わしげに念誦《ねんず》していられた。若い尼たちが二、三人、仏に花を奉るとて、閼伽坏《あかつき》の金具の触れあう音や、水を汲《く》む音をたてている。

俗界とはなれた用事をしているのも、あわれ深い様子である。

「降るような虫の音ですね」

源氏は宮のおそばへいって、自分もひめやかに経を読む。

とりどりの虫の声の中に、鈴虫がひときわ花やかに鳴き出したのが面白かった。

「秋の虫の音はどれもすばらしいが、かつて中宮が、松虫を愛されて、庭に放されたことがありましたが、いつまでも鳴きつづけるのは少ないね。松虫という名にしては命がみじかいのか。……人気《ひとけ》はなれた野の果ではよい声で鳴くが、人には馴れないのだろうか。鈴虫は、どこででも花やかに鳴いてくれて、可愛いですね」

源氏は、宮にやさしく話しかける。

「秋の虫の声は淋《さび》しいものですわ。どうせ、すぐ死に絶えるのですもの。それに、そんなに可愛がられても、いっときのことですわ。すぐお飽きになるのでしょう」

と忍びやかに宮のいわれるのは、源氏にはなまめかしく、愛らしくみえる。

「飽きるとは、また、何をいわれるのだ。鈴虫の方から逃げてゆくのですよ。しかし、鈴虫の音を、私は思い切られない……おわかりだろうか、この気持は」

源氏は静かに、宮に擦《す》り寄ってゆく。

「あきらめられないのですよ、私は……」

源氏は、宮のおそばにゆったりと座をしめて、お耳に、低くささやく。

「こんなお姿のあなたを見ようとは。——悔んでも悔み切れない。どうしたらよいのでしょう」

宮は、困惑して、面《おもて》をそむけていらっしゃる。

おそばの尼たちは遠慮して、遠くへ退《さが》っている。

降るような鈴虫の音だけが、二人の周囲を埋めつくす。

「あなたを、こんなお姿にしてはじめて、どんなに私は、あなたを愛しているかがわかりました。おろかなことです。取り返しのつかぬことをしてしまった。……宮を愛しています。と申しあげたら、仏罰を蒙《こうむ》るだろうか。いとしい人にかわりはないのに」

宮は、お返事も、おできになれない。

源氏はあのころ、人前でこそつくろっていたが、内々では、宮をいとわしく、憎く思っていたことは、誰よりも、宮がいちばんご存じでいらっしゃる。

源氏の仕打ちは、つれなく、冷たかった。

生まれた薫《かおる》にも冷淡だった。

宮は、もう、源氏と二度と会えないというお気持になられ、出家を決心なさったのであった。

源氏とはもう、縁が切れた、これで心も安らかに日を送れるであろうと、思っていらしたのに、また、こんなことを源氏に言われるのは、宮には辛《つら》く、苦しく思われる。

源氏は、宮の困惑を見て、琴《きん》をとりよせて弾きはじめた。

月は明るく照り、宮は思わず、琴《こと》の音に耳すまされる。お数珠《じゅず》をくるのも忘れて、聞き入っていられる、宮の美しい尼姿を見て、源氏は、胸がいっぱいになる。

あの女《ひと》。

この女《ひと》。

源氏が人生でかかわりをもち、恋い焦《こ》がれ、苦しめられた女人たちは、すでにもう、何人か、こういう風に尼になって世を捨てた。

女三の宮。前 尚 侍《さきのないしのかみ》。朝顔の斎院《さいいん》。

さまざまに移り変る世。

はかなく空に消えた昔の恋。

十五夜なので、月見の宴があるだろうかと、兵部卿《ひょうぶきょう》の宮が、夕霧たちと共に来られた。

「お琴の音をたずねあてて、参りました」

源氏は喜んで、席を設けてお招きする。

いつか、殿上人たちも次々にやって来て、虫の音の品定めや、琴の合奏に、宴の興がたかまった。

「今宵は鈴虫の宴ということにして、飲み明かそう」

源氏は、土器《かわらけ》をめぐらせる。

「月の光というのは、いろんな思い出を誘う。亡き権《ごんの》大納言、柏木《かしわぎ》のことは、ますます思い出されてならない」

源氏はそういった。

「こういう催しごとのあるたびに、柏木のいないのが物足らない……。折ふしの催しの栄《は》えがなくなった気がする。あの青年は花の色、鳥の音につけて、情趣をよく解した、すぐれた感性をもつ人だった」

そういう源氏の心には、御簾《みす》のうちの宮も耳とどめて聞いていられるかと妬《ねた》ましくもありながら、しかし、柏木を惜しみ、感傷的になる気持は、真実のものなのだった。

酒がめぐったころに、冷泉院《れいぜいいん》からおたよりがとどいた。

「同じことなら、あたら名月を一緒に見ませんか」

と畏《おそ》れ多いお召しである。

いそいで、一同は車をつらね、前駆《さき》を追うて冷泉院へ参上した。月は高く、夜ふけの空の風情《ふぜい》はおもしろいので、お供の若い人に笛など吹かせ、前駆もひかえさせて、しのびでの参上である。

冷泉院も御位《みくらい》をお降りになってからは、閑静にすごしていられる。源氏の参上したのをたいそう喜ばれた。

源氏は、明石《あかし》の女御《にょうご》や夕霧に増して、冷泉院のことをふかくお思いしている。しのびやかな内輪《うちわ》の鈴虫の宴が、思いがけず、にぎやかな月見の宴となったのであった。

源氏はそのあと、中宮の方へ参上した。

おっとりとしていられるが、中宮には強い希望がおありになる。

それは出家のお望みである。

御母御息所《みやすんどころ》が怨霊《おんりょう》となって、いまも人々の噂《うわさ》にのぼることを（源氏はあのときのことを、ひた隠しにしているのであるが、いつか世にひろまったものらしかった）悲しく辛く、中宮はお思いになり、いまは、ご自分が尼となって、母君の罪障の業火《ごうか》をしずめてさし上げたいと思《おぼ》し召すらしかった。

源氏は心を打たれる。中宮のお気持としてはさもあろう、といとおしかったが、

「罪障は、どの人もまぬがれぬところなのですよ」

とお慰めする。

「いますぐに御位をお捨てになってもあとへ悔いのみのこり、母君をお救いできるとは限りません。お心のお苦しみの、せめても少しは晴れますように、ご供養をひたすらなさいましたら、いかがでございますか――そう申す私自身も、いつかは心静かな勤行生活をして、私自身の後世《ごせ》を願うと共に、母君のご供養もしたいと思いつつ、なかなか、浮世のほだしにしばられて、思うに任せませませぬ」

中宮といい、源氏といい、まだなおこの世を捨てられる身ではなさそうであった。

昨夜、気軽に参上したのが今朝は知れわたって、上達部《かんだちめ》なども、みな源氏の見送りに供をする。源氏は、明石の女御も夕霧の大将もわが子としては可愛く、深く満足しているのであるが、尚この冷泉院に寄せ奉る心は、それらを上まわって深かった。冷泉院も源氏に久しぶりで会われて、しみじみとあわれ深い思いであられたようである。

山里の夕霧にとざされし

恋の巻

堅物《かたぶつ》という評判の夕霧であったが、亡き友・柏木《かしわぎ》の未亡人、一條の宮への思慕は日に日に増さるばかりであった。

世間の手前は、亡き友との友情のため、とみせかけつつ、熱心にお見舞いにゆく。宮の母君・御息所《みやすんどころ》も、

「ほんとうにご親切な……」

とお喜びになって、淋しい日々の慰めにしていられるが、真実のところは、夕霧の恋のためなのである。

（このままでは引きさがれない……しかし今まではそんなそぶりも見せなかったのに、急にてのひらを返したように求愛して言い寄るのも気はずかしい。……深く心こめて尽くしているうちに、先方でも心がとけ、こちらの気持を汲《く》んで下さるかもしれない）

夕霧はそう思い、何かにつけて宮のご様子を探ろうとするが、宮はご自身で応対なさることとは全くなかった。

（どうかして私の恋を残るくまなくお話し、宮のお気持も知るような折が来ぬものか）

と夕霧が思っているうちに、御息所が病気になられ、小野の山荘へお移りになることになった。かねてよりご祈禱《きとう》の師として物の怪《け》などを調伏《ちょうぶく》したことのある律師《りっし》が、比叡山《ひえいさん》にこもって修行している。山ごもりの間は里へ下りないと誓いをたてているのであるが、麓《ふもと》近くであるからと頼んで、下りてもらうためであった。

小野までのお車も供人《ともびと》も、夕霧の大将《だいしょう》がご用立ててさし上げたのだった。柏木の縁戚《えんせき》の人々も、今はそれぞれの生活の忙しさに紛れ、宮のお世話までゆきとどかない。柏木の弟の弁《べん》の君は、宮にすこし思いをかけていたが、「とんでもないこと」というような宮の反応だったので、それからはお見舞いにもこなくなってしまった。

夕霧の作戦の方がずっと巧妙だったわけである。彼は、夢にもそんな気はない風をみせて親身に世話をし、御息所と宮のご信用を得たのであった。

修法《ずほう》などさせられると聞いて、夕霧は僧への布施などもこまごまと気をつけてさし上げる。

御息所はお具合がお悪く、お返事もお書きになれないので、お側の女房たちがすすめて、宮にお書かせ申上げた。夕霧の身分に対し、代筆では失礼に当りましょう、と助言したのである。

（おお……これが、宮のお手蹟《て》か……）

夕霧は、ただ一行ばかりのお文に目をあて、心ときめかせた。

おっとりしたご筆蹟《ひっせき》、言葉にもやさしいお気持が匂わせてあって、いよいよ夕霧は心ひかれる。宮をどうしても、わがものにしたい、という気持がこうじて、しげしげと手紙をさし上げる。

雲井雁《くもいのかり》は、夫の異変に気がついてこのごろは、疑いの目を向けるようになっていた。夕霧はそれが煩《わずら》わしくて、小野の山荘へお見舞いにいきたいと思いながら、自由に出られないのであった。

八月の二十日頃、野原の情趣も面白い折、小野の山里はどんなであろうと思われ、

「某《なにがし》の律師が珍しく山を下りていられるので、どうしてもご相談したいことがある。御息所をお見舞いがてら、行ってくるからね」

と雲井雁には、通り一遍の見舞いのように言いこしらえて、夕霧は出た。大げさな行列にせず、親しく使う者五、六人ばかり、狩衣姿《かりぎぬすがた》で供をする。

格別に山深い道というのでないが、秋のあわれは、数寄《すき》をこらした都の大邸宅の庭よりもさすがに増さっている。

山荘は、はかない小柴垣《こしばがき》もゆかしく、仮の宿ながら上品に住みなしていられる。寝殿と思《おぼ》しき建物の、東の放出《はなちで》に修法の壇を設け、御息所は北の廂《ひさし》に、宮は西面《にしおもて》にいらっしゃる。物の怪《け》が御息所を苦しめているので、宮に移ったりしては、と都に留《とど》まるようにおすすめしたのだが、母君に離れているのはいやと、宮が強《し》いて、ついてこられたのだった。それゆえ、御息所とは少しはなれたところに、宮はおいでになっていた。

来客を通すところもないので、夕霧は宮のお居間の、御簾《みす》の前に通された。お取り次ぎを身分高い女房たちがする。

「ほんとうにご親切にお見舞い頂きまして、もしこのままはかなくなっておりましたら、このお礼も申上げられないところでございました。それを思うと、もうしばらくこの世に生きていたい心が起こるのでございますよ」

御息所は取り次ぎを介して、感謝される。

「こちらへおいでになるお見送りもしたかったのでございますが、六條院で父の用をしておりまして失礼しました。日頃も、何かと忙しさにかまけて、充分にお世話もできませず、心ほどにもゆきとどきませぬことを、苦しく存じております」

といいつつ夕霧は、宮のご気配ばかりに神経を磨《と》ぎすましていた。

宮は奥のほうにそっと坐っていられるが、何しろ仮の、旅の宿りのこととて狭く、浅い奥ゆきの部屋、宮のご気配はつい近くに感じられるのである。

ものやわらかに身じろぎなさる衣《きぬ》ずれの音、

(あのあたりにいられるのだな……)

と知られて、夕霧は魂もあこがれ出るように思った。

「こうしてお見舞いにくるようになってもう三年になりますのに、いつまでも他人行儀なお扱いですね」

夕霧は、御息所へのお取り次ぎが手間どっているすきに、そばにいる少将の君などの女房に怨《うら》むがごとくいう。

「御簾ごしのお取り次ぎを、いつまでも馬鹿正直に守って、あなた方にもさぞ、昔かたぎの律儀者《りちぎもの》と嗤《わら》われているのではあるまいか。もっと若かったころに色めいた経験を積んでいたなら、この年になってきまりのわるい思いをせずにすんだでしょうが。実際、いい年をして、こうも生真面目《きまじめ》な愚か者はめったにいるものではありませんぞ」

夕霧の様子には、かるがるしく扱えない威風があって、女房たちは顔を見合わせ、

（やっぱり……）

（もしや、と思っていたけれど、宮さまに思いを懸《か》けてらしたのですわね）

（人づてのご返事が、お気に入らないのですわ）

といいあうのだった。

宮に、そっと、

「あんなにまで仰せられますものを、知らぬ顔で押し通されるのは失礼にあたりましょう」

と申しあげる。宮は、

「母に代りましてお相手するはずでございましたが、看病に疲れまして、あるかなきかの心地でおります。お許し下さいまし」

と仄《ほの》かにいわれる。

「これは、宮のお言葉ですか」

夕霧は居ずまいを正した。

「ご病人のお悩みを身に代えてもとご心配しておりますのも、何のゆえかと思し召すか。御息所がご快癒《かいゆ》なされば、宮さまも晴れ晴れとなさるであろうと思えばこそ、でございます。御息所がお元気になられれば、どなたのおんためにも、お心強いことでございましょう。私のお見舞いを、御息所のためとばかりお思い遊ばされましたか。長の年月、積もる私の心づくしを、宮にお認め頂けませぬとは、くちおしく存ぜられます」

日も入り方になった。

空には夕霧がたちこめ、山かげは小暗《おぐら》く、ひぐらしがしきりに鳴く。垣根《かきね》の撫子《なでしこ》が、風に靡《なび》いているのも美しく、前栽《せんざい》の花は乱れ咲いて水音は涼しい。山風、松のひびき、それに不断経《ふだんぎょう》をよむ僧の声、鐘の音。

所がら身にしみて、すべてがあわれに、夕霧は帰る気もしない。

御息所が苦しげにしていられるというので女房たちはあちらに参って、宮のお前は人少なになった。宮はじっと物思いに沈みこまれ、あたりはしめやかな気配になっている。

(心に秘めた思いを打ちあけるには絶好の機会ではなかろうか)

夕霧はそう思った。折から、霧が、軒端《のきば》にまで白々とたちこめてくるのであった。

「帰る道すら見えなくなってしまいました。どうしたらよいのでしょう。まるで、霧が私を引きとめるような……」

と申しあげると、宮は、

「なんの霧がおみ足を引きとめますものか……うわのそらなことを仰せられるかたなどを……」

とつぶやかれる。夕霧は胸しめつけられる思いがして、いよいよ帰る気を失ってしまった。

「どうすればよいのか。霧で家路はみえず、さればといってここに止まるべくもなく追い払おうとなされます。こういうことに馴《な》れぬ私は、途方にくれてしまいます……」

夕霧は立ち去りがてにして、ひそかに、この年月の、抑えきれない思慕の念を仄めかす。

宮は、今まで全くお気づきにならぬでもなかったが、知らぬ顔で通していられたのだった。

それを、かくもはっきりと、言葉にして怨みをいわれると、煩わしくお思いになる。

いまはもう、お返事もなさらない。

夕霧は落胆しつつも、（いや、こんなよい機会はまたとあろうか）と思いめぐらしていた。

（思いやりのない無礼な男と思われてもままよ、どうにかして、思いのたけをだけでも、今宵《こよい》は宮にお知らせせずにおくものか）

夕霧は供を呼んだ。

右近《うこん》の将監《ぞう》から五位になった、身近に親しく使っている男が来たので、夕霧はそっと、

「ここの律師にぜひご相談することがあるので今夜はここに泊まる。この者、あの者はここに控えさせよ。随身《ずいじん》の男どもは栗栖野《くるすの》の荘園《しょうえん》が近いので、あちらで秣《まぐさ》など飼わせよ。ここで

は大ぜいいて声などやかましくたてるな。こんな旅寝は軽々しいと人も噂《うわさ》するだろう」

　男は、何かわけがあるのだろうと心得て立った。

「霧で帰る道はみえませぬ。どこに宿借るも同じことなら、この御簾のもとをお借りしとうございます。阿闍梨《あざり》が勤行《ごんぎょう》を終られるまで、ここに居らせて下さいませ」

　と夕霧はおちついていった。

　いつもなら、長居はしてもこんな色めいたことはしないのに、と宮は不快に思われたが、今更、そわそわと御息所の方へ席を立ってしまわれるのもわざとらしいようなので、ただ息をひそめてじっとしていられた。

　夕霧は何かと話しかけつつ、折からお取り次ぎの女房が宮のおそばへ参った、そのうしろについて、御簾の内へ入ってしまった。

　まだ夕暮れだが、霧がたちこめて、室内は暗くなっている。女房は、あっとおどろいてふり返ったが、宮のほうも動転なさって、北の障子《そうじ》の外にいざり出ようとされるのを、夕霧はうまく手さぐりして、宮をお引きとめした。

　宮のお体は障子の向うに入られたが、お衣裳《いしょう》の裾《すそ》はこちらに残って夕霧に抑えられている。障子は向うから掛金をさすことはできないので、お体はふるいわなないて、水のように汗を流していられるのであった。

女房たちも動転してどうしていいか、わからなかった。

「そんなお心とはゆめにも思い寄りませんものを」

と泣かぬばかりに夕霧に訴える。

「ただこうしてお側にいるだけですよ。私の宮さまに対する想いは、長年のあいだにおのずと感じ取って頂けたと思うのですが」

夕霧は静かにおちついていう。しかし宮はただもう、

（ぶしつけな。……）

と夕霧の所業をくやしく思っていられるだけで、ましてお返事など、あるべきはずもなかった。

「お年にしてはお聞き分けのない、稚《おさな》いご態度ですな。人知れぬ胸の想いが思わず溢《あふ》れて失礼なことをいたしましたが、これ以上のなれなれしいことは、お許しがない限り、決していたしません。私は千々《ちぢ》に砕ける心を堪えてまいりました。お分りにならぬはずはない。それを強いてうとうとしくお扱いになるので、ええもう、お腹立ちを蒙《こうむ》ろうと、おさげすみを蒙ろうと、このまま朽ち果てるものか、ぜひともこの切ない想いを聞いて頂きたい。――そう思っただけなのです。

それなのに、何とつれない、つめたいおあしらいだろう……しかし私とて理性も分別もございます。宮さまのご身分に対してもこれ以上畏《おそ》れ多いことはいたしません」

と、夕霧は自分の心を抑え、きっぱりいうのであった。

宮は、鍵《かぎ》もかからない障子を、押えておいでになる。夕霧はあえて開けようとしない。

「大丈夫ですよ。私は開けません」

と笑って、ゆったりとしていた。

宮のご様子はお美しかった。柏木はあまり愛せなかったようだけれど、宮はやさしく上品な佳人である。長い物思いに痩《や》せられて、はかなく、かぼそく、弱々しげでいられる。柔かに着馴れていられるお袖《そで》のあたりも好ましく、たきしめられた香も何もかも、夕霧にはかわいらしく、なよやかにみえた。

風は心細く吹き、夜はふけていった。

鹿の声、滝の音。なんと身に沁《し》む風情《ふぜい》だろう。

格子《こうし》も上げ渡したままになっているので、入り方の月が山の端《は》にかかっているのもあわれだった。

「まだ私の心をお分り頂けませんとは、かえって宮さまのお心が浅く思われますよ。私は世間に嗤われるくらい、女性の意志や感情を尊重する男だと思っています。それなのに、あまりにも私をお蔑《さげす》みになるのでしたら、私は自分で自分が抑えきれなくなるかもしれません……宮さまも一度は結婚をなさった御身、男女の仲をむげにご存じないわけでもありますまいに」

夕霧は言葉をつくして責める。宮は、

（わたくしが結婚した身だからといって、言い寄っても許されるような、心安い言い方をするのね）

と心外にもくやしくも思われた。なぜこんな不運な目にばかりあうのかしらとお考えにな

ると、悲しくて、死んでしまいたいようなお気持になるのであった。

「結婚したのがわたくしの過《あやま》ちだとしましても、どうしてわたくしは、見下げられなければ

ならないのでしょう。まだその上に世の噂の的にされるなんて、わたくしが、何の悪いこと

をいたしまして？……」

と泣きながら、かすかにお話しになる。

「これは失礼を申上げました」

夕霧はおちついて微笑さえ含みながら、

「しかし、一度ご降嫁になった御身、再婚なさってもなさらなくても、世間の見る眼は同じ

ことですよ。どうかもうお迷いにならず、お心をおきめになって下さい」

夕霧は、

「さあ」

と宮のおからだへ手をのばして誘《いざな》った。月の明るいところへ引き寄せようとするのである。

宮は必死に抗《あらが》われるが、夕霧は難なく抵抗を封じて、宮を抱きしめた。

「宮さま。私の較べるものもないほど深い志をどうかおわかりになって頂きたい。……ご安

心下さい。お許しがなければ決してこれ以上の失礼なことはしません」

夕霧の態度はまじめである。

月は隈《くま》なく澄みわたってさやかにさし入った。宮はあまりに月光が明るいので、恥ずかしそうに面《おもて》をそむけていられる。なまめいた美しいお姿である。


「……私を、柏木の君より劣った男と思し召すか」

夕霧は宮のお耳に低く、怨みごとをささやく。宮は、

(正式に父院母君のお許しがあって結婚した時でさえ、夫亡きあとは世の噂の的になった。ましてこの君とどうこうあっては、どんなにひどいことをいわれるやら……。亡き人の父君、わたくしの母君、父院もどう思われることやら……)

ご自分としては、夕霧を拒み通すおつもりでも、このことが知れたら、母君は何とおっしゃるかしらと思われると辛くて、

「どうか、夜のあけぬうちに、お帰り下さいまし……」

と追い払うことばかり考えていらっしゃる。

「情けないことをいわれる。事あり顔に帰ってゆくのを朝露も何と思いますかねえ。よろしい、おぼえていて下さい。こんなに軽くあしらわれてですね、うまく欺《だま》して追っ払ってやったと、あなたが私のことをお考えになるのなら、そのときは私も考えがございますよ。自制できなくて何をするかわかりませんよ」

夕霧はこのまま帰るのはどうにも気がかりであるが、しかし彼は、出来ごころで女性に手

を出すことはできないたちであった。宮を心から愛しているので、宮を強いるのは可哀そうでもあり、かつ、宮が自分を軽蔑《けいべつ》されるかもしれないと自制した。

宮のためにも自分のためにも、霧にまぎれて出てゆくのがいちばんいいと思われた。

「では私は、露にぬれて帰ってゆきます。あなたと私の名もぬれるでしょう。それもこれも宮さまの、つれないお心からですよ」

夕霧はそういった。

宮は、人に弁解しても信じてもらえないようなこの一夜を辛く思われたが、自分ではやましいところはないと思っていられるので、凜《りん》としたご様子で答えられた。

「露にぬれるのは、そちらでしょう。わたくしまでぬれ衣《ぎぬ》をきせようとなさいますの」

宮の非難なさるお口ぶり、ご態度は気品たかく、夕霧は恥ずかしくなる。

夕霧は自分のしたことを反省しつつも、しかしこうも宮のいわれる通り実直に従っていても、あとで馬鹿をみることになるんじゃないか、など、さまざまに思い乱れつつ帰った。帰る道の露は草いちめんで、夕霧はしとどにぬれた。

こんな朝帰りは、夕霧はしたことがない。

三條の邸へ帰ったらまた、雲井雁に怪しまれると思って、六條院の東の御殿へ帰った。

ここは花散里《はなちるさと》の住居《すまい》で、夕霧の着るものも揃《そろ》えてある。

「珍しいお忍びあるきをなさったようですね」

女房たちが、ささやき交していた。

夕霧は、宮に手紙を書いたが、宮はご覧にもならない。宮は侮辱されたように腹を立てていらっしゃる。母君がこのことをなんにもご存じないのが辛く、かといって自分からは恥ずかしくて話し出せず、宮は悩んでいられた。

この宮は、母君と、たいそう仲のよい母子《おやこ》でいらっしゃるのだった。

女房たちは、

「何もございませんでしたものを、かえってご心配をおかけするばかりですから、……それより、お返事を大将さまになさいませ。まるでお返事なさらないのも、あまり子供じみて。ともかくまあ、ご覧なさいませ」

とおすすめした。

「見たくないわ。あんな目にあったのも、わたくしの油断からで、落度だと思うけれど、でも、あのなさり方はゆるせないわ」

夕霧の手紙は、情のこもったやさしいものだったけれど、女房たちも遠慮して見ることはできない。宮と夕霧のあいだに、あの夜、どんなことがあったのか、誰にも本当のことはわからない。

そのころ、母君の御息所の病床では、加持《かじ》をしている阿闍梨《あざり》が、御息所のご気分のよいのを喜んで、いろんな話のついでに、

「そういえば、夕霧の大将の君は、いつごろからこちらの姫君にお通いになっておられるのですか」

と聞いた。

「そんなことはございません。大将の君は亡き柏木の大納言の親友でいらしてお見舞い下さるのでございますよ」

御息所はそう答えられた。

「いやまあ、何も私にまでお隠しになることはないではございませんか。今朝、後夜《ごや》のお勤行《つとめ》に参りました折、西の妻戸から立派な男の方が出てこられました。私は霧が深くて見分けられませんでしたが、法師たちが口々に、『大将殿が帰られる。昨夜、車を帰してここへ泊まられた』と申しておりました。しかしこのご縁はいかがなものでしょう。大将殿のご本妻のご威勢が強いですからな。お子さまも七、八人おありになるはず。ここの姫君でも、ご本妻をしのぐことはお出来になれますまい。それやこれやで嫉妬《しっと》したり憎んだりなされますと、もともと罪障ぶかい女人《にょにん》の身、長夜《ちょうや》の闇《やみ》に惑うて地獄のからい目にあわれるかもしれません。私はこのご縁談は賛成できませんなあ」

と、ずけずけ言い放つのであった。

「おかしな話ですね。そんな事実はございませんよ。大将の君は、私を見舞って下さったのですわ。あのかたはたいそうまじめなお方でいらっしゃって、そんな素ぶりはお見せになりませんものを」

と御息所はおっしゃりつつ、しかし思い当られるふしも、ないとはいえない。

律師が立ったあとで、女房の小少将《こ》を呼ばれて、

「昨夜の話をききました。どういうことだったの。まさか、宮との間に……」

といわれるので小少将は、ご病気の御息所にご心配をかけるのがおいたわしかった。

「いいえ、べつに何にも。ただ大将の君が、お心の内を、宮さまに直々《じきじき》にお話なすった、というだけで、間の障子《そうじ》なども閉めてございましたし……」

と、とりつくろって申上げる。

「でも、大将の君の帰られるお姿を、口さがない人々が見てしまいました。世間にはもうよくない噂が立つでしょう。たとえ潔白であったとしても誰が信じますか。……宮さまをここへお呼びしておくれ」

御息所は、ほろほろと涙をこぼしてお泣きになる。

宮は、母御息所がお呼びになるままに、涙にぬれた額髪《ひたいがみ》を梳《と》かされたり、昨夜、夕霧に引っ張られてほころびた単衣《ひとえ》を着更《きが》えられたりしたが、どうしても立ち上ることがお出来にならない。

(お母さまはどう思われるかしら。まわりの人々も、大将とわたくしとの間に、何かあったように思っているにちがいない……)

そう思われるといつものお癖で、のぼせてしまわれ、また臥《ふ》しておしまいになる。

「御息所には、障子はしっかりしめてございました、と申上げました。もしお問いになりましたら、宮さまも同じようにお答えなさいませ」

と小少将はいう。宮は涙が御枕からこぼれおちられた。潔白だったけれども、かりにも皇女の身分で、男にそばまで来て言い寄られるような隙《すき》をみせてしまったと、とり返しのつかぬように嘆かれるのであった。

夕方、御息所のほうから重ねてご催促があったので、宮は重い足を母君のもとへ運ばれる。御息所はお苦しい中にも起き上って、

「この二、三日、お目にかからないだけなのに、長い年月のような気がします。はかない命ですもの。親子は一世の縁、と申しますから、次の世では、めぐりあえませんのね。この世だけの親子の、短い縁なのに、こんなにむつまじく過ごしてきて、今となってみればそれも、却《かえ》って辛うございます」

とお泣きになった。宮も悲しくなられてお返事もお出来にならない。

いったい、宮は内気なご性質で、昨夜のこともはきはきと弁明なされるような方ではなく、ただ恥ずかしくばかりお思いになっている。御息所はいとおしくて「どんな風であったのか」ともおたずねになれなかった。

日は暮れて大殿油《おおとなぶら》を灯《とも》し、御息所手ずから宮にお食事をすすめたりなさる。そこへ夕霧からまた手紙がきた。事情を知らない女房が、

「大将さまから小少将の君にお手紙でございます」

と取り次ぐので、小少将も宮も、御息所の手前、困ってしまった。

「どういうお手紙なの」

さすがに御息所はお気になさるようであった。御息所は、もともと宮を、この先、内親王の運命にふさわしく、独身のまま生涯を過ごさせたいとお思いになっていたが、もし夕霧から求婚があるのならば、それはそれで、夕霧に許してもよいと、お気弱になっていられた。

しかし夕霧からの手紙が来たというのであれば、本人は、今日は来ないつもりらしい。御息所は胸騒ぎなさった。

「お手紙にはお返事なさいまし。噂をよいように言い直してくれる人はいないもの、こうなったら素直にお手紙をやりとりなさった方がよい」

御息所は夕霧の手紙をご覧になる。

「情知らぬつれないお心でした。一度立った浮名は、とどめかねる川の流れのようなもの、堰《せ》きとめられるものではありませぬ。私はもう何をするかわかりませんよ」

いろいろ言葉をつらねてあるが、御息所は読み果てられないでおかれた。後朝《きぬぎぬ》の文《ふみ》にしては傲《おご》った手紙、自身はお出《い》でにもならず、実《じつ》がないとお思いになる。致仕《ちじ》の大臣《おとど》や、その御娘の雲井雁の君も、この噂をお聞きになったらどういわれることかしら、と御息所はあれこれ思いつづけられて、せめて大将の真意を探りたいと、ご気分の悪いのを押して、お返事を書かれる。

「先が長うもありませせぬ私を気遣うて、宮が見舞いにお越しの折、お文がまいりました。お返事をすすめましたがご気分が晴れぬようですから、見かねて私が代ります。

〈女郎花《をみなへし》しをるる野辺をいづことて　一夜《ひとよ》ばかりの宿を借りけん〉」

とだけお書きになって、ひねり文《ぶみ》にして御簾の外へ出され、やっと横になられたが、たいそうお苦しげになさり、容態がかわってゆく。

「すこしお具合がよろしいようにみえていたのは、物の怪が油断させていたのでしょうか」

女房たちは騒ぎ、僧たちはいそいで大声で加持をはじめる。宮に、「あちらへ」と申上げるが、宮はどうしてお去りになれよう、

「いいえ、お母さまのおそばに」

とひたと御息所のお側についていられるのであった。


夕霧の大将はその日の昼頃、三條邸へ帰った。夕霧は小野へ今夜も出かけたいのだが、いかにも宮と事あり顔ではあるし、と、今は昔よりもかえってなお、不安と期待にいらいらしていた。

北の方の雲井雁は、夕霧の恋愛沙汰《ざた》を快かろうはずはないが、そ知らぬふりで子供たちの相手をして気をまぎらわせ、居間で横になっていた。

宵のすぎるころ、小野から御息所のお文を持ってきた。お具合の悪いときにお書きになったものとて、乱れた御筆蹟を夕霧は急には読み辛くて、灯を近く寄せて見ていると、雲井雁は目ざとく見つけ、そっと近寄って後から奪ってしまった。

「お、何をするのだ……怪しからぬ。それは六條院の花散里の上のお文だよ。お風邪《かぜ》で悩んでいられるお見舞いをさし上げたお返事なのだ。見なさい、恋文の書きようかね。それにしても品の悪いことをなさる。年月につれて私を軽く見て馬鹿にするんだね。私にどう思われても、恥ずかしいという気はないのかなあ」

夕霧は嘆息して、手紙に未練そうな顔は見せず強いて取り返そうとしない。雲井雁は奪ったものの、見る気は起こらないで手に持っていた。

「年月につれて馬鹿にするなんて、あなたのひがみよ」

雲井雁は夫が一向に動じないので、自分のやったことがちょっと反省されたらしい様子である。そういうのが若々しく可愛らしいさまだった。夕霧は笑って、

「まあ、それはいい。しかし私みたいな男がほかにまたといる、と思うのかね。かなりの身分で、長年、一人の女を守りつづけているなどというのは。臆病な雄鷹《おすだか》のようにおどおどして、と人の物笑いだよ。こんな堅物と連れ添っていたって、あなたの手柄にもなりはしない。たくさんの女たちの中で一人ぬきんでて愛されてこそ、世のおぼえもゆかしく、自分の気持もいつも新鮮で、面白い目にもあうんだろうけどね。こんな律儀一点張りの男ではあなたの名誉にもならないだろう」

夕霧は巧くだましすかして、手紙を取ろうと思っているから、それからそれへという。

「堅物とおっしゃるけど、あてになるものですか。急にこの頃は若々しくおめかしなどなさ

ったりして。前から浮気っぽい方なら私もそのつもりでいますけど、なまじ律儀な方と信じていたから、わたくし、どうしていいか心配になるじゃありませんか」

と怨み顔でいう妻が、夕霧にはさすがに可愛くなくもない。

「私のどこが心配なんだ。よくないことを告げ口する人があるらしいね。あちらの宮さまにもお気の毒だよ」

と夕霧はおちつき払っていた。しかし、結局は宮を、妻の一人とすることになるだろうと思うので、強く否定することはしない。

そ知らぬ風で寝たものの、夕霧は内心、手紙をとり返そうとして気が気ではなかった。

（御息所のお文だった。何が書いてあったのだろう）

と思うと眠ることはできない。雲井雁が寝入ってから、ゆうべの茵《しとね》の下などそれとなく探してみたがない。隠したのだろうか。広くもない場所なのだがみつからなかった。夜があけたが、夕霧は起きないでいる。

雲井雁は子供たちに起こされて帳台《ちょうだい》を出たので、そのあいだに探ってみたが、見付けることはできなかった。

雲井雁の方は、夕霧が、それほど手紙に執着しないので（恋文ではなかったのだ）と思って、気にもとめていなかった。男の子たちは朝から跳《は》ね廻っている。女の子たちはお人形遊びをしたりして、中に年かさな子供は勉強や手習いをはじめるなど、雲井雁はその世話に忙しかった。小さい子が這《は》いまわって着物をひっぱったりする。雲井雁は、手紙のことなど、すっかり忘れてしまった。

夕霧は、手紙のことしか考えていない。返事を早く書かねば、と気が気でなかった。

昼すぎ、みんな食事をすませて静かになったころ、ついに口に出した。

「昨夜のお手紙には何とあったね？　お返事をさし上げないといけないが」

夕霧が何げなくいうので、雲井雁は、昨夜のしわざが恥ずかしくてわざと触れず、

「小野で引きこんだ山風がそっちへもうつりましたとでも、お書きになれば」

と冗談をいう。

「おいおい、何をいうのだ。世間なみの道楽者と同じようにいわれてもこっちが気恥ずかしくなるよ。——手紙を出しなさい」

しかし雲井雁は出さない。何やかやしているうちに日暮れになってやっと夕霧は、居間の敷物の下からみつけた。

御息所《みやすんどころ》のお文をみて、夕霧は胸さわいだ。

かの一夜のことを、御息所はお気にしていられる。咎《とが》め、恨む口吻《くちぶり》のお手紙である。とすれば、昨夜行かなかったのを、どんなに辛くお思いだったろうと、心苦しかった。しかもお返事すらさし上げないで。

かくも乱れたお手をみると、ご容態の悪いのを押して書かれたとおぼしく、それほどまでに気にしていらしたのに、何ということだ、いや、これもそれも、自分の妻の教育がわるい

せいだと夕霧は反省して、泣きたいくらいである。

そのますすぐ出かけようとしたが、行っても宮は心やすくお逢い下さるまい、しかし御息所は暗《あん》に、（長く心変りせぬ契りなら……）と期待されているらしきお文でもある、訪《おとな》うべきか訪わざるべきか、今日は暦の上では凶日であるから、もしかして御息所が、自分に宮を許そうというお気持があるなら、将来の縁起のためにも、今日は日柄《ひがら》もわるい、と、夕霧は几帳面《きちょうめん》な性格からそう考えるのであった。そしてまず手紙を書いた。

「珍しいお文を嬉しく拝見しましたが、お咎めを受ける事実は何もないのです。罪があるとすれば、昨夜お伺いしなかったことでしょうか」

夕霧はこれを、先夜の五位の男に渡し、別に宮にもこまごまと書いた手紙を添えて、

「昨夜から六條院に上っていて、ただ今退出しましたので、と申上げよ」

と、口上をひそかにささやく。


小野では御息所が心痛していられた。夕霧は姿を見せず、出されたお手紙に返事もしてこない。それではやはり、一時のたわむれ心であったのだろうか、と思われると、宮がおいたわしくて何と不運な方なのだろうと、

「今更にお咎めするのではございませんが、宿世《すくせ》と申しながら、お考えが浅くて人にうしろゆびを指されるようなことをなさって……。こんどのことはもう取り返しがつきませんが、今よりのちは、お気をおつけ下さいませ。やっぱりまだ世間知らずでいらして、ご分別もそ

なわらぬかと思いますと、まだしばらく私が生きておそばについていてさし上げとう存じますよ。世の噂はともかく、大将殿にやさしいお気持がおありなら、世間なみのご夫婦のように幸福になられたかもしれないけれど、一夜限りで文のお返事もなさらないなんて、薄情なお心でいらっしゃるとは……」

そうおっしゃるうちに、にわかにお苦しみになり、意識を失われて、お体は冷えに冷えてゆく。律師たちはいそいで大声で祈禱《きとう》をはじめるのであった。この騒ぎのうちにも、大将殿のお手紙、ということをお聞きになって、今夜もそれではお越しがないのだ、何という情けないことを、と思い乱れていられるうち、そのまま息絶えてしまわれた。

宮はもろともに、と思いつめられてじっと母君のなきがらにとりすがっていられる。女房たちは、

「今はもう、どうしようもございません。お涙は亡き君の往生の障りでございます。さ、どうぞあちらへ」

とお連れしようとするが、宮は体がすくんだようでお動きにもなれない。

御息所が亡くなられた、ということを聞き、夕霧の大将はいそいで出かけた。

どんなに宮が嘆いていられることかといとおしく、心はせかれるのに道のりは遠かった。

やっと着いた小野の山荘では、もう葬儀の用意がはじまっていて、物々しいようすである。

亡き御息所の甥《おい》の大和《やまと》の守《かみ》が泣く泣く出てきて挨拶《あいさつ》した。この人が、万事の采配《さいはい》を振ってい

るのであった。

夕霧は小少将の君を呼んで宮にお悔みをいうのであるが、宮は、

(このかたのため、お母さまはご心労で亡くなられたのだわ)

と思われてお返事もなさらない。

女房たちは気を揉《も》んで、

「近衛《このえ》の大将という重いご身分でありながら、こうして急いでお出かけ下さったのですわ、そのご好意を知らぬふりなさるのはあまりにも失礼なようでございます」

と宮に申上げる。

「わたくしはもう何にもわからなくなったの。適当にご返事して」

と宮は床に臥したままいわれる。無理もないことであった。

夕霧は女房たちから、宮が悲嘆に昏《く》れて半ば死んだようになっていられることを聞いた。そういう女房たち自身、涙にむせんでいるのであるが、夕霧の問うままに、かの御息所の亡くなられた夜のことを、少しずつ話すのであった。

夕霧は自分の返事がおくれたことで御息所を心痛させたと知って、いっそう気持も闇に迷う気がする。宮のお声をひとことでも聞きたいと思ったが、いつまでもいるわけにいかないので、ひとまず帰ることにした。

葬儀は夕霧が心を配ったので、立派に行なわれ、大和の守も喜んだ。

宮は、葬儀がすんでも都へ帰ろうとはなさらない。

（お母さまを煙にしたこの地で一生を終りたい）

と思いこんでいられる。悲しみはつきるときもなく、やがて九月になった。

山里の秋は闌《た》けた。比叡《ひえい》の山おろしも烈《はげ》しく、木《こ》の葉も散り果て、心淋しい頃であった。

夕霧の大将からは毎日、お見舞いの使者が来、念仏の僧へは慰問の品々が贈られてくる。

そして宮へは夕霧の心こめた手紙が届けられる。

しかし宮は、手にとってご覧になろうともなさらない。

夕霧は宮のあまりにもかたくななお心が恨めしかった。手紙には、母君を亡くされた宮のお悲しみに同情して、しみじみと慰めの言葉を書いたのである。何も、花や蝶《ちょう》やとのんきに風流な話や、懸想《けそう》めいたことを書いたのではない。夕霧はその昔、三條のおばあちゃまに死に別れたときの悲しみを思い出して、心からなぐさめたのであった。物心つかぬうちに母を失った夕霧にとって、三條のおばあちゃまは母代りであった。亡くなられたときは悲しくてたまらなかったのに、致仕《ちじ》の大臣《おとど》は直接のお子でありながらそれほども悲しまれず、通り一ぺんの法事をなさっただけだった。かえって実子でない父の源氏の君が、心から悲しんでねんごろにあとを弔った。夕霧は（やっぱり父上は、情のあつい方だ）と、味方のように思ってどんなに嬉しかったか。

そのとき、柏木《かしわぎ》の衛門督《えもんのかみ》も、夕霧と同様に、おばあちゃまの死をふかく悲しんでいた。夕霧はそんなことがあってなお、柏木を親しくなつかしく思うようになったのだった。

（柏木は心柄のふかい、あわれを知る若者だった――）

夕霧はそんなことを思い暮らしつつ、一行のお返事さえ下さらない宮のお心を、はかりかねている。

雲井雁《くもいのかり》は、夫と宮との関係がどうなっているのかさっぱりわからないで気を揉《も》んでいた。

「あなたは、どちらの方《かた》のことを思っていらっしゃるの？　亡くなられた方？　それとも生きていらっしゃる方？」

夕霧は、妻が、御息所と自分との間まで疑っているのかと思うと、微笑されてくる。

「よく気を廻すことだ。どちらというのでもないよ。この世ははかないものなのだから」

夕霧はこのごろ、ぼんやり思いに沈んでいる。妻がそういう自分をじっと見つめているのはわかっているが、どうしても宮のことが思い切れない。

せめて四十九日の御忌中を過ごしてゆっくり訪れようと心を静めてみるが、もう待ち切れなくなり、小野の山荘へ出かけた。どうせ一度立った浮名だ、包み隠したとて仕方ない。この上は世間なみの男のように言い寄って思いを遂げるまでだ、と不逞《ふてい》な考えをもつようになっている。雲井雁が、宮の所へ出かけるのだろうと推察しても、あながちに打ち消したりしないのである。

（宮は私を拒絶なさるかもしれないが、御息所のお手紙は、私を黙認して下さっていた。一夜かぎりの契りは不実だと恨んでいられた。それを楯《たて》にとって宮に迫ってみよう。宮とて、

いつまでも拒みおおせられるものでもあるまい）

それは九月十日過ぎのころであった。

山風に堪えぬ木々の梢《こずえ》も、峯の葛《くず》の葉も心あわただしく散りまがう中に、尊い読経《どきょう》の声が聞こえる。山荘には人の気配も少なく、木枯しが吹き渡ってゆく。

鹿が垣根のすぐそばにたたずんでいたりする。田の鳴子《なるこ》の音にもおどろかず、黄金色《こがねいろ》の稲の中に立って、あわれを誘うような声で鳴いているのだった。滝の水音はとどろき、草の虫の音、りんどうの花など、夕霧にとっては物思う身のせいか、所がらのせいか、晩秋のあわれに心しめつけられる気がする。

いつものように宮のお部屋の、妻戸のもとに立ってそのまま景色を眺めている夕霧の姿は美しかった。

着萎《きな》えて体に馴染《なじ》んだ直衣《のうし》は、下の濃い紅の衣《きぬ》が美しく透《す》けてみえる。夕日が顔にさしたので夕霧はまばゆそうに扇を顔にかざしつつ、小少将の君を呼《よ》び出した。

「もっと近くへ寄ってくれ、小少将。こんな山里へやってきたのだよ。そんなに薄情にするな」

夕霧は几帳の向うの小少将に、かきくどく。

「宮のお嘆きは尤《もっと》もだけれど、あまりにもつれないお仕打ちではないか。私は魂もあこがれ出るような気がして、もう耐えられない」

小少将は濃い鈍色《にびいろ》の喪服の袖で涙をふいて、

「宮さまはもうご自分も死にたいと、お悲しみに昏れてぼうっとしていらっしゃるのですもの。お返事などお出来になる状態ではないのでございます」

「そこだよ。そんなに頼りなくていらして、これからどうして過ごされるおつもりだ。誰を頼ろうとなさるのか。お父帝《みかど》も世を捨て、山へこもってしまっていられる。今はもう、頼れるのは私しか、いないではないか。死にたい、などとはとんでもない仰せだ。何もかも前世できめられた宿縁とお思い頂くのだな」

しかし夕霧に与えられた宮の、取り次ぎを介してのご返事は、

「まだ夢のような気がして、うつつ心もございません。夢さめて人心地《ひとごこち》もつきましたら」

という、取りつく島もないような、冷淡なものだった。夕霧は失望して帰ってきた。

十三夜の月が花やかにさす夜である。

宮のおるすのお邸《やしき》、一條邸は、その道筋にある。いよいよ荒れて、西南の築地《ついじ》の崩れから覗《のぞ》いてみると、見渡すかぎり邸の格子はおろされ、人影もみえなかった。亡き柏木がここで宴をしたことなど夕霧は思い出しつつ、三條のわが邸に帰ったが、心は空にあこがれて、身から離れるような気がする。

女房たちは、

（お見苦しい。今までなかった朝帰りをなさる）

と悪口を言っていた。

雲井雁はまして情けなく、辛かった。

（あんなに誠実で堅い男と世間で評判された方が、すっかり変ってしまわれた……親兄弟にも、果報者といわれた私が、今になってこんな人聞きのわるい目にあうなんて）

二人はたがいに言葉を交すこともなく、背を見せ合ってそれぞれに屈託して夜を明かした。

夕霧は、夜の明け方近く、もう起き出して宮へ手紙を書く。雲井雁はそれを横目で見つつ、もういつぞやのように奪い返そうとはしない。夫が、

「夢さめて、人心地がついたなら、といわれたがそのときはいつだろう……」

と手紙を書きつつ呟《つぶや》くのが耳に入ったが、じっと耐えていた。夕霧は人を呼んでその手紙を渡した。雲井雁は、宮と夫の仲がどのへんまで進んでいるのか、せめて、返事を見て真相を知りたいと思う。

小野から返事が来たのは、もう日が高くなってからである。

紫の濃い紙に、小少将がきちんと、まじめに書いている。お手紙を取り次いだが、宮は同じようにお心を解いてはいらっしゃらないこと、

「あまりにお気の毒に存じましたので、大将さまよりのお文の端に、お手すさびに書かれましたものを盗みました」

と、宮のお書きになったところを引きちぎって入れてあった。

（それでは、私の手紙をご覧になったのだ）

と思うだけで、夕霧の胸は嬉しさに高鳴った。みっともないと自分で自分を叱ってみても駄目なのである。

宮はそこはかとなく書き散らしていられた。

〈朝夕に泣く音《ね》をたつる小野山は　絶えぬ涙や音なしの瀧〉

とあるのだろうか。美しいお手である。

夕霧は、今まで人の身の上で、こんな色恋沙汰にうき身をやつしている男を見ると、はがゆくもあり、馬鹿げたことだと思っていた。

ところが、自分の身になると、はじめてどんなに苦しいものかがわかったのである。

(ああ、私としたことが。どうしたというのだ、この物狂おしい恋は)

と反省するのであるが、理性も分別も、いまの夕霧にはなくなっているのであった。

源氏もこの噂はきいていた。

夕霧はかねて老成した人柄で、思慮ぶかく人の非難を受けたことのないのを、親として誇らしく思っていた。自分は若いころ、恋の狩人《かりゅうど》として浮名を流したが、その不名誉を挽回《ばんかい》してくれるように嬉しく思っていたのである。しかし二の宮との事件が起きてみると、夕霧があわれでもあった。雲井雁や致仕《ちじ》の大臣《おとど》もどう思うであろうか、そのあたりのこともわからぬ夕霧ではあるまいと思うのに、宿縁からは逃れられないのだろう。

(自分の口をさしはさむことでもない)

と源氏は口をつぐんでいた。

こんなに堅い男が、いったん思いつめたことは、周囲がいくら意見しても耳に入るはずはないと思うのであった。ただ、女の身のあわれさだけが思われる。

源氏は、夕霧の恋愛沙汰に心を痛めるにつけても、紫の上のことが心配である。

「もし、私が亡くなったら、あなたも、二の宮のようにいろいろ苦労するのではないかと思うと、気がかりでならないよ。いろんな男が言い寄って、あなたを悩ますのだろうね」

というのであった。

紫の上は顔を染めて、

「まあ。わたくしをあとへ生き残らせるおつもりなの？」

といった。

紫の上も、夕霧と二の宮の恋について、さまざま思いめぐらしていた。

（女ほど、生きにくいものはないわ——人生の深いたのしみ、尽きせぬ面白みなんかを大きな顔で味わうこともできないんだもの——。女は自分の自我を出してはいけないといわれ、自分を殺すように、しつけられてしまっているのだもの……そんな人生に、ほんとうのたのしさや生き甲斐《がい》があるかしら。人のいうままに自我を殺して生きてると、やがて物の道理もわからず、かたくなで無感動な女になってしまうのだわ。まさかそんな女に育てようとは、親も思いはしないだろうに。いいたいこともいわず、判断力も批判力もありながら自分を抑えているなんて、なんと辛い、苦しいことでしょう。二の宮もきっと、さまざまなことを考えていらっしゃるはずだけれど、じっと胸を撫《な》でて辛抱していらっしゃるんだわ。女ほど生きにくいものはない。

さて、どういう風に教育してさし上げればいいものか。

自分を抑えて女らしい女になっても、個性をそこなってしまっては何もならないし……)

と思うのは、いまわが手許《てもと》でお育てしている明石《あかし》の女御《にょうご》のお生みになった、女一の宮のことに、おのずと思いがゆくからだった。

夕霧が源氏のもとへきたとき、源氏は息子がどう思っているか知りたかった。

しかし面と向うと、やはりむきつけにはいえなくて、

「御息所の四十九日はすんだのかね。世の中ははかないものだね。あの御息所は教養ある、たしなみ深いかたとして人々に敬愛されていられたが——残された宮もどんなにお悲しみだろうね。あの宮は、朱雀院《すざくいん》が、こちらの三の宮の次に、お可愛がりになっていたかたでね。お人柄もいいかただろう」

と、それとなく探りを入れていた。

「どうでございましょう。御息所は物ごしのご気配など、すぐれてたしなみふかい方とお見受けしましたが」

と、夕霧は、宮のことは白を切って口にしない。源氏は、

(こんなに思いつめているものを、とやかく忠告してもむだだ)

と思った。

かくて御息所の四十九日の法事は、夕霧の大将《だいしょう》がすべて引き受けてした。噂は、柏木の父・致仕《ちじ》の大臣の耳にも入らずにいない。

「あの夕霧が。では、二の宮はもう再婚なさるおつもりか。そうか、そんな軽々しい方だったのか——心外なことだ」

そういう解釈は、二の宮にとって、お気の毒だった。

宮はこのまま、小野の山里で埋もれたいと望んでいられる。それを父君の山の帝がお聞きになって、

「出家は思い止《とど》まった方がよい。三の宮が尼になったばかりではないか。私の姫たちがみな世を捨ててしまうのはさびしい——皇女が再婚するというのも、あまり世の聞えはよくないが、しかし、庇護者《ひごしゃ》もなく出家してもあれこれ噂のまとにもなる。まあよく考えて」

といっていられた。

夕霧の方は、今はもう、実力行使しかないと考えている。いろいろ言葉をつくして訴えてきたが、宮のご様子では靡《なび》いて下さる気配もない。

宮とのことは、亡き御息所の御遺志であり、認めて下さっていたと、世間にはいっておこう。ほかに手段はないのだ。すべて亡き人のせいにして、宮との関係はいつからはじまったともわからず、ぼかしておこう。

(宮はすこし、私をナメていられる)

夕霧はおちついてそう考える。

（今さらまた、振り出しに戻ってもう一度言い寄り、涙をこぼして宮にまつわるような、子供っぽいことができるものか——よろしい。おとなの男の実力を見せてさし上げますぞ）

もう、躊躇《ちゅうちょ》しない。

宮が一條の邸へお帰りになる日を何日と定めて、大和《やまと》の守《かみ》を呼んで準備を命じた。一條邸も掃除させる。今までは女あるじの住居とて、荒れて草深くなっていたのを、磨き立てたように美しくした。壁代《かべしろ》、屏風《びょうぶ》、几帳、家具調度のたぐいまで一切新調させた。

当日、夕霧は一條邸にいて、迎えのお車や御前駆《おさき》の供人を小野へさしむけた。

「帰りたくない……お母さまのなきがらを煙にしたここで、一生を終りたいの」

宮はそういわれるが、大和の守は反対した。

「何を仰せられますか。宮のお気の毒な心細いご様子がいたわしくて、これまで私はできる限りのお世話をしてまいりました。しかし私も、もう任国へ帰らねばなりません。あとを托するしっかりした人もいないので心がかりでしたが、幸い、大将の君が、あんなにご親切にお世話下さいます。内親王さまのご再婚は、あまり見よいことではないと申せ、昔からよくあることとです。宮のご境遇は世間もよく承知のこと、何の非難するものなど、ありましょう。——女人のお身で、生活万般のことまで采配なさることはとてもできません。やはり、男が大切にあがめ、尊んで、お世話してこそ、女の人生は花開いて、お心持もふかく豊かになるのです。ご分別もつくのです。このへんの道理を、お側の方々がどうしてよく申上げないのか。はじめに、よしないお手紙の取り次ぎだけはしながら……」

と大和の守は、最後の方は、お側の女房の小少将や左近《さこん》を責める口吻になる。

人々は宮をなだめたり、すかしたりしてご用意させる。宮は、色あざやかなお召物を、すすめられるままにまとわれたが、夢かうつつかというお気持である。

「まあ、美事《みごと》なお髪《ぐし》……これを削《そ》ぎたいと仰せられるなんて、とんでもないことでございますわ。六尺ほどもおありになる……」

女房たちは感嘆するが、宮は、お髪を指で払ってかえり見られ、

(いいえ……脱けおちてみすぼらしいわ。ひどく衰えてしまった。もう男に愛されるような身ではないわ)

と気が滅入《めい》ってまた臥《ふ》してしまわれる。

宮のお心には、愛されることと薄かった、不幸な短い結婚生活の記憶が影を落していて、ご自分に自信を失っていられる。

夕霧は私を見て、きっと失望し、愛もさめてしまうにちがいないわ、……そういうお気持が、宮をかたくなにし、(もう二度と、みじめな思いをしたくない)と思い込んでいられるのであった。

「予定の時間がすぎましたわ」

「夜も更《ふ》けました、どうぞ宮さま」

人々は騒がしく促す。時雨《しぐれ》はざわざわと風に乱れて吹きつけてくる。

（お母さまと共に死ねばよかった……もうどんな男とも添う気はないのに）

宮は泣く泣く車に乗られる。女房たちはみな、お邸へ帰るのでいそいそしていた。櫛《くし》や手箱、唐櫃《からびつ》など先に運び出してしまっているので、宮お一人でお残りになることもできない。出家したいとお思いになりつつ、それもかなわず、黒髪は長いまま、ついに小野をお去りになるのであった。

お側の人々は、かねて宮がおひとりでお髪《ぐし》を削がれたりなさらぬようにと、鋏《はさみ》のようなものはみな隠して警戒していた。そんな人々の気持に逆らって、かたくなに、世を捨てるということも、宮はお出来になれない。

おっとりした気高いお心でいらっしゃるのだった。

お車に乗られるが早いか、宮の御眼に、どっと涙があふれた。

いつもお隣には、母君が坐っていらした席が空《あ》いているのだ。

（ここへ来たときもご一緒だった。あのとき、お母さまはご気分が悪いのに、わたくしの髪を撫でて下さったり、車から降りるときもお世話下さったのだわ……）

と思われると、涙で何もお見えにならない。

母君のお形見《かたみ》の、守り刀と経箱《きようばこ》が、いつも宮のおそばにあった。経文を入れる箱は、母君が朝夕、お手馴らしになった螺鈿《らでん》の箱であった。

（浦島の玉手箱のように、この箱を開けたら、お母さまが出られるものなら……）

悲しみに胸ふさがってしまわれる宮を迎えて、一條の邸はにぎやかに、見違えるばかり立派に飾られていた。

宮は、住み馴れたわが家ともお思いになれず、うとましくて、すぐにはお車からお下りにならない。

「ま、なんと子供っぽい……」

女房たちは困ってしまった。

夕霧は東の対《たい》の南おもてを自分の居間にしつらえて、主人然として居坐っている。喪中なので、新婚というには縁起がよくないのであるが、食事も終って一段落し、みな落ちついたところで、夕霧は少将の君に、

「宮のおそばへ案内せよ」

と責め立てた。少将は困惑した。

「今夜はお許し下さいまし。末長くとお思いなら、今日明日は過ごされて、宮さまのお気持も平静になられてからお会い下さいまし。こちらへお戻りになって、宮さまは却《かえ》って物思いに沈まれて、死んだようになっていらっしゃるのですもの。私どもがお取りなししても、うとましそうになさいます。ご機嫌《きげん》をそこないましては、うまくいくことも、いかぬようになってしまいます」

「想像していたよりは幼稚なかたでいらっしゃるのだね」

夕霧は不機嫌にいって、宮は結局、自分と結婚なさることが宮のご幸福、ご安泰であること

と、この結婚によって世間から非難を受けることはないはずだという自信を少将にいいつづけている。少将は、

「いえ、もうそれはようく、わかっているのでございます」

　と必死にいった。

「ただ、いまのところは我彼《われか》の状態でいらっしゃる宮さまに、もしものことがあったらと、私ども心配でならないのでございます。どうか、無理を通して一方的なことはなさらないで下さいまし。お願いでございます」

　と手を合わせて拝むのであった。

「こんな目にあったのははじめてだ。柏木に比べて私はずいぶん嫌《きら》われてしまったものだな。あんまりなお仕打ちだ。私のいうことに非があるかどうか、人に判定してもらいたいくらいだ」

　夕霧はいらいらして不快げなさまを隠さない。少将も同情しないではいられなかったが、

「さ。人に判定させましたらどちらに理があると申しますか。あなたさまは恋の諸訳《しよわけ》や女心をまだ充分にご存じないのですもの」

　と少し微笑する。

「それはそうだ。それは私も認めるが、しかしもう、そう悠長なことはいっていられない気持なんだよ」

　少将がどんなに押しとどめてふんばってみても、夕霧の情熱にはもう克《か》てなかった。

夕霧は少将を引き立てて、このあたりと推察される宮のお居間へ入った。

宮はお心を硬《こわ》ばらせてしまわれた。

(何という思いやりのない強引なかたかしら……)

宮はきっぱりと拒絶なさる決心である。

(大人げないと非難されてもかまわない)

と、塗籠《ぬりごめ》に敷物を一つ敷かせて、中から錠をかけておやすみになった。塗籠は、壁にかこまれた部屋である。

このはかない抵抗もいつまでつづくことか、女房たちはみな浮き浮きして、夕霧の味方についてしまっているのだもの……と、宮は悲しく思われて、暗闇の中でお眼を閉じていられる。

夜一夜《よひとよ》、夕霧は錠をお開けにならない宮をもてあまして、ため息をつきながら引きあげた。

自邸へ帰る気もしない。

六條院の、東の対の自室で休んでいた。花散里《はなちるさと》の上は、

「宮さまを、恋人になさったと、北の方のお実家《さと》でおっしゃっているのは本当ですか?」

としごくおっとりと聞くのである。間に几帳《きちょう》があるが、姿はちらほらと、夕霧には見えている。

「まあ、まんざら根のないことでもございません。亡《な》き御息所のご遺言で、後見をたのむという仰せでした。もともと柏木の君との友誼《ゆうぎ》もあり、自分もそのつもりでおりましたが、宮ご自身は、尼になりたいと思いつめていられるようです。それならそれで、色恋はなれてご後見をしてさし上げたいと思っておりますが、世間ではさぞ、いろいろと取り沙汰いたしましょう。――父上も、この年になって不料簡《ふりょうけん》を、とお思いになるかもしれませんが、何かのおついでがあればよろしくお伝え下さい。しかし、ここだけの話ですが、この道ばかりは人の諫《いさ》めも耳に入らず、自分の分別も曇ってしまうものでございますな」

夕霧は、やさしい義母には、ついしみじみと本音《ほんね》を洩《も》らすのであった。

「まあ。人の噂《うわさ》だけかと存じていましたら本当のことでしたの。……男の方にとってはよくあることですけれど、三條の姫君はおかわいそうね。今までそんなご苦労をなさってらっしゃらないのですもの」

「姫君とはまた、可愛らしげにおっしゃる。鬼みたいな口やかまし屋ですよ。――女というものは素直なのが一番ですね。失礼ですが義母上《ははうえ》を拝見してもそう思います。口うるさい女には、男は面倒なので折れますが、そういつまでも言いなりになってはいられない。ごたごたが起きたとき、お互いに憎むようになってしまいますからね」

「そんなことおっしゃって頂くと、却って私のぱっとしない身の上が思い知らされて」

と花散里は笑いながら、

「それにしてもおかしいのは、お父さまですわ。——院はご自分のことは棚にあげて、あなたにお説教なさるんですものね」

「そうなのですよ。いつも女性関係のことでご訓誡《くんかい》を受けています。仰せまでもなく身をつつしんでいるつもりですがね」

と夕霧もおかしがり、この義理の母と子は仲よく、へだてなく、話が弾むのであった。

日が高くなってから夕霧は三條の邸へ帰った。すぐ若君たちが次々に可愛らしく、まつわりついてくる。雲井雁は帳台の中に臥していて、夫が入っていっても視線を合わそうともしない。

（拗《す》ねているな）

と夕霧は思ったが、下手《したで》に出ないで、妻の引きかずいている衣をはねのけてみると、

「ここをどこだと思ってらっしゃるの？　私はもう、とっくに死にましたわよ。いつも私のことを鬼、鬼、とおっしゃるから、いっそ鬼になってしまおうと思って死ぬの」

と雲井雁はきっとしていう。

「なるほど、鬼になっていられる。でも、お顔は可愛いね。こんな可愛い鬼を捨てられるものか」

と夕霧が平気で抱き寄せようとするのも雲井雁には腹立たしい。

「おめかしして浮き浮きしてらっしゃるような方の側に、私みたいなお婆さんはもうご一緒にいられませんわ。どこかへいってしまいます。私のことなんかお忘れになって下さい。長

い月日、一緒にいたのさえ、今になるとくやしいわ」

雲井雁は起き上り、むきになって言い募《つの》っているが、その顔は上気してほんのり赤らんで、とても可愛らしいのだった。

「ようしよし、よく怒る人だ。あんまり子供っぽく怒るから見馴れて、この鬼は怖くなくなってしまった。鬼ならもっと神々《こうごう》しく怒らなくては」

夕霧はからかって冗談にしてしまおうとする。

「何をおっしゃってるの。私、本気ですわよ。あなたも文句を言わずに死になさい。私も死にます。あなたを見れば憎らしくなるわ。声を聞くのも腹が立ちます。そうかといって私一人で死ぬのも気がかりだし」

夕霧は妻の言い草が可愛くて、思わず笑ってしまった。

「見れば憎らしいといったって、離れていても、私の噂を聞いたら、また憎らしがるんだろうね。もろともに死のう、というのは夫婦の契りの深さを思い知らせようというつもりかい？」

「いいえ、違いますわよ」

「なぜ？　昔のことを忘れた？　一人が死んだら、すぐのこる一人も、あとを追おうと約束したことがあったじゃないか」

夕霧は巧妙に言いつくろって、なだめた。雲井雁は無邪気で可愛げな気性なので、

（また、あんな口先だけの気やすめを……）

と思いつつも、いつしかに機嫌は直ってゆく。夕霧はそれを哀れと見ながら、宮のこともたえず心の片すみにある。

(我《が》の強い方にもみえなかったが……もし宮が、ほんとうに尼にでもなってしまわれたら、私は馬鹿な目にあう)

そう思うと、当分は、途絶えることなく一條邸に詰めなければいけない、とあわただしい気になる。

日暮れになるにつれ、夕霧は心も空になったが、強いて、妻のそばにいた。

雲井雁は昨日今日と、食事も摂《と》れなかったが、やっと気を取り直して、夫と食事をした。

そのあいだ中、夕霧は言い続けていた。

「昔から、あなたを愛する気持は一通りのものではなかった。あなたの父上が辛く当られて、二人を裂かれたとき、私は世間から変人と笑われるほど、ほかの縁談をふり向きもせず、じっと堪えていたのですよ。あなた一人に心と操を守っていたのだ——あんな辛抱は女でもできないのに、まして男が、と世間の人はみな笑い者にしたり、非難したりした。どうしてあれほど純情に思いつめたものか、われながら感じ入るばかりだよ。……今になって憎み合うことはないじゃないか。そうだろう」

「…………」

「子供もたくさんいるし、見捨てられないよ。あなたの勝手で出ていけるものでもないでしょう。まあ、気持を大きくもって、私を信じて欲しいのだがね。命こそ、さだめない世だが、いつまでも愛は変らないはずだよ」

と、しんみりいうと雲井雁も、昔からのことを思い出し、(そうだわ……二人の仲は誰を持ってきても離せない、深い契りなんだわ)

と思うのだった。

それでも夕霧が装束《しようぞく》をあらため、香を薫《た》きしめて出ていこうとすると、雲井雁はこらえきれない涙が出て来て、夫の脱ぎ捨てた衣をひきよせ、

「私は疎《うと》まれてゆくのね……尼になりたいと思うわ」

とつぶやくのであった。夕霧は行きかけて立ちどまり、面倒であるが、

「尼だなんて、情けないことをいわないでおくれ」

そういいつつ、心は一條へ急《せ》いていた。

一條邸では宮がまだ、塗籠《ぬりごめ》にこもって錠をさしたままでいられる。

「いつまでもこんなことをなさっていてはいけませんわ。宮さまのお心のうちをすっかり、大将さまにお話なさいませ」

と女房たちはすすめるが、宮は夕霧に対してお気持が解けていらっしゃらない。

夕霧は女房を通して、

「いつものお部屋にお戻り下さいませ。几帳越しに私の思うことを申上げ、決してお心を傷

つけることは致しません」

と申上げるのであるが、宮は、

「母君の喪中で、わたくしの心も乱れているときに、無理を通そうとなされる。うらめしいお心に存じます」

と突き放されるだけである。

夕霧は少将を責めて、

「もし私が、これきりここへ伺わなくなれば、宮は私に捨てられなすったという噂が立つのだ。どっちにしても宮のお名に傷がつく。これ以上、子供めいたお振舞いを許すのは、宮のおんためにも気の毒なことになるよ」

といった。少将は夕霧が気の毒になり、塗籠の北の口の、女房が出入りするところから夕霧を入れた。

（みんな、わたくしの味方ではなくなったわ）

と宮は、女房たちの仕打ちを悲しく思われた。

夕霧はじゅんじゅんと宮に、言葉をつくしてお話する。

「もう今更、取り返しもつかないのですよ。私があなたに恋してしまったのだから、どうしようもありません。宮さまのお名も、元通りにはならないのですよ。運命だと思っておあきらめ下さい。私の志を深い淵川《ふちかわ》だとお思いになって、身を捨てたものと、思《おぼ》し召し下さい」

宮は単衣《ひとえ》のお召物を、お髪《ぐし》の上から被《かぶ》って声を出して泣いていられる。

（いや、弱った弱った。どうしてこうお嫌いになるのか、いくら強情な女《ひと》でも、ここまでくれば気持もとり直すものだが、岩木のように靡こうとなさらないのは、前世の縁で、よほど相性《あいしょう》でもわるいのだろうか……）

夕霧はそう思いつつ、悲しむ妻の顔など思い出され、みなこれも、自分が招いたことなのだと、味気ない気がして、ためいきをつきつつ、夜を明かした。

夕霧はその日、一日中、一條邸にいた。

塗籠の中には、さしたる調度はなく、手近な、間に合せの居場所にしてある。内は暗いが、朝日が射《さ》して明るくなった。

夕霧は宮の被《かず》いていらっしゃる衣をのけて、乱れたお髪《ぐし》をかきやり、はじめて仄《ほの》かに、宮のお顔を見た。

この上なく気品たかく女らしく、なまめかしい方だった。

「私をご覧下さい」

と夕霧は、微笑《ほほえ》みながら、宮にささやく。

宮は夕霧に視線を当てられた。くつろいで微笑している夕霧は、男ざかりの美しさがあって、そして柏木よりも大人びて、やさしかった。柏木は、宮のご器量が気に入らぬ風だった。あの頃より衰えている私の容色を、夕霧は気に入るはずもないと、宮は、かたくなに考えていらっしゃる。

父君の山の帝や、舅《しゅうと》の致仕《ちじ》の大臣《おとど》が聞かれたら、この関係を何と思われるだろうか、宮はそれからそれへと考えられると、お辛くてならない。

「新しい人生がはじまるのですよ。宮さまにも私にも。私にみんな任せて下さい。いいですね。世間の非難も何も恐れることはない」

夕霧はゆったりと慰める。その声はやわらかでいて力強く、宮のお心を抵抗できないように封じてしまう。

朝の手水《ちょうず》や食事は、常の居間で出された。喪中ゆえの家具調度は新婚の朝にはふさわしくないので、東の廂《ひさし》の間《ま》に屏風を立て、母屋《もや》との境に香染《こうぞ》めの几帳を立てている。沈《じん》の二階棚などおき、心にくくしつらえてあった。大和の守の配慮なのであった。

女房たちも派手ではないながら、山吹襲《やまぶきがさね》、紅や紫、青鈍《あおにび》の色などに着更えさせて、食事の給仕をさせる。

夕霧というあらたな主《あるじ》をいただいて邸内はにわかに活気づき、大和の守は一人で、てきぱきと采配《さいはい》を振っていた。

いや、大和の守だけではない。羽振りのよいあるじがいられると聞いて、今まで勤めを休んでいた家司《けいし》などもいそいで参上し、邸のご用に励もうとするのであった。

夕霧が一條の宮から帰ってみると、若君たちが慕い寄って、

「お母さまはいっておしまいになったの」

「お母ちゃま、お母ちゃま」

と幼い子たちは泣いているのだった。

雲井雁《くもいのかり》は、姫君たちと、ごく小さな若君たちだけを連れて、実家の父大臣の家へ帰ってしまったのであった。

(まじめな人が狂い出すと、もうもとへ戻らないって、ほんとうなんだわ)

と雲井雁は思い込んでいた。

夕霧は妻の気強さが不快だったが、舅《しゅうと》の思惑もあるので、日が暮れてから迎えにいった。

雲井雁は居間にいない。

ちょうど弘徽殿《こきでん》の女御《にょうご》がお里帰りしていられるころなので、そちらへ話にいって遊んでいた。夕霧は腹が立った。

「よい年をして何だね。ここかしこに子供たちを抛《ほう》り出して遊んでいるなんて。昔からの仲だし、子供もたくさんいること、何といっても互いに別れられるものではないと、当てにしていたのに、ほんのちょっとしたことでこんな仕打ちをするのか」

「どうせもう、私などはお見捨てになったのですから、どんなにしたってお気に入りはしますまい。子供たちだけはよろしくお願いしますわ」

と雲井雁は顔は見せずに返事だけよこした。

「殊勝なことを。世間の物笑いになるのは結局、どっちだと思うのだね」

夕霧は強《し》いて三條へ帰るようにもいわず、その晩は一人で寝た。

中途半端なおちつかぬ気持で、子供たちを傍に寝かせている。

（一條の宮は、私が行かないことで、また思い乱れていられるのではないか）

と思うと平静ではいられない。

（全く、恋というものはもう、懲《こ》り懲《ご》りだ、どこの物好きが、こんな恋路《こいじ》を面白がるのだろう）

と夕霧は思ったりした。

夜が明けて、夕霧は妻にいってやった。

「人の手前も恰好《かっこう》わるいから、あなたがいうようにしばらく別れているかね。姫君たちをよこしなさい。ここへ私がいつも逢いにくるわけにもいかないし、三條の子供たちも淋しがっているから、あちらで一緒に面倒をみるよ」

姫君はみな、小さくて愛らしかった。夕霧はその髪を撫《な》でて、

「お父さまと一緒に行こうね。——お母ちゃまのおっしゃることを聞いてはいけないよ。お母ちゃまみたいに頑《かたく》なに強情なのはいけないことですよ」

と教えたり、していた。

一條では、宮はこのことをお聞きになってよけいお心がふさいでいられる。

雲井雁の父の、致仕の大臣は心を痛めていた。夕霧のことだから、と思うものの、女二の宮をも快く思うはずはない。

柏木の弟の、蔵人《くろうど》の少将を使にして、宮へ手紙をことづけた。

「柏木との縁がうすく、お気の毒に存じておりましたが、このたびはまた、娘のことでは、お怨みに思うことになりましょうとは。こちらの立場もお考え下さい」

蔵人の少将は父の手紙を持って、ずかずかと、宮のお邸へ入った。

「お久しぶりですね。他人行儀になさいますな。ここへくるとなつかしくて」

女房たちは接待がしにくい気持である。まして宮はお返事などお書きになれない。しかし人々にすすめられてようやく、

「物の数にもはいらぬ私、お心を悩ませることなど、できるはずもございませんのに……」

と、お心に浮んだだけ、お書きになる。

少将は女房たちと話していて、

「これからも時々、うかがわせて頂きましょう。今までは兄君の北の方、これからは姉婿どののお連れ合い、ご縁は切れません。熱心に通えば、今度は私の番かもしれない」

と、いやみなあてこすりをいって帰った。宮が心を痛められたのは無論である。

夕霧はそのご機嫌をとるのにあれこれ気を遣う。夕霧には妻の雲井雁のほかに、もう一人、古くからの愛人、藤典侍《とうないしのすけ》がいて、彼女とのあいだにも五人の子供をもうけているが、雲井雁と藤典侍は、あたらしい恋仇《こいがたき》の出現に、

「北の方がお気の毒ですわ」

「まさか私がこのような目にあうとは思いませんでしたわ」

と、珍しく、心を通わせ合うのであった。

雲井雁には長男、三男、五男、六男、次女、四女、五女の子供が出来、藤典侍には、長女、三女、六女、次男、四男といる。合わせて十二人の子供をもつ夕霧なのであるが、どの子も美しく才気がある。

ことに、典侍の生んだ男の子たちは器量すぐれ、利発であった。

典侍腹の三女と次男は、花散里の上がたいせつに育てており、源氏もいつも見て、かわいがっているのである。

女二の宮に執心する夕霧は、律儀者の子沢山ともいうべき男なのであった。

露の世の別れはかなき
御《み》法《のり》の巻

紫の上は、あの大病以来、たいそう体が弱ってしまっていた。

どこがひどく悪いというのではなく、衰弱してゆき、病い勝ちな年月を重ねて、いまはたいそうたよたよと、触れれば消えそうな、あえかなさまになっていた。

源氏の心痛は限りもない。

紫の上に死なれて、しばらくでもあとへ残ることができようと思えない。

紫の上の方は、この世にもう、思い残すことはなかった。

（いろんなことを見つくした気がするわ……。心にかかるわが子もいないし、強《し》いて長生きしたいとも思わないわ）

そう思うものの、

（でも、殿をおいて死ねないわ。この方に悲しい思いをさせるのは辛《つら》いわ）

と、それだけを嘆くのであった。

後世《ごせ》のために紫の上は出家《しゅつけ》して、命のある少しの間だけでも、仏道修行に励みたいと思っている。しかし源氏は、どうしても許さない。

「世を捨てるなら、もろともに捨てたい。しかし、出家したなら、もう、この世のことはすべて思い捨てなければならないのだ。そうなれば、あなたの看病もできなくなるのに」

と源氏は、紫の上にどんなに怨《うら》まれても、出家させないのであった。

紫の上はここ長年、自身の発願《ほつがん》として、人々に法華経《ほけきよう》千部を書かせていた。それをいそいで供養することとした。

二条の邸は、自分の邸のように思われるので、そこで行なうことにした。法会《ほうえ》をつとめる僧たちに下賜する法服や、儀式のすべてを、紫の上は手落ちなく準備した。

楽人《がくにん》や舞人《まいびと》のことは、夕霧が世話をした。

花散里《はなちるさと》や明石《あかし》の上も、この法会に出席した。

三月の十日のことだった。

花盛りのもと、さながら極楽浄土もかくやと思われるばかりの有様であった。多くの僧たちが行道《ぎようどう》しつつ、法華経を褒《ほ》めたたえる歌を歌う、その声のひびきも、弱っている紫の上には、常よりも身に沁《し》みて聞かれた。

紫の上は、明石の上に、三の宮（明石の中宮のお生みになった皇子である）をお使いにしてこういった。

「惜しからぬ命ですけれど、この法会が、私の最後の法会かと思いますと悲しくも思われます」

明石の上に、それとなく別れを告げたのだった。

「いいえ、御法《みのり》がいつまでもつづくようにあなたのご寿命も末長いことと信じていますわ」

明石の上からの返事にはそうあった。

夜もすがら読経の声に合わせる鼓《つづみ》の音が絶えず、趣きふかいことであった。ほのぼのと明けてゆく朝ぼらけ、霞《かすみ》のあいだから花は咲きこぼれ、鳥は囀《さえず》りはじめる。陵王《りょうおう》の舞が急調子となって終りの楽は華やかであった。

人々は、舞人に衣《きぬ》を脱いで与えている。その色とりどりの美しさ。

(美しい……この世は美しいわ。なんと美しいもの、あわれ深いもので、この世は充《み》ちているのだろう……)

紫の上の澄んだ瞳《ひとみ》に、ものみな、麗わしく佳《よ》きものとして映るのであった。

(この楽の音《ね》。あの人の舞、この方の笛の音。今日が聞きおさめ、見おさめであろう……)

そう思うと、紫の上は世のすべての人がなつかしく好もしく、慕わしかった。

折々のこんな催しごとや遊びを共にした、明石の上や花散里ともう会えないのかと思うと、たまらずなつかしい気になる。

(明石の御方に嫉妬《しっと》したこともあった……可愛い姫を、あのかたのお手から取り上げて、わたくしは嬉しかったけれど、あのかたに心からすまないと思ったこともあった。長い年月のつき合いに、いつしか心とけて、むつまじくしたものだった。ふしぎな縁で結ばれた人々。さようなら……わたくしは、ひと足お先に旅立ちます)

法会が終り、それぞれ帰ろうとする人たちに、紫の上は、これが最後の別れのように思われて、花散里にことづけた。

「尊き御法をご縁に、あなたさまとは、またあの世でもお目にかかり、仲よく致しましょうね」

花散里は、

「私こそ末短い身でございますが、あなたさまとのご縁は絶えますまい」

と、しみじみ返した。

夏に入ると紫の上はもう凌《しの》ぎかねて、絶え入るような思いをした。そばの女房たちは悲しくて、目の前が暗くなるここちがする。

容態が思わしくないので、明石の中宮は二条の邸《やしき》に里下りされた。中宮の行啓《ぎょうけい》に、誰かれの上達部《かんだちめ》が、大勢お供してくる。その人々の名対面《なだいめん》を、紫の上はじっと聞いた。これは公卿《くぎょう》たちが、自分の官姓名を名乗るのである。

（あの人も……ああ、あの人もいられる）

紫の上は聞きおぼえのある声を耳にとめて、その人々にも別れを心の中で告げるのであった。

中宮にお目にかかるのは久しぶりで、紫の上は話が積もっていた。こまやかに話していると、そこへ源氏がはいってきて、

「おやおや、お二人でしっとりとお話になっていて私は仲間はずれだね。巣から落ちた鳥のようだ。あちらへいって私はやすむことにするよ」

と、自分の居間へいった。紫の上が起き上っているのを見て、嬉しそうであった。それを見るにつけても紫の上は、源氏がいとおしい気がする。

中宮は里下りのあいだは、東の対《たい》がお居間になるはずで、その準備がしてあるのだが、紫の上のそばをおはなれにならない。

「別々になっていますと、お母さまが心配ですし、あちらへお越し頂きますのも勿体《もったい》なくて」

とおっしゃって、そのまま、寝殿にいられる。そこへ明石の上も来て、心づかい深い話をしんみり交す。

紫の上は、さかしげに「私の死後は」などと、遺言めいては口に出さない。しかし、中宮が連れていらした幼い宮たちを拝見して、

「宮さまたちの大きくおなり遊ばすのを見られないのが残念で……」

と涙ぐんだ。清らかに痩《や》せた面輪《おもわ》がひときわ美しく、中宮もお泣きになって、

「どうしてお母さまはそう、心細いことばかりおっしゃいますの。そのうちには快《よ》くおなり遊ばすにちがいありませんわ」

と力づけられる。紫の上は微笑して、

「長いこと、わたくしに仕えてくれた人の中でも、頼るところのないあわれな身の上の人な

どは、わたくしがいなくなっても、お心にかけてやって下さいましね」

などと中宮に申しあげるのであった。

紫の上は、中宮のお生みになった宮たちの中でも、とりわけ、自分が手もとでお育てした三の宮と、女一《おんな》の宮が可愛かった。この宮たちのご成長を見ずにこの世を去るのは名残り惜しい気がされる。

三の宮は今年、五つになられる。愛らしいご様子で走りまわっていられるのを、紫の上は気分のいくらかよい時に、前にお坐らせする。人があたりにいないころであった。

「わたくしがいなくなりましたら、宮さまは思い出して下さいますか」

とおたずねすると、

「お祖母《ばあ》ちゃまどこへいらっしゃるの？　ぼくは御所の主上《うえ》よりも中宮さまよりも、お祖母ちゃまが大好きだもの。いらっしゃらなくなったら、いやだよ。悲しくなるもの」

と目をこすって涙を紛らしていられるお可愛らしさ、紫の上は微笑しつつ涙が落ちた。

「大きくなられたら、この二條院にお住みになって、この対《たい》の前の紅梅と桜は、花の季節には忘れずに眺めてお楽しみになってね。時には花を仏様にもお供え下さいね」

と申上げると宮は紫の上の顔を見守って、涙をいっぱいためていらっしゃる。

やっと秋になって、いくらか涼しくなり、紫の上は少し爽《さわ》やかな気分をとりもどした。しかしそうなると、涼しさがまた体にこたえて、心地はいっこうに晴れ晴れしないのであった。

中宮はもう、御所へ帰られなければならなかった。紫の上は、

（もうしばらくここにおいでになって下さいませ）

とお引きとめしたいのであるが、さしでがましいようでもあり、また、主上も待ちかねていらしてお使いがひまなく来るので、そうそうお引きとめすることもできない。

中宮は東の対から、紫の上をお見舞いにこられた。

紫の上は消え入るばかり痩せほそっているが、かえっていまは、気高くこの世のものならぬ美しさにみえる。

かつては、あまりにも艶麗《えんれい》にあでやかであったその美しさに、陰影が添えられ、世のはかなさがその細い肩ににじんで、清らかにもたぐいなく可憐《かれん》なすがたなのであった。

風が荒々しく吹く夕暮れだった。

紫の上は、前栽《せんざい》の景色を見ようとして起き上って脇息《きょうそく》に倚《よ》っていた。

源氏がやって来た。

「おお、今日はよく起きているね。中宮のお顔を見ると、たいそう気分がよさそうだね」

と嬉しそうにいった。

（ほんの少し気分がよいのをご覧になると、こんなに喜んで下さるのだわ……もし、わたくしが亡くなったらどんなにお嘆きになるかしら）

と紫の上は思うと、源氏を置いて逝《ゆ》くのがいまさらのように悲しかった。

「でもう、だめですわ。わたくしね、萩《はぎ》の花の露を見ていますの……ほら。風に乱れて散ってゆきますわ。あんなふうに命の露も」

というと、源氏は耐えられなくて、

「死ぬときはもろとも。あなたを先立たせて長くは生きていられないよ」

とせきあえぬ涙があふれてくる。

「お母さま。花の露なんてさびしいたとえをおっしゃらないで下さいまし」

中宮は紫の上にすがって泣いていられる。

源氏のもっとも身近な女人たち、紫の上といい中宮といい、どちらも劣らぬ、こよない佳人たちであった。この美しさをそのままに、みんなで幸福に千年も生き長らえることができたらと、源氏は思わずにはいられなかった。

しかし、花の命をとりとめることはできないのだ。

「どうぞもう、あちらへおいで下さいまし。気分がたいそう苦しくて。失礼して横にならせて頂きますわ……」

と紫の上は中宮にいい、几帳《きちよう》を引き寄せて臥《ふ》したが、そのさまがいつもより弱々しげなので、

「お母さま、どうなさいましたの、しっかりなすって下さいまし」

中宮が紫の上の手をとって泣く泣くご覧になるうち、消えゆく露のように紫の上は絶え入

った。

臨終とみえたので、たちまち、祈禱誦経《きとうずきよう》の使者たちが数知れず、寺々へと立てられる。

邸内はざわめいた。

前にもこうして絶え入っては蘇生《そせい》したことがあったので、こんども物の怪《け》のしわざではないかと、夜もすがら祈禱をこらしたが、その甲斐《かい》もなく、夜の明けるのも待たず、紫の上は亡くなった。

(御所へ帰らないでよかった。お母さまのご臨終におそばにいられたのだもの……)

中宮は涙に沈まれつつも、紫の上との契りの深さを限りなくあわれに悲しく思われた。

誰も彼も、正気でいるものはなかった。夢のような心地がして、女房たちは呆然《ぼうぜん》としているのだった。

源氏はましてどうしていいかわからない。乱れる心をおし鎮《しず》めるすべもなく、夕霧がそば近く来たのを几帳のかげへ呼んで、

「とうとう、こんなことになってしまった……この年頃、あんなに望んでいた出家のことを、叶《かな》えさせずにしまったのがいとおしくてね。加持《かじ》に参っていた大徳《だいとこ》や僧たちはもう帰ったらしいが、それでも一人二人はまだいるだろう。このひとに仏の御功徳《くどく》を授けて頂いて、暗い冥途《めいど》のみちの光にしてやりたい……髪をおろすようにいってくれないか」

そういいつつ源氏の頰《ほお》には、ひまなく涙が流れる。気を張ってしっかりしていると自分では思っているのだが、さながら、源氏自身も死んだようになって顔色もただならず、悲嘆に

心は破れて、涙がとまらない。

尤《もっと》もなことだと、夕霧は同情した。

「物の怪の仕業《しわざ》で、父上のお心を乱そうとして、こんな風にしているのかもしれません。それなら何はさておき、ご本意のようにしてさしあげたらよろしゅうございましょう。たとえ一日一夜の受戒でも、効験はあらたか、と申しますから。……しかしもし、ほんとにこと切れておしまいになったのでしたら、ご剃髪《ていはつ》になっても甲斐はございますまい。眼の前のお悲しみがまさるばかりでしょう」

夕霧は、源氏よりもまだしっかりしていた。慰めてそういいつつ、僧たちにいろいろ指図をしたが、夕霧の心は、源氏とは別の悲しみでいっぱいになっていた。

（長い年月、自分はあのかたにあこがれを捧《ささ》げてきた。大それた恋心というのではなかったけれど、どうかしてもういちどかいま見たい。あの野分《のわき》の日にちらとみた面影を、いや、せめてほのかにお声だけでも聞きたいものだと願いつづけてきた。それもいまは空《むな》しくなった。もう永遠に、お声を聞くことも叶わなくなったのだ……）

夕霧はいまは人目もかまっていられず、涙を拭《ぬぐ》った。尤も、周囲には声限り泣きまどう声がみちていたから、夕霧の涙もその中に紛れるのであったが、

（そうだ……せめて、むなしくなった御亡骸《なきがら》だけでも、お見上げしたい。このときをおいて、あのかたを見るのは、もう二度とないのだ）

そう思うと、泣き叫んでいる女房たちに、

「静かに。ちょっと静かに」

と制止しつつ、源氏にものをいうのにかこつけて、静かに几帳をひきあげて、臥している女《ひと》を見た。

夜はほのぼのと明けてゆくが、まだ光は室内に射さず、暗かった。灯を近くかかげて、源氏は紫の上の死顔を、じっとみつめていた。

見飽きぬ美しさ、限りもなく清らかに、愛らしくもある紫の上である。源氏はあきらめきれない。

夕霧が覗《のぞ》いているのを知りながら、もはや強いて隠す気にもならない。

「こんなに、生きているときと同じ様子なのに、……やはり、死んだのだね。もう、眼も開けてくれないし、呼んでも答えてくれないのだ」

源氏はそういって袖《そで》を顔におし当てて慟哭《どうこく》する。

夕霧も、涙にくれる目を強いて見開いて紫の上を見た。見なければ心まどいも起きなかったであろうものを、こんなにも美しい女人《にょにん》だったのかと、見たのちはかえって、思い乱れるのであった。

魂が天界へ還《かえ》った女《ひと》は夢みるような微笑をさえ浮べて、身じろぎもせず横たわっている。

髪はつくろわずただそのままにうちやられているが、ふっさりと多く、もつれもせず、艶《つや》艶《つや》としていた。明るい灯のもと、顔色は白く光るようで、生前の化粧をした顔よりも、いま、無心に目を閉じているやさしい死顔のほうが、ずっと美しかった。

（ああ、この女《ひと》は逝ってしまわれた……自分の魂も、この美しき骸《むくろ》にとどまりそうな気がする）

夕霧は魂を奪われて恍惚《うっとり》と見守るのであった。

紫の上の側近く仕えた人々はみな、夢うつつのようでぼんやりしていて、頼りになる者もない。源氏は強いて心を取り直して葬儀の指図をした。昔も、悲しい死別にはたくさん遭《あ》ってきた。しかし、自身、手を下《くだ》して葬い万端の差配をするのは始めてであった。しかも最愛の人の……。

過去にも未来にも、

（二度と、こんな辛い思いはしないだろう）

という気が、源氏には、している。

その日、葬送が行なわれた。いつまでも亡骸《なきがら》をとどめておくことは許されないのだ。

（別れというもの、なぜこの世にあるのだろう）

はるばると広い鳥辺野《とりべの》の野辺《のべ》送りであった。人や車がいっぱいに立ちならんで、いかめしい儀式だった。その中を、紫の上は、はかない煙となってたちのぼっていった。

（煙よ。煙よ。煙になったのはあれか、それとも私自身なのか）

源氏は宙をふむ心地で、人に扶《たす》けられて歩む。

(もろともに死んだ。あれが息絶えたとき、自分もまた、死んだ。私の、人生は、終った)

源氏は夢うつつにそう思いつつ、よろめきあゆむ。そのさまを見て、あんなに尊い身分の方が、とみな、泣かぬ者はない。まして付き従う女房たちは悲嘆にくれて、車からころび落ちぬばかりである。

源氏は昔、葵《あおい》の上を亡《うしな》ったときのことを思い出していた。あのときはまだ今よりも正気が残っていた。葬送の野に、月が出ていたのをおぼえている。

しかし、今宵《こよい》は涙のために、あたりは暗く沈み、もはや何も目に入らぬ。無明《むみょう》の闇だ。

亡くなったのは十四日で、野辺送りは十五日の暁方《あけがた》であった。

日が明るく昇り、野辺をくまなく照らす。

源氏はもう、かくも明るい世の中に生きている気はしない。紫の上に死におくれていつまで生きられようか。出家したいと思うが、妻に死なれて心弱くなったと噂《うわさ》されるのもわずらわしく、

(ここ当分を過ごして)

と思ったりする。源氏の傷心は、もう、何ものを以《もっ》てしても埋めることはできない。

夕霧も忌《いみ》に籠《こも》って、朝夕、父のそばを去らず、心から慰めていた。風が野分めいて吹く夕ぐれ、

(あれはやはり野分の日……あのかたをほのかに見て、心あこがれたものであった)

と夕霧は思い、そのあこがれを心の底にじっと秘めて、いま再びその面影を見たときは、臨終の折であった、そのあわれさが、たまらず悲しい。

人目をはばかって強いてこらえ、

「阿弥陀仏《あみだぶつ》、阿弥陀仏」

と唱えつつ数珠《じゅず》を爪繰《つまぐ》り、涙の玉を払う。

きまりの念仏はいうまでもなく、僧たちに法華経などよませ、夕霧の悲嘆とやるせなさは、源氏にも劣らなかった。

定めの四十九日間の法事も、何につけて悲しいばかりである。

源氏は寝ても起きても涙の乾く間はない。人目には呆《ほう》けたさまにみえぬよう心を配っているが、目は涙で霧《き》りふさがってしまっている。いつ、夜が明け、いつ、日が暮れたかもおぼえなかった。

すべてに恵まれた身のようにみえながら、何度、幼い頃より死別生別を重ねてきたことだろう。母君、祖母君、父帝《みかど》、そして、夕顔、葵の上、藤壺《ふじつぼ》の中宮、……仏は、世の無常を知れとおさとしになったのだ。それを心強くも知らぬ顔で押し通して、ついに、来《こ》し方ゆくすえも、またとあるまいと思われる悲しさにめぐりあってしまった。

かの女《ひと》を失って、もはやなんの、この世に思いのこすことがあろうか。すぐさま世を捨てて出家したいが、こうも悲しみに心乱れていては仏道修行も難しいであろう。どうか、この嘆きをすこしは忘れさせたまえ、と、源氏はひたすら阿弥陀仏を念じるのであった。

御所をはじめ、あちこちから弔問は数多くあったが、源氏は出家の決心を固めているので、もう何ごとも耳に入らず、目にも止まらなかった。

致仕《ちじ》の大臣《おとど》からも心こめた見舞いがあった。

源氏は、鄭重《ていちょう》に返事し、感謝の意をこめて礼を伝えたが、悲しみにくれるわが本心を、そのままあからさまに打ちあけたりはしなかった。大臣はそんなとき（何という心弱いことだ）という反応を示す性格である。長いつきあいの源氏は、それを知っているのであった。

かつての葵の上のときよりは、更にいっそう濃い鈍色《にびいろ》の喪服を、源氏はまとっていた。

法要のことも、源氏ははかばかしく指図しないので、すべて夕霧が準備する。

亡き紫の上は、不思議なほど、どんな人々にも慕われ、敬愛され、好意をもたれた女人《ひと》であった。側近く仕えていた女房たちの中には、悲しみのやり場がなく、尼となろうとする者もいた。

冷泉院《れいぜいいん》の后《きさい》の宮からも、しみじみしたお文がとどけられた。

「亡きかたは春がお好きでいらっしゃいましたわね。ものみな枯れ果てる秋の野辺の侘《わ》びしさをお厭《いと》いになったのでしょうか。今になってみれば、まことにその通りに思われまして……」

源氏はくり返しそれをながめ、風雅を解する、嗜《たしな》みふかいひと、心の慰めとなるような情《わ》趣《け》知りのひととして、いまはこの宮だけが残っていらっしゃる、と思ったりした。

源氏の身辺から、そういう存在は、一人ずつ消えてゆく。そう思うさえ、涙がこぼれる。

「この秋は、もうつくづく、生きているのに飽きはてた気がします。后《きさい》の宮にこう申すのも恐れ多いことながら、無常の思い、秋のあわれを共感して頂けるように思うのは、宮さまだけとなりました。千歳《ちとせ》も共にと願いつつ、ひとりあとへ取り残された口惜しさ、悲しさ、宮さまならば、ご理解して頂けましょう」

源氏は手紙を書き、上包みに包んだのちも、まだしばらく、じっとそれをみつめて物思いに沈んでいた。

夢にも通えまぼろしね 面影《おもかげ》の巻

新春となったが、源氏の心は悲しみに閉ざされて、年賀の人々に会う気もしない。ただ、親しい弟君の兵部卿《ひょうぶきょう》の宮が来られたときだけ、くつろいだ部屋で会うのであった。紅梅はちらほらと咲きかけて風情《ふぜい》のある美しさだったが、管絃の遊びもなく、人々は濃い色の喪服を着て、常とは打って変った新春である。

源氏は今では、絶えて女君たちを訪れることもない。紫の上が亡くなってからずっと二條院に籠《こも》っている。

この年頃、源氏が、本心から愛したというのではないが、ちょっと気を惹《ひ》かれて、ひそかに情人にしていた女房も、何人かいた。紫の上が亡くなって寂しい独り寝になると、源氏はかえって彼女たちを近づけず、ほかの大勢の女房たちと同じに扱った。

夜は、帳台《ちょうだい》から遠くはなれて、女房たちを大勢、宿直《とのい》させていた。

つれづれなままに、源氏は彼女たちを相手に、紫の上の思い出話や、昔のことなど話すのであった。

源氏は俗世への執着が次第に薄れて、仏の道へ入る心が深くなっている。それにつけても、昔のあの、朧月夜《おぼろづきよ》の尚侍《ないしのかみ》との実りのない恋、朝顔の斎院《さいいん》への片思いなどで、紫の上を苦しめたことがいとおしく、辛《つら》かった。

紫の上はあのころ、恨めしげな色をみせたりしたことがあった。

（朧月夜の君とのことは一時の気まぐれだった。女《おんな》三の宮のときは、義理やら何やらで、のっぴきならぬ立場に立たされ、やむを得なかった――とはいうものの、なぜ、あれを裏切るようなことをしてしまったのだろう。あのひとは何事につけても深い理解力に富み、聡明だったから、私の気持もよく察してくれた。嫉妬《しっと》や憎悪をふりかざして私を悩ませたりせず、二人の愛情を信じていてくれた。しかしどんな時も一応は、この先どうなるのだろうと、心を痛めたにちがいないのに……）

たとえひとときでも、自分の所業で紫の上を苦しめたと思うと、源氏は自責と、やるせないくやしさ、いとおしさで胸が一ぱいになる。

女房たちも、みな古くから仕えている人々であったから、その折、かの折の事情を知り、紫の上の苦悩も見ていて、それとなく、そんな話をする者もあった。女三の宮が六條院にご降嫁になった頃のこと。

紫の上は顔色にも出さず、いつに変らず温和でやさしかったが、何かにつけ、味気なさそうな屈託ある様子のみえるのがあわれであった。

ことにも源氏は忘れられない。

雪の降った明け方、女三の宮のもとから帰ったとき、格子《こうし》のそとでしばらくたたずんでためらっていた。わが身は凍るばかり冷え、空も荒れていたが、迎えた紫の上は、おっとりとやさしかった。

(まあ、つめたいお手)

とにっこりしながら、彼女の袖《そで》は涙に濡《ぬ》れて湿っていた。それを隠して、さりげなく紛らせていた、あのときの微笑《ほほえ》み。

(雪のように冷えた。あたためておくれ)

と源氏がいうと、

(おかしいわ……冷えたのは、わたくしのほうのはずなのに。ひとりでいて、暖かいとお思いになって?)

彼女はそれをうちとけて、おかしそうにいう。暖かく微笑して、源氏をふんわりと包みこむ。……

それからそれへと記憶をたどり、源氏は夜もすがら思い返していた。

夢にでも、立ちあらわれよ。恋しい人。

いつの世にか、生まれ代ってめぐり逢うことでもあるならば。

明け方、自分の部屋にさがる女房であろうか、

「まあ、雪がたいそう積もったこと」

という声が聞こえた。

さながら、あの日の朝そのままの心地がして、源氏はもう耐えきれず、涙がほとばしり落ちる。あの日の朝そのままでありながら、もはやそばに、紫の上はいないのだ。

源氏は悲しみを紛らせようと、いつものように、手や顔を洗い清め、勤行《ごんぎょう》する。女房たちは埋《うず》み火《び》をかきたてて火桶《ひおけ》をすすめた。源氏の思い者である中納言の君や中将の君などがそばにいて話相手をする。

「昨夜は常よりも淋しかった。独りぼっちだという気持が、しみじみした。こうして念仏を唱《とな》え、悟りきって過ごすこともできたのに、俗世のことにあまりにもかかずらいすぎていたと思うよ」

源氏は、もし自分が出家したら、この人々がどんなに淋しがるだろうかとあわれになる。

中将の君というのはわけてもいとしい気がした。この女房は、紫の上が可愛がり、幼い時から育てて召使っていたので源氏も見馴《みな》れていた。愛らしい女なので、源氏は見過ごすことができなくて、ひそかに思い者にしていたのである。中将の君はそれを紫の上にすまないことに思って源氏を避けようとしていたが、紫の上が亡くなってみると、源氏は、色めいた気でなく、彼女が紫の上の形見のように思われていとしかった。

こうして源氏は、近しい女房たちに囲まれ、ひっそりと暮らしている。訪問客にももう逢わない。

上達部《かんだちめ》や親王がたがたえず見舞いにこられるが、源氏は対面しなかった。

「ここ幾月か、私は放心して、自分で自分がわからない状態だった。そんな醜態を人々にさらして、世の物笑われになりたくない」

といって、夕霧にさえ、御簾《みす》をへだてて話す。

あれほど、来客を歓待し、人と会うのをよろこんだ源氏が、今や、全く人が変ったように、人ぎらいになってしまった。

春は深くなり増さり、二條院の庭は昔に変らず花が咲くが、それを賞《め》でた人はいない。

源氏はもう、花も見たくない。胸痛むからである。

「お祖母《ばあ》ちゃまがおっしゃったから」

と、三の宮は、紅梅と桜を大切に世話していらっしゃる。明石《あかし》の中宮は御所に上られるとき、

「お父さまのお淋しい時のお慰めに」

と、三の宮を二條院に置いて行かれたのであった。

二條院の庭は、春の花の好きな紫の上が、次々に咲くようにといろんな種類の花を植えておいたので、つねに匂いみちていた。紅梅、山吹、樺桜《かばざくら》、八重桜《やえざくら》、藤。

「ぼくの桜が咲いたよ」

と三の宮は得意そうにいわれる。

「いつまでも散らさないようにするには、どうしたらいいかなあ。木のまわりに几帳《きちょう》をたてて、帷子《かたびら》を上げずにおいたら、風も吹いてこられないね」

と、いいこと考えた、というふうなお顔が可愛いので、源氏もつい微笑を誘われた。

「そうですね。花を散らさないために大空を掩《おお》うほどの袖が欲しいと昔の人はいったけれど、宮さまの方がずっと賢い方法ですね」

源氏は、三の宮が、慰めであった。

「宮とこうしてお話できるのも、あと少しですよ」

源氏は涙ぐみ、

「やがてお目にかかれなくなってしまうのですよ」

「お祖母ちゃまとおんなじことを、おっしゃるのですね。縁起《えんぎ》がわるい」

と宮は伏目になって、ご自分の袖を引っぱったりしながら、涙を紛らしていらっしゃる。


つれづれなままに源氏は、女三の宮のもとへ出かけた。若宮も女房に抱かれて共に六條院へおいでになる。こちらの薫君《かおるぎみ》と一緒になって走りまわって遊んでいられる。

尼宮は仏前で経を読んでいられた。深く悟って入られた仏の道でもないが、のんびりと俗世を離れて行ないすましていられるのが源氏はうらやましい。

閼伽桶《あかおけ》に入れてあるお供えの花に夕日が映えているのが美しかったので、ふと源氏は、

「春の好きだった人がいなくなって、今年は花を見る気もしなかったが、花は仏の飾りのためのような気がしますよ。……そういえば、対《たい》の山吹は美事《みごと》に咲いていますね。花房が大きくてね。花やかで賑《にぎ》わしくて綺麗《きれい》です。植えた人が亡くなったとも知らず、例年よりも美事

に咲いているのがあわれな気がしてね」

と、しみじみいうのであった。

尼宮は何ごころもないさまで、

「そうでございますか。わたくしは日々勤行《おつとめ》にいそしんで、花が咲こうが散ろうが、気にもとめませんで、物思いもなく過ごしておりますから」

と答えられる。

（ほかにいいようもあろうに、思いやりのないお言葉よ）

と源氏は興ざめ、味気ない思いをする。紫の上の死に傷つきやすくなっている源氏の心には、思慮のない、心浅い尼宮の言葉が手痛かった。

思えば、かの紫の上は、こんなふうの、ほんのちょっとしたことでも、人を傷つける言葉などは口にしなかった。紫の上の幼かったころからのありさまを源氏は思い出し、その折、かの折、時々につけて気転も利《き》き、才気に溢《あふ》れ、それでいて温かくやさしかった心ばせ、しぐさや言葉、それからそれへと思い続けていると、またしても源氏は涙があふれるのであった。

夕暮れの霞《かす》みわたった、しっとりした時分なので、源氏は心をそそられて、そのまま明石の上の部屋を訪れた。

長らく顔出しをしなくて不意だったから、明石の上は驚いたが、こころよく自然に迎え、身のとりなしも上品である。

やっぱり、なみの女人よりはすぐれた女《ひと》だと源氏は思うが、心ない人を見れば見るで亡き人が思い出され、すぐれた女人を見ればまた、亡き人とくらべられてしまう。面影に苦しめられるのは、まぬがれがたいのである。

こちらでは、源氏はのどかに昔がたりなどする。

「人をあまりに愛するのは、仏道にはよくないことと、昔から私は弁《わきま》えているつもりだった。どんなことにも深い執着を持たないようにしようと、気をつけてきた。須磨《すま》明石の流浪《るろう》の時代には、さまざま苦労を見つくして、もうこれで野山に命を捨ててもかまわないとも思ったりしたものだった。——それなのに、晩年になってこうもいろいろと絆《ほだし》にからまれて、泣いたり苦しんだり……人の世の執着というのはふり捨てがたいものだね。われながら、心弱くも、もどかしくも思われるよ」

源氏は、浮世のほだし、というように一般のことにおぼめかせて話しているが、聡明な明石の上は、紫の上のことを源氏がいっているのだとすぐわかった。

かくも悲しんでいる源氏が、明石の上にはいたわしかった。長い契りの二人のあいだでは、まことにそうもあろうと、想像できる心のゆたかさが、明石の上にはあった。

「そうでございましょうね。浮世を捨てても何の惜しげもないようにみえる人でさえ、いろいろの絆《ほだし》が多いのですもの。まして、あなたがどうして気安くこの世をお捨てになれましょう。そのようにお苦しみになってためらわれるお心こそ、かえって道心かたいご出家《しゅつけ》の道を完《まつと》うなさるのですわ。でも、出家の動機としては、何かで心を動かされ、いちずに思いこんで世を捨てるようなのは不純だといわれております。どうかお気持をのどやかに、しばらく延期なさって、宮さまがたがご成人遊ばし、一の宮の地位もゆるぎなくなられるのを、お見届け下さいまし。それまではお変りなくいらして下さったら、私も安心して、うれしく存じます」

明石の上の言葉はゆきとどいて思慮ぶかい。まことに大人《おとな》の手応《てごた》えを感じさせる女人である。源氏は彼女を相手に話していると、心がおちつき、異和感がない。

「そこまでゆっくり構えていたら、いよいよ出家の道にも遠離《とおざか》るだろうね」

源氏は、彼女には何を話してもよく理解してもらえそうな気がして、昔からの死別の悲しみをうちあけるのであった。藤壺《ふじつぼ》の宮とのお別れ。紫の上。……

「もののあわれ、というのは単に恋や愛情から生まれるのではないね。その人といかに深く広く、人生でかかわりあったかということなのだよ。夫婦だったからあわれをおぼえるのではない。幼い時から育てて、何十年かを共に暮らし、あまりにも共有した思い出が多すぎるのでね……」

などと源氏は話しつづけていた。

(このまま、ここに泊まろうか)

と思いながらやはり、自分の部屋へ帰ってしまった。明石の上にも感慨はあったであろう。

源氏自身、

（こんなにこの女《ひと》に心が寄り添っていながら、もう夜を共に過ごす気にもなれないとは、私も変ったものだ……）

とつくづく、思った。

自室でいつものように念仏読経をし、翌朝、明石の上に手紙をやった。

「春に帰る雁《かり》のように私は帰ってしまった。あなたのお恨みを買ったろうか？　許してほしい。世は仮の宿り、という気がしてならぬこの頃なのです」

女は、恨めしさもさりながら、あんなにまで悲しみに呆《ほう》けていた源氏は、はじめてであったから、いとおしくて涙ぐまれた。

「雁はきっと、何もかもを持ってかえってしまいましたのね。わたくしのところへ残して頂けるはずのぶんまで。でもお恨みには思いませんわ。仮の宿り、と思い澄まされるお気持、まことにご尤《もっと》もにも、おいたわしくも存じますもの」

いつに変らず優雅な書きぶりである。

（そうだ。……この女《ひと》のすぐれた気高さを、紫の上はみとめていた。はじめのうちこそ、許せない存在として敵対心を持っていたけれど、のちには互いに気心の知れた者として信頼し合い、仲良くしながら、しかし馴れすぎるということをせず、おくゆかしくつき合っていたものだが……）

その紫の上の気持を、最もよく知るのは源氏だけであろう。明石の上さえも、源氏ほどには知るまい。

更衣《ころもがえ》の季節となった。

いままでは妻の仕事として夏の装束《しょうぞく》を紫の上が源氏に贈っていたが、今年は花散里《はなちるさと》が、衣《い》裳《しょう》を新調する。

「新しき夏ごろもにも、古い思い出はさぞ御身にまとうことでございましょうね」

と、花散里は走り書きを添えていた。

やさしい思いやりである。

賀茂祭《かもまつり》の日も、源氏はつれづれである。女房たちに、「里下りして、祭見物にいくがよい」

といっていた。

中将の君が東面《ひがしおもて》の部屋でうたたねしていた。源氏が歩み寄ってみると、小づくりな、可愛らしい様子でいそいで起き上った。花やかにぽっと上気した顔を扇で隠して、髪が乱れているのも、あだっぽく美しい。

中将はまだ喪服を着ていた。紅《くれない》に黄ばんだ色の袴《はかま》に単衣《ひとえ》、濃い鈍色《にびいろ》の袿《うちぎ》という衣裳である。それらが寝乱れて重なっているのを、あわててとりつくろい、脱ぎ滑《すべ》らせていた裳《も》や唐衣《からぎぬ》をひきかけたりしている。

葵《あおい》が、側にあるのを源氏は手にとって、

「この草の名は何だったたっけ。忘れてしまった」

とつぶやく。葵は「逢ふ日」、思えば源氏は、中将をも長くかえりみていなかった。

「草の名をお忘れになるくらいですもの、私も……」

と中将は多くをいわず恥じらっていた。

「何もかも忘れはて、思い捨ててしまった世の中だけれど、あれの形見《かたみ》のお前だけは可愛いよ」

しかし源氏にはそれも、何か遠い追憶のような気がして、いまは、なまなましい思いではなくなっていた。

五月雨《さみだれ》のころはましてぼんやり沈んで過ごした。

十日あまりの月のあざやかな宵、夕霧がやってきた。村雨《むらさめ》が通って、吹き立てる風に燈籠《とうろう》の灯も消え、空は暗い。

「お淋しいことでしょう」

と夕霧がいうのへ、

「独り住みというのはわびしいものだね。しかし深山にこもって仏道に入るというときには、こんな風に体を慣らしておくと、心も澄みきっていいだろうと思う」

と源氏は、女房を呼び、

「ここへくだものなどを参らせよ。男どもを呼ぶにも大げさな時刻だ」

などといっていた。夕霧は、父の傷心を痛々しく見守っている。

「昨日今日のように思われますが、一周忌ももうすぐになりました。法要はどういう風にとお考えになっていられますか」

と夕霧は聞く。

「世間なみでよい。あれがかねて発願《ほつがん》して描かせておいた極楽曼陀羅《まんだら》など、この折に供養することにしよう」

「ご生前にそんなことを心がけておられたのでございますか。後世《ごせ》のためには安心なことですね。しかしお形見ともいうべきお子が一人もいらっしゃらないのは残念でございます」

「私は、あれだけではない。ほかの人々との間にも子供運は薄かった。私の宿縁のつたなさだろう。その分、夕霧は子宝に恵まれたから、家門を繁栄させてくれるだろう」

山時鳥《やまほととぎす》が鳴いて渡ってゆく。源氏はことさら昔ばなしはしない。夕霧はその夜、宿直《とのい》をした。紫の上の生前は近づきにくかった居間のあたりが、いまは夕霧には遠くもなくなり、思い出すことも多かった。

夏のさかり、源氏は涼しい部屋で池の蓮《はす》を見ている。露の玉は涙かと思われ、そのまま、心もうつつなく日も暮れてゆく。

蜩《ひぐらし》の声は華やかに、庭の撫子《なでしこ》の花に夕映えしているのを、ひとり見たとて何としよう。

夕闇に飛ぶ螢《ほたる》もたなばたの星も、その興を共にする人はいないのだ。

夜深いころひとり起きて妻戸を押し開けると、前栽《せんざい》の露しげく、それが渡殿《わたどの》の戸から見渡される。

織女星《たなばたつめ》と牽牛星《ひこぼし》は天上で一年一度の逢瀬《おうせ》をよろこぶが、地上では幸うすき人が、涙の露にぬれているのであった。

風の音も物淋しい秋になると、法事の準備でやや、気も紛れる。

(よくも今日まで、長らえたことよ)

と源氏は、我ながら思う。

一周忌の命日には人々は精進《しょうじん》して、曼陀羅の供養などをした。

十月の時雨《しぐれ》はひとしお気が滅入《めい》る。大空をわたる雁も、源氏にはうらやましい。雁は女夫《めおと》で翼をうち交して飛んでゆくというものを。

〈大空を通ふまぼろし 夢にだに 見えこぬ魂《たま》の ゆくへ尋ねよ〉

その昔の「長恨歌《ちょうごんか》」にはある。亡き楊貴妃《ようきひ》の魂を尋ねて幻術士が大空を翔《かけ》り飛んだ、と。

紫の上よ。夢にさえ見えぬ紫の上の魂よ。源氏は、幻術士に、紫の上の魂を尋ねさせることができたらと思う。

世間は、五節《ごせち》の舞で、華やかに浮き立っている。夕霧が童殿上《わらわてんじょう》する若君たち二人を連れて挨拶《あいさつ》にきた。かわいい少年たちである。

少年たちには、母方の叔父《おじ》に当る頭《とう》の中将や蔵人《くろうど》の少将なども共に来た。若々しいさわやかな青年たちであった。

世の中は悲嘆に沈む源氏を取り残して、次の世代へと変りつつあるのであった。

紫の上の死後の一年、源氏はやっとの思いで過ごして、(いよいよ、世を捨てるときがきた）と決心した。この世にあわれは尽きないが、出家の準備をはじめる。仕える者たちにも身分に応じて形見を分けた。女房たちは、それと察して年が暮れてゆくのを心細く、悲しく思う。

源氏は、「捨てるには惜しい」と取りのけてあった昔の、女人たちからの文《ふみ》を、みな破らせたりした。

須磨にいたころ、女人たちから手紙は数々来たが、その中で紫の上の手紙は別にまとめてあった。それは源氏自身が愛惜して、ひとつに結《ゆ》わえておいたのであるが、それも、

（ああ……遠い昔のことになった……）

と思わないではいられない。

たった今、書いたばかりのような墨の色など、まこと千年ものちまでの形見になりそうだが、世を捨てたのちは、この手紙にも未練や愛着を残してはならない。

源氏は破ろうとして、ふと、紫の上の文字に視線が落ち、思いは須磨と京に別れていたあのころのことに戻った。いまは冥界《めいかい》から恋しい人の手紙がくるよしもないのだ。

（ああ女々《めめ》しい。わが思いも共に煙になれ）

と源氏は、紫の上の手紙を、みな焼かせた。その煙を見上げつつ、せきあえぬ涙に目も昏《く》れ、心はまどう。

御仏名《おぶつみょう》も今年かぎりと源氏は思うせいであろうか、錫杖《しゃくじょう》を突いて唱える声々など、あわれに聞かれる。これは三千諸仏の名を唱えて年内の罪業を消滅させ、長寿を祈る行事である。

仏はどうお聞きになるであろうか。世を捨てようとしている一方で、長命を祈るこの矛盾を、源氏は恥ずかしく思う。

雪が降り、すっかり積もってしまった。

導師《どうし》は退出しようとする。それを召して盃《さかずき》をさしてもてなした。常の作法よりねんごろに、禄《ろく》も格段に取らせるのであった。

この導師は何年来、朝廷にも仕えているので、源氏は古くから知っていた。ようやくに老い、頭《かしら》の色も老人らしくなってしまったのを、源氏は感慨をもって見た。

今日は上達部や親王がたもご参会になっている。梅の花もほころびはじめ、例年なら管絃の遊びもあるべきところであるが、源氏はやはりまだ、その気にはなれないのであった。

その日、はじめて源氏は人々の前に姿をあらわしたのであった。

昔にも増して光るような美貌を、年古《ふ》りた導師の僧は涙こぼしつつ見た。

やがて心ぼそい、大晦日《おおみそか》が来た。この日は鬼やらいの日である。三の宮が元気よく、

「鬼やらいだ、鬼は外、福は内。もっと大きな音をたてないとだめだよ……」

と走り廻っていらっしゃる。この愛らしいお姿を見ることも、もうできなくなるのだ。この世の愛欲や煩悩《ぼんのう》から離脱し、恩愛を断って、あらたなる旅立ちへ向うのだ。世に傲《おご》り、人に愛執していた旧《ふる》い自分は死に、荘厳《そうごん》な浄土を欣求《ごんぐ》してひたすらいそしむ新しい自分が生まれるのだ。

〈物思ふと過ぐる月日も知らぬ間に　年もわが世も　今日や尽きぬる〉

紫の上との死別以来、月日は物思いのうちに過ぎていった。わが世も、今年も、今日でいよいよ尽きてしまうのだ。

年が明ければ怱々《そうそう》にも、源氏は世を捨て、出家する心組みであった。

雪は降り積もる。

迷い多かりし源氏の生涯を、浄めるかのごとく雪は降り積もる。

暗い大空に舞う雪を眺める源氏の眼は澄んで、おだやかに、光があった。


（完）

『源氏物語』とつきあって

田辺聖子

初めて『源氏物語』に接したのは、女学生の頃でした。十五、六歳だったかしら、丁度、谷崎潤一郎先生の御本がはやってて、本の造りが素敵だったんですよ。表紙もきれいでしたし、なかも、各章の扉のところに、色変りの薄い紙がはさんであって、そこに、「桐壺《きりつぼ》」とか、「帚木《ははきぎ》」とかが、優しい字で書かれてありましてね。そんな雰囲気《ふんいき》にひかれて一生懸命、読みました。まだ王朝時代の歴史にも何にも通じていなかったものですから、すらすら読めなくて注釈を見るんですけど、その注釈がまた難しくて、なかなか頭に入らないのね。

戦後、与謝野晶子先生のを読みまして、これは意訳なので、よくわかって、新鮮な感じがしましたね。紫の上のことを、「奥さん」なんて書かれてますでしょう。ただ、あまりにも近代的すぎて、面白いことは面白いんですけれど、あの、平安という時代の香りがもうちょっと出てもいいな、と思ったりしたものです。

そんなこんなで、いつか『源氏物語』を注釈を見なくてもすらすら読める、そして不遜《ふそん》ながら原文の香気の失《う》せない面白いよみものにして書いてみたいナと思っていました。

たまたま「週刊朝日」から連載のお話がありまして、思いきってとりかかってみましたけれど、予想以上にしんどい仕事でしたね。まず、文体を見つけるまでが大仕事でした。いろいろ考えまして、結局は、『クレーヴの奥方』みたいなのにあこがれて、いわゆるフランスの〝閨秀《けいしゅう》作家〟の文体で、優美で楽しい作品にしたいと思いました。

原文の中で日本語としてきれいな言葉、好きな言葉、わかりやすい言葉はそのまま残しましたけれど、出来るかぎり新しい現代の言葉を使いました。舞台は平安時代でも恋愛心理というのは、これはもう殆《ほとん》ど全くといっていい位、現代と変りませんからね。ただ、現代の感覚からみて、余りにもわかりにくいところは、補ったり削ったりしましたし、それから登場人物の呼称なんかも、当時は、位がかわったりすると、どんどん変えてましたので、そんなところも、慣習的に呼び慣らわされている名前――たとえば、夕霧とか葵《あおい》とかの固有名詞にしたりして工夫してみました。

勿論《もちろん》、先覚の御研究にずいぶんたすけられました。特に円地文子先生の現代語訳は、素晴しいお仕事ですね。現代の言葉にするのが難しくて、考えても考えても解らない部分に行き当ったりしたときに、円地先生の訳を拝見させて頂きますと、本当に見事な現代語で、これ以上の言葉が見つからない、という場合がしばしばありました。こういうお仕事がなされてなかったら、現代の小説にしてみようなんていう、大それた思いは遂げられなかったと思います。

書き終えてみますと、『源氏物語』は、本当によく出来た愛の小説と思いますね。今はどちらかというと、学問とか教養として読まれることが多いようですけれど、そういった部分だけでは、一千年もの間、読みつがれなかったでしょうね。やはり面白いから読まれたのでしょう。小説としての面白さの原形を実にたくさん備えていますから。

義母、藤壺《ふじつぼ》との苦しい不倫の恋や、あるいは玉鬘《たまかずら》みたいに流浪《るろう》しているうちに思いがけず、見出《みいだ》されて出世するシンデレラ物語の要素もあるし、それから紫の上みたいにちっちゃな子を見つけて、それを自分の思うように教育して理想の妻とする話とか、どこを取っても、広く読まれる物語の要素が入っていますね。それと面白いのは、話のつむぎ方が、女の井戸端会議みたいに、それからそれへと飛んで行くのね。話が途中で切れてしまったりするところもありますけれど、それは最初から起承転結《きしようてんけつ》を一貫して統一、構成された物語ではないからでしょう。少しずつ書きつがれ、途中、誰かが順列をおきかえたりしたのではないかと思われる部分もあるようです。そういう成立事情があっても、登場人物の性格などは、よく読めば見事に筋が通っていますよ。これは大変なものだと思います。それでも確かに、女の好きそうな噂話《うわさばなし》という要素はあるので、わが男友達カモカ氏は、読んで退屈きわまりないところがある、源氏物語は女のおしゃべりの集大成みたいなもんで、一千年の間、面白いといって読んできたのは女だけやないか、なんて珍説を申し立てておりますけれど、それはどうでしょうか。

当時は、感情、情緒の性差別に大らかな時代でしたから、今みたいに女と男の意識がはっきり区別されていなくて、男でもわりと自分の感情に忠実ですぐ泣いたりわめいたりしたようですし、いってみれば社会全体が、今でいう〝女性文化〟の時代だったと思うんですよ。

『源氏物語』にしても時の天皇が面白く読んだという記録ものこされてますし、やはり、男も女も一緒になって読んだんじゃないかと思います。男の涙は生涯で一度、女のごちゃごちゃ言うことは聞いてられない、女の書くものなんて読めないという現代の風潮とは大分、趣きが違いますね。私が感動するのは藤原定家《ていか》が、もの凄《すご》い戦乱の中で、『源氏物語』を守ったという話ね。やはり定家みたいな男の人がいたから、後にのこるのね。勿論、別の観点から言えば、戦乱の時代にも、命を賭《か》けて守るだけの価値が『源氏物語』にはあるわけですけれども……。

『源氏物語』に長いことつきあって考えたことは、作者の紫式部のことですね。細かく読めば読むほど、面白い、素晴しい女の人と思います。女の心理もよく書けてると思うけど、男の心理・生理も見事に捉《とら》えてますね、それも多種多様な。もっとも私も女ですから、そんな男の本質というのも〝女の書いた男〟かもしれませんけれど、少くとも今の時代の、女が男を見る目とちっとも変らないし、もっと深く洞察《どうさつ》してるんですね。それと、とにかくありとあらゆるものをよく知っていることに感嘆しました。調度、家具、衣裳《いしょう》のさまざま、男の服装のセンスについてもゆきとどいているんですね。石帯《せきたい》がどうの、直衣《のうし》の色目《いろめ》がよいとか悪いとか、男の服装について一家言持ってるし、男の容姿もよく見てるのね。明石《あかし》の上が久しぶりで源氏に会ったときの感想に、初めてお会いした頃はほっそりしておいでになったけれど、いま中年にならはって、丁度よいように肉がつきはって、貫禄《かんろく》出てきはったわァと感心して、ほれぼれとするところがあるんですが、かなり男を見て、よく観察していたみたいですね。

「絵合《えあわせ》」とか「初音《はつね》」「胡蝶《こちょう》」などは、最高の芸術品を見て、知ってる人でないと絶対に書けませんね。それと、よく遊んでる人でないと書けない、碁将棋《ごしょうぎ》、酒宴、音楽会の場面もいっぱいありますね。音楽論なんかを滔々《とうとう》と述べるところもあります。琴はどう、箏《そう》はどうとか、琵琶《びわ》は女が弾《ひ》くと格好が悪い、とか。これは、自分で弾いたことがないとわからないんじゃないかしら。

学識・教養の方は、学者の家に育ったということもあって、これまた古今にわたって詳しいんですね。仏教にもよく通じ、かなり仏典なども読んでいたみたいですし。そして上流階級のことばかりでなく、下層階級のこともよく知っているんですね。それも大雑把《おおざっぱ》な表現でなく、庶民のしたたかさみたいなものを、うまく書いていますね。学者のお父さんが、女の子にしておくのがもったいないと嘆いていたらしいけど、今でもちょっとこれだけの人はいないでしょうね。三、四カ国語ペラペラ、芸術がわかり、哲学がわかり、宗教がわかり、しかも素晴しい物語を書く、いう人は。

紫式部については、殆どはっきりしたことがわかっていないようです。当時の人にしては結婚が遅く二十二、三歳頃、二十五、六にはもう夫と死別したらしい、それから宮仕《みやづか》えにあがったのが三十過ぎでしょうか。子供をひとり生んだらしいけれど、これは作品を読むとわかりますね。子供を膝《ひざ》のうえに抱いて、その温《ぬく》みと重みを知ってる人の書き方です。『枕草子』の清少納言にも子供の描写があってこれも見事な描写ですけれども、子供の外側の可愛らしさなんですね。清少納言は子供を持たなかったと思うけれども、紫式部は子供を生んだ女と思いますね。

紫式部の夫はかなり年上で、利発な若い妻が可愛くていろんなこと教えたりしたとは思いますけれど、ひとりであれだけのことは教えられないですね。結婚年数も短かかったし。私の想像ですけれども、紫式部は男友達を年代別に沢山もっていたんじゃないかと思うの。それもかなり親密な関係で。ただお勉強しました、というだけでは、これだけのことは書けないですよ。血肉にならなくては『源氏』みたいな小説は書けませんね。よく、藤原道長が手伝ったんじゃないかといわれるんですけれど、これも無理と思いますね。大体が道長は雑駁《ざっぱく》な人で、細かい心理の綾《あや》みたいなものは面倒臭くてつきあいきれなかったでしょうし、道長が手伝ったら、政治の場面がもっと増えたに違いないですから。

新しく小説として書くことは、身に余る苦しい作業でしたけれど『源氏物語』の一字一句とつきあって、紫式部のことやその周《まわ》りのこと、登場人物のことを考えたりして遊ぶのは、これはもう本当に楽しいことでした。『新源氏物語』は、光源氏を中心に、源氏が出家を決意するところまでを書きましたけれど、そのあとの、薫《かおる》の君を主人公にした物語を、又、ゆっくり書きついでみたいと思っています。

〈談〉

(『波』昭和五十三年十二月号より)

主な参考文献

山岸徳平校注『源氏物語』〈日本古典文学大系〉　岩波書店刊
阿部秋生、秋山虔、今井源衛校注・訳『源氏物語』〈日本古典文学全集〉　小学館刊
石田穣二、清水好子校注『源氏物語』〈新潮日本古典集成〉　新潮社刊
円地文子訳『源氏物語』　新潮社刊
谷崎潤一郎訳『源氏物語』　中央公論社刊
与謝野晶子訳『源氏物語』〈日本の古典〉　河出書房新社刊

解説

石田百合子

田辺聖子氏が古典について語った『文車日記《ふぐるま》』というエッセイの中に、源氏物語をむさぼり読む更級《さらしな》日記の作者のことを書いた「少女と物語」という一章がある。少女にとっての源氏は、田辺聖子氏の少女時代でいえば「風と共に去りぬ」であり、「大地」であり、吉屋信子の少女小説の数々であったという。小説好きの女性なら誰しも、親に電気を消されたり、授業中に机の下でそっと広げたりしながら、どうしても中途でやめられずに読み耽《ふけ》った幾つかの小説の思い出があるであろう。源氏物語は、かつて女性にとってこういう類《たぐい》の読み物であった。

この物語が書かれてから千年に近い年月がたって、今またちょっとした源氏ブームである。しかし近頃の読み方は、講座や読書会などで、研究者の講義を聞きつつ古典として勉強し、教養として身につけるといった趣きのもので、小説として楽しむというものではない。考えてみればそれも無理はないのであって、鎌倉時代初期から、源氏物語は早くも学問の対象であった。そして延々と現代に至るまで、錚々《そうそう》たる学者たちが、あるいはその構成について、あるいは語彙《ごい》語法について、またその思想についてと、あらゆる面からこの物語を研究し続

けて来たのである。そしてこの源氏という作品が、それに堪えるだけのものを持っているこ
ともまた確かではあろう。しかし、かつて源氏は、女性が寝る間も惜しんで読み耽るほどに、
面白く感動的な読み物であった。これが一千年近くも読み継がれて来たについては、学問の
場とは別に、しんから小説の好きな女性達の、この物語に対する情熱があったに違いない。
現代の小説ファンにも、源氏物語を小説として読む楽しさを味わわせたい――この思いが著
者にこの『新源氏物語』を書かせたのであろうかと思う。

とすれば、読者は日本の偉大なる古典「源氏物語」のことはさらりと忘れて、この『新源
氏』を小説として素直に読むべきである。原作がどうの、紫式部がどうのと解説を加えるの
は、全く無駄な、著者の意図に反することになるであろう。しかもこの『新源氏』の著者に
は『文車日記』とか『小町盛衰抄』とか、古典を語る幾つかの作品があって、著者が当代随
一の古典の読み手であることは誰もが認めるところなのであるから、もう頭からこの『新源
氏』が原作の源氏の真髄を伝えていることを信じて、小説に没入してそこに生きる人々と、
共に泣き、共に笑い、悩みをわかち合えばよいはずである。がしかしそうは言っても、今や
外国語よりも難解といわれる源氏物語を、これほど見事に現代の小説として再現して見せら
れると、著者は一体どのような手を使ったのか、その一端ぐらいはのぞいてみたいと思うの
も田辺文学のファンとしては、また自然の情ではないかとも思う。

『新源氏物語』は「眠られぬ夏の夜の空蟬《うつせみ》の巻」から始まる。そもそもこの巻名が、すべて
いかにも著者好みの優艶《ゆうえん》なことばの連なりになっていて、源氏に遊ぶ著者の楽しげな風情《ふぜい》が

いっぱいに漂う。もとの巻名を織り込みつつ、その巻の内容もあらわすといった凝《こ》った趣向である。桐壺《きりつぼ》、帚木《ははきぎ》、空蟬、夕顔……、これが源氏物語の最初の巻々であるが、これを光源氏の恋の物語として読む時、源氏の恋の相手として最初にはっきり姿を現わすのは、空蟬という人妻である。桐壺の巻は、光源氏が恋を語る資格を得る成人の日までの生《お》い立ちを語り、帚木の前半は、源氏を囲む若者達の女性談義であるが、これらの内容はすべて「眠られぬ夏の夜の空蟬の巻」や次巻の「生きすだま飛ぶ闇の夕顔の巻」に巧みに織り込まれて、この『新源氏』はいかにも恋の物語らしく、青年光源氏と空蟬の出会いで幕をあける。以後、原作通りの順で巻々は進み、途中に篝火《かがりび》というごく短い巻がカットされるだけで、「夢にも通えまぼろしの面影の巻」に、最愛の妻紫の上の死後の源氏の悲嘆と出家《しゅっけ》の決意を語って、この物語は幕をとじる。

『新源氏物語』はしかし源氏物語のダイジェストではない。そしてまた文章を忠実に訳した口語訳でもない。源氏物語という作品は、作家達に一度はこれを口語訳してみたい、自分で語り明らめてみたいという誘惑を感じさせるものなのであろうか、与謝野晶子、谷崎潤一郎、円地文子等、それぞれに特徴のある、すぐれた訳業がある。その中の与謝野源氏について、この『新源氏』の著者は『千《ち》すじの黒髪』という晶子の伝記にこう書いている。

彼女の口語訳による「与謝野源氏」は、谷崎潤一郎の「谷崎源氏」が原作のムードを尊重しているのとは、別な訳しかたをした。もっと直截《ちょくせつ》に、グサリと「源氏」の魂の深部へつきささり、奔放《ほんぽう》に「源氏」を切りとり、ちりばめ、自由自在につづってゆく。晶子の口をかりて、晶子の肉声で語られる「源氏」なのである。私は晶子訳を好ましく思う。晶子は肉体で「源氏物語」を消化し、読み馴染《なじ》んだのである。

田辺源氏から受ける印象もこれに近い。田辺源氏の世界を染めあげている情調は、与謝野源氏にくらべてはるかに優しく、やわらかく、優艶でふっくらしている。しかし田辺聖子氏もやはり肉体で消化し、読み馴染んだ源氏の魂の深部を、現代の読者に深々と語ろうとしているように思われる。ことばを選び、縦横に場面を切り取り、人物をふくらませ人々にやさしい言葉を語らせて。田辺源氏が源氏の魂の深部とするものは何なのか。

「めぐる恋ぐるま葵《あおい》まつりの頃の巻」に、葵の上が夫の源氏とこんな会話を交す場面がある。久しぶりにうちとけた対面をよろこぶ夫のことばに葵の上が答えて、

「あなたのお気持は、わかっていましたわ、わたくしにも」

「私の愛を知って頂けたか……あなたに、もしものことがあったらどうしようと、私は生きた空もなかった。あのとき、心から思った。あなたは私の妻だ、と」

「気を失っていたときに……」

と葵の上はとぎれとぎれだが、ぜひこれだけは言いたい、というふうなひたむきさでいった。

「気がつくと、まっさきに、あなたが目に入りました。あのときはうれしゅうございました。わたくしはあなたに守られている、とわかったからですわ」

（中略）

源氏がふりかえってほほえみつつうなずくと、妻は寝たまま、視線をあてて、

「いってらっしゃいまし」

といった。それは源氏が耳にした女の声のうちで、もっとも深い、やさしい声だった。

そしてもう一箇所、「秋は逝《ゆ》き人は別るる賢木《さかき》の宮の巻」から。この葵の上と源氏の愛を争い、結局伊勢《いせ》に下る決心をした御息所《みやすんどころ》と源氏の別れの場面である。出発を思いとどまるように懇願する源氏に御息所は言う。

「さようならは、おっしゃらないで下さいまし」

御息所は低く哀願した。

（中略）

「さよならという言葉を、あなたからうかがうのが辛《つら》くて怖《こわ》くて、わたくしはおびえておりました。こんなになった今も、その言葉をおそれております……」

御息所の胸から、この年月、つもりつもった恋のうらみは消えていた。青年の真率《しんそつ》な悲しみと懊悩《おうのう》をみると彼へのうらみつらみも溶けた。その代り、別れの決意もゆらぐようで、彼女は思いみだれ、よろめいた。

葵の上も、御息所も、源氏にとってもう一つ不満のある妻であり、恋人であった。葵の上はその冷やかさで、御息所はその重すぎる執着心で。しかし御息所は勿論《もちろん》、葵の上も、心のうちではひたすら源氏の愛を求めていた。そういう女の気持も、田辺源氏は原作よりずっとていねいに書き込んで行く。ここにあげた二つの場面は、それぞれ心に抱《いだ》きつつ通じ合わな

かった愛が、一瞬すっと溶けあった場面である。恋する女性が恋の相手に祈るような気持で夢みるこの一刻《いっとき》、そうした時が一刻でもあるなら、愛をわかつ他の女性への嫉妬《しっと》も恋の苦しみも、一切消えてしまうであろう。その一刻の尊さを知る女と男、源氏の世界に住む人々は、光源氏をはじめ紫の上も明石の上も、みんなそうしたやさしい、やわらかい心を持った人々であった——と、こうした場面を切々と美しく書く田辺源氏は強調しているように思われる。この『新源氏』が刊行された時、著者はこれをとくに若い人に読んでほしいと語られたという。恐らく著者は、ひたむきに人を愛する心と、人の愛を深く謙虚に受けとめる聡明な心とを、これを読むことによって知ってほしいと願われたのであろう。もう若くはない私のような読者にも、このことはしんとした思いで胸に響く。

『新源氏』の人物は、どれも生き生きとその個性を発揮しているが、中でも田辺聖子氏の面目躍如といった趣きの強いのは、玉鬘《たまかずら》の夫となった鬚黒《ひげくろ》の大将《だいしょう》であろう。この武骨で愛の表現にもすこぶる無器用な男性は、風采《ふうさい》、挙措、すべて優雅でない、夢がないということで女性からは軽《かろ》んじられるが、現実には実力はあり将来性はあり、女への対し方にしても甘さは足りないが誠意があり、といった人物で、こうした人物がこの著者の手にかかって悪かろうはずがない。めでたき物と美しき人と甘いささやきと、女の夢の結晶のような源氏の住む六條院のみやびやかな世界も、活力あふれる現実派の鬚黒の世界がこうかっきりと描かれることによって、一層あざやかに際立つのである。そして女は、現実の確かさを知りつつ、やはり夢の世界にあこがれることも、玉鬘ともども読者は思い知らされる。

『新源氏物語』は光源氏の出家の決意を書いて終る。原作ではこの後に次の世代の物語が続く。「落葉ふる柏木《かしわぎ》の嘆きの巻」で、源氏が万感を胸にしつつ抱いた薫《かおる》が主人公である。彼はどんな人生をあゆむのであろう。例の更級日記の少女は、源氏物語のほんの一部しか手に入らなかった頃、どうぞこの続きを読ませて下さいと神に祈り、親にせがんだという。我々読者も今同じ気持で薫の行方《ゆくえ》を知りたがっていることを、著者によくよく御承知置きいただきたいと思う。

（昭和五十九年四月、上智大学講師）

この作品は昭和五十三年十一月〜昭和五十四年四月新潮社より刊行された。

文字づかいについて

新潮文庫の文字表記については、なるべく原文を尊重するという見地に立ち、次のように方針を定めた。

一、口語文の作品は、旧仮名づかいで書かれているものは現代仮名づかいに改める。
二、文語文の作品は旧仮名づかいのままとする。
三、一般には常用漢字表以外の漢字も音訓も使用する。
四、難読と思われる漢字には振仮名をつける。
五、送り仮名はなるべく原文を重んじて、みだりに送らない。
六、極端な宛て字と思われるもの及び代名詞、副詞、接続詞等のうち、仮名にしても原文を損うおそれが少ないと思われるものを仮名に改める。

田辺聖子著　ここだけの女の話

“ここだけの話”、だったら喋るなと男は言うけれど、これは女の会話の枕詞なのだ！　ユーモアとペーソスで男女の機微を描く10編。

田辺聖子著　窓を開けますか？

自分のタイムテーブルに従って楽しく生きているうちに適齢期を越えてしまったハイミスたちのさまざまな人生のかたちを軽妙に描く。

田辺聖子著　夜あけのさよなら

ある日、街で出会った中年男性から、薔薇屋敷に招かれたOLのレイ子……失われた青春の痛みがよみがえり、忘れられない恋の物語。

田辺聖子著　文車日記

古典の中から、著者が長年いつくしんできた作品の数々を、わかりやすく紹介し、そこに展開された人々のドラマを語るエッセイ集。

田辺聖子著　夕ごはんたべた？

次々と事件を引き起す子供たちと、一喜一憂する妻との間で、本当の〈やさしさ〉とは何かを考える、町医者・三太郎博士の生活と意見。

田辺聖子著　朝ごはんぬき？

失恋して、女流作家・秋本えりか先生の家でお手伝いさん兼秘書兼イヌの散歩係をしているハイミスの複雑な心境をユーモラスに描く。

田辺聖子著　ラーメン煮えたもご存じない

柔らかい心で生きなければと思いつつも、今日び余りにもばかげたことばかりで疲れます。恐ろしい世の中を、楽しく生きるための本。

田辺聖子著　欲しがりません勝つまでは

13歳の文学少女が小説を書き、自分で装幀した雑誌をクラスに回覧する。太平洋戦争時代を背景に多感な少女を描いた自伝的長編小説。

田辺聖子著　三十すぎのぼたん雪

ハイミスの先輩が中ミスの私を、お寿司屋さんに誘ってくれた。彼女の話はいつも恋愛の報告。ＯＬの哀歓を軽妙に描く表題作他8編。

田辺聖子著　休暇は終った

少女小説を書いているハイミスの私は年下の男性と海水浴に行く。私はやがて彼の父親ともデイトする。一夏の間に揺れ動いた女心。

田辺聖子著　孤独な夜のココア

恋は人生の熱いエッセンス。この本は、暗い孤独な淋しい夜に、あなたの凍えた心を温める熱いココア。微妙な心の襞を捉えた12編。

田辺聖子著　人間ぎらい

夫に裏切られる女、妻に踏みにじられる男。人生に疲れ果て、諦観と安堵感を胸に、ひっそりと、したたかに暮らす人間を描く9編。

新《しん》源《げん》氏《じ》物《もの》語《がたり》（下）

新潮文庫　た－14－16

昭和五十九年五月二十五日発行
昭和六十一年六月五日九刷

著者　田《た》辺《なべ》聖《せい》子《こ》

発行者　佐藤亮一

発行所　株式会社新潮社

郵便番号　一六二
東京都新宿区矢来町七一
電話　業務部（〇三）二六六―五一一一
　　　編集部（〇三）二六六―五四四〇
振替　東京四―八〇八番

定価はカバーに表示してあります。

乱丁・落丁本は、ご面倒ですが小社通信係宛ご送付ください。送料小社負担にてお取替えいたします。

㊅　印刷・大日本印刷株式会社　製本・加藤製本株式会社

ISBN4-10-117516-0 C0193